D1688652

Sophie Dannenberg
Das bleiche Herz der Revolution

Sophie Dannenberg

Das bleiche Herz der Revolution

Roman

Deutsche Verlags-Anstalt
München

Dieser Roman beschreibt den Zeitgeist, nichts anderes. Reale Personen sind weder abgebildet noch gemeint.

Dem Dichter

He gave the little wealth he had,
To build a House for Fools and Mad.
And shew'd by one Satyric Touch,
No Nation needed it so much.

Jonathan Swift

Die Blutbuche

Bevor sie sich erhängte, schnürte Agathe Caspari das Paket. Sie saß im Wohnzimmer, vor ihr auf dem Tisch lagen Schere und Papier, Klebeband und Schnur. Wenn Agathe den Kopf hob, blickte sie in den Garten, das Fenster hatte die Größe einer Leinwand. Der Rasen floß abwärts in sanften Wellen, um schließlich im Schatten der Tannen zu verschwinden. Dahinter, weit in der Ferne, lagen die Alpen wie eine zerknüllte Zeitung. In den Beeten strahlten noch ein paar Pfingstrosen, aber die meisten Blüten waren schon auseinandergefallen, ihre Fetzen hingen im Gestrüpp. Das Gitter des Zwingers am Ende des Gartens war grün gestrichen und fast unsichtbar; jetzt scheppterte es, und Agathe sah, wie die Jagdhunde ihre Schnauzen hindurchzwängten. Sie lauschte, ob jemand gekommen war, den die Hunde begrüßen wollten. Im Pool trieben Blätter, sonst regte sich nichts. Kein Hase lief Zickzack, kein Bussard zog seine Kreise, nur die Scherenschnitte der Raubvögel lösten sich von der Fensterscheibe. Trotzdem stand Agathe nicht auf, um ihre Ränder glattzustreichen.

Sie erinnerte sich, wie anfangs die Vögel gegen das Fenster schlugen und wie sie sterbend auf der Betonterrasse lagen, bis die Katze sie fand oder die Kinder, die versuchten, die Vögel zu retten. Sie legten sie in Schuhkartons und fischten Fliegen aus dem Pool als Futter und Medizin. Dann gab es Tränen und Begräbnisse unter den frisch gepflanzten Haselnußsträuchern, und schließlich kaufte Agathe die Schatten zum Aufkleben, um weiteres Unglück abzuwenden. Jetzt schlug nur noch die Hitze an die Scheibe, aber der Granitfußboden hielt das Zimmer kühl.

Die Hunde scharrten am Gitter, Agathe horchte. Sie hielt ein Beweisstück in den Händen. Es durfte sie keiner ertappen – nicht ihre Älteste, die in letzter Zeit manchmal mit Bauchweh zu früh aus der Schule kam, nicht ihr Mann, der sich den Schweiß einer anderen Frau vom Körper duschte, bevor er zurück in die Firma ging. Aus den Fluren mit den lindgrünen Teppichen drang kein Laut. Noch einmal drehte sie den Kopf, doch oben in der Halle standen nur die Jagdtrophäen und wandten ihr die Augenhöhlen zu.

Emil Caspari war Vorsitzender des Miesbacher Jagdvereins St. Hubertus. Seine bayerischen Gebirgsschweißhunde waren preisgekrönt. Ihr Fell hatte den Glanz frischer Kastanien. Wenn er die Hunde lobte, nahm er die Schlappohren in die Hand und ließ sie sanft hin und her flattern, so daß die schwarzen Innenseiten sichtbar wurden. Oft brachte er die ganze Jagdgesellschaft mit nach Hause, warf Bündel aus Hasen und Fasanen auf den Tisch und verkündete stolz: »Aus einem einzigen Rebhuhn macht meine Frau einen ganzen Vogelstrauß!«

Agathe erinnerte sich daran, wie sie den Hasen die Kugeln aus dem Fleisch geklaubt und Fasanenfedern gerupft hatte, zärtlich, damit nicht die Haut zerriß. Beim Essen stießen die Jäger auf die Hausfrau an, drückten Kartoffeln in die Soße und strichen Preiselbeeren auf den Braten. In ihren grünen Hemden umrahmten sie den Tisch wie eine Hecke. Agathe lächelte und schwieg, überlegte bis spät in den Abend, ob der Fleck neben ihrem Teller aus Preiselbeeren oder Rotwein war. Es fiel ihr nicht leicht, dahinterzukommen, weil jeder Gedanke brausend unterging, bevor ihn die Worte faßten, und schließlich zielte sie mit dem Zeigefinger auf den Fleck, traf daneben, mußte lachen, versuchte es wieder und verschmierte mit kreisenden Bewegungen die Preiselbeeren auf dem Damasttuch, erst mit der Fingerkuppe, dann mit der flachen Hand.

Wenn sie mittags verquollen in die Küche schlich, hatte die Älteste alles geputzt, vor der Schule oder danach. Trotzdem gelang es Agathe nicht, das Kind noch für sich zu gewinnen.

»Gabriele«, sagte sie eines Tages, »ich kann nicht mehr.«

An diesem Tag machte sie die Hausarbeit selbst, wollte gerade mit einem Wäschekorb die Küche durchqueren, als sie auf Gabriele traf. Die Tochter stand am Spülbecken und trank ein Glas Wasser, sie sah freundlich aus, vielleicht weil Agathe nüchtern war. Agathe hatte ihre Tabletten am Morgen mit Kaffee heruntergespült statt mit Gin. Sie nahm ein Opiat von Jackson & Jackson, Sedatin Forte, das Etikett auf dem Glas zeigte grüne Rauten, die zum Rand hin immer kleiner wurden, die durchsichtigen Tabletten waren mit winzigen Kugeln gefüllt. Dann sah Agathe die Körnung der Luft, die Zähne wurden zu Eiszapfen, die Herzschläge dumpfer. Die Tochter wußte davon nichts.

Agathe stellte den Korb auf den Tisch. Obenauf lag ein Negligé aus schwarzer Seide, eins von der Sorte, die nur knapp den Hintern bedeckte, mit glitzerndem Straß am Kragen und am Saum. Sie spannte es zwischen den Händen aus, es schwebte wie ein Stück Dunkelheit zwischen der Tochter und ihr.

»Dieses Teil trage ich jede Nacht, und trotzdem will er mich nicht mehr. Ich habe sogar schon versucht, ihn eifersüchtig zu machen, ich bin mit dem Stangl ins Bett gegangen. Jetzt verachten mich beide. Ich kann einfach nicht mehr.«

Sie bereute die Worte sofort. Die Siebzehnjährige wurde rot, spülte ihr Glas und polierte es. Als es trocken war und zu quietschen begann, hielt das Mädchen erschrocken inne. Agathe ließ das Nachthemd fallen.

»O bitte, Kind«, stotterte sie, »verzeih mir. Ich habe nichts gesagt.«

Sie raffte das Nachthemd auf, es verschwand in ihrer Faust, der Straß preßte sich in die Handfläche.

»Ich habe doch nichts gesagt, oder?«

»Nein, Mama«, flüsterte das Mädchen, ohne den Kopf zu heben, »du hast nichts gesagt. Gar nichts.«

Nach diesem Vorfall hatte Agathe beschlossen, keinen Abschiedsbrief zu schreiben.

Sie packte nur das Paket, wickelte die Paketschnur ab, schnitt das Papier zurecht, legte die Schere zurück auf den Tisch, behutsam, damit es keinen Kratzer gab.

Der Tisch war von Knoll. Agathe erinnerte sich an die vielen Partys im Wohnzimmer, als ihn Armeen von Sektgläsern bedeckten, überquellende Aschenbecher und Teller voll kalter Hasenterrine, Wildragoutpasteten, Käsehäppchen. Das Holz im Kamin knackte, bis jemand den Plattenspieler anstellte und die Musik die Kamingeräusche übertönte. »Que sera, sera«, sang Doris Day, doch Agathe hörte es weiter knistern, auf der Platte, unter dem Gesang, als hätte man die Stimme wie einen Scheit aufs Feuer gelegt. Sie stellte sich vor, daß die Rillen der Platte Ackerfurchen wären, in denen Kartoffelfeuer brannten. Dann glaubte sie selbst in einer Rille zu kauern, deren Ränder immer höher wurden, während sich ihre Gedanken drehten. Die Gäste drehten sich mit, Günther Ganslmeier zog die zierliche Ilse Haim vom Sofa und zwang sie zum Walzertanzen. »What ever will be, will be«, sang Doris Day, und Ilse kam in Verlegenheit, denn sie hatte der Bequemlichkeit halber den Hosenknopf geöffnet und ihn auf die Schnelle nicht schließen können, jetzt rutschte die Hose. Ilse quiekte: »Die Hose!«, vom Sofa schall es: »Die Hose! Die Hose!« Und Ilse zog ihre Hand aus Günthers Pranke und bekam den Bund zu fassen, bevor Günther sie wieder ergriff. Die Gäste sangen mit Doris Day: »The future is not ours to see.« Sie klatschten, als Günther zurück in die Sitzlandschaft fiel. Er schnaufte. Ilse Haim rannte kichernd in Richtung Toilette, die Hände auf den Unterbauch gepreßt, Günther Ganslmeier starrte ihr nach. Seine Frau kniff die Augen zusammen und hob ein Glas, ihre Stimme war schrill.

»Ein Hoch auf den großen Chef!«

Jeder griff irgendein Glas vom Tisch.

»Ja, jetzt sitzt er in seiner Luxusvilla im Schlierachtal«, rief Siegmund Stangl, der Glatzkopf. »Und mit nichts hat er angefangen! Caspari, erzähl!«

Emil Caspari lehnte sich zurück. Er war mittelgroß und feingliedrig; er hatte im Krieg ein Bein verloren und trug eine Prothese. Sonst sah er gut aus, er hatte blaue Augen, glattes schwarzes Haar und ein elegisches Profil, aber Kieferknochen wie Winkeleisen. Die Lippen, farblos und schmal, wirkten stets wie zusammengepreßt.

»Ich konnte ja malen, nicht wahr«, fing er an.

Die Stadt ließ ihre Trümmerzungen bis in die Landschaft hängen. Kinder kletterten durch die Ruinen und suchten nach Wasserrohren, um sie dem Eisenhändler zu verkaufen. Emil trug seine Staffelei und den Beutel mit Pinsel und Farben an einem Schuttberg vorbei. Die Kinder versuchten hinaufzuklettern, aber die Steine rollten ihnen unter den Füßen weg. Oben stand ein einzelner Wasserhahn, der Eisenhändler würde gut dafür bezahlen. Emil hoffte, es würde den Kindern nicht gelingen, den Hahn abzuschrauben, denn er diente der Orientierung und markierte den Treffpunkt mit Captain Wesley.

Emil stieg in ein zerbombtes Haus und stellte seine Staffelei in Richtung Norden auf. Er sah durch die ausgefransten Fensteröffnungen auf die Schutthalden Münchens. Dann kniff er die Augen zusammen, bis die grauen Halden zu einer gewellten Fläche verschwammen. Er roch noch den Staub und den süßlichen Gestank der Leichen unter den Trümmern, aber sah schon das Meer. Als der Schutt Wellen schlug und die Steinhöcker zur Gischt wurden, begann Emil zu malen. Die Küste war maßlos grün, ein Haus war nicht mehr als ein Blutfleck mit Dach. Die Weiden rissen die Äste hoch, und es schien, als zerrte der Wind sogar am Pinsel des Malers – Wasserspritzer mit Farbpartikeln folgten den Wolken in Richtung Westen. Emils Bilder waren immer stürmisch. Und nahm er sich vor, ein ruhiges Bild zu malen, wurde er plötzlich selbst zum Sturm, ließ Farbe in die Landschaft prasseln, die Krater in die Wiesen riß und aufs Meer brandete, bis die Wellen rückwärts schlugen.

Aber diesmal nahm das Bild den Maler in seine Gewalt. Er malte von Osten nach Westen, der Wind zerzauste den Pinsel, die Striche wurden unkontrollierter, schneller. Die Landschaft war im Osten noch klar erkennbar, Roggenfelder, lange Alleen. Schrittweise löste sie sich auf, bis im Westen, am linken Bildrand, nur noch Zerstörung übrigblieb. Emil setzte seinen Künstlernamen unter das Bild: Emil Eyhlau. Dann humpelte er durch die Trümmer zurück zum Treffpunkt. Das Bild war unterwegs getrocknet, er hielt Ausschau nach Captain Wesley. Der Schuttberg war diesmal schwer zu finden, denn der Wasserhahn war weg, nur ein Stück der Stange ragte noch empor. Captain Wesley lehnte rauchend am Jeep.

»Hello, artist«, sagte er, »good to see you.«

»Hello, captain«, sagte Emil.

»It wasn't easy to find you today«, sagte Captain Wesley, »I was worried you had stopped painting.«

»The children dismantled the faucet. It wasn't easy to find the hill again.«

»So let's agree on a new meeting point. Let me see, what you have got today.«

Emil hielt das Bild in die Höhe. Captain Wesley warf die Zigarette in den Schutt, sie war kaum angeraucht, aber Emil sah weg. Er hatte gesehen, wie Männer die weggeworfenen Stummel der GIs vom Boden klaubten, das wollte er nicht. Statt dessen betrachtete er Captain Wesley, der seinerseits in das Bild vertieft war. Der Mann war so jung wie er selbst, stattlicher, heller, sein Nasenrücken war hoch und schmal, die Augenwinkel verschattet, was ihm einen verletzlichen Ausdruck verlieh.

»Looks like the storm in the painting won out today«, sagte Captain Wesley.

»Do you like it?«

»It's great, I'm really impressed. In America you'd be famous by now. The storm-in-storm-painter. Too bad you were born in a time like this, as a German and a refugee. Poor slob. But my wife will be pleased. A souvenir from Germany that I can take back home to Storrs.«

Captain Wesley nahm das Bild, reichte ihm zwei Stangen Lucky Strike und ein Päckchen Nylonstrümpfe.

»For your wife.«

»I don't have a wife.«

«You will. Settle down, Eyhlau. You studied pharmacy, why don't you work as a pharmaceutical representative. They need pills out there and injections. I'll get you to work for Jackson & Jackson. As a pharmaceutical representative you will be all right, rich even, but not as a painter.«

»Thanks a lot.«

»If it's not too much work for you, Major O'Brady's wife would like a painting of a farm, a real Bavarian farm.«

»I'm sorry«, sagte Emil, »I don't paint Bavarian farms. I paint the sea.«

»And what about the picture called ›Das Haff‹? Have you considered selling it?«

»It's not for sale.«

»Is that your final word?« fragte Captain Wesley.

»Yes, it is. I wouldn't and I couldn't.«

»So could you paint something else for me – whatever you want. I'll take anything.«

»Yes, but it is of course storm, storm and storm again. And freezing ice.«

»Beautiful strong stuff«, sagte Wesley.

»So where do I meet you the next time?« fragte Emil.

»Do you know the house where only the façade is left standing? It's near by. When the sun settles behind it, it looks like the gate to hell.«

«Yes, I know the place.«

»Do you have everything? Paints, canvas? What about the brush? It looks tousled from the wind. You can tell by the stroke of the brush. It's still intact on the east side of the painting, on the west it's twisted and bristly.«

»The brush is fine«, sagte Emil.

Captain Wesley schnaubte.

»So I'll see you in a week, same time, hell's gate.«

Er stieg in den Jeep und fuhr davon. Emil sah zu, wie sich hinter den Reifen der Staub auf den Staub senkte. Bei jedem Treffen fragte Wesley nach dem Bild vom Haff, und jedesmal machte Wesley dabei ein Gesicht, als würde er zum erstenmal fragen. Das Haff war Emils einziges Ölgemälde, zwei mal drei Meter, fast nur weiß. Die gespachtelte Ölfarbe erinnerte an Eisschollen, die sich berstend stapelten.

Für die Vertretertouren durch Bayern besorgte ihm Wesley einen DKW, einen ausrangierten F5 Roadster aus den Restbeständen der Wehrmacht, der im Krieg als Sanitätswagen gedient hatte. Die Holzkarosserie war an der Seite zersplittert, die Achsgelenke ausgeschlagen, und einen Kolbenfresser hatte der Motor auch. Wesley bot an, es reparieren zu lassen, zum Tausch gegen das Bild vom Haff, sogar einen Stellmacher wollte er ausfindig machen, der die Karosserie in Ordnung bringen sollte. Aber Emil gab das Haff nicht her, lieber malte er neue Bilder und tauschte sie gegen Zigarettenstangen. Er versteckte sie unter dem Bett in seiner Flüchtlingskammer bei Günther und Hilde Ganslmeier.

Jetzt, fast zwanzig Jahre später, saßen beide bei ihm im Wohnzimmer, betrunken und vergnügt, und lauschten seiner Geschichte. Emil richtete sich auf, rückte dabei mit einer geschickten Bewegung die Beinprothese zurecht.

»Mit der Zeit wurde es unter dem Bett immer voller.«

»Wohl nicht nur unter dem Bett!« rief Günther Ganslmeier, und die Gäste kreischten los. Aber Emil ließ sich nicht ablenken.

»Auf dem Münchener Schwarzmarkt habe ich die Zigaretten gegen Kolben, Zylinder und Scharniergelenke getauscht und dann die Kiste wieder flottgemacht. Am schwersten war das Eschenholz für die Karosserie zu kriegen, denn in den Kriegswintern war alles verfeuert worden. Und es mußte auch ein bestimmtes Stück Holz sein, das ich in Faserrichtung bearbeiten konnte, sonst hält das ja nicht. Jedenfalls bekam ich dann die Lizenz für Jackson & Jackson, und dann fuhr ich durch Bayern und belieferte die Krankenhäuser mit Medikamenten, später auch die Apotheken. Und so kam ich eines schönen Tages aus Miesbach, und kurz vor Gut Schliehberg krachten die Achsgelenke wieder durch. Und kaum hatte ich sie repariert, tauschte ich den DKW.«

Emil machte eine Pause, bis die Gäste wieder leise waren. Dann beugte er sich vor.

»Nämlich gegen meine Frau!«

Er packte Agathe um die Taille und zog sie auf seinen Schoß, sie quiekte und stimmte ins Lachen der Gäste ein. Hilde Ganslmeier drückte den Kopf an die Brust, ihr Hals warf dicke Falten, die sich wie Lippen nach oben bogen, Günther Ganslmeier dröhnte, Ilse Haim gackerte, Siegmund Stangl wurde rot, nur die Glatze blieb blaß, und er warf einen schnellen Blick auf Agathe. Draußen wurde es langsam hell, der Nebel kroch wie Licht aus dem Pool.

Ilse Haim, die am nüchternsten war, zog sich als erste den Mantel an. Ihr Haar ähnelte einer verrutschten Pelzkappe. Agathe und Emil brachten die Gäste zur Tür und schauten ihnen nach, bis sie das Tor an der Einfahrt erreichten. Von hinten sahen sie plötzlich grau aus. Agathe schloß die Tür.

»Lügner«, sagte sie.

»Agathchen, dir fehlt der Humor«, sagte er und legte den Arm um ihre Schulter. »Das mit dem Tausch gegen den DKW war doch ein Witz. Alle wissen das. Er steht doch noch heute in meiner Garage.«

Aber Agathe riß sich los und starrte ihn an. Sie mußte sich auf das Vertiko stützen, auf dem eine Vase mit einem Hirschkopf stand.

»Ich meine was anderes. Das weißt du genau. Es sind nicht die Bilder, mit denen deine Karriere begann, und auch nicht die Medikamente. Aber diesen Teil der Geschichte läßt du jedesmal weg.«

Emil ließ die Arme hängen.

»Du solltest weniger trinken.«

Dann verschwand er im Flur.

Den Gegenstand, den Agathe in ihren Händen hielt, umwickelte sie erst mit Papier und dann mit Paketband, bis er aussah wie ein kurzes Stück Strick. Sie hatte lange über ein geeignetes Versteck nachgedacht – ihre Älteste fand ja alles, jede Sherryflasche, jede Kirschwasserflasche, ob sie hinter den Putzmitteln stand oder zwischen den Scheiten im kalten Kamin. Gabriele kippte den Schnaps in den Ausguß und spülte die Flaschen aus, damit keine Reste übrigblieben. Nur im Ehebett suchte sie nicht. Darum bewahrte Agathe die Flaschen am Fußende auf. Nachts schreckte sie immer wieder auf und tastete mit den Zehen nach dem kühlen Glas. Einmal fand Emil am Abend die Flaschen, klemmte ihre Hälse zwischen die Finger und trug sie vor die Schlafzimmertür.

»Gabrielchen!« rief er. Gabriele kam. Das Mädchen war schön geworden, ätherisch und blond, mit schweren Brüsten. Die Hüften waren schmal geblieben, so daß er sich manchmal fragte, ob sie wohl jemals Kinder gebären würde. Sie war intelligenter als die Mutter, und er hatte sich entschieden, daß sie studieren sollte. Er reichte ihr die Flaschen.

»Gabrielchen, sei doch so lieb und leere die aus.«

»Nein, tu das nicht«, sagte Agathe.

»Mach schon, Kind. Deine Mutter ist krank.«

»Dein Vater ist doch der Kranke hier. Der stürzt uns noch alle ins Unglück.«

»Agathe, sei still. Du machst es nur schlimmer.«

»Nein!« schrie Agathe, »ich bin nicht still. Du machst alles kaputt. Alles, unsere Ehe und mich.«

»Wer säuft sich denn hier um den Verstand?«

»Wer vögelt sich denn hier um den Verstand?«

Das Kind sah seine Eltern an, die Eltern schwiegen. Gabriele holte Luft, um irgend etwas zu sagen, aber ihr fiel nichts ein. Sie begann, mit dem großen Zeh den Teppich gegen den Strich zu bürsten, bis eine wurmartige Figur entstand.

Endlich rang Emil sich einen Satz ab. »Hör nicht auf deine Mutter. Sie ist krank.«

Das Mädchen nickte, nahm die Flaschen unter die Arme und eilte den Flur entlang, Agathe rannte ihr nach. Die Hirschgeweihe wuchsen wie Äste aus der Wand, die fahlen Schädel ließen sich nur erahnen, in der Dunkelheit schien der Flur immer länger zu werden, und hinten in der Glastür sah Gabriele zwei blasse Spiegelbilder auf sich zuschweben. Agathe keuchte.

»Bitte, Kind. Bitte gib sie mir.«

Gabriele beschleunigte ihren Schritt, doch die Mutter verfolgte sie weiter.

»Bitte. Nur eine Flasche.«

In der Küche drehte Gabriele mit zittrigen Fingern die Verschlüsse ab und stellte die Flaschen kopfüber in den Ausguß. Zwei nahm sie jeweils in die Hand und schüttelte sie, damit es schneller ging. Wodka, Whisky, Gin und Weinbrand gluckerten in den Ausguß, die Dämpfe stiegen ihr scharf in die Nase.

»Bitte!« flehte Agathe, »nur ein einziges Glas.«

»Mama, es ist nicht gut für dich.«

»Bitte! Nur einen einzigen Schluck.«

»Ich muß doch Papa gehorchen.« Das Gesicht der Tochter hatte sich verzerrt, und Agathe sah, daß sie nicht mehr lange standhielt.

»Wenn ich wollte«, sagte sie, »könnte ich deinen Vater in den Knast bringen.«

Gabriele sah auf. »Was könntest du?«

Agathe starrte auf die Flaschen im Ausguß. Einer stand der Whisky im Hals, der Unterdruck hielt ihn fest, er leuchtete ihr entgegen wie ein Abendsonnenstrahl.

»Gib mir den Whisky. Dann sag ich es dir.«

»Mama!«

»Und wenn mir keiner glauben will, habe ich einen Beweis. Und sogar einen Zeugen, einen Amerikaner. John Wesley aus Connecticut. Er war nach dem Krieg in München Soldat.«

Gabriele sah ihre Mutter an. Das blondierte Haar stand in Knoten vom Kopf, sie hatte das Spray seit Tagen nicht herausgekämmt, der Ansatz wuchs grau nach. Statt ihres Morgenrocks mit den Spitzen am Kragen trug sie den Bademantel ihres Mannes, der Frotteestoff war schon abgerieben. Die Mutter roch nach ausgeschwitztem Alkohol.

»Mama!« sagte Gabriele noch einmal. Dann stieß sie kurz an die Flasche, das Becken schmatzte, und der Whisky schoß in den Ausguß.

»Mama, ich kann dir doch einen Kaffee machen«, schlug sie zaghaft vor. Aber Agathe drehte sich um und schlurfte hinaus, stieß mit der Schulter gegen Emil, der ihnen nachgegangen war. Er stand im Eingang, seine Hand fuhr am Türrahmen entlang.

»Du darfst nicht auf deine Mutter hören, Gabrielchen«, sagte er. »Sie redet im Delirium. Es ist nicht wahr, was sie über mich sagt.«

Gabriele nickte. Emil ging auf sie zu, nahm ihr Kinn in die Hand und drückte es hoch.

»Hörst du! Es ist nicht wahr.«

Gabriele versuchte noch einmal zu nicken.

»Wer ist denn John Wesley?« fragte sie, ihre Stimme klang gepreßt, denn Emils Finger hatten sich wie Schraubzwingen um ihr Kinn geschlossen. Als er es merkte, ließ er sie los und streichelte ihr hastig über den Kopf.

»John Wesley gibt es nicht mehr«, sagte er. »Mit ihm bin ich fertig. Und er mit mir, glaube ich, auch.«

Agathe steckte das Päckchen, Pflasterstreifen, Hammer, Schere und Nägel in ihre Schürzentasche. Jetzt fehlte nur noch die Preßholzplatte, Agathe hatte sie vor Tagen zurechtgesägt und unter dem Teppich im Schlafzimmer versteckt. Sie holte sie, dann ging sie ins Zimmer ihrer Ältesten. Gabriele war ordentlich, die Schulhefte auf dem Schreibtisch lagen Kante auf Kante, und auf der schwarzlackierten Kommode saßen die Puppen in Reih und Glied. Agathe kniete nieder, öffnete die Kommodentüren und nahm die gefalteten Pullover und die Unterwäschestapel heraus und legte sie neben sich auf den Teppich. Mit der Schere löste sie die Heftzwecken, die das Schrankpapier befestigten. Das Papier zeigte weiße Endlospuppen, die sich auf rotem Grund an den Händen hielten, sie hatte es seinerzeit liebevoll ausgesucht. Jetzt zog sie es heraus, behutsam, damit es nicht knitterte. Dann klebte sie ihr Paket an die Rückwand der Kommode, es war flach und fiel nicht auf, zumal Paketschnur und Pflasterstreifen von gleicher Farbe wie das Holz waren. Sie nagelte die Preßholzplatte darüber – nun hatte die Kommode eine doppelte Rückwand. Anschließend heftete sie das Schrankpapier fest, strich mit den Händen darüber. Das Versteck war gut, keiner würde es entdecken. Zum Schluß schob Agathe die Wäsche ihrer Tochter zurück in die Kommode und schloß die Türen.

Die Schere legte sie wieder auf den Schreibtisch ihres Mannes, neben den Briefbeschwerer, der aussah wie eine faustgroße Sedatin-Tablette. Den Hammer brachte sie in die

Werkzeugkiste im Keller und die restlichen Pflasterstreifen in den Badezimmerschrank. Im Spiegel sah sie eine zerstörte Schönheit. Sie hatte noch keine Hängewangen oder Fransenlippen, aber die Tränensäcke verrieten sie. Der Mund war noch straff, und die schwarzen Augenbrauen umrahmten ihre Blässe wie ein Bild. Den Haaransatz hatte sie nachblondiert; sie ging niemals ungepflegt aus dem Haus, darum zog sie auch jetzt ein Kostüm an, Nylonstrümpfe und die italienischen Wildlederschuhe.

Als sie die Haustür hinter sich schloß, hörte sie die Hunde bellen. »Seid still«, murmelte sie und öffnete das Garagentor. Die angestaute Garagenhitze kam ihr wie aus einem Rachen entgegen. Agathe spürte zum ersten Mal an diesem Vormittag ihren Herzschlag. Der Tag war günstig, schwül. Wenn es morgen regnete, war es zu spät. Agathe stieg in ihren Borgward, die Reifen knirschten auf der Einfahrt. Auf der Straße stieg sie aus und schloß die Tore hinter sich, ihr Blick fiel auf die Fensterscheiben. Leise klopften die Äste der Haselnußsträucher dagegen. Der Gärtner würde sie schneiden müssen.

Der Borgward rüttelte den Staub auf der ungepflasterten Straße auf, kleine Steinchen schlugen gegen die Karosserie. Agathe kannte jedes Schlagloch und lenkte das Auto im Slalom, und zwischendurch warf sie einen Blick auf die Schlierach. Das Wasser war grün und drehte sich in Wirbeln um die Steine, zog an ihrem Moos, als wären es Haare. Wolken durchstreiften den Himmel, legten sich schwer an die Alpen. Als Agathe rechts abgebogen und den Tegernseer Berg hinaufgefahren war, sah sie die Bauern, die das Heu einholten. Sie hatte sich nicht getäuscht. Gut Schliehberg lag still in der Mittagssonne, niemand war zu Hause.

Sie parkte den Borgward auf dem Hof. Ein Hund kläffte.

»Ruhig, Wolgo«, sagte sie.

Als er sie erkannte, wedelte er mit dem Schwanz, und sie griff ihm kraulend in den gelben Nacken. Wolgo war alt, neuerdings zog er die Hinterbeine nach, man würde ihn bald erschießen. Sie mußte daran denken, wie er als wolliger Welpe mit Gabriele auf der Babydecke im Park getobt hatte. Damals hatte Agathe noch geglaubt, daß Gabriele das Gut erben würde, mit seinem gelb getünchten Schloß und dem Hof, den Ställen und den Tieren, den Ländereien und dem Park. Dann war alles ganz anders gekommen, und jetzt gehörte das Gut dem Vetter Sepp. Der Betrieb lief gut, aber Agathe weinte, als Sepp die Sprossenfenster im Schloß herausriß und durch große Scheiben ersetzte und als er die alten Kirschbäume fällte. Nur die Blutbuche im Park mußte er stehenlassen, auf Wunsch des Vaters, obwohl sie die Sichtachse verstellte.

Der Hof war auch im Sommer feucht, Agathes Wildlederschuhe bekamen einen Rand und an den Absätzen einen Kranz aus Erde. Im Haus war es kühl und roch nach Hunden, Milch und Äpfeln. Sie betrat die Küche. Alle Frauen der Familie hatten die Angewohnheit zu putzen, noch während die Krümel auf die Anrichte fielen. Auch Agathe wischte unwillkürlich den Tropfenkreis vom Tisch, den ihr Wasserglas hinterließ. In der Schublade fand sie das Schlachtmesser. Als Kind hatte sie nicht zusehen dürfen, wie ihr Vater damit die Hühner tötete, jetzt prüfte sie die Klinge. Das Metall glitt über die Fingerkuppen wie ein Versprechen, sie hörte es zischen. Sie öffnete ihre Handtasche aus Krokoleder, ließ das Messer hineinfallen, zwischen Autoschlüssel und Lippenstift, der Magnetverschluß klickte.

Aus dem Stall gegenüber holte sie einen Strick. In der Dämmerung zwischen Mauern und Stroh war es ruhig. Nur ein trächtiges Tier stand im Stall, sie strich ihm über die pralle Flanke und drückte zum Schluß ihren Kopf an die flache, harte Stirn. Bei ihrer Geburt sahen die Kälber aus wie Träume, die aus dem Schlaf gezogen wurden. Die Milchkühe blieben im Sommer draußen, Sepp hatte eine mobile Melkanlage gekauft, an der die Saugnäpfe wie Gasmasken baumelten. Agathes Eltern waren schon alt, trotzdem ritten sie täglich über die Felder, sahen nach dem Roggen, dem Weizen, den Tieren auf der Weide, ihre schwarzen Schaftstiefel glänzten in der Sonne. Die Mutter trug ein Kopftuch und nickte den Bauern zu, der Vater blickte hager nach vorn. So hatte Agathe die Eltern zum letzten Mal gesehen.

Als Kind war sie oft auf die Buche gestiegen. Jetzt suchte sie das Astloch, das sich als Stufe benutzen ließ. Dann mußte sie sich mit der linken Hand auf einen Knoten in der Rinde stützen und mit der rechten den unteren Ast ergreifen. Ihr Körper fand die Bewegung wieder, als wäre sie niemals fort gewesen. Sie staunte, wie schwer sie geworden war, als hätte sie sich einen halbvollen Kornsack um die Hüften gebunden. Sie spürte ihre Bauchfalten, die sich gegen das angewinkelte Bein preßten, und ein schmerzhaftes Wackeln im Oberarm, als sie ihn durchstreckte. Das aufgerollte Seil, das sie über die Schulter gehängt hatte, verhakte sich immer wieder in den Zweigen. Auch der Rock störte sie beim Klettern. Sie zog ihn hoch und ließ die Schuhe fallen, damit sie nicht abrutschte. Plötzlich fiel ihr ein, daß man unter den Rock würde schauen können. Es wäre klüger gewesen, eine Hose anzuziehen, wie Ilse Haim sie gern trug. Eine Weile verschnaufte sie, Moosflecken färbten ihre Knie, und ihre Muskeln zitterten. Der Baum roch nach gewürzter Sonne. In den Astgabeln schlug die Rinde Wellen wie Haut in den Achseln von Kaltblütern. Noch einmal spähte Agathe durchs Laub. Kein Mensch war in der Nähe. Sie sah das träge Leuchten der Wiesen und die gelben Kirchtürme von Miesbach. Die Bodenschneid war zerklüftet und waldig. In der Ferne über dem Tegernsee flirrte der Dunst.

Sie stieg weiter, bis sie den Ast erreichte, auf dem sie als Kind oft gesessen hatte. Sie setzte sich und tastete nach der Mulde im Stamm, die ein ausgekugelter Zweig hinterlassen hatte. Dort hatte sie einst ihre Schätze versteckt, ein stibitztes Glas Honig, einen runden weißen Stein aus der Schlierach, den ersten Liebesbrief von Emil. Er hatte ihr einen Himmel gemalt und auf jede Wolke einen Satz geschrieben, mit schwarzer Tinte – was aussah, als würde es Spinnen regnen. Jetzt griff sie in die Mulde, fand nur modernde Blätter und kühle, leicht schmierige Erde. Sie nahm das Schlachtmesser aus der Handtasche und ritzte ein Wort in den Stamm: »Verzeih«.

Sie legte das Messer zu den schwarzen Blättern in die Mulde. Ihre Handtasche ließ sie fallen und sah Wolgo, obwohl er schon hüftlahm war, danach springen. Sein Körper schoß senkrecht in die Höhe, der Hals verdrehte sich, die Lefzen verschleuderten Speichel, die Zähne blitzten. Beim Aufsetzen jaulte Wolgo auf vor Schmerz, ohne die Tasche fallen zu lassen. Nach einer Weile wedelte er wieder mit dem Schwanz und blickte zu Agathe auf, als warte er darauf, ihr die Tasche zurückzugeben.

Sie band den Strick am Ast fest. Schließlich drehte sie eine Schlinge und steckte den Kopf hindurch, als würde sie einen Pullover anziehen. Sie faltete die Hände und sprach ein Gebet, aber mittendrin stockte sie. Nach dem täglichen Brot zu bitten, wenn sie keines mehr haben wollte, erschien ihr unangebracht. Eine Weile betrachtete sie die Füße, die neben dem Seil in der Leere baumelten, die Laufmaschen krochen wie Raupen die Beine hoch. Wolgo ließ die Handtasche fallen und legte den Kopf schräg, gab hin und wieder ein Fiepen von sich, das irgendwie empört klang. Als sie die Hände wieder faltete, verlor sie fast das Gleichgewicht. Der gute Hirte mit dem Stecken und Stab, dem frischen Wasser und der grünen Aue – Agathe war sich nicht sicher, ob er im finsteren Tal wirklich bei ihr gewesen war. An ein anderes Gebet erinnerte sie sich nicht, es war alles so lange her. Darum stammelte sie nur noch »Amen«. Sie spürte, wie ihr Schweiß durch die Kostümjacke drang. Er roch nicht nach Haut oder Alkohol, sondern brackig und faul. Sie hechelte, ihre Lippen flatterten, sie wollten immer noch »Amen«

sagen, es hörte sich an wie »Mama«. Sie konnte plötzlich ihre Haare fühlen, als würden an deren Spitzen mikroskopisch kleine Münder schreien. Ihr Herz war beschlagen wie ein Huf und trat sie. Der Himmel floß davon, zurück in irgendeinen Aquarellfarbkasten, der sich als aufgeklapptes Maul unter dem Horizont verbarg.

Schwankend gab die Buche dem Ruck nach, das Holz ächzte, die Blätter rauschten, die Äste winkten erst hektisch, dann ruhig, dann ragten sie wieder unbewegt in die Mittagssonne.

Agathe Katharina Caspari hinterließ einen Mann, keinen Abschiedsbrief und vier Töchter. Sie wurde in einer Ecke des Miesbacher Friedhofes am Oberen Markt beerdigt. Einen Grabstein bekam sie nicht, und der Priester blieb der Beisetzung fern. Die Glocken der gotischen Klosterkirche hingen stumm im Gebälk. Günther und Hilde Ganslmeier, Siegmund Stangl und Ilse Haim ließen sich nicht blicken. Auf der anderen Seite des Grabes stand Agathes Verwandtschaft und starrte an Emil Caspari vorbei. Er hatte die Kleinen zu Hause gelassen, um ihnen dieses Erlebnis zu ersparen, und hielt nur seine Älteste, Gabriele, an der Hand. Ihre Hand war naß und kalt. Gabrieles Augen suchten den Friedhof ab und fanden einen Christus aus Holz, sorgsam bemalt und lackiert, an ihm blieb ihr Blick hängen. Sein Kreuz hatte ein Dach, es sah so aus, als wäre es sein Wohnhaus, als hätte er es gut. An seinem Leib klebte Vogeldreck, wie weißes Blut. Sein Kopf war abgewandt, als scheue er den Anblick der Begräbnisgesellschaft. Gabriele gab ihm Zeit. Sie versuchte im Geiste die Dornenkrone zu entwirren, die an ein Geflecht aus Makkaroni erinnerte. Als die Glocken weiterhin schwiegen, löste sie ihren Blick.

Es war der 2. Juni 1964. Drei Jahre später, an einem ähnlich heißen Sommertag, stand Gabriele Caspari in einem Berliner Hinterhof, in der Krummen Straße 66, und sah, wie Benno Ohnesorg starb.

Hieronymus

Es war dunkel. Die Menschen drängten sich, sie umringten und betrachteten den starren Leib. Sie schwiegen, nur gelegentlich flüsterte einer seinem Nachbarn ein ehrfürchtiges Wort zu.

Der Leichnam hatte die Augen geschlossen. Sein Körper verschwand in der Finsternis. Nur das Gesicht war zu sehen, als hätte jemand die Nacht berührt und dort einen sanften, hellen Fingerabdruck hinterlassen. Wer sich nach einiger Zeit an die Dunkelheit gewöhnt hatte, erkannte die Dornenkrone auf dem Kopf des Toten und schließlich die Quietscheentchen, die zwischen den Dornen saßen wie in einem Nest.

Die ausgebreiteten Arme des Gekreuzigten steckten in orangefarbenen Schwimmflügeln. Um die Hüften schlang sich ein Schwimmreif mit Fischkopf. Die Fußspitzen waren eingetaucht, denn das Kreuz ragte aufrecht aus einem aufblasbaren Planschbecken, das bis zum Rand mit Blut gefüllt war.

Proseccogläser klirrten, es roch nach Eisen und zugleich faulig. »Blood & Fun« hieß die Installation und war Teil einer Ausstellung, die das Publikum fassungslos machte und faszinierte. Fünf Aktionskünstler hatten sich fünf gotische Kruzifixe vorgenommen und unter dem Titel »Making Jesus Pay« zu einem Reigen vereint.

Hieronymus Arber besuchte die Ausstellung bei einer seiner selten gewordenen Berlinreisen. Er hatte kürzlich einen Artikel im »Spectator« gelesen, über Andres Serranos »Piss Christ«. Der »Piss Christ« war Teil der Ausstellung, darum war Arber hier. Eigentlich hatte er vorgehabt, im Eilschritt durch die Galerie und dann nebenan etwas essen zu gehen, aber jetzt stand er schon seit einer Weile vor dem Blutbad und rieb sich das Kinn. Er war unrasiert, was ihn müde aussehen ließ, seit die Haare grau geworden waren. Nur seine steil ansteigenden Augenbrauen waren noch schwarz. Sein Blick ruhte auf dem Exponat. Die Beleuchtung gab ihm Rätsel auf. Das Schildchen am Beckenrand, das er nach einiger Zeit entdeckte, verriet nur, daß »Blood & Fun« von der Künstlerin Lia Lu stammte, die für ihre Arrangements mit Kinderspielzeug bekannt war.

Als irgend jemand gegen das Planschbecken trat, schwappte es, und Arber sprang zurück. Er blickte nach unten. Im Lochmuster seiner Budapester Schuhe hatte sich Blut gesammelt, er schüttelte es heraus. Dann sah er wieder auf das Gesicht Jesu, das wie ein Mond über dem Blutbad schien.

»Und? Gefällt es Ihnen?«

Arber zuckte zusammen.

»Wie bitte?«

»Ob es Ihnen gefällt.«

Vor ihm stand eine Frau, deren Haar mit den Federn einer Kinderfaschings-Indianerkrone zu senkrecht nach oben stehenden Zöpfen verflochten war. Das verrutschte Stirnband hatte eine Linie in die Stirn geprägt, und darunter zeigte sich ein zerknittertes Gesicht mit mädchenhaft langen Wimpern.

»Sie müssen Lia Lu sein.«

Sie klimperte mit den Lidern. Arber senkte den Blick und bemerkte, daß sie weiße Kniestrümpfe und schwarze Lackschuhe trug, einen Blümchenrock, aus dem faltige Knie lugten.

»Also, gefällt es Ihnen?«

»Nein. Aber es ist interessant, weil es vieles verrät. Schauen Sie in sein Gesicht.« Arber wies nach oben. »Rührt Sie das nicht an, wie er leidet, inmitten der dämlichen Quietscheentchen? Und wie erhaben der Gott wirkt, angesichts der Banalität dieser Kunst?«

Lia Lu schüttelte den Kopf mit der Federkrone, mehr verwundert als gekränkt. Auf die Enden der Federn, die oben aus den Zöpfen standen, waren Symbole gemalt: das Peace-Zeichen, das Yin-und-Yang-Zeichen, das Feministinnenzeichen, die Friedenstaube und der Anarchistenstern. Die umkreisten Embleme auf den Federn sahen aus wie Augen und erinnerten Arber an den Außerirdischen in irgendeiner Kinokomödie, die er irgendwann gesehen hatte.

»Unsinn! Es geht doch nicht um Leiden!« rief Lia Lu. »Es geht um Politik! Für mich war Kunst schon immer ein Politikum. Mein erstes Werk war das Flugblatt des Frankfurter Weiberrates für die Tagung des Sozialistischen Deutschen Studentenbundes. Das mit der nackten Frau auf dem Diwan, die in der Rechten ein Hackebeil hält. Über ihr hängen Trophäen an der Wand, blutige Penisse. Daran erinnern Sie sich bestimmt noch, oder? Sie sind doch meine Generation, und das Flugblatt war in ganz Deutschland bekannt.«

»Ich weiß nicht. Es gab so viele Flugblätter in Frankfurt«, sagte Arber.

»Sie waren auch in Frankfurt?« Lia Lu strahlte ihn an.

»Ja«, sagte Arber, »für ein paar Jahre, damals.«

»Mein Flugblatt war wirklich eine Wucht! Dann haben wir die Männer mit emanzipatorischen Symbolen beworfen, mit frischen Föten und alten Eiern. Drei Jahre später war ich im ›Stern‹ abgedruckt. Als Prominente. Weil ich abgetrieben habe.«

»Nicht schlecht«, sagte Arber.

Irgendwo wurde ein Fenster geöffnet, der Wind wehte Arber den Blutgeruch aus dem Planschbecken in die Nase.

»Entschuldigen Sie mich«, sagte er.

Er folgte dem Luftzug und stellte sich ans offene Fenster. Auf dem Fensterbrett stapelten sich Flyer der Galerie. Der Wind blätterte sie auf und trieb sie in den Raum. Sie raschelten so wie damals die Flugblätter, die im Sommer 1967 Tag für Tag über den Frankfurter Campus gesegelt waren, weiß und leicht wie Schwalben.

Manche waren so oft voneinander abkopiert worden, daß die Buchstaben aussahen wie zerdrückte Fliegen. Die kleinen Fotos von Intellektuellen, Revolutionären oder Klassenfeinden, die den Text illustrierten, ließen sich kaum noch erkennen; Haare, Kragen und Augenwinkel hatten sich beim Kopieren verschwärzt und verklumpt. Viele Flugblattmacher hatten die Eigenart, Gesichter ausgeschnitten aufs Papier zu kleben, so daß sie beim Kopieren einen scharfen Umriß bekamen. Es fehlte die Aura aus Härchen und Schatten, die Gesicht und Hintergrund verschränkte. Die Schreibmaschinenworte stießen bis an die Körpergrenzen.

Morgens standen AStA-Mitglieder vor dem Frankfurter Institut und verteilten die Zettel, und eines Tages im Mai 1967 gelangte ein Flugblatt mit der Post von Berlin nach Frankfurt, begleitet von einem Anwaltschreiben, und es war an Wisent gerichtet, an Professor Dr. Aaron Wisent, den Direktor des Instituts:

Wann brennen die Berliner Kaufhäuser?

Bisher krepierten die Amis in Vietnam für Berlin. Uns gefiel es nicht, daß diese armen Schweine ihr Coca-Cola-Blut im vietnamesischen Dschungel verspritzen mußten. Deshalb trotteten wir anfangs mit Schildern durch leere Straßen, warfen ab und zu Bier ans Amerikahaus, und zuletzt hätten wir gern HHH in Pudding sterben sehen. Den Schah pissen wir vielleicht an, oder wenn wir das Hilton stürmen, erfährt er auch einmal, wie wohltuend eine Kastration ist, falls überhaupt noch was dranhängt... es gibt da so böse Gerüchte.

Ob leere Fassaden beworfen, Repräsentanten lächerlich gemacht – die Bevölkerung konnte immer nur Stellung nehmen durch die spannenden Presseberichte. Unsere belgischen Freunde haben endlich den Dreh raus, die Bevölkerung am lustigen Treiben in Vietnam wirklich zu beteiligen: sie zünden ein Kaufhaus an, zweihundert saturierte

Bürger beenden ihr aufregendes Leben, und Brüssel wird Hanoi. Keiner von uns braucht mehr Tränen über das arme vietnamesische Volk bei der Frühstückszeitung zu vergießen. Ab heute geht er in die Konfektionsabteilung vom KaDeWe, Hertie, Woolworth, Bilka oder Neckermann und zündet sich diskret eine Zigarette in der Ankleidekabine an. Dabei ist nicht unbedingt erforderlich, daß das betreffende Kaufhaus eine Werbekampagne für amerikanische Produkte gestartet hat, denn wer glaubt noch an das »made in Germany«?

Wenn es irgendwo brennt in der nächsten Zeit, wenn irgendwo eine Kaserne in die Luft geht, wenn irgendwo in einem Stadion die Tribüne einstürzt, seid bitte nicht überrascht. Genausowenig wie beim Überschreiten der Demarkationslinie durch die Amis, der Bombardierung des Stadtzentrums von Hanoi, dem Einmarsch der Marines in China.

Brüssel hat uns die einzige Antwort darauf gegeben:

burn, ware-house, burn!

KOMMUNE 1 (24. 5. 67)

Hochverehrter Herr Prof. Wisent,
als Anwalt der Kommune 1 wende ich mich an Sie, denn es geht um die gemeinsame Sache. Ihre Schüler, Bewunderer und Verehrer sind mit einem Flugblatt an die Öffentlichkeit getreten, das mit seiner konsequenten Entlarvung der Gleichgültigkeit der Konsumgesellschaft gegenüber dem Vietnamkrieg das Bewußtsein der Epoche schon jetzt verändert hat. Dabei werden sie von den klerikal-faschistischen Kräften in der BRD diffamiert, verfolgt und jetzt angeklagt. Das ist nicht verwunderlich, aber zugleich konstituiert das den Appell an alle fortschrittlichen Kräfte und Vorkämpfer der Arbeiterklasse, geistigen und ggf. natürlich auch bewaffneten Widerstand zu leisten. Sie, verehrter Herr Prof. Wisent, sind ja der geistige Vater der Aufklärung (in der Epoche nach dem faschistischen Angriff auf die friedliebende Sowjetunion),

auf den wir unsere Hoffnung setzen. Das beiliegende Flugblatt ist aufgrund seiner hohen sowohl dialektischen als auch surrealistischen Qualität, wie Sie unschwer erkennen können, in Ihrem Sinn und – vielleicht noch vollendeter – in Ihrer Sprache geschrieben. Es gilt, den Endsieg des Sozialismus über die Reaktion herbeizuführen. Die Genossen Grass, Jens, Kluge, Lämmert, Baumgart, Szondi, Taubes, Wapnewski und Zwerenz haben sich bereits positiv und einige sogar schriftlich und gutachterlich geäußert; und natürlich wäre vor allem von Ihnen ein entsprechendes apodiktisches Schreiben der finale sozialistische Hammer- (und Sichel-) Schlag, um die Niederlage der reaktionären Justiz in der BRD herbeizuführen.

Mit unerschütterlichem sozialistischem Gruß,
Ihr Bodo Streicher.

PS: Darf ich Dich bei unserer hoffentlich demnächst anstehenden Vollversammlung als Genosse ansprechen?

Irgend jemand in Berlin hatte das Flugblatt auch an den Frankfurter AStA geschickt, die Kopien gingen von Hand zu Hand, alle Studenten waren gespannt, was Wisent ins Gutachten schreiben würde. Kurz bevor er seine Vorlesungsreihe über die Verzweiflung eröffnete, standen die Studenten in den Fluren und im Treppenhaus des Institutes herum. Sie schnappten sich Arber, der gerade an ihnen vorbeihastete.

»Und? Was schreibt er?« fragten sie.

»Weiß nicht«, rief Arber und wollte weiter, aber jemand hielt ihn am Ärmel fest.

»Sie sind sein Assistent, Sie müssen es doch wissen.«

»Bislang hat er sich doch immer auf die Seite seiner Studenten gestellt, oder?« sagte Arber.

»Allerdings!«

Die Gruppe folgte ihm bis zu Wisents Sekretariat. Arber klopfte und öffnete die Tür. Die Sekretärin, Fräulein Christian, lächelte ihm zu. Sie trug eine Brille, die ihre Augen vergrößerte, was ihr einen besorgten, leicht empörten Ausdruck verlieh.

»Guten Tag, Fräulein Christian«, sagte Arber.

»Guten Tag, Herr Doktor Arber«, sagte Fräulein Christian.

Hinter ihm schoben sich die studentischen Wuschelköpfe durch den Türspalt. Fräulein Christian verscheuchte sie mit wedelnden Handbewegungen, die goldenen Armreifen klirrten.

»Ach Gott, ach Gott, diese Kinder«, flüsterte die Sekretärin. »Der Herr Professor liebt sie ja alle, sogar die dummen.« Sie seufzte. »Ich merke es, wenn ich den Tee bringe. Er nimmt sich ja viel zu viel Zeit für sie. Telefoniert in der ganzen Welt herum, damit sie Stipendien kriegen. Aber sie werden es ihm nicht danken. Sie werden sehen, er sieht müde aus.«

Arber versuchte, väterlich zu lächeln. Fräulein Christians Sorge rührte ihn. Hin und wieder traf er sie sogar sonntags im Institut, wie sie mit ihren empörten, verschwommenen Augen hinter der Kugelkopfmaschine saß oder auch Wisents Möbel polierte.

»Aber Fräulein Christian, was reden Sie da! Die Studenten verehren ihn! Er ist eine Ikone, ein Gott!«

Fräulein Christian wackelte mit dem Kopf. »Am Ende beißen sie die Hand, die sie füttert. So endet es doch immer, oder? Man darf nicht so gut sein. Am Ende dankt es ja doch keiner. Was wollten die Kinder denn schon wieder?«

»Es geht um das Flugblatt.«

»Ach, richtig, ja ja, das Flugblatt, das hätte ich fast vergessen...«

Sie blätterte einen Papierstapel in der Ablage durch, nahm das Flugblatt in die eine, das Anwaltschreiben in die andere Hand. Eine Weile schwang ihr Blick hin und her, wie bei einer Katze, die mit einem Pendel gefoppt wird.

»Sagen Sie mal, Herr Doktor Arber«, flüsterte sie, »ist es wahr, daß die in der Kommune alle kreuz und quer, ich meine, also daß die ein gemeinsames Schlafzimmer haben und daß die beiden Kinder immer mit dabei sind?«

»Glaub schon, jedenfalls sagen und schreiben sie das. Dafür gibt es ja auch eine Theorie, warum das gut sein soll. Sexuelle Emanzipation heißt die«, sagte Arber.

Fräulein Christian wurde rot und wandte sich ab.

»Herr Professor«, rief sie ins Nebenzimmer, »was ist denn jetzt mit dem Flugblatt?«

»Antworten Sie mit einem Einzeiler«, brummte Wisent.

»Was soll denn drinstehen?« fragte Fräulein Christian.

»Ablehnung, was sonst, habe ich Ihnen doch schon gesagt.«

Die Tür zu Wisents Zimmer stand offen, Arber klopfte nicht an. Wisent saß am Schreibtisch. Seine Taschenuhr, eine A. Lange, Dreideckel und 18er Gold, das Erbstück seines Vaters, wie Arber wußte, lag aufgeklappt vor ihm. Die birnenförmige Spitze des Stundenzeigers zielte auf die römische Zehn.

Arber mochte die Uhr, sie erinnerte ihn an die seines Vaters. Als Kind hatte Arber sich vorgestellt, der kleine Kreis des Sekundenzeigers sei ein Gehege für ein erregtes Tier. Arbers Vater war in den letzten Kriegstagen in den Seelower Höhen gefallen, die Uhr war fort. Von der Mutter war ihm der Name geblieben, Hieronymus – Erbe und Kainsmal. Sie war katholisch und wollte das Kind nach dem Heiligen taufen lassen, an dessen Namenstag der Geburtstermin angesetzt war: Michael. Aber das Kind kam einen Tag zu spät, und dieser Tag gehörte dem Heiligen Hieronymus. Herr Arber schalt seine Frau, das Kind solle Adolf oder Rudolf heißen. Da wurde sie trotzig. Sie sei katholisch, und ihre Familie habe es immer so gehalten, und ob er sich nicht schäme, nach dieser schweren Geburt mit der Mutter seines Sohnes zu streiten, anstatt dem Heiligen Hieronymus zu danken. Sie setzte sich durch. Arber trug seinen Namen mit dem gleichen Trotz. Schon in der ersten Klasse wurde er verspottet, von Kindern, die Siegfried, Joachim oder Dieter hießen. Sie sagten, sein Name sei undeutsch. Heute verspotteten ihn die Linken für diesen Namen. Sie hießen zwar immer noch Siegfried, Joachim und Dieter, nannten sich aber Siggi, Jo und Didi und sagten, sein Name sei klerikalfaschistisch. Arber jedoch dachte jedes Mal an seine trotzige Mutter. Sie war beim Bombenangriff auf Nürnberg verbrannt.

Wisent hielt den Kopf gesenkt. Er preßte die Fingerkuppen zwischen die Augen und drückte sie langsam nach oben, Faltenwellen rollten aufwärts und verebbten auf der Glatze. Dann sah er auf. Sein Blick war klar.

»Schön, daß Sie da sind, Herr Arber«, sagte er und erhob sich.

Viele der Professoren wirkten klein, wenn sie unten im Hörsaal standen. Bei Aaron Wisent war es umgekehrt. Der Hörsaal schrumpfte, fast verschwand er, wenn Wisent durch die Tür trat. Wisent maß an die zwei Meter, die Schultern waren breiter als das Rednerpult, sein mächtiger Glatzkopf strahlte wie ein Globus. Aber die Finger waren fein, die Nägel kaum größer als die eines Kindes. Manuskripte nahm Wisent so behutsam entgegen wie beschriftete Aschenflocken. Blätterte er, sah es aus, als würde er dirigieren. Seine Stimme füllte den Raum; je leiser sie wurde, um so weiter trug sie. Wisent modulierte jedes Wort; näherte er sich dem Kern eines Gedankens, begann er zu flüstern.

Das Sommersemester 1967 hatte heiß begonnen, die Studenten trugen ihre Jacketts über die Schulter geworfen. Aber Wisent erschien im feingestreiften Anzug, maßgeschneidert von Henry Poole. Sein Hemd war elfenbeinfarben, wie stets trug er Weste und Krawatte. Bevor er das Wort erhob, fuhr sein Blick die Bankreihen ab. Sofort erstarb das Getuschel im Saal. Die Sitze hörten auf zu knarzen.

»Herzlich willkommen im Grand Hotel Abgrund. Ich

denke, so dürfen wir uns jetzt nennen – in Abgrenzung zur Wohngemeinschaft Höhenrausch.«

Ein Atmen ging durch den Saal. Dann war es still. Wisent bewegte die Hände aufeinander zu, die Fingerkuppen trafen sich sanft. Schwerelos schwangen sie wieder zurück, bis die Arme ihre volle Spannweite erreichten, sanken schließlich aufs Rednerpult. Wisent beugte sich vor.

»Die Frage, um die es uns geht, hieß immer schon und heißt noch immer, wie kann die Dialektik nicht nur unser Denken, sondern auch unser Handeln bestimmen. Wie kann unser Denken real werden, so wie andererseits die Welt zum Begriff reifen konnte. Wie können wir der flachen Blässe der Flugblätter entfliehen und uns zur Wirklichkeit durchschlagen? Und von welcher Wirklichkeit soll die Rede sein? Reden wir von einem Artefakt oder vom – wie auch immer verkappten – Ursprung? Natürlich können wir von Fortschritt sprechen, wenn wir verstehen, daß wir nicht nur immer ›fort zu‹, sondern ›fort von‹ schreiten, daß wir unser Amorbach verlassen haben und daß wir Verlassene sind. Unsere Hoffnung entspringt unserer Verlassenheit. Die Hoffnung, die ihre Heimatlosigkeit unterschlägt, kann nur in Mord und Totschlag enden. Die immer wieder verklärende, verschleiernde Weissagung hat zu viele Blutopfer gefordert, als daß sie das Erbe der Aufklärung in Anspruch nehmen dürfte. Mit seiner Kritik an der Versöhnung durch Blut hat Nietzsche schon dem Christentum den Laufpaß gegeben. Auch einige unserer vermeintlichen Freunde und Weggenossen feiern das massenhaft vergossene Blut noch immer als die Befreiung des Menschen vom Menschen. Im Blut findet der Mensch zwar zum Menschen, aber eben nicht zu sich. Zu sich findet der Mensch nur außer sich, jenseits.«

Während er sprach, löste Wisent die Hände vom Rednerpult und wanderte langsam nach vorn. Das Pult verschwand hinter seinem massigen Körper.

»Daß der Weg der ›Brüder zur Sonne, zur Freiheit‹ seine

Nachtseite hat, wissen wir doch längst, spätestens seit NSDAP und KPDSU. Der Weg der Hoffnung ist mit Tretminen gepflastert und mit Stacheldraht gezäunt. Das Flugblatt, die Demo, die Gewißheit bilden das ideologische Instrumentarium zur blutigen Unterdrückung des Menschen, zur Entfesselung von allem Ursprung.«

Wisents Hände beschrieben weite, vibrierende Kreise in der Luft, die sich ineinander verschränkten. Er senkte die Stimme.

»Eine Dialektik, die die Ökonomie feiert und den Menschen verachtet, ist kategorial verkrüppelt. Wir müssen die Frage nach dem Menschen stellen, natürlich, und gieriger denn je. Aber wir müssen sie negativ stellen. Die Fortführung der Negativen Dialektik kann nur eine Negative Anthropologie sein.«

Schließlich war nur noch sein Flüstern zu hören. Die Studenten hatten aufgehört zu schreiben und saßen bewegungslos in den Bänken. Arber liebte diese Momente in Wisents Vorlesungen, wenn alle Nackenhaare sich sträubten, mit einem lautlosen Knistern, als würde ein elektrischer Wind von hinten über die jungen Köpfe streichen.

»Wir dürfen nicht fragen: Worauf darf ich hoffen? Das wissen wir längst. Wir müssen fragen: Wie schweigen? Was lassen? Woran verzweifeln? Wir müssen das Prinzip Hoffnung aufgeben. Erst im Prinzip Verzweiflung lüftet sich vielleicht der Schleier, öffnet sich der Weg zu schrecklicher Versöhnung.«

Während Wisent weitersprach, machte sich Arber Notizen, zwischendurch hob er den Kopf und hielt Ausschau nach Birgitta, seiner Birgitta. Dann sah er sie. Sie trug ein kurzes Hemdblusenkleid und hatte die schlanken Beine übereinandergeschlagen. Anders als die meisten war sie nicht bei der Sache. Alle paar Minuten wechselte sie die Stellung, schleuderte ihr Haar zurück, ließ ihren Stift zwischen Zeige- und Mittelfinger wippen. Dabei lächelte sie Arber zu. Seit einiger Zeit schlief er mit ihr, obwohl sie seine Gedichte nicht las. Sie war schlangenschön und wild im Bett, und sogar Wisent, hatte er bemerkt, schaute während der Vorlesung auf ihre Beine, wenngleich mit gesenkten Augenlidern.

Später stand sie mit Kapowitz, Proll und Dusel im Flur. Arber kannte die drei aus dem Proseminar »Zwischen Hoffnung und Verzweiflung. Von Lukács zu Cioran«, das er im Wintersemester angeboten hatte. Er hielt Abstand, gehörte nicht dazu, er war schon dreißig. Die Studentinnen waren verrückt nach ihm – nicht nur, weil er Wisents Lieblingsschüler, sondern weil er schön war, von rachitischer Eleganz: dunkle Locken, hagere Wangen, große Augen, ein deutscher El Greco. Seine Studenten bewunderten ihn, seine »revolutionäre Ruhe«, wie sie sagten. Er staunte über die Jungenhaftigkeit der ersten Semester. Ihre Hände, um große Gesten bemüht, waren noch nicht flügge. Immer wieder stürzten sie, beim Versuch, es Wisent gleich zu tun, ins Kindliche ab. Vor allem hantierten diese Hände mehr mit Roth-Händle als mit kritischer Theorie.

»Ich habe es gleich gewußt, daß der kein Gutachten schreibt«, sagte Proll, »er ist eben doch ein Bourgeois.« Er nahm einen zischenden Zug aus der Zigarette, die er zwischen Daumen und Zeigefinger hielt. Der Rauch verhüllte seine flaumigen Pausbacken.

»Ich habe euch immer schon gesagt, das ist kein Marxist, kein richtiger«, murmelte Dusel. Er verengte die Augen und nickte wissend. Mit einem Seitenblick vergewisserte er sich, daß Birgitta ihm zusah. Dann nickte er weiter. Er war nicht ganz ausgewachsen; die Schultern waren schon breit, aber der Kopf war noch klein und saß auf einem zu langen Hals.

»Der Vortrag war ja auch lückenhaft«, sagte Kapowitz. Er war klein, ein Bärtchen hing ihm weich aus dem Gesicht, auf der Stirn glänzten Pickel. »Wisent hat die Relevanz der Negativen Anthropologie für die Klärung der Nebenwidersprüche nicht begründet. Ihm scheint das Problem gar nicht bewußt zu sein.«

Proll und Dusel schwiegen. Birgitta holte Luft, sie wollte jetzt auch etwas sagen, aber Dusel war schneller.

»Ganz genau, gut beobachtet, wirklich, gut beobachtet«, nickte er, und Proll rief:

»Dafür hat er mal wieder nach den Titten geguckt!«

Die jungen Männer lachten.

»Das reicht«, sagte Arber und trat zwischen sie, »so ein Blödsinn!«

Proll und Dusel blickten auf, ertappt, sie hatten ihn nicht bemerkt. Nur Kapowitz blieb ruhig.

»Herr Doktor Arber«, sagte er, indem er die beiden Silben des Doktor dehnte, »wo wir schon mal dabei sind, können wir mal kurz über unsere Hausarbeit sprechen?«

»Sicher«, sagte Arber.

»Wieso haben Sie die abgelehnt?« Kapowitz zupfte an seinem Bärtchen. »›Die verkappte Konterrevolution. Zehn Thesen gegen die Verkopfung der sozialistischen Utopie‹ – das Thema hatten Sie doch ursprünglich akzeptiert?«

»Sie haben im wesentlichen nur die Seiten 263 bis 297 aus dem Rechenschaftsbericht des Zentralkomitees an den zweiundzwanzigsten Parteitag der KPDSU abgeschrieben. Das ist nicht besonders wissenschaftlich und zunehmend weniger originell.«

»Wieso«, mischte sich Dusel ein, »soll das, was der Generalsekretär der KPDSU sagt, nicht wissenschaftlich sein?«

Er sah sich aufgeregt nach seinen beiden Freunden um. Proll kam ihm zur Hilfe.

»Genau!« tönte der, »auch Stalin wird viel zu wenig gelesen. Wir sollten uns endlich an die Edition der Stalin-Dserschinskij-Korrespondenz heranwagen.«

»Besser wäre es«, sagte Arber, »Sie würden auch die Literatur lesen, die Ihren Thesen widerspricht. Wir machen hier Wissenschaft, nicht Kaderpolitik.«

»Aber hören Sie mal!« empörte sich Kapowitz, »das ist doch Verrat am Sozialismus, was Sie da erzählen! Sie tun ja so, als wüßten Sie nicht, welche Bedeutung die Frage der Parteilichkeit hat.«

Er hatte sich eine neue Zigarette genommen und hielt sie verkehrt, zwischen Ringfinger und kleinem Finger.

»Was haben Sie denn eigentlich von Cioran gelesen?« fragte Arber.

»Nichts«, sagte Dusel und reckte den Hals. Er sah, wie die Kommilitonen aus der Ferne die Diskussion beobachteten und ihnen bewundernde Blicke zuwarfen.

»Nichts? Was soll das heißen?« Arber war verblüfft.

»Wir wollen Cioran nicht lesen, wir wollen ihn kritisieren!« ergänzte Kapowitz. Er nahm einen Zug aus der Zigarette und bemerkte, daß er sie falsch hielt. Geschickt wie bei einem Taschenspielertrick ließ er sie zwischen Zeige- und Mittelfinger gleiten.

»Wenn Sie Cioran kritisieren wollen, müssen Sie ihn doch erst einmal lesen!« lachte Arber.

»Eben nicht«, rief Dusel so laut, daß die Kommilitonen hinten ihn hören konnten, »wir wollen uns nicht mit kapitalistischem Gedankengut den Kopf verseuchen lassen.«

»Und außerdem bin ich kein Lesefreak«, ergänzte Proll.

Arber starrte ihn an. Proll war stämmig, strahlte behagliches Selbstbewußtsein aus. Er hatte einen lippenlosen Mund, der fortwährend grinste.

»Was sind Sie nicht?« fragte Arber.

»Ich bin kein Lesefreak«, wiederholte Proll. »Diese abgedrehten Texte verstehe ich nicht. Dann muß ich sie noch mal und noch mal lesen, und dann schlafe ich ein, bevor ich was begriffen habe. Das ist Zeitverschwendung!«

»Studieren ohne zu lesen, wie soll das gehen?«

»Wieso nicht? Ich mache in Gruppenarbeit.« Er grinste Arber an. »Die anderen lesen, und ich habe die Ideen.«

Birgitta wohnte zur Untermiete im Erdgeschoß einer Gründerzeitvilla in der Myliusstraße, Mylius 55. Die Wirtin war Kriegerwitwe und hatte Herrenbesuch verboten. Arber kletterte über die bemooste Mauer, rannte von Baum zu Baum, stakste durchs Rosenbeet und klopfte an die Scheibe. Birgitta ließ ihn hinein.

»Sag mal, was war denn das heute, daß Wisent auf die Busen guckt?« fragte er.

Er saß neben ihrem Steiff-Teddy auf der Bettkante. Er mußte achtgeben, daß er mit dem Hinterkopf nicht an das Bücherbord stieß. Über dem Schreibtisch hing ein Porträt von Karl Marx, daneben ein Sparkassenkalender mit Aquarellblumen. Das Zimmer roch modrig.

»Tu doch nicht so. Du weißt doch, daß Aaron blonde Frauen liebt mit langen Beinen und dicken Brüsten«, erklärte Birgitta. »Aaron-Titten.«

»Woher weißt du das mit den Frauen? Wer erzählt das?«

»Na, alle.«

»Das ist geschmacklos!« empörte sich Arber.

Aber Birgitta stand auf und umfaßte ihre Brüste. »Ich bin zwar nicht blond, aber Aaron-Titten habe ich doch auch!«

»Du tickst wohl nicht richtig. Ich möchte nicht, daß du so redest.«

»Oh, ich vergaß, ich darf deinen Herrn und Meister nicht entweihen.«

»Birgitta, hör auf damit.«

»Hieronymus, mein Hase, du bist einfach zu autoritätshörig.«

»Ich sagte, hör auf.«

Aber Birgitta zog ihr Kleid hoch bis unters Kinn, schwenkte die Brüste und sang: »Aaron-Titten! Aaron-Titten!«, bis Arber sich keuchend an sie preßte.

Am Morgen waren sie spät dran. Birgitta verschwand im Bad, Arber saß auf der Bettkante, trommelte mit den Fingern auf den Knien. Schließlich stand er auf.

»Birgitta!« rief er in den Flur, leise, damit ihn die Wirtin nicht hörte, »wir kommen zu spät zur Vorlesung!«

Birgitta antwortete nicht und begann zu pfeifen, es hörte sich an wie die Internationale. Er sah auf die Uhr.

»Bitte, Gittilein, beeile dich ein bißchen. Es ist spät.«

Sie öffnete die Tür einen Spaltbreit.

»Hase, sei nicht so verkrampft.«

»Bin ich doch gar nicht, was soll der Quatsch«, flüsterte Arber. »Aber ich muß noch die Unterlagen aus dem Büro holen. Ich darf wirklich nicht zu spät kommen. Unrasiert bin ich außerdem.«

Birgitta pfiff den Refrain zu Ende, begann mit der zweiten Strophe, pfiff den Refrain, und erst nach der dritten Strophe kam sie aus dem Bad marschiert. Sie hatte die Haare hochgesteckt. Ratlos und nackt stand sie vorm Kleiderschrank.

»Schau mal, soll ich das kurze Karierte anziehen? Oder lieber einen langen Rock?«

»Das ist doch egal, jetzt komm schon.«

»Ach, ich bin dir egal?«

Arber stöhnte.

»Herzchen, bitte.«

»Also, das kurze Karierte oder den langen Rock?«

»Den langen Rock.«

»Damit mir dein Wisent nicht auf die Beine glotzt, was?«

»Zieh doch an, was du willst. Aber mach endlich.«

»Ich nehme das kurze Karierte.«

»Schön. Geht's jetzt los?«

»Mein Gott, der große Wisent kann doch seine Vorlesung wohl auch mal ohne dich abhalten.«

»Aber ohne ihn kann ich meine Habilitation vergessen.«

»Habilitationssklave, das paßt zu dir. Dabei sind wir dabei, die Habil abzuschaffen und demnächst auch die Promotion. Alles tausendjähriger Muff.«

»Hör jetzt auf mit dem Unsinn, laß uns gehen.«

»Dann wirst du auch ein verstaubter Professor. Wirklich, das paßt.«

»Was willst du denn damit sagen?«

»Womit, Hase?«

»Verstaubt. Was soll dieses Klischee?«

»Das war doch nicht so gemeint.«

»Aber es war blöd.«

»Ach, du findest mich also blöd.«

»Manchmal schon.«

»Und du bist blöd zu mir.«

Arber stand auf.

»Ich muß los«, sagte er.

Birgitta zog ein Gesicht, öffnete aber das Fenster, damit er hinausklettern konnte. Er hüpfte übers Rosenbeet, rannte von Baum zu Baum, versteckte sich eine Weile hinter den Büschen, kletterte über die Mauer und wartete vor der Haustür. Birgitta kam nicht. Schließlich klingelte er.

»Das Fräulein Habicht ist doch längst gefahren«, sagte die Wirtin und sah mißtrauisch auf seine Hosen, die voller Moosflecken waren.

Atemlos erreichte er das Institut. Er nahm zwei Treppenstufen auf einmal, fast hätte er Fräulein Christian umgerannt.

»Herr Doktor Arber! Wo kommen Sie denn her? Was ist mit Ihrer Hose passiert? Und warum sind Sie so spät?« Die Augen hinter Fräulein Christians Brillengläsern waren groß und empört.

»Tut mir leid«, schnaufte Arber, »kommt nicht wieder vor. Ist er sauer?«

»Der Herr Professor hat angerufen. Er hat Fieber und kann nicht kommen.«

»Auch das noch«, sagte Arber.
»Er sagte, Sie müssen für heute übernehmen.«
»Was?«
»Sie sollen die Vorlesung halten.«
Ein Blitz fuhr in Arbers Magen. Er holte Atem, zweimal.
»Ja, aber, was ist denn überhaupt das Thema?«
Fräulein Christian hielt einen Zettel hoch.
»Das Prinzip Verzweiflung – ästhetische Aspekte«, las sie vor.
»Sonst noch was?«
»Nein. Er hat hohes Fieber. Und Sie haben keine Krawatte.«
Arber griff sich an den Hals. Er spürte das Blut pumpen.
»Jetzt bleiben Sie mal ganz ruhig. Ich gebe Ihnen eine vom Herrn Professor«, sagte Fräulein Christian. »Sie wissen ja, er wählt sie passend zum Thema.«
Sie hasteten in Wisents Zimmer, Fräulein Christian öffnete den Wandschrank. An der Innenseite der Tür hing eine Staffel gepunkteter Krawatten.

»Gibt es keine gestreifte?« fragte Arber und fingerte nervös die Krawatten durch. »Punkte passen nicht zum Tweed.«

»Der Herr Professor trägt doch keine gestreiften Krawatten zum Anzug.«

»Und ich trage keine Punkte zum Tweed. Wie sieht denn das aus.«

»Ich würde mich für die geringere Geschmacklosigkeit entscheiden und die Krawatte nehmen. Oder wollen Sie Ihre erste Vorlesung im offenen Hemd halten? Mein Gott, Sie sind ja nicht einmal rasiert. Und Ihre Haare!« Sie zupfte, scheinbar mütterlich, an seinen Locken.

»Schon gut, schon gut, ich nehme die dunkelgrüne«, rief Arber, zog die Krawatte von der Stange, sie ratschte wie ein gerissenes Tau im Gewinde. Im Laufen band er sie um, dann strich er durch die zerzausten Haare und rieb den Schlaf aus den Augen. Seine Knie waren schwammig, sein Mund trocken, sein Gaumen zog sich zusammen. Die Ideen stürmten auf ihn ein und wirbelten durcheinander. Er dachte an das Gedicht, das er in der Nacht geschrieben hatte, als Birgitta wie aufgebahrt neben ihm auf ihrem schmalen Bett gelegen hatte. Unter dem Laken hatten sich ihre Konturen wie Ahnungen abgezeichnet, ihr Gesicht war im Schatten der Lampe verschwunden. Arber versuchte, klar zu denken, statt dessen war ihm, als würden Adam und Eva, Diogenes, Nietzsche und der Erzfeind Popper in Panik durcheinanderrennen und ihm Worte zurufen. Sein Atem flatterte, als er den Hörsaal betrat. Der Saal war voll bis auf den letzten Platz. Arber stellte sich ans Rednerpult, merkte, wie er noch immer den Schlaf zwischen Daumen und Zeigefinger zerrieb. Die Sitze knarzten, die hellen Gesichter der Studenten sahen wie Schaumkronen aus.

»Guten Morgen«, sagte er und wunderte sich, wie aufgepeitscht seine Stimme klang. »Ich vertrete heute Herrn Professor Wisent. Unser Thema ist, wie vorgesehen, die Ästhetik der Verzweiflung.«

Für einen Moment schloß er die Augen und nahm einen tiefen Atemzug. Seine Gedanken begannen in ruhigen Wellen zu fließen und stießen schließlich auf Land.

»Das Paradies kannte keine Arbeit, keine Profitrate, keine Klassenunterschiede, keinen Mangel. Weil das Reale schon immer karg und grausam war, stand ihm die Fülle als Metapher der versöhnten Gesellschaft verheißungssatt gegenüber. In der Fülle, in jedweder Fülle, schien die Entfremdung endgültig und vollendet aufgehoben. Inzwischen siegt die Fülle als Adipositas. Das Maß des Menschen als Maßlosigkeit. Aber das Über-Angebot kann den Abgrund nicht verdecken, den es verstopfen soll, der es verschlingt, dem es entspringt. Die Sintflut an Sinn kann kein noch so aufklärerisch gemeinter Un-Sinn trockenlegen. Die Bilder, die Klänge, die Rhythmen, die Worte, die Träume haben als lauthalse, als vorlaute Paraphrasen gesiegt. In dem Orkan grölender

Reproduzierbarkeit bietet nur das Schweigen noch einen Hinweis. Wir müssen uns auf die Suche und in die Wüste begeben. Das wäre die Hypothese. Original oder Kopie, Konstrukt oder Identität, Du oder Ich, die Differenz schwindet mit jedem flammend erleuchteten Wort, mit jedem zur Rettung ausgeworfenen Begriff. Das Versprechen von 1789 erfüllt sich: es ist alles egal. Dagegen steht nur das Nein, die Differenz, das Andere.«

Arber saugte an seinem Gaumen, der Mund wurde wieder feucht. Als er fortfuhr, klang seine Stimme voller. Die Krümel zwischen seinen Fingern waren weich geworden, er verrieb sie auf der Kante des Rednerpultes. Die Beine wurden fest. Die Luft strich kühl an den Schläfen entlang.

»Wenn es Hoffnung als Verzicht auf Hoffnung geben sollte, dann im Schweigen, genauer: in der Stille, noch genauer: im Geheimnis. Das war das Mißverständnis von Anfang an, die Erbsünde der Aufklärung, daß Versöhnung eine gesellschaftliche Kategorie sei. Marx und all die anderen auf den Kopf zu stellen, das ist die jetzt noch verbleibende Aufgabe, den Überbau als Basis zur Entdeckung freizugeben: der Ideologe als Archäologe. Das Abstrakte vor dem Konkreten, das Schweigen vor dem Reden, das Dunkel vor dem Licht, das Hermetische als Hermeneutik. Wie sonst wäre das Geheimnis zu retten, wenn nicht im Schweigen.«

Arber hatte seine Stimme gesenkt. Während er weitersprach, sah er in die Gesichter der Studenten. Einige der jungen Männer waren ohne Krawatten gekommen. Andere hatten begonnen, sich die Haare wachsen zu lassen. Manche Mädchen trugen die Haare offen, in der Mitte gescheitelt. Alle sahen ihn an, ernst, konzentriert und befremdet. Schließlich machte er Birgitta aus. Sie saß ganz außen in der ersten Reihe, hatte die Beine geschlossen zur Seite sinken lassen, ihr kariertes Kleid war kurz. Aus der Hochsteckfrisur hatte sie einige dunkle Strähnen gezogen, die sich um ihre hohen Wangenknochen schmiegten.

»Die Verfahren kennt man, und sie sind durchaus empirisch. Im Lichte des Mittags mit erhobener Lampe den Menschen suchen, der Medusa mit gebrochenem Blick das Haupt abschlagen, im Zwielicht des Absoluten das Reale suchen. Voranschreiten vom Lauten zum Leisen, vom Hellen ins Dunkel, vom Zweifel zur Verzweiflung. Wir, die wir die letzten Menschen nicht sein wollen, sind nicht nur das eine, sondern – und noch viel entschiedener – das andere.

> Ein Schatten im Nichts,
> erfüllt mit Nichts,
> gerichtet auf Nichts:
> Alles.«

Sein Gedicht hatte er mit Herzklopfen vorgetragen. Die Studenten starrten ihn an. Nach einer Weile pochte einer mit dem Knöchel auf den Tisch, die anderen stimmten mit ein, zaghaft, höflich, unheildrohend. Arber strich langsam mit der Hand über das Rednerpult. Seine Finger hinterließen feuchte Streifen auf dem Holz. Das zaghafte studentische Klopfen klang ihm wie Donnergrollen. Birgitta kam zu ihm. Er strahlte sie an.

»Na?« sagte er, »wie war ich?«

Sie machte ein schmatzendes Geräusch, ihre Mundwinkel bogen sich nach unten.

»Das Gedicht«, sagte er, »das habe ich dir heute nacht ...«

Sie unterbrach ihn.

»Kommst du mit in die Mensa?« fragte sie.

»Geht nicht, ich muß schnell niederschreiben, was ich eben gesagt habe. Sonst vergesse ich es wieder.«

»Oho, Klein-Wisent hat seinen Höhenrausch. Kein Wunder, trägst ja schon seine Krawatten.«

»Manchmal bist du zum Kotzen, Birgitta. Hast du überhaupt zugehört? Wie findest du meine Sicht auf den Marxismus? Das ist doch ein neuer Ansatz. Gehen wir heute abend essen und reden darüber?«

Birgitta schnaufte.

»Heute abend bin ich im Vietnam-Volksfront-Koordinationsplanungsausschuß.«

»Dann vielleicht heute nachmittag in der Freßgaß?«

»Heute nachmittag bin ich im Aktionskomitee gegen den Schah-Besuch. Wir müssen noch planen, wie wir nach Berlin zur Demo kommen.«

Arber faßte sie an beiden Armen und sah ihr in die Augen.

»Birgitta. Da willst du doch nicht etwa hin!«

»Natürlich will ich hin. Ich dachte, du kommst mit.«

»Aber Birgitta, diese Demos sind doch reine Opera buffa. Denk doch an die schrecklichen Pappschilder, an die gereimten Sprechchöre, die kreischenden Rechthaber mit ihren pathetischen Gesichtsausdrücken... das ist einfach unappetitlich.«

»Und du bist bourgeois.«

»Und wenn schon. Manchmal ist einer mit Abstand näher dran. Glaubst du denn, daß die anderen überhaupt Marxisten sind? Die haben ein bißchen Lenin gelesen und Kropotkin, und schon rennen sie grölend auf die Straße, um den Staat abzuschaffen. Laufschritt ist nicht Fortschritt.«

»Du bist wirklich ein Reaktionär.«

»Ich möchte einfach nicht, daß dir die Sawak-Perser in Berlin den Kopf einschlagen.«

»Ich habe doch keine Angst!«

»Ich möchte nicht, daß du fährst. Das ist doch blöde.«

Birgitta riß sich los.

»Ich lasse mich von niemandem abhalten, das iranische Volk zu befreien! Auch von dir nicht!«

Mit erhobenem Kopf und ihren schön schwingenden Hüften verließ sie den Hörsaal.

Birgitta fuhr nachts mit Kapowitz, Proll und Dusel mit der Ente nach Berlin. Die Türen und Fenster klapperten, und wenn Kapowitz, der am Steuer saß, den Blinker einschaltete, hatte Birgitta den Eindruck, im Inneren eines überdimensionalen Weckers zu sitzen.

»Man kann sich ja gar nicht unterhalten!« schrie Proll auf dem Beifahrersitz. Die Ente schaukelte über die Nahtstellen der alten Autobahnplatten, seine Kinderwangen wackelten.

»Was?« schrie Dusel. Er saß hinten neben Birgitta, sein Kopf auf dem langen Hals stieß fast ans Dach.

»Es ist so laut! Man versteht nichts!«

»Wir können doch was singen!« Birgitta stimmte ein Lied an: »Auf, auf zum Kampf, zum Kampf! Zum Kampf sind wir geboren!/Auf, auf zum Kampf, zum Kampf! Zum Kampf sind wir bereit!/Den Karl Liebknecht, den haben wir verloren!/ Die Rosa Luxemburg fiel durch Mörderhand!«

Sie sangen ein paar Strophen, Kapowitz sah im Rückspiegel, wie Dusel und Birgitta näher zusammenrückten. Sie sangen sich lachend ins Gesicht. Schließlich drehte Kapowitz sich um.

»Wenn ihr nicht mit dem Gejaule aufhört, setze ich euch mitten in der DDR aus. Verdammt, ich muß doch auf die Straße achten.«

»Dann achte doch auf die Straße. Scheiße, paß auf!« schrie Proll. Kapowitz riß das Steuer herum, Birgitta kreischte, dann fuhren sie weiter geradeaus.

»Schade, daß es so dunkel ist«, schrie Proll. »Man sieht ja gar nichts vom Sozialismus!«

»Dann sag doch deinem Freund Kapowitz, er soll mal das Licht heller schalten!« schrie Dusel.

»Welcher Reaktionär behauptet hier, ich fahre ohne Licht!« schrie Kapowitz und knipste es aus.

»Bist du verrückt?« schrie Birgitta, »du bringst uns noch alle um.«

Kapowitz knipste ein paar Mal wütend den Scheinwerfer an und aus, dann zündete er sich eine Zigarette an. Die anderen taten es ihm nach. Sie rauchten schweigend.

An der Grenze wurden sie gefilzt. Der Grenzer klappte die Sitze hoch und durchwühlte die Reisetaschen. Er bekam Birgittas BH zu fassen, einen schwarzen Spitzen-BH mit steifen Körbchen, und hielt ihn am ausgestreckten Arm in die Luft.

»Ich muß den Kaderchef holen«, sagte er und verschwand mit dem BH in einem Häuschen.

»Was ist denn jetzt los?« flüsterte Birgitta.

»Das fragst du noch?« zischelte Kapowitz. »Wegen deiner Titten kommen wir nicht über die Grenze. Ihr Weiber verderbt uns die ganze Revolution.«

Birgitta warf ihm einen giftigen Blick zu, aber bevor sie etwas entgegnen konnte, trat ein Offizier aus dem Häuschen. Er sah sich zwischen den parkenden Autos um, bis der Grenzer ihm den Weg zu Birgitta wies. Der Offizier trug eine Uniform aus steifer Wolle, dazu breite Epauletten, die im Scheinwerferlicht glänzten. Beim Gehen schwenkte er den BH. Er baute sich vor Birgitta auf.

»Das hier«, sagte er und tippte mit dem Zeigefinger auf eins der verstärkten BH-Körbchen, bis es sich einbeulte, »das hier müßte ich eigentlich konfiszieren. Ich bin gezwungen, dieses Stück als Angriff auf die sozialistische Moral zu werten. Es stellt den Versuch dar, den im Sozialismus längst überwundenen Sexualfetischismus bei uns in der Deutschen Demokratischen Republik wieder einzuführen.«

Birgitta drehte sich zu ihren Begleitern um, aber Dusel und Proll senkten die Blicke, und Kapowitz zog an seinem Bärtchen, bis sich die Oberlippe von den Zähnen löste. Anschließend ließ er sie zurückploppen. Auch er sagte nichts.

Der Offizier aber lächelte plötzlich: »Diesmal lasse ich es noch durchgehen. Gute Fahrt in den kapitalistischen Untergang.«

Als sie wieder im Auto saßen, zischte Birgitta: »Ihr hättet ja wohl mal eingreifen können! Die wären mir glatt an die Titten gegangen!«

»I wo«, sagte Kapowitz, »das waren Genossen, Arbeiter und Bauern. Die stehen auf unserer Seite und haben den Sexualfetischismus schon hinter sich.«

»Das waren keine Arbeiter und Bauern, das waren Scheißgrenzer, die uns stundenlang getriezt haben«, schimpfte Birgitta.

»Antifaschistische Schutzmaßnahme«, sagte Proll und zündete sich eine Zigarette an. »Wo bleibt deine Solidarität?«

»Wo bleibt deine Solidarität mit mir, Mopsgesicht?« schnaubte Birgitta.

»Hör doch auf mit dem frigiden Geschwätz«, sagte Dusel. »Du willst bloß deinen Penisneid kompensieren. Lies lieber mal Wilhelm Reich, anstatt in den patriarchalischen Mutterschoß zurückzukriechen. Äh, ich meine natürlich, in den Vaterschoß. Den Schoß des Patriarchats.«

»Du bist doch ein depperter Depp«, fauchte Birgitta.

»Und du bist eine frustrierte Kapitalistengöre.«

Birgitta kochte, und Kapowitz gab Gas. Fenster und Türen begannen zu klappern, und sie schwiegen wieder. Ab und zu klappte einer das Fenster auf und warf seine Kippe auf die Straße. Birgitta drehte sich um und sah den tanzenden Funken nach. Die Laternen der Stadtautobahn verblaßten vor dem Morgenhimmel. Sie nahm eine der Pappen, die Kapowitz zurechtgeschnitten hatte, und fing an zu malen. Der Filzstift quietschte. »Tod dem Schah« schrieb sie und malte sein Porträt dazu.

»Wer soll denn das sein?« fragte Dusel, als er einen Blick darauf warf. »Karl Marx oder der Weihnachtsmann?«

»Der Schah von Persien, du Idiot!« knurrte Birgitta.

Dusel lachte. »Das soll der Schah sein? Der hat doch gar keinen Bart.«

»Natürlich hat der Schah einen Bart«, schnauzte Birgitta. »Aber bitte, mach's doch besser.«

»Wie denn, wenn du unsere ganzen Pappen versaust.«

Proll drehte sich um. »Was ist los?«

Dusel hielt die Pappe hoch.

Proll schlug sich mit der flachen Hand auf die Stirn. »Wer soll denn das sein? Der Gartenzwerg von Schneewittchen?«

»Der Schah von Persien. Aber ich war's nicht. Birgitta war's.«

»Typisch Weib. Ihr Weiber habt doch keine Ahnung von der Revolution. Wahrscheinlich bist du nur mitgefahren, um zu sehen, was Farah Diba anhat. Und seit wann hat der Schah einen Bart?«

»Weißt du was, Mopsgesicht, du kannst dir mit der Pappe meinetwegen auch den Arsch abwischen.«

Birgitta begann zu schluchzen.

»So war das doch nicht gemeint«, sagte Proll.

»Nein, wirklich nicht«, sagte Dusel.

»Könnt ihr mir mal helfen, einen Parkplatz zu finden?« stöhnte Kapowitz. »Ich weiß ja nicht, ob ihr was gemerkt habt, aber wir sind bereits auf dem Kudamm. Und wir sollten uns nicht in die Schußlinie stellen, sonst zünden sie uns nachher die Ente an, beim Barrikadenbauen.«

»Wo bleibt denn deine Solidarität?« fuhr Birgitta ihn an. »Wenn ich meinen BH opfern soll, kannst du gefälligst auch dein Auto opfern.«

Kapowitz tippte sich an die Stirn und parkte in der Kaiser-Friedrich-Straße am Stuttgarter Platz. Vor ihnen traten gerade ein paar Studenten aus einer Haustür. Sie hatten wilde Haare und verschwiemelte Gesichter. Alle trugen Ledersandalen.

»Wißt ihr was, ich gehe mit denen«, sagte Birgitta. »Ihr drei seid mir viel zu spießig.«

Sie stapfte davon, drehte sich auch nicht mehr um, als die drei »Birgitta, Birgitta« riefen.

Der Savignyplatz war voller Menschen, die offenbar zur Demo wollten, und in den »Zwiebelfisch« kamen immer mehr AstA-Leute, die die Tische besetzten, um die letzten Details für die Schah-Demo zu besprechen. Birgitta hatte kannenweise Kaffee getrunken, ihre Hände zitterten, zugleich war sie müde, das Innere ihres Kopfes glich einem surrenden Heizkissen. Am Nebentisch saßen die Studenten, mit denen sie hergekommen war. Einer von ihnen hatte die Beine ausgestreckt und ließ die Arme hinten über die Stuhllehne hängen. Sein Kopf steckte in einer Papiertüte, auf der ein Bild von Farah Diba klebte. Augen und Mund waren ausgeschnitten, er nahm einen Zug aus seinem Joint, der Rauch kroch durch die Öffnungen. Schließlich bekam er einen Hustenanfall und zog sich die Tüte vom Kopf. Er hatte einen Kräuselbart und eine Stirnglatze, die Zähne im halbgeöffneten Mund standen weit auseinander. Er bemerkte Birgittas Blick.

»Die Tüten sind zum Schutz der Iraner«, erklärte er. »Damit sie keiner erkennt. Sie dürfen sich doch politisch nicht betätigen. Aber sie wollen natürlich auch demonstrieren. Frühstück?«

Er reichte ihr seinen Joint. Zögernd nahm sie an. Der Rauch füllte ihre Lunge wie nasse Erde. Sie hustete. Sie wartete.

»Ich merke gar nichts«, sagte sie und nahm einen zweiten Zug.

»Ich merke gar nichts«, sagte sie, »oder habe ich das schon gesagt?«

Keiner reagierte. Sie fuhr immer wieder zusammen, fragte sich bei jedem Gedanken, wie lange er schon im Kopf war, ob die Zeit raste oder stehenblieb und ob der Schah von Persien einen Bart hatte. Sie stellte sich sein Gesicht vor. Ohne Bart sah es genauso aus.

»Noch einen Kaffee?« fragte einer im Kordjackett. Birgitta starrte ihn an. Er hatte krümelige Schatten unter den Augen und blondes Filzhaar, die Unterlippe hing herab, er wirkte wie ein debiles Tier, sie wünschte sich, er würde verschwinden, und schloß die Augen. Als sie wieder aufsah, saß ihr ein Mann gegenüber. Unter dem ausgewachsenen Topfhaarschnitt zuckten dicke Augenbrauen, wenn er den Mund aufmachte, schnitt der Mund sein Gesicht entzwei. Birgitta begann zu frieren und sah sich nach den Studenten um. Rauchfäden zwirbelten sich aus ihren Hälsen wie Schnüre, sie wartete auf den Ruck, der alle nach oben ziehen würde wie bunte Pappen im Angelspiel. Dann fiel ihr Blick auf den Mann am Tisch, plötzlich kam es ihr so vor, als hätte er die Schnüre in der Hand, unsichtbar wie Rauch. Hastig drückte sie ihre Zigarette aus, doch es war zu spät, sie spürte, wie ein Widerhaken von innen in ihre Kehle fuhr. Unter dem Tisch war ein lautes Klopfen, sie beugte den Kopf und sah, wie ihre Füße zitternd gegen den Stuhl stießen. Sie staunte über den Stuhl, weil seine Umrisse pumpten. Als sie den Kopf wieder über den Tisch brachte, bemerkte sie die Weste des Mannes, passend zum Anzug. Sie mußte lachen, ihr Lachen kam ihr scheppernd vor.

»Warum so fröhlich?« fragte der Mann mit der Weste.

»Es ist nur so, du siehst aus wie, du siehst aus wie ...« Birgitta stockte, sie glaubte plötzlich, ihn zu kennen.

»Wie sehe ich aus?«

»Du siehst aus wie Wisent!« platzte sie heraus, »der trägt auch immer Anzug mit passender Weste! Ich dachte, er ist der einzige in Deutschland.«

»Es sind derer zwei.«

»Derer!« kreischte Birgitta.

»Sag mal, bist du immer noch bekifft? Matze«, er wandte sich an den Mann in dem Kordjackett, »bring dem Schätzchen hier mal einen Kakao mit sehr viel Zucker.«

Birgitta trank, es tat einen Schlag. Die Gesichtshälften ihres Gegenübers schoben sich zusammen, die Umrisse der Stühle verfestigten sich, die Gumminoppen der Auslegeware wurden staubig und matt und erinnerten Birgitta an den Frankfurter Flughafen.

»Wie spät ist es?« fragte sie.

Der Mann sah auf die Uhr.

»Kurz vor drei.«

Birgitta fuhr auf.

»Oh, die Demo! Ich muß sofort zum Rathaus Schöneberg!«

»Die Demo ist gelaufen, Schätzchen. Wir haben ziemlich Prügel bezogen. Dafür aber auch ein paar Rauchkerzen geworfen.«

Birgittas Unterlippe begann zu zittern.

»Na, na, na«, sagte der Mann. »So richtig los geht es doch erst heute abend vor der Oper. Bis dahin bist du wieder unter den Lebenden.«

»Wer bist du denn überhaupt?« fragte Birgitta.

»Mir gehört der Zwiebelfisch«, sagte der Mann, »aber du hältst mich für Aaron Wisent, nur weil er in meinen Westen herumläuft.«

»Das stimmt wirklich. Ich studiere am Frankfurter Institut.«

»Schön, aber damit machst du keine Punkte bei mir.«

»Wieso?«

»Weil er ein Rechtsfaschist ist.«

»Was? Ich dachte, er sei Marxist!«

»Haben wir alle gedacht. Bis er sich geweigert hat, das Gutachten für die Kommune zu schreiben, die von den klerikal-faschistischen Kräften in der BRD zu Unrecht diffamiert und jetzt angeklagt wird. Ich bin übrigens ihr Anwalt. Ich heiße Bodo.«

»Oh«, sagte Birgitta. »Ich bin die Birgitta.«

»Na und?«

Birgitta beugte sich vor.

»Was ist denn los mit Aaron Wisent?« fragte sie.

»Schätzchen, ich dachte, du bist aus Frankfurt«, sagte Bodo Streicher. »Aber du redest wie ein Dorftrampel. Hör mir mal zu.«

Die ersten Studenten, die draußen mit Fahnen und Schildern in Richtung Deutsche Oper vorbeizogen, sahen hinter der Scheibe ein stummes Spiel. Bodo Streicher legte das Kinn in die Hand, nickte, fuhr seine Arme aus, lachte, wiegte sich vor und zurück, klatschte in die dicken Hände, hielt Birgitta den Zeigefinger vor die Brust, fuhr mit den Daumen in ihre Armbeugen, strich ihr die Haarsträhnen hinters Ohr, und als sie ihre Augen schloß, lehnte er sich zurück und sprach weiter.

Ein pulsierendes Brausen lag in der Luft. Alle paar Minuten landete ein Joint in Birgittas Hand, sie sog daran und reichte ihn weiter.

»So, ich muß los«, sagte Bodo Streicher schließlich. »Meine Leute treffen sich ganz vorn.«

»Ja, ich werde dann auch mal gehen«, murmelte Birgitta, aber dann sah sie einen fusseligen Schatten am Rande ihres Gesichtsfeldes, der sich zum Tunnel schloß und nach vorne raste. Ihr wurde schwindelig, sie tastete sich zum Klo vor. Dort sank sie auf den Boden, von ferne hörte sie Stimmen, später Sirenen. Ihr Blut mäanderte, sie erbrach sich ins Klo, lehnte sich an die Wand und betrachtete ihre Beine in den Jeans. Unter dem fahlen Licht glichen sie zwei Steinsäulen. Der Tunnel vor ihren Augen raste weiter nach vorn, bis an seinem Ende nur noch ein Pünktchen glomm und schließlich zersprang.

Als Birgitta wieder zu sich kam, war die Demo vorbei. Der Schah war fort, die Absperrgitter schepperten im Wind, die Lautsprecherwagen der Polizei waren still, und in einem Hinterhof in der Krummen Straße 66, nahe der Deutschen Oper, hatte ein Polizist der Abteilung 1a mit seiner Dienstwaffe, Cal. 7,65, den Studenten Benno Ohnesorg erschossen.

Rotes Licht strahlte den Leichnam von unten an. Es kam aus dem Grill, über dem der ausgemergelte Corpus sich drehte. Der Balken, an den der Tote genagelt war, diente als Spieß;

die Arme hatte man abgehackt. Rippen, Zehen und Dornenkrone glühten auf, sobald sie sich dem Feuer näherten. Hinter dem Grill, auf einem Campinghocker, saß ein Mann, er hielt einen Blasebalg in die Flammen, seine Badehose schnitt in die Schenkel. Eine Frau im Bikini stand neben ihm, mit Brüsten wie hellbraunes Krepp-Papier, sie hielt eine Ketchupflasche in der Hand. Im Hintergrund glänzte ein Wohnmobil, auf den Stufen hockte ein Kind mit Gameboy. Ein Jägerzaun umrahmte die Szene. Zu hören war nur das Piepen des Gameboys und das Quietschen der Drehvorrichtung am Grill. Das Puppenensemble rührte sich nicht.

»Fried Jesus« hieß die Installation, und wieder fragte sich Arber nach dem Sinn der Beleuchtung. Die Figuren verschwanden in der Dunkelheit, doch auf das Gesicht des Verstümmelten fiel ein Spot. Langsam drehte es sich weg. Der Körper mit den Dornen und den Splittern der Schultergelenke warf einen Schatten auf das Wohnmobil, der die Gestalt eines gestutzten Baumes hatte. Dann tauchte Jesu Gesicht wieder auf, strahlend, unverändert würdevoll. Es war jedesmal ein Schock.

»Irgendwie ist das doch grausam«, hörte Arber eine Stimme neben sich. Er drehte den Kopf und bemerkte ein älteres Paar. Sie lächelten lernwillig und eingeschüchtert; offenbar waren sie Christen. Die Frau hatte Haare wie Kleopatra, nur daß sie dünner waren und weiß. Ein Strickpullover mit applizierten Katzen bedeckte die mächtigen Hüften. Ihre Brille war peppig und rot. Der Mann trug einen blauen Pullover mit lila Schlafmohnbluten und zerknautschte schwarze Mokassins. Sie hielten sich an den Händen.

»Irgendwie ist die Kunst ja unser Leib- und Magengericht«, sagte der Schlafmohn-Mann. »Aber das hier verstehen wir irgendwie nicht. Es ist ja auch so dunkel, man sieht ja kaum was. Kennen Sie sich mit moderner Kunst aus? Weist uns das den Weg zum Frieden?«

Fast flehentlich wandte er sich an Arber. Der blickte auf, überrascht.

»Kunst weist uns gar nichts. Kunst hinkt immer hinterher«, sagte er. Als die beiden ihn sprachlos anblickten, legte er nach: »Kunst ist die ästhetische Manifestation gesellschaftlich überholter Verhältnisse.«

»Aha. Also nicht Avantgarde«, meinte die Kleopatra-Frau, erfreut über den zwischenmenschlichen Kontakt.

»In der Tat. Die sogenannte Avantgarde ist grundsätzlich reaktionär, das Schlußlicht des historischen Prozesses, das Geschrei von Klageweibern.«

Der Schlafmohn-Mann rieb sich den Nacken: »Sie sind wohl Fachmann?«

»Ich wollte nur mal nachschauen, wo wir stehen«, sagte Arber und wollte sich abwenden, als der Schlafmohn-Mann weitersprach: »Irgendwie verstehen wir nicht, was unsere Tochter uns damit sagen will. Sie hat uns nämlich hiergeschickt, damit wir mal sehen, wie fortschrittlich christlicher Glaube sein kann. In Bad Oeynhausen, wo wir herkommen, da kriegt man so was ja nicht zu sehen.«

»Unsere Tochter hält uns für Spießer«, seufzte die Kleopatra-Frau, »dabei waren wir immer so fortschrittlich. Wir waren gegen den Vietnamkrieg und gegen Wackersdorf, und gegen die Notstandsgesetze haben wir Unterschriften gesammelt, wir hatten ein unbefristetes Demo-Abo, also wir waren wirklich kritisch. Das soll sie uns erst mal nachmachen.«

»Wir hatten es damals auch einfacher«, rügte mild der Schlafmohn-Mann seine Kleopatra-Frau. »Die jungen Leute heute, die müssen irgendwie mehr kämpfen. Die Welt hat ja eine viel größere Komplexivität bekommen, hat ja selbst unser Kanzler dem Putin beim Biolek gesagt.«

»Stimmt«, sagte Arber.

»Jedenfalls waren wir immer sehr progressiv«, sagte die Kleopatra-Frau. »Wir sind ja heute noch für den Frieden und für die dritte Welt und für das Kirchen-Asyl. Und dieses

Kunstwerk, das finde ich irgendwie, ich weiß nicht, irgendwie grausam.«

»Es ist eben ein sehr konkretivistisches Kunstwerk«, sagte der Schlafmohn-Mann.

»Ich muß weiter«, sagte Arber. »Sie entschuldigen.«

Hinter ihm zwitscherte der Gameboy.

Die Muschelkalkplatten des Institutes strahlten unter einem blauen Himmel. Irgendwas Wattiges trieb durch die Luft. Studenten schritten über den Campus, in ihren Gesichtern zeigte sich hemmungslose Entschlossenheit. Es roch nach Sommer und Aufregung, als würde Zorn auf den Bäumen wachsen, betörend und schwer.

Arber lag im Gras und beobachtete Kapowitz, der mit geöffneter Aktentasche über den Frankfurter Campus wanderte. Kapowitz war klein, wippte beim Gehen auf den Zehenspitzen, als ginge er auf Gummibällen. Ließ er sich am Ende eines jeden Schritts auf die Hacke fallen, flog eine Schicht seiner Haare nach oben, um sich dann wieder platt auf die Ohren zu senken. Er sammelte Spenden für die Witwe Ohnesorg und außerdem für den AStA und die Revolution. Bei einem Teach-in auf der Wiese hinter dem Institut hatten alle beschlossen, das Sommerfest ausfallen zu lassen und statt dessen einen Schweigemarsch zu organisieren.

»Kleine Spende für die Revolution?« fragte Kapowitz.

Arber fingerte einen Fünfmarkschein aus dem Portemonnaie und warf ihn in den Schlund der Tasche.

»Birgitta ist ja ganz groß rausgekommen«, sagte Kapowitz. »Sie ist mittendrin gewesen. Ganz vorn.«

Er machte eine Pause, warf Arber einen lauernden Blick zu.

»Zusammen mit Bodo Streicher«, fügte er hinzu.

»Ja ja, die historische Wahrheit ist dialektisch.« Arber verzog sein Gesicht, als wollte er lächeln, und stand auf.

Kapowitz rückte näher.

»Ich hoffe ja sehr, daß Wisent seine Vorlesung heute dem ermordeten Benno Ohnesorg widmet«, raunte er.

»Ich denke, das Thema wird Wisent bestimmen, nicht Sie«, sagte Arber.

Kapowitz schob sich noch näher heran. Arber erkannte die Nikotinflecken auf seinen Zähnen. Sie paßten farblich zu den Eiterpickeln.

»Sie haben mich wohl nicht verstanden, Herr Doktor Arber. Ich sagte, ich hoffe sehr, daß Wisent seine Vorlesung heute dem ermordeten Benno Ohnesorg widmet.«

»Kapowitz, gehen Sie wieder spielen.«

Arber wandte sich ab, hörte Kapowitz noch irgend etwas böse zischen.

Wisent betrat den schrumpfenden Hörsaal. Die Sitze knarzten, hinten wurde getuschelt. Es war Kapowitz, der auf Proll einredete. Wisent wartete. Sein Glatzkopf leuchtete vor der dunkelgrünen Tafel. »Nieder mit Benno Ohnesorgs Mördern« hatte jemand mit Kreide geschrieben.

»In der letzten Woche hat Herr Doktor Arber zu zeigen versucht, wie der von Marx eingeführte Begriff der Entfremdung kategorial geöffnet und damit subjektiver, also emotionaler, moralischer und ästhetischer Erfahrung zugänglich gemacht werden kann. Mit dieser Ausdifferenzierung bekäme eben auch eine anthropologisch gewendete Praxis ihre historische Chance. Die Aufklärung könnte der Abstraktion und dem Terror, dem GULAG und dem KZ, der Gehirnwäsche und dem Stacheldraht endlich entfliehen – heimkehren. Sie werden verstanden haben, daß es sich dabei um einen Begriff von Aufklärung handelt, in dem der Mensch nicht mehr entmündigt, sondern ermächtigt wird, im Besitz seiner selbst. Nicht nur die steigende, auch die sinkende Sonne leuchtet über uns und gibt uns Licht. An diesen Gedanken möchte ich im folgenden anknüpfen und ihn weiterentwickeln.«

Eine Unruhe und ein Murmeln ging durch die Reihen. Arber sah zu Birgitta hinüber. Sie saß vorne neben Dusel. Immer wieder drehte sie sich nach Proll und Kapowitz um, flüsterte, knipste an ihrem Kugelschreiber, brach schließlich die Klemme ab. Wisent begann.

»Wir erleben alle und längst, wie Mode und Masche Charakter und Kampf ersetzen. Entfremdung schlägt sich nicht nur unten, sondern auch oben nieder, nicht nur ökonomisch und politisch, sondern auch im Bewußtsein, ästhetisch, ethisch. Damit entdeckt sich Entfremdung als anthropologische Kategorie. Die Produktions- und die Herrschaftsverhältnisse sind eben auch nur Derivate. Kropotkin allein genügt nicht, auch Knigge tut not. Selbst die so lässig hingeredete Trennung von Inhalt und Form können wir als ideologische Attrappe erkennen. Das scheinbar so revolutionäre Transparent feiert, ästhetisch entlarvt, die neuerliche Unterdrückung als triumphale Entfremdung. Marx war nie Humanist, immer nur gekränkte Seele. Außer in seinen Jugendgedichten spricht er nie über Liebe, Schönheit und Schmerz, und auch dort hätte er es lieber unterlassen.«

Ein Knarren unterbrach ihn, dann folgte ein Knall. Es war der Klappsitz, der hochschlug, als Proll aufstand. Arber spürte, wie Eis und Feuer in seinem Gesicht aufstiegen, beides zugleich. Er wußte nicht, ob er errötete oder erbleichte.

»Ruhe!« schrie Proll.

Langsam drehte Wisent den Kopf in seine Richtung. Es war die einzige Bewegung im Saal, die Studenten waren erstarrt.

»Nun, ich schlage meinen Studenten ungern etwas ab«, sagte Wisent leise, »aber ich darf Sie darauf aufmerksam machen, daß Sie die Vorlesung stören.«

Proll schwieg eine Weile, sein lippenloser Mund grinste, aber die Pausbacken waren blaß. Kapowitz gab ihm einen Stoß. Proll sprach weiter.

»Ich spreche im Namen des SDS und aller fortschrittlichen Menschen dieser Welt. Wir Studenten verlangen, daß Sie heute mit uns über den Mord an Benno Ohnesorg diskutieren. Wir haben das dialektische Gequatsche satt. Was tun? ist unsere Frage. Wir wollen nicht reden, wir wollen kämpfen. Wir wollen eine Strategiedebatte. Wir wollen Waffen. Wir wollen wissen, wie wir diese Scheißuni, alle Unis, alle Amerikahäuser, Amerika, das Kapital in die Luft jagen können. Wir wollen Klassenkampf, wir wollen Krieg, wir wollen den Sieg der Arbeiterklasse. Wir wollen den Endsieg. Hier und jetzt.«

Aus der Ecke von Dusel und Birgitta kam ein Klatschen, das sofort verebbte, als Wisent einen kurzen Blick in die Richtung warf.

Seine Stimme wurde schärfer: »Gerne bin ich für Sie da, wenn Sie über den tragischen Tod von Benno Ohnesorg sprechen möchten, allerdings nicht auf dem sprachlichen und kategorialen Niveau, das Sie anbieten, und auch nicht im Rahmen dieser Vorlesung. Unser Thema ist die Ästhetik der Verzweiflung. Ich fahre fort.

Ich habe Halbbildung immer schon für ein reaktionäres Potential gehalten. Die Folgen können wir im sozialistischen Realismus besichtigen, unter dem bekanntlich die Folterkeller der Ljubjanka lauern. Ich mache es konkret. Gegen Baudelaire, seinen nur drei Jahre jüngeren Zeitgenossen, hat Marx keine Chance. Baudelaire führt nämlich, im Gegensatz zu Marx, die dialektische Wende, von Dante und Góngora angelegt, konsequent fort. Marx als Lyriker ist nur niedlich und als Ästhetiker belanglos. Das gilt bezeichnenderweise auch für unseren guten Freund Georg von Lukács. Wer verzweifelt nur die aufgehende Sonne, wer blöde nur die glattgebügelte Schönheit sucht, wird zum Bluthund. Auch das ist Dialektik. Der Weg der Moderne führt auch in der Literatur über Schlachtfelder und Schmerzen. Kubismus, Surrealismus und Expressionismus sind solche Schlachtfelder, sind Übergänge und Passagen. Auch die surrealistische Ekstase, auch die kubistische Askese, auch der expressionistische Schrei ist ein Geburtsschrei, der Schrei, der die Lüge zerreißt und der Stille die Pforten öffnet. Auch das Beckettsche Schweigen öffnet dem Wort den Weg. Dem folgt aber nicht die Antwort, nicht des Rätsels Lösung, nicht der Parteitagsbeschluß, nicht die Expropriation, nicht das Arbeitslager.«

Proll war stehen geblieben, und Arber senkte mehrfach die ausgestreckten Hände zum Zeichen, daß er sich setzen solle. Aber Proll starrte trotzig geradeaus. Die Studenten in den vorderen Reihen drehten sich nach ihm um.

»Ich bin noch nicht fertig!« brüllte Proll. »Wir fordern: Inhaftierung des Todesschützen! Aufhebung des Demonstrationsverbots! Aufhebung des Verbots des Verteilens von Flugblättern in Berlin! Solidarität aller Professoren mit der Resolution der Studentenschaft!«

Kapowitz ergänzte mit heiserer Fistelstimme, während er sich erhob: »Schließung der Geheimdienststelle des Schahs in Köln! Und wenn am 17. Juni der Berliner Bürgermeister nach Frankfurt kommt, soll er das Maul halten!«

Wieder kam ein Klatschen aus der Ecke von Dusel und Birgitta, diesmal hielt es etwas länger an und zog weitere Kreise.

Schließlich begann Dusel zu skandieren: »Studenten und Marxisten! Kampf dem dialektischen Faschisten!«

Kapowitz rief mit, ein paar der Studenten schlossen sich brummelnd an, verhedderten sich im Rhythmus.

Wisent wartete, bis sie verstummten. Dann flüsterte er: »Auf den Schrei folgt, wenn es gelingt, das Schweigen. Es ist das Schweigen, in dem das Sprechen sich vollendet, das uns vorbereitet, uns reinigt. Wie sollten wir sonst das Heilige zum Sprechen bringen, wenn nicht im Schweigen. Nicht Brecht, der Schreihals, Beckett, der Schweiger, weist den Weg zum Verstehen. Nicht die Versöhnung versöhnt, nicht die Antwort ist die Antwort, sondern das Warten. Das Warten auf das Säuseln Gottes, nachdem alle Geheimnisse gelüftet sind und verflogen. Die Erwartung, das ist die Antwort. Und die vornehmste der Tugenden ist die Geduld. La toile était levée et j'attandais encore.«

Proll stand noch immer da, Arber sah, wie er sich aufpumpte.

»Rechtsfaschist!« schrie er schließlich.

Wisent warf ihm einen müden Blick zu.

»Herr Proll, wenn Sie und Ihre Genossen nicht aufhören, die Vorlesung zu stören, werde ich die Polizei rufen müssen. Bitte setzen Sie sich, oder verlassen Sie den Saal.«

Aber Proll blieb stehen. Seine Hände hatten sich zu Fäusten geballt.

»Proll, es ist genug«, rief Arber. Er erhob sich und ging auf ihn zu. Prolls Blick war fiebrig geworden.

»Wisent, du Pentagon-Jude!« kreischte er. »Pentagon-Jude Wisent! Pentagon-Jude Wisent! Pentagon-Jude Wisent!«

Zu spät merkte er, daß keiner sich anschloß. Im Saal war es schreckensstill. Das Knarzen der Bänke, das Atmen erstarb. Nur Arbers Schritte hallten unnatürlich laut, als er auf Proll zuging, ihn am Arm aus der Reihe zog und zur Tür führte. Proll ging mit, kaum widerstrebend. Sein Oberarm war dick und weich, Arber spürte ein Pochen darin. Er sah zu Wisent hinüber. Aber Wisent hatte den Blick gesenkt.

»Birgitta, steckst du da mit drin?« fragte Arber nach der Vorlesung. Seine Stimme war scharf. Ringsum standen die Studenten, ihre Gesichter leuchteten.

»Wieso?«

»Ich habe dich gesehen. Neben Dusel. Du hast mitgeschrien.«

Sie machte ein schmatzendes Geräusch und zog die Mundwinkel nach unten.

»Man wird doch wohl mal neben seinem Genossen sitzen dürfen. Du bist ja bloß eifersüchtig auf Dusel.«

»Birgitta, ich hätte nie gedacht, daß du mit diesen Idioten koalierst.«

Sie begann zu heulen.

»Wie kannst du nur mir die Schuld geben? Die Aktion war ein Beschluß des SDS. Proll hat damit seine Kandidatur für den Vorsitz begründet, und dann ist er gewählt worden.«

Arber wollte etwas erwidern, als Kapowitz zwischen sie trat. Er hatte Dusel und Proll im Schlepptau. Proll sah scheu zur Seite. Dusel ruckte mit dem Kopf.

»Das war widerwärtig, was Sie getan haben«, sagte Arber, »widerwärtig und dumm und reaktionär. Sie haben nichts verstanden.«

Kapowitz fummelte eine Zigarette aus dem Päckchen, ließ sich von Dusel Feuer geben. Sein Blick war stechend, aber er sprach bedächtig. »Für die Revolution mußten wir dieses Opfer bringen. Mit dem Beschluß, die Aktion durchzuführen, ist die Geschlossenheit und die Kampfbereitschaft des SDS sichergestellt worden.«

»Sie sind ja nicht mehr ganz dicht«, sagte Arber.

Dusel räusperte sich. Mit den breiten Schultern und dem kleinen Kopf sah sein Oberkörper wie ein Kleiderbügel aus.

»Als wüßten Sie's nicht: Organisation ist alles.«

Kapowitz nickte. Proll grinste wieder.

Arber faßte sich an die Stirn. »Sie sind nicht nur unanständig, Sie verfolgen auch die falsche Taktik. Sie haben ja nicht mal Lenin verstanden; von Mao nicht zu reden. Sie sind voluntaristische Anarchisten, ohne Perspektive. Erstens kämpfen Sie gegen die falschen Autoritäten, und zweitens können Sie sie so nicht erledigen.«

»Natürlich nicht gleich«, sagte Proll, »aber Schritt für Schritt. Nur so geht es. Schlagt die Faschisten, wo ihr sie trefft! Das ist die Devise.«

Er rieb sich mit beiden Händen die Brust und lachte. Kapowitz strich sich über das Bärtchen, vergaß dabei, seinen stechenden Blick beizubehalten.

»Außerdem lesen wir Lenin und nicht Mao. Wir sind doch nicht beim KSV. Und außerdem sind wir keine Voluntaristen, sondern dabei, die Partei aufzubauen, die Partei der Arbeiterklasse. Deswegen zählt nicht der Wille des einzelnen, sondern die Organisation und der Vorstandsbeschluß. Und dem sollten auch Sie sich beugen, Herr Doktor Arber. Deshalb fordern wir von Ihnen, sich für Ihren bürgerlichen Individualismus und für die konterrevolutionäre Intervention vorhin zu entschuldigen. Und zwar öffentlich, bei der nächsten Vollversammlung des SDS.«

Er warf seine Kippe auf den Boden, zermalmte sie mit der Fußspitze. Sein Blick schwamm herum. Dann besann er sich und fixierte Arber, drohend, wie er es auf Fotos von Rudi Dutschke gesehen hatte.

Arber verzog spöttisch das Gesicht. »Alle, die von Organisation reden, sind, wie wir wissen, bekennende Konformisten. Im übrigen habe ich Besseres zu tun, als Ihnen Nachhilfe in revolutionärer Theorie zu geben. Und jetzt entschuldigen Sie mich.«

Birgitta rannte ihm nach.

»Hieronymus, warte doch mal«, schniefte sie.

Arber ging weiter, ohne sich umzudrehen, sie holte ihn ein.

»Ich muß dir noch ein Geständnis machen«, hauchte sie.

Arber blieb stehen.

»Bloß nicht«, sagte er. »Für heute habe ich genug Bekenntnisse und auch Geständnisse gehört.«

Sie sah ihn an. Ihre Lider waren geschwollen, der Blick verhangen. Die Wimperntusche war verwischt und hatte einen dicken Streifen unter den Augen hinterlassen. Sie hauchte: »Ich habe kein Höschen an.«

Arber blickte Birgitta atemlos an. Seine Stimme war heiser: »Du bist wahnsinnig, du gehörst weggesperrt!«

»Dann tu was. Sofort. Exekutiere mich...«

Sie zog ihn mit sich auf die Damentoilette, er folgte mit staksigen Schritten. In der Kabine roch es nach Putzmittel. Birgitta lehnte sich gegen die Kabinenwand, sie stellte den linken Fuß auf den Rand der Toilettenschüssel und schob den Rock hoch.

»Du Lügnerin«, keuchte Arber, »da ist doch ein Höschen!«

»Das ist kein Höschen«, säuselte Birgitta, »das ist nur ein Nebenwiderspruch.«

Sie zog es aus.

»Und was sagst du nun zu diesem abgrundtiefen, von allen Nebenwidersprüchen befreiten Grundwiderspruch? Komm, faß an.«

»Das ist er!« stöhnte Arber, »ja, das ist der Grundwiderspruch! Der tiefe, triefende Grundwiderspruch! Dem werde ich auf den Grund gehen. O ja, das ist sozialistischer Realismus, und ich stoß vor bis auf dessen innersten Grund!«

»O ja! Fick mir den Grundwiderspruch aus dem Leib! Erlöse mich, versöhne mich, befreie mich! Stoß zu! Stoß bloß zu! Bei Lenin, ja! Bei Trotzki und Stalin und bei Pol Pot, ja! Bei allen Klassikern, bei Mao und Marcuse, bei Michelangelo, Montezuma und Mielke! Stoß bloß zu! Ja, stoß zu! O ja, das machst du gut, so gut, das ist besser als die Weltrevolution!«

»Dir zeig ich es, du süße Sau! Du herzzerreißend süße Sau!«

»Ja! Fick mich mit deinem stalinstarken stahlharten Schwanz! Ja, ja, ja, ja, ja, ja!«

»O ja, ich geb dir meine Stalinorgel!«

»Ja, gib mir die stahlharte Stalinorgel!«

»Alle Rohre, wirklich alle sechsunddreißig Rohre?«

»O Gott ja, alle stahlharten Stalinrohre, volles Rohr, ohhh, jetzt, jetzt, jetzt, ja, o Gott, ich liebe dich.«

Seit dem Tod Benno Ohnesorgs scharten sich die Frankfurter Studenten um den neuen theoretischen Caudillo, Heinz Mueller-Skripski. Er war ein paar Jahre älter als Arber. Er hatte an der neugegründeten Bremer Universität habilitiert, sich dann dort beurlauben lassen und einen Lehrauftrag in Frankfurt angenommen, wo er auf den großen Ruf wartete. Gleichzeitig wollte er mit seinen Schriften den US-amerikanischen Lesermarkt erobern und hatte darum das Ü aus seinem Namen durch UE ersetzen lassen, weil man, wie er sagte, als Ü in Amerika nichts werden könne. Mueller-Skripski sprach ohne Höhen und Tiefen. Seine drei Lieblingsbegriffe waren »Revolution«, »Kommunikation« und »Stringenz«. Das kam bei den Studenten gut an. Doch Arber mied ihn. Immer wieder geschah es, daß Mueller-Skripski ihn abpaßte, wenn Arber auf dem Weg zu Wisent war.

»Stellen Sie mir doch mal bitte rasch zusammen, welche sozialwissenschaftlichen Theorien heute in Amerika besonders relevant sind«, beauftragte ihn Mueller-Skripski zum Beispiel. »Und dann ermitteln Sie bitte den Unterschied zwischen Leo Strauss und Anselm Strauß. Da gibt es bestimmt noch einen anderen Unterschied als nur die Schreibweise des Nachnamens.«

»Ja, die Vornamen«, sagte Arber.

Mueller-Skripski stockte und blickte Arber mit seinen gelben Augen länger als freundlich an.

»Machen Sie mal, machen Sie mal«, insistierte er.

Arber ärgerte sich, hatte aber den Verdacht, daß sich Mueller-Skripski keine Gesichter merken und daher nicht zwischen Wisents Assistenten und Studenten unterscheiden konnte. In Gesellschaft wirkte Mueller-Skripski, als würde er nicht zwischen Menschen, sondern in einem aufgeräumten Möbellager stehen. Er war kurz und kräftig, breitbrüstig, kastenförmig, trotzdem waren die Schultern seiner silbrig glänzenden Anzüge zu weit und standen scharfkantig ab. Dazu trug er die praktischen, bügelfreien drip-dry-Hemden aus Synthetik in einem fahlen Grün oder pastelligen Beige. Zog er sein Jackett aus, trieben kompakte Schweißwolken durch den Raum, und zwischen den spitzen Brustwarzen warf der Stoff einen feuchten Wulst, an dem die Krawatte klebenblieb. Mueller-Skripski trug Krawatten mit breiten Streifen in Weinrot und glitzerndem Silber, wie Arber sie beim Ausverkauf von Woolworth gesehen hatte, neunundneunzig Pfennig das Stück. Arber hätte gern gewußt, wo Mueller-Skripski seine Schuhe kaufte. Sie waren breit und schwer und vom selben Grau wie die Platten auf dem Berliner Alexanderplatz. Die Schnürsenkelfassungen sahen wie Fischaugen aus.

Eines frühen Morgens, als Arber einmal mit dem Nachtzug von einem Kongreß aus Paris gekommen war und am Institut vorbeiging, sah er seltsame Lichter. Sie drangen aus den Kellerfenstern, und aus einem Zimmer im Erdgeschoß zuckten grüne Blitze. Arber blieb stehen und schaute. Dann wurde ihm klar, daß die Blitze aus dem Kopierer kamen. Nach einer Weile erkannte er Fräulein Christian, die in regelmäßigen Abständen die Abdeckung hob, immer ein wenig zu früh, der Blitz des Kopierers spiegelte sich in ihrer Brille. Sie nahm ein Buch aus dem Kopierer, blätterte, legte es zurück, drückte auf den Knopf, hob die Abdeckung, nahm das Buch, blätterte, legte es zurück, drückte auf den Knopf, hob die Abdeckung. Arber schloß die Tür des Instituts auf und ging zu ihr.

»Fräulein Christian!« rief er. »Was machen Sie denn hier, um diese Zeit?«

Sie hob schwerfällig den Kopf und starrte ihn eine Weile geistesabwesend an.

»Ich muß doch die Kopien machen, für den Herrn Professor!« gähnte sie schließlich.

»Was? Für Wisent?«

»Nein, für Professor Mueller-Skripski.«

»Der ist doch noch gar nicht berufen. Er ist schon wach?«

»Ja, ist er doch immer schon um diese Zeit.«

»Wo ist er denn?«

»Im Keller, wo sonst.«

»Fräulein Christian, Sie sind verrückt. Sie sind Wisents

Sekretärin, und der braucht Sie. Sie sollen Ihre Energie nicht für andere vergeuden. Versprechen Sie mir, diesen Quatsch nicht mehr mitzumachen.«

Sie lächelte tapfer.

»Wenn Sie es so wollen ...«

Arber war neugierig und stieg die Treppe hinunter in den Keller. Mueller-Skripski hätte ein Büro bekommen können, oben im Glasaufbau des Instituts, bei den anderen, hatte sich aber freiwillig für den Keller entschieden. Arber schlich den Gang entlang, an den Heizungsrohren vorbei, alle Räume waren erleuchtet, die Neonröhren surrten, zusätzlich vernahm Arber ein wühlendes Geräusch. Es wirkte so, als wäre Mueller-Skripski in allen Zimmern gleichzeitig zugange. Schließlich fand ihn Arber im hintersten Raum, nah am Heizungskeller. Arber spähte durch den Spalt der feuerfesten Eisentür und sah, wie Mueller-Skripski gerade aus einer Thermoskanne Kaffee in einen Plastikbecher goß. Er nahm einen Schluck, dann begann er wieder in den Papieren zu wühlen, die auf langen Tischen gestapelt waren.

Arber schlich durch den Keller zurück zu Fräulein Christian: »Sagen Sie mal, macht der das immer so?«

»Ja«, seufzte sie, »seit er hier ist.«

Arber ging zur Kaffeemaschine und brachte ihr eine Tasse Kaffee, mit Milch und viel Zucker.

»Herr Arber, wie stellen Sie sich eigentlich die Zukunft des Instituts vor?« fragte ihn Wisent. »Wer soll den Lehrstuhl übernehmen? Wer soll uns weiterdenken? Wer soll die Aufklärung vor der Finsternis schützen?«

»Sie wollen sich doch wohl nicht zurückziehen«, sagte Arber.

»Doch. Ich bin müde, und ich werde alt, das wissen wir beide. Wer also soll mein Nachfolger werden? Was halten Sie von Mueller-Skripski?«

Arber schluckte. »Also, Mueller-Skripski ist natürlich hochintelligent, und er ist ungeheuer diszipliniert, bewundernswert diszipliniert und belesen, sehr belesen. Jeden Morgen um vier beginnt er seine Arbeit im Keller des Instituts.«

Wisent wiegte den Glatzkopf. »Hm«, brummte er.

»Und dann ist Mueller-Skripski sehr tüchtig«, fügte Arber hinzu. »Wirklich, sehr tüchtig. Und er weiß viel. Es ist erstaunlich, wieviel er weiß. Er hat den totalen Überblick. Und bei den Studenten ist er auch beliebt, mehr noch, er folgt ihnen.«

»Alles richtig«, dröhnte Wisent. »Und jetzt frei heraus, Arber. Was halten Sie wirklich von ihm?«

Arber wand sich.

»Nun?« Wisent klappte die Hände auf.

»Er weiß alles und ist trotzdem ungebildet«, platzte Arber schließlich heraus.

»Ungebildet? Wie meinen Sie das?« fragte Wisent.

»Er ist ein Staubsauger. Er hat ein Aktenregal im Kopf, aber keinen Text. Er kann zitieren und wiedergeben, durchaus auch klug interpretieren, was andere gedacht und geschrieben haben; er kann es oft sogar besser wiedergeben, als es gedacht wurde. Er findet den Kern der Gedanken und beißt alles andere weg. Und die Kerne reiht er dann auf. Man spart sich dann meistens die Lektüre des Originals. Er ist ein großdeutscher »Reader's Digest«. Er ist nicht kühn, sondern genau, nicht treu, sondern linientreu. Vielleicht ist er auch nur ängstlich. Droht die Logik eines Textes sein Interesse zu widerlegen, schleicht er sich an der Logik vorbei. Droht eine Erkenntnis sein Weltbild zu erschüttern, diffamiert er den Autor. Er ist groß im Hassen, genial. Da liegt seine wahre Begabung. Er ist, eine in Deutschland seltene Begabung, weniger Hermeneutiker als Hasser, weniger Analytiker als Agitator, weniger Wissenschaftler als Kompilator. In der Sowjetunion heißt das Agit-Komp.« Arber hielt inne, hob die Hände. »Aber es steht mir nicht zu, über einen älteren und arrivierten Kollegen so zu urteilen. Ich fürchte, ich habe mich gehen lassen.«

»Schon gut«, sagte Wisent. »Ich habe Sie ja auch verführt. Trotzdem, ich bewundere Ihren Scharfsinn. Es geht mir darum, Sie vor Mueller-Skripski zu warnen.«

»Warnen? Ich sehe in ihm keine Bedrohung.«

»Das dürfte ein Fehler sein. Sie haben ihn ganz richtig eingeschätzt. Er ist ein vorsichtiger, aber großer Hasser. Er trägt Scheuklappen, es gebricht ihm an bon sens und an geistigem Takt. Aber harmlos ist er nicht. Sie wissen, daß wir ihn hier in Frankfurt nicht habilitieren wollten?«

»Warum eigentlich nicht? Er war doch Ihr Assistent?«

»Nun, wir befürchteten, daß er das Institut auf Abwege drängen würde. Menschen wie Mueller-Skripski haben ein unersättliches Selbstdarstellungsbedürfnis. Wir haben Sorge, daß er unsere Anstrengungen durch modische Schlagworte verzerren würde. Es ist ja nicht nur so, daß er Zeit, Geld und Personal des Instituts für uns fremde Ziele einsetzen könnte. Er zerstört vor allem die Gesinnung und die gesellschaftliche Einsicht unserer Studenten durch Begriffsfetische. Seine eilfertige Aktualität und seine hermetische Sprache suggerieren den jungen Leuten ein Mysterium, die Lösung aller in diesem Semester anstehenden Welträtsel. Es besteht die Gefahr, daß er im Institut den Ton angibt. Wenn sich ein esprit de corps bilden sollte, der im Sinne Mueller-Skripskis ausgerichtet ist, erziehen wir keine freien Geister, keine Menschen, die zu eigenem Urteil fähig sind, sondern Anhänger, die auf Schriften schwören, heute auf die, morgen vielleicht auf jene.«

»Sie verblüffen mich«, sagte Arber, »und Sie erschrecken mich auch.«

»Nehmen Sie sich vor diesem Menschen in acht, Herr Arber«, sagte Wisent. »Unterschätzen Sie seine Intelligenz nicht und seine Beharrlichkeit und seinen kühlen Haß. Legen Sie sich nicht mit ihm an.«

»Das werde ich sicherlich nicht. Dazu sehe ich auch keinen Anlaß.«

»Wie Sie meinen Ausführungen entnehmen, liegt die Zukunft des Instituts also nicht bei Mueller-Skripski«, fuhr Wisent fort.

»Verstehe.«

»Aber reden wir nicht mehr über ihn, sondern über Sie.«

Arber betrachtete den Schreibtisch, an dem sie sich gegenübersaßen. Der Tisch war ein Shaker-Stück aus dem achtzehnten Jahrhundert, Wisent hatte ihn aus Amerika mitgebracht. Nun spiegelten sich ihre beiden Gesichter in der polierten Platte. Es sah aus, als würden sie aus einem dunklen See aufsteigen.

»Sie wissen zwar nicht so viel, aber dafür sind Sie gebildet«, sagte Wisent.

Arber lachte. »Das ist freundlich formuliert.«

Wisent lächelte. »Vor zwei Jahren haben Sie diese schöne Dissertation abgeliefert: ›Von Machiavelli zu Mao. Zur Dialektik von modernem Staat und revolutionärer Persönlichkeit‹. Da ist Ihnen einiges gelungen. Auf knapp zweihundert Seiten haben Sie den Diskurs umdefiniert. Das war beeindruckend. Seither wartet die community auf Ihren nächsten Schritt. Ihnen muß klar sein, daß Sie mit dieser Arbeit Erwartungen geweckt haben, auch bei mir, die Sie nicht enttäuschen dürfen.«

»Das werde ich auch nicht. Meine Habilitationsschrift wird Sie überraschen.«

»Lieber Arber, Sie sind ein leidenschaftlicher, ein konsequenter Denker. Das ist gut. Das schätze ich an Ihnen. Aber Sie sind nicht Mode. Sie durchbrechen die ideologischen Markierungen. Ihre Idee einer ästhetischen Wende der Marxschen Theorie, die Sie kürzlich in meiner Vertretung vortrugen, halte ich für vielversprechend. Ich hatte sie selbst auch schon. Statt der roten Revolution eine schwarze Anthropologie? Könnten Sie sich das vorstellen? Können Sie sich vorstellen, daß wir daraus eine theoretische Perspektive entwickeln? Was halten Sie von einem gemeinsamen Buch mit dem Titel ›Die Ästhetik der Verzweiflung‹?«

Arber spürte sein Herz klopfen. »Das wäre wunderbar«, sagte er.

»Es freut mich, daß wir unsere Zusammenarbeit vertiefen werden. Nun, wie soll denn Ihre Habilitationsschrift lauten?« fragte Wisent.

»›Die ästhetische Transformation des Individuums als revolutionärer Akt‹. Ich brauche vielleicht noch drei Jahre. Unter tausend Seiten wird das nicht zu machen sein.«

»Das schaffen Sie doch auch in der Hälfte der Zeit. Sie werden diese Jahre allerdings nicht in Frankfurt zubringen.«

»Ach? Wo denn?«

»In Harvard am Center for European Studies. Ich habe Sie bei Fulbright durchgesetzt. Das dürfte Sie freuen.«

Es dauerte einige Sekunden, bis Arber antwortete. »Auf eine solche Chance habe ich schon lange gewartet.«

»Sie sind auch der einzige Deutsche, der das Fulbright-Stipendium in diesem Jahr bekommt. Es wundert mich allerdings nicht. Auf einen wie Sie hat Fulbright gewartet. Können Sie in dieser Zeit neben Ihrer Habilitation drei Kapitel für unser Buch schreiben?«

Arber nickte. Sein Mund war trocken. »Wie wäre es, wenn wir für ›Die Ästhetik der Verzweiflung‹ einen DFG-Antrag einbringen«, schlug er vor, »für das Jahr nach Harvard? Dann haben wir Zeit, uns abzustimmen.«

»Ich werde es in die Wege leiten«, sagte Wisent.

Arber sah auf die Schreibtischplatte. Ein Lächeln spreizte sein Spiegelgesicht. Er strich mit Daumen und Zeigefinger seine Wangen nach unten. Als er sich ein Stück vorbeugte, verschwamm sein Spiegelbild mit Wisents.

»Wie stellen Sie sich danach Ihre weitere Zukunft vor?« fragte Wisent. »Möchten Sie in Frankfurt bleiben?«

»Ja, wenn möglich.«

Wisent schwieg. Eine Weile musterte er den jungen Kollegen.

»Ich habe Sie als meinen Nachfolger ausgeguckt.«

Arber richtete sich auf, sagte aber nichts.

»Sehen Sie«, fuhr Wisent schließlich fort, »ich möchte bereits 1970 emeritieren, früher als ich geplant hatte. Die Studenten werden mir allmählich zu viel, wie Sie vielleicht verstehen. Sie kommen im Sommer 1969 aus den USA zurück. Wir schreiben meine Stelle aus, die Kommission tritt zusammen, das DFG-Projekt läuft, und Sie können sich auf meine Nachfolge vorbereiten. Damit bleibt noch eine kleine Frage offen.«

»Ja?«

»Da ist dieses etwas vorlaute Mädchen, Birgitta Habicht.«

Arber seufzte. »Ich weiß, ich hätte den Eklat verhindern müssen. Sie ist da mit reingezogen worden. Aber ich werde dafür sorgen, daß es in Zukunft nicht wieder geschieht.«

»Kein Wort mehr davon«, sagte Wisent. »Die Kleine ist Ihnen wichtig?«

»So ist es«, räumte Arber ein.

»Nehmen Sie sie mit nach Amerika. Dort kommt sie auf andere Gedanken. Für Harvard reicht es natürlich nicht, aber das Wheaton-College liegt ganz in der Nähe, ich werde meine Kontakte nutzen und sie dort plazieren. Es ist ja so ein Jammer um all die schönen Mädchen hier. Die Revolte verdirbt sie.«

»Ich weiß nicht, wie ich Ihnen danken soll.«

»Indem Sie Ihre Sache gut machen. Noch etwas, lieber Arber.« Wisent sah ihm in die Augen. »Dieses Gespräch über Mueller-Skripski hat nie stattgefunden. Sie haben nichts gesagt. Ich habe nichts gesagt. Haben Sie verstanden?«

»Natürlich«, sagte Arber und betrachtete noch einmal die Tischplatte.

Plötzlich knipste Wisent die Jugendstillampe aus, ihre Spiegelbilder verschwanden.

Der Videokünstler Franky Light hatte das Kruzifix mit Fernsehgeräten behängt, die allesamt christliche Fernsehshows zeigten. »Reality TV« hieß das Exponat. Franky Light fiel sonst durch größere Installationen auf, vor einiger Zeit hatte er für das Projekt »Family« eine Doppelhaushälfte aus Fernsehgeräten zusammengebaut, die allesamt ungemein ästhetisch montierte Snuff-Szenen zeigten. Allerdings gab es kurz nach der Ausstellungseröffnung einen Kurzschluß, der die gesamte Elektrik des MoMA in New York zerstörte, so daß sich mit diesem Werk mehr Versicherungsgesellschaften als Kunstkritiker beschäftigten.

Ein Paar stand im flackernd blauen Licht des Exponats. Die Wangen des Mannes waren so breit, daß sie von hinten zu sehen waren. Er trug ein Jackett aus dünnem Stoff, Schuppen lagen auf den Schultern, das Licht machte sie zu Silberflocken. Seine Ohrmuscheln glänzten bläulich. Die winzige Frau an seiner Seite hatte ein Gesicht wie der gealterte Pinocchio und spitze Leberflecken unter den Augen. Im Fernsehlicht sah sie aus, als hätte man sie mit Metallicfarbe besprüht.

»Na, auch schon in Pisse getreten?« fragte sie Arber, der neben ihr stand. Sie roch nach Alkohol und Zigaretten, ihre Stimme war rauh.

»Nein, aber in Blut«, sagte Arber.

»Dann sind Sie sicher der Lia Lu begegnet«, sagte sie. Beim Sprechen verengten sich ihre Augen, ihr Köpfchen wackelte. »Damals hieß sie noch Karin Göckert. Wir kennen sie aus den Studententagen. Es ist ja immer interessant zu sehen, wie kreative Menschen sich weiterentwickeln.«

Arber blickte nach oben. Auch bei diesem Exponat war das Gesicht des Gekreuzigten am hellsten, stach warm das Blaulicht aus.

»Uns wird ja hier einiges zugemutet«, sagte der Ohrmuschelmann. In diesem Moment knallte es, auf den Bildschirmen erschienen die Bilder von RAF-Terroristen, Andreas

Baader während der Festnahme, von Beamten über den Boden gezerrt, Gudrun Ensslin, gezeichnet vom Hungerstreik, Ulrike Meinhof, erhängt. Dann knallte es wieder, und die christlichen Fernsehshows liefen weiter.

»Was war denn das?« fragte Arber.

»Hier wird gezeigt, wer die wahren Opfer sind, nicht Jesus, sondern die RAF-Terroristen. Raffiniert ist das, ganz raffiniert. Hier wird der Mythos Jesus demontiert und durch einen besseren ersetzt. Progressive Ästhetik. Es ist ja immer beglückend zu sehen, wie Autoritäten zerstört werden. Dann merken wir, daß wir doch nicht ganz verloren haben.«

»Was verloren?«

»Die Revolution.«

»Ach so.« Arber zog die Augenbrauen hoch.

»Wir haben unseren Beitrag ja durchaus geleistet, damals«, sagte der Ohrmuschelmann. »Ich habe mich sterilisieren lassen, um ein Zeichen zu setzen, daß man in dieser Welt keine Kinder kriegen darf, und Renate wollte sich auch lieber im Klassenkampf engagieren als Popos abwischen, stimmt's, Mäuschen? Und dann ist sie in die ÖTV eingetreten.«

»Ich habe ein wunderschönes Büro direkt am Potsdamer Platz«, sagte die Pinocchio-Frau. »Ich kann Ihnen gar nicht sagen, wie teuer das ist. Eigentlich wollte ich Vorsitzende werden, aber das hat nicht geklappt. Manchmal denke ich, ich hätte vielleicht lieber Kinder haben sollen, anstatt mich durch die Kommunen zu vögeln und mir einen Tripper nach dem anderen einzufangen. Dieses politische Vögeln war ja so anstrengend. Die Kerle hatten fast alle Erektionsprobleme, die haben das nicht hingekriegt mit der sexuellen Befreiung. Und ich dachte immer, wenn ich nicht will, bin ich reaktionär. Und dann waren irgendwann meine Eierstöcke verklebt, von den Infektionen. Aber wer weiß, vielleicht wäre ein Kind auch nicht richtig gewesen. Diese ganze Generation der 68er-Kinder ist ja so spießig. Wenn ich ehrlich bin, kann ich sie nicht leiden. An diesen Gören ist die Revolution doch letztlich gescheitert, an diesen verheulten kleinen Rotznasen, die alles durften und nichts davon wollten.«

Sie lachte rasselnd, bis sie husten mußte. Ihr Köpfchen wackelte. Der Ohrmuschelmann lächelte Arber unsicher an.

»Und was führt Sie hierher? Sind Sie auch ein Freund aus Frankfurt?«

»Nein«, sagte Arber, »ich bin aus Frankfurt, das stimmt. Ursprünglich jedenfalls.«

»Kennen Sie die Galeristin?«

»Nein. Ich beschäftige mich mit Fragen zeitgenössischer Ästhetik.«

»Ah, interessant. Was sagen Sie denn zu der Ausstellung?«

Das blaue Paar sah ihn an.

Arber verschränkte die Arme. »Ein Versuch, die Aufklärung zu retten, ein Mißverständnis. Besser könnte man ihr Scheitern gar nicht dokumentieren als mit dieser Ausstellung. Und was mich daran besonders fasziniert: Irgend jemand hat es so gewollt. Sehen Sie das leuchtende Antlitz Christi? Sehen Sie, wie sein Licht die Provokation in der Dunkelheit versenkt? Irgend jemand rächt sich hier.«

Im Ausstellungsraum wurde es eng, die Besucher drängten sich. Arber starrte auf die Fernsehschirme mit den Bildern der RAF-Terroristen. Die Bilder waren unscharf und flimmerten. Lichtflecken fielen über den Schirm – leicht, wie von einem Sommerwind getragen.

Aus den alten Ahornbäumen lösten sich die Propeller der Samenkapseln und schwirrten abwärts. Manchmal blieben sie in den Haaren der Mädchen hängen. Das Center war eine halbe Meile vom Campus entfernt, eine New-England-Villa aus rotem Backstein, inmitten eines großen Gartens. Die Studenten saßen auf den Bänken und lasen. Als Arber mit langen Schritten die Wiese durchmaß, winkten ihm die

Studenten zu. Sie hielten die Arme ausgestreckt und bewegten nur die geöffneten Handflächen. Arber war gekleidet wie seine amerikanischen Kollegen: grauer Flanell und brauner Tweed, blauer Button-down, gestreifte Krawatte, schwere Lederschuhe. Die Locken hatte er abgeschnitten. Seine Züge wirkten schärfer, sein Gesichtsausdruck gelassener. Er hatte schon eine Gefolgschaft aus Schülern, die ihn, seinen Vornamen kürzend, einfach »Hero« nannten.

Sein Arbeitszimmer lag unter dem Dach. Es roch nach Büchern, Zeitschriften und Pfeifenrauch. Arber saß zwischen vollgestopften Regalen, aus den Büchern ragten lamellengleich engbeschriebene Zettel. Wenn Arber darüberstrich, verstärkte sich der alte Pfeifengeruch. Von seinem Fenster aus sah er auf den Charles und den Harvard Rowing Club, schräg gegenüber mit seinen fischgrauen Stegen. Am Algenkranz ihrer Pfosten ließ sich der Wasserstand erraten. Morgens spiegelte das Wasser. Am Mittag begann es zu leuchten, ein auslaufend blaues Auge. Am Abend wartete Arber auf die Rückkehr des varsity team, das von Sommerville heraufgerudert kam. Die Ruderer trugen ihre weinroten Hemden mit dem riesigen weißen »H«, und wenn Arbers Blick dem Achter in Richtung Sonnenuntergang folgte, verwandelte es sich in eine Reihe schwarzer Silhouetten, die mit ihren langen, ruhigen Schlägen die glitzernden Wellen brachen.

Sein Appartement war in der obersten Etage des Adams-House, Plympton 26, einer schmalen Gasse, die von der Massachusetts-Avenue abbog. Es hatte eingebaute Wandschränke und schwere Kommoden mit riesigen, quietschenden Holzschubladen. Der Teppich war rosa und flauschig, fast knöcheltief. Birgitta besuchte ihn alle drei Monate. Arber fuhr mit der Harvard-Line ohne umzusteigen zur South-Station, dann stand er pfeiferauchend am Gate und versuchte, hinter den Scheiben des einfahrenden Zuges ihre schlanke Gestalt zu erkennen.

»Siehst du aber scheiße aus«, begrüßte sie ihn. Er nahm die Pfeife aus dem Mundwinkel. Am Anfang hatte er sie mit Dunhill 936 gestopft, jetzt nahm er die Harvard Special Mixture, »our Harvard-Square home grown tobacco«, wie Robert K. Talcott zu sagen pflegte, der Dean der Faculty of Arts and Sciences.

»Wieso, wie sehe ich denn aus?« fragte er.

»Wie ein Harvard-Schnösel«, schmatzte sie. Neuerdings kaute sie Kaugummi, ihr Atem roch nach Pfefferminz. »Du hast dich in einem Jahr in einen amerikanischen Dandy verwandelt. Und du guckst auch so, richtig blasiert. Zum Weglaufen.«

»Und du bist noch schöner geworden«, sagte er und küßte ihren kauenden Mund. »Und leider noch garstiger. Und Kaugummi, würde ich sagen, ist auch nicht gerade antiamerikanisch.«

Sie ließ eine Blase platzen. »Na und? Das ist noch lange kein Zugeständnis an den amerikanischen Imperialismus. Im Gegenteil, ich kaue ihn weich.«

Arber lachte, Birgitta nicht.

»Warum hat mich dein Wisent eigentlich in dieses verschlafene Wheaton verfrachtet?« motzte sie. »Ich wäre viel lieber in Berkeley. Da tobt die Studentenbewegung. Die telefonieren täglich mit Frankfurt und Berlin, die sind richtig engagiert. In Wheaton wissen sie ja nicht mal, wo Frankfurt liegt. Und als sie Rudi Dutschke niedergeschossen haben, die Dreckskapitalisten, hat kaum einer ein Wort darüber verloren, bis heute nicht. Scheiße.«

»Hedda Korsch weiß nicht, wo Frankfurt liegt? Was redest du für einen Unsinn?«

»Na gut, die muß es ja wissen, klar.«

»Und ich dachte, bei ihr würde es dir gefallen. Die ist doch immer noch eine lupenreine Marxistin. Bist du denn nicht bei ihr im Seminar?«

»Der einzige Lichtblick in dem Scheißladen.«

»Ach Herzchen, freu dich doch, daß du in meiner Nähe bist.«

Er musterte sie. Sie trug die Haare offen und nach hinten toupiert wie ein amerikanischer Filmstar. Die Wangen waren voller geworden, aber es stand ihr gut. Auf dem Campus drehten sich die Männer nach ihr um. Er legte den Arm um ihre Taille.

»Sei doch nicht so besitzergreifend«, ächzte sie.

Arber packte sie am Po.

»Meine süße Zicke«, frotzelte er, »wollen wir zicken oder ficken?«

Im Treppenhaus lüpfte er ihren Rock. Sie kicherte, schlug ihm auf die Hand. Im Appartement drängte er sich an sie. Sie befreite sich, ließ ihren Blick umherwandern.

»Ich kann mich einfach nicht daran gewöhnen, wie bourgeois du hier lebst«, sagte sie, strich über die Kommoden, drehte sich zu ihm um, lächelte. Wo sie die verstaubten Möbel gestreichelt hatte, begann das Holz zu glänzen.

Arber jagte sie um den Tisch, sie quiekte, er packte zu. Seine Zunge stieß an den Kaugummi in ihrer Wangentasche, seine Finger hasteten über die Blusenknöpfe. Sie hatte ein kleines Bäuchlein bekommen. Ihr Busen war praller, die Schamlippen schlüpfrig und dick.

»Was soll das werden«, stöhnte sie, »der große Fick der Bourgeoisie?«

»Von wegen«, keuchte Arber, »gleich kommt es zum qualitativen Sprung! Proletarier aller Länder, vereinigt euch ...«

»O ja!«

»... zwischen ihren Schenkeln!«

Später kraulte sie den Teppich, der sich an ihren Körper schmiegte.

»Weißt du, was mich an deinem komischen Harvard am meisten nervt?« fragte sie.

»Bitte, Schätzchen, bleib friedlich. Wir haben es doch so schön.«

Arber legte seinen Kopf auf ihren Busen. Aber Birgitta setzte sich auf. Ihr verschwitzter Rücken war mit rosa Fusseln bedeckt.

»Mich nervt am meisten, daß hier immer nur über die Benachteiligung der Schwarzen geredet wird, aber nicht über die der Indianer. Das ist doch alles verlogen. Und du tust nichts dagegen. Du bist inzwischen genauso verlogen wie all die anderen Harvard-Schnösel auch. Aber ich werde den wissenschaftlichen Nachweis erbringen, daß nicht ein einziger Indianer Professor in Harvard geworden ist, und das, obwohl die Indianer einmal die absolute Mehrheit der amerikanischen Bevölkerung stellten.«

»Süße, was ist los mit dir? Hat es dir nicht gefallen? Was möchtest du?«

Er schob ihr die Hand zwischen die Beine.

»Ich möchte einmal ernsthaft diskutieren, und du hörst mir nicht mal zu«, fauchte sie. »Ich bin doch nicht dein debiles Fickfleisch.«

»Gut, laß uns ernsthaft diskutieren. Was beschäftigt dich?«

Sie zündete sich eine Zigarette an, kaute beim Ausatmen des Rauches weiter an ihrem Kaugummi.

»Du könntest dich auch mal für meine Arbeit interessieren«, sagte sie. »Nicht immer nur für deinen Scheißeliteladen.«

»Gut. Geht es auch ohne Beleidigung?«

»Was heißt hier Beleidigung? Ich will ernsthaft diskutieren, und du machst mir gleich Vorwürfe. Du verhinderst jedes intellektuelle Gespräch. Du denkst wohl, ich kann nur Kaffee kochen, du bürgerlicher Schwanzträger.«

Arber atmete tief durch.

»Dann sag es doch endlich. Was beschäftigt dich?«

»Meine Dissertation«, sagte Birgitta. »Ich habe endlich einen Titel gefunden.«

»Oh, sehr gut. Wie lautet er denn?«

»Der Überlebenskampf der Indianer als Frühform des antikapitalistischen Befreiungskrieges.«

»Aber Birgitta, Indianer hat es doch als organisierte und im westlichen Sinne ideologische Gruppe gar nicht gegeben.«

Birgitta schnaubte.

»Subjektiv vielleicht nicht, aber objektiv sehr wohl. Objektiv sind sie eben doch eine antikapitalistische Befreiungsbewegung. Sie wissen es bloß noch nicht. Aber dieses Bewußtsein will ich ihnen geben. Mit meiner Diss.«

»Was heißt denn objektiv in diesem Zusammenhang?« fragte Arber. »Die entwicklungsgeschichtlichen Voraussetzungen waren doch gar nicht gegeben.«

»Deswegen muß man sie jetzt herstellen.« Birgitta wurde laut. »Mit dir kann man ja gar nicht reden. Du willst verhindern, daß ich mich am revolutionären Kampf beteilige.«

»Nein«, sagte Arber, »ich will nur, daß du eine gute Diss schreibst. Ich weiß doch, wie streng die Korsch ist und wie hoch ihre Erwartungen sind, vor allem an dich, eine Wisent-Schülerin.«

Birgitta rammte die halb gerauchte Zigarette in den Aschenbecher.

»Du willst doch nur meinen revolutionären Kampfeswillen brechen!« schrie sie. »Das wirst du nie schaffen! Niemals! Du bist wirklich ein reaktionäres Arschloch!«

»Arschloch geht zu weit«, sagte Arber.

»Ich laß mir doch nicht das Wort verbieten. Wo kommen wir denn da hin. Arschloch, Arschloch, Arschloch.«

Arber zog sich an. Birgitta bewegte heftig ihren Kiefer. Arber hörte, wie ihre Wangen an die Backenzähne klatschten, sich schnalzend wieder lösten, während kleine Speichelbläschen auf dem Kaugummi zerplatzten.

»Vielleicht möchtest du dich entschuldigen, wenn ich wieder da bin«, schlug er vor.

»Du mußt dich bei mir entschuldigen«, sagte Birgitta. »Dafür, daß du mich unterdrückst, objektiv.«

Arber sah sie an. Sie kaute und schwieg.

»Ich geh dann mal zum Center«, sagte er. »Ich muß an den Schreibtisch. Essen ist im Kühlschrank, falls du Hunger hast.«

An der Tür drehte er sich noch einmal um. »Wem willst du bloß gefallen?« fragte er. »Wem willst du was beweisen?«

Birgitta kaute. »Ich bin so einsam in Wheaton«, flüsterte sie schließlich. »Und keiner nimmt mich ernst. Die Korsch kann mich nicht leiden. Ich schaffe das einfach nicht. Du verstehst das ja nicht, du bist ja immer so brillant.«

»Herzchen ...«, sagte Arber sanft, »laß dir doch helfen. Ich bin für dich da.«

Birgitta gab sich einen Ruck und wurde wieder laut. »Tu doch nicht so gönnerhaft. Du Angeber willst mich bloß kleinmachen. Du bist wirklich ein aufgeblasener Lackaffe geworden. Arrogant und selbstherrlich. Hau endlich ab.«

Nachts schreckte er auf. Die Schreibmaschinentastatur hatte rote Kreise in seine Stirn geprägt. Das Lampenlicht stülpte sich wie eine Glocke über den Schreibtisch. Er knipste die Lampe aus. Er machte einen langen Spaziergang am Charles, stand auf der Brücke, sah auf die dunklen Wellen. Erst als sie hell wurden, kehrte er um. Auf dem Wasser lag dichter Nebel, darüber schwebten wie abgeschnitten die crew-cut-Köpfe der ersten Ruderer.

Sein Appartement war leer, Birgitta fort. Er stellte sich ans Fenster und rieb sich die kalten Oberarme.

»Es ist besser so«, murmelte er.

Dann erst sah er den Zettel auf dem Tisch. Er starrte auf Birgittas Handschrift, die Buchstaben drängten sich bauchig aneinander.

»Übrigens bin ich schwanger«, las er.

Die small lecture hall im Science-Center hinter dem yard war ein Trichter aus Glas und Edelstahl, ein futuristisches Amphitheater. Hinter dem Rednerpult stand Heinz Mueller-Skripski. Es sah so aus, als hätte man seinen Oberkörper in dem silbrigen Jackett auf das Stahlpult gesetzt und festgeschweißt. Arber hatte ihn höflich begrüßt, sich dann in die erste Reihe an den Rand gesetzt. Jetzt bemerkte er, wie Mueller-Skripski auf die Uhr am Handgelenk blickte. Diese Uhr, hatte Mueller-Skripski einmal erzählt, eine Seiko, hatte ihm ein Kollege aus Hongkong mitgebracht, für umgerechnet vier Mark dreiundsiebzig – ein ungemein günstiges Preis-Leistungs-Verhältnis. Arber hörte, wie das Gemurmel des Publikums spiralförmig an den Trichterwänden entlang nach oben stieg. Das Mikrophon fiepte, als Mueller-Skripski »Guten Abend« sagte. Das Gemurmel versickerte. Mueller-Skripski schob die Seiten seines Manuskriptes zurecht. Dies war sein erster Vortrag in Harvard, und er hielt ihn auf deutsch.

»Sehr verehrte Damen, meine Herren, verehrte Kolleginnen und Kollegen, Genossinnen und Genossen. Ich freue mich, daß Sie so zahlreich erschienen sind, und vor allem danke ich dem verehrten Herrn Präsidenten, daß auch er erschienen ist, um meinen Vortrag zu hören, der, wenn ich das in aller Bescheidenheit vermuten darf, auch dieser ehrwürdigen Universität entscheidende Denkanstöße geben wird. Der Titel meines Vortrages lautet, wie Sie ja auch schon lesen konnten, was Sie sicherlich gemacht haben, denn hier in Harvard ist man ja nicht nur brillant, sondern auch sehr gewissenhaft und belesen, also der Titel meines Vortrages lautet. ›Das Plagiat als Vollendung der Authentizität im Zeitalter seiner intellektuellen Reproduzierbarkeit‹.«

Im Publikum drehten sich die Köpfe, alle hielten nach dem Präsidenten Ausschau. Arber konnte ihn nirgends entdecken. Es dauerte eine Weile, bis das Tuscheln verebbte. Arbers Nebenmann, der berühmte Soziologe Daniel Hell, beugte sich rüber.

»What's wrong with that guy?« flüsterte er Arber ins Ohr. »What makes him think the president is going to come over to listen to this cookie? And what kind of tacky shirt is he wearing anyway? Looks like spinach cooked in sweat. Who the shit does this character think he is?«

»He's a dry drip in a drip dry«, sagte Arber.

Beide unterdrückten ihr Lachen, indem sie durch die Nase prusteten. Das Geräusch stieg nach oben wie Kohlensäure. Mueller-Skripski blickte kurz auf, ordnete noch einmal die Zettel, die einzeln in Klarsichthüllen steckten. Er las vor:

»Die alten Schwerter schneiden noch, die alten Begriffe unterscheiden noch, und immer noch kommt in der Dialektik von Basis und Überbau die historische Wahrheit zum Vorschein. Wenn es stimmt, und das wird ja wohl keiner mehr bezweifeln, daß der Mensch zum Menschen, das Individuum zu sich und der Verlorene zu seiner Klasse gefunden hat, dann hören auch die Tage der Einsamkeit und des Egoismus auf. Mit dem schrecklichen ›Mein ist mein‹ und ›Dein ist dein‹ ist dann endlich Schluß, und wir können sagen: Heute gehört uns Frankfurt und morgen die ganze Welt. Solidarität und Bewußtsein werden dann nicht nur universal und total, sondern auch transzendent, das heißt: gesellschaftlich relevant. Nicht mehr der Mensch definiert Gesellschaft, sondern umgekehrt: die Gesellschaft definiert den Menschen. Noch genauer: weder noch, sondern das Gespräch. Aus Ich und Du wird Wir. Alles ist Kommunikation, nichts der Mensch. Lassen Sie uns die Sache mal stringent und in dem bekannten humanistischen Geist zu Ende denken, meine Damen und Herren.«

Mueller-Skripskis Stimme kam von weit oben aus den Lautsprechern und schraubte sich durch den trichterförmigen Saal nach unten. Als er eine Kunstpause machte, sah er auf die Seiko. Arber wußte, daß Mueller-Skripski seinen Studenten im Einführungskurs erzählte, daß eine optimale rhetorische Pause zweieinhalb Sekunden dauerte. Jetzt schien Mueller-Skripski zu zählen, dann fuhr er fort.

»Erstens: Wenn Wissen Macht ist, darf Wissen nicht der Willkür des einzelnen überlassen bleiben. Zweitens: Wenn Wissen Verantwortung ist, müssen wir sie vereint tragen. Drittens: Wenn Wissen Kampf ist, müssen wir vereint kämpfen. Also raus aus der Einsamkeit des Stubenhockers und rein in die Solidarität der Arbeitsgruppe! Erst wenn wir diesen Schritt gehen, wird die Parole zu einer historischen und revolutionären Kraft. Viertens: Nicht dem Denker in seiner egoistischen Fixierung, sondern dem Funktionär gehört die Zukunft, die Herrschaft und die Massenauflage. Fünftens: Nicht der einmalige Gedanke, sondern die massenhaft unterschriebene Resolution bestimmt den historischen Prozeß. Sechstens: Die Forderung nach der Expropriation der Expropriateure stellt sich nicht nur für die Basis, sondern vor allem für den Überbau. Und was heißt das?«

Wieder stoppte Mueller-Skripski seinen Redefluß und warf einen Blick auf die Seiko. Daniel Hell umfaßte seine Nasenwurzel mit drei Fingern und zog die Luft durch die Zähne. Arber lehnte sich zurück und verschränkte die Arme. Dann holte er tief Atem. Mueller-Skripski wendete die Klarsichthülle.

»Das heißt schlicht und ergreifend, ja ergreifend, denn was ich Ihnen zu sagen habe, ergreift uns alle: wer von geistigem Eigentum faselt und dessen vermeintlicher Unantastbarkeit, der denkt in den Kategorien des moralisch minderwertigen Mehrwerts und der Reaktion. Gestatten Sie mir an dieser Stelle das Zitat der klassischen Fußnote: Nieder mit dem Mehrwert, es lebe der Minderwert. Ende der Fußnote. Und daraus folgt, meine Damen und Herren: Erst im Plagiat wird die kapitalistische Ausbeutung aufgehoben, wird der zufällige und schließlich und endlich belanglose Einfall des einzelnen zu gesellschaftlicher Wahrheit emporgehoben. Und dann ist nicht der Gedanke, sondern nur die Druckseite authentisch – und die Auflage. Was dein war, soll nun mein sein, was du denkst, das will nun ich publizieren.

Ich stehe selbstverständlich für eine Diskussion zur Verfügung, aber wenn es geht auf deutsch. Natürlich nicht, weil ich die deutsche Sprache so liebe, da bin ich ja wirklich der letzte, aber ich kann dann noch differenzierter antworten, zumal mein Text nicht ohne gehobene Ansprüche ist.«

Einen Moment war es still, dann folgte höflicher Applaus. Arber erhob sich. Mueller-Skripski bot ihm das Mikrophon an. Arber winkte ab.

»I can do without technical aid«, sagte er und drehte sich zum Publikum. Er sprach langsam, seine Stimme erreichte die oberen Reihen.

»Ihr Plädoyer für das Plagiat hat mich sehr beeindruckt, und Ihre Theorie haben Sie auch schon erfolgreich in die Praxis umgesetzt. So haben Sie Ihr Buch ›Spätkapitalismus oder Zivilgesellschaft?‹, in dem Sie die Theorien namhafter Soziologen großzügig entfalten, unter Ihrem Namen veröffentlicht. Einige, deren Ideen Sie reproduziert haben, sitzen ja hier im Saal. Ist also das die Expropriation der Expropriateure, die Ihnen vorschwebt?« Arber wandte sich an Daniel Hell: »I don't know, Dan, whether you were able to identify your own contribution to Professor Mueller-Skripskis book?«

Mueller-Skripski strich mit den Händen über die Klarsichtfolien.

»Ach, Herr Arber«, sagte er. »Nur weil Sie einmal neben einem berühmten Kollegen sitzen dürfen, kommen Sie sich wohl vor wie Gott in Frankreich.«

»Nein«, grinste Arber, »nur wie Gott in Harvard.«

Das Publikum kicherte. Mueller-Skripski blieb ruhig. Der Kragen seines pastellgrünen Drip-dry-Hemdes sog sich voll Schweiß und wurde dunkel wie ein Chamäleon, das die Umgebung wechselt. Er dampfte. So ähnlich mußte eine frühkapitalistische Dampflokomotive gewirkt haben, bevor sie sich langsam schnaubend in Bewegung setzte.

»Um Ihre kleine Frage zu beantworten«, sagte er schließlich zu Arber, »die Enteignung geistigen Eigentums ist ein revolutionärer Akt. Der herrschaftsfreie Dialog kann nur stattfinden, wenn es keine intellektuellen Urheber- und damit Vorherrschaften mehr gibt. Die Armen müssen die Reichen enteignen, materiell und geistig. Nur so erreichen wir nicht nur soziale, sondern auch intellektuelle Gerechtigkeit.«

»Und Sie sehen sich als Enteigner?« fragte Arber, der ruhig stehengeblieben war.

»In diesem Sinne sehe ich mich in der Tat als Enteigner, als Revolutionär. Das sind in der Tat neue Perspektiven, die ich Ihnen hier vorstelle.«

Arber machte eine lässige Geste mit der freien Hand. »Man könnte fast auf die Idee kommen, daß Sie sich als Wortführer der geistig Armen verstehen.«

Gelächter schäumte den Trichter empor. Mueller-Skripski blieb kühl.

»Ach Herr Arber«, sagte er. »Hier im Saal weiß doch jeder, daß ich, im Gegensatz zu Ihnen, in der Tradition der Kritischen Schule spreche. Demnach bezichtigen Sie wohl in Wahrheit nicht mich, sondern Aaron Wisent und die anderen Frankfurter Kollegen der geistigen Armut. Nur zu.«

Mueller-Skripski richtete sich auf. Die letzten Worte hatte er geknurrt. Er sah Arber scharf an. Die Silberstreifen auf seiner weinroten Krawatte blitzten. Im Publikum war es still geworden. Alle Köpfe drehten sich in Arbers Richtung. Der ließ die Hand in der Tasche und wechselte das Standbein.

»Sind Sie wirklich sicher, für die Kritische Schule sprechen zu können?« fragte er. »Immerhin hatten Sie Schwierigkeiten, sich in Frankfurt zu habilitieren. Wenn ich unseren gemeinsamen Freund Aaron Wisent frei aus dem Gedächtnis zitieren darf: ›Menschen wie Mueller-Skripski sind reine Selbstdarsteller. Sie ersetzen Gedanken durch Begriffsfetische und tun so, als könnten sie damit alle Welträtsel lösen. Wenn sich im Institut ein solcher esprit de corps bilden sollte, erziehen wir keine freien Geister, sondern pseudointellektuelle Opportunisten.‹«

Im Publikum wurde getuschelt. Mueller-Skripski legte die Klarsichtfolie zusammen und sah auf die Seiko.

»Ich sehe, die Zeit ist um«, sagte er. »Vielen Dank für die interessante und sicher folgenreiche Diskussion.«

Die letzten Worte waren an Arber gerichtet. Der verschränkte die Arme und lächelte. Mueller-Skripski bewegte sich eine Spur zu ruhig, sein Blick blieb etwas zu lang auf Arber haften, aber der merkte es nicht.

Das Kruzifix steckte in einem Berg aus Leichen. Der Künstler hatte ihnen die Flüssigkeit entzogen und durch Plastik ersetzt, die erstarrten Körper wirkten seltsam filigran. Sie streckten ihre Knochenarme nach Jesus aus, hoben die enthäuteten Füße. Manche benutzten den aufgeschlitzten Bauch des Nebenmannes als Stufe, andere seine Augenhöhlen, um sich darin festzukrallen. Eingeweide, Häute und Augäpfel baumelten vom Querbalken des Kreuzes.

Der Künstler war anwesend, immer wieder führte er ein leeres Proseccoglas zum Mund. Die Leute warfen ihm schnelle Blicke zu und hielten Abstand. Er trug einen schwarzen Maßanzug aus Latex, der seine dürre Figur betonte, und Cowboystiefel mit Silberbeschlägen. Auch die Krawatte war schwarz, mit feinen weißen Strichen verziert, die sich erst beim genaueren Hinsehen als Knochen zu erkennen gaben, hingestreut wie von einem lässigen Gott. Dazu ein maßgeschneidertes Hawaii-Hemd aus Seide, mit goldenen Manschettenknöpfen im frühminoischen Stil. Auf dem Kopf eine weiße Perücke wie der späte Andy. Als er sich drehte, blickte Arber in eine gigantische Spiegelbrille, die weit über die Schläfen reichte und dem Künstler das Aussehen eines futuristischen Insektes verlieh. Er hieß Freddy Krümpel, aber Arber nannte ihn »die Plastiktüte«.

»Ich bin ja ganz verliebt in meine Leichen«, sagte Freddy Krümpel zu Arber, die Leichen spiegelten sich in der Brille, und Arber sah sich selbst in ihrer Mitte, klein und verzerrt.

»Ich suche ständig nach neuen Objekten« fuhr Freddy Krümpel fort, »neulich habe ich zwei Astronauten plastiniert und eine Frau, die von Piranhas angefressen wurde, und im Augenblick plastiniere ich eine Schulklasse aus Uganda. Ich meine eine Schulklasse, die schon tot ist, sonst dürfte ich sie ja leider nicht plastinieren. Mit Lehrer. Dann will ich noch die Frau des Lehrers plastinieren und seinen Hund und die Tochter des Lehrers und seinen Schwager und den Schwippschwager des Schwagers und seine Tante zweiten Grades, und alle will ich in ein riesiges Netz aus Adern hüllen. Blutbande, Sie verstehen die Symbolik. Mein nächstes Projekt sind die Bundestagsmitglieder, ich bin mir sicher, die stimmen zu, die sind ja so für Kunst in ihrem Bau. Und ich habe die großartige Idee, die Schädeldecken wegzulassen, damit die Besucher, wenn sie durch die Reichstagskuppel wandeln, von oben in die Köpfe der Politiker gucken können. Das ist dann Transparenz.«

»Wenn die Abgeordneten plastiniert wären«, ergänzte Arber, »würden sie während der Sitzungen auch nicht ständig rein- und rauslaufen.«

»Genau«, sagte Freddy Krümpel. »Ich mache mir nur Sorgen, daß die Ökos dagegenstimmen, die haben es ja nicht so mit Plastik.«

Er beugte sich vor und tätschelte einer Leiche den Kopf.

»Wie meine Kinder sind sie«, sagte er, »wie meine Kinder.«

»Was sagen Sie denn dazu, daß man sie hier in der Dunkelheit kaum sieht?« fragte Arber.

»Das ist ärgerlich«, sagte Freddy Krümpel. »Aber das ist ja das Schicksal vieler großer Künstler, daß sie im Dunkeln geblieben sind. Und die Galeristin besteht darauf, daß nur das Gesicht des Gekreuzigten ausgeleuchtet wird.«

Arber wurde neugierig: »Ach, die Galeristin hatte diese Idee?«

»Schöne Frau«, sagte Freddy Krümpel, »aber sehr merkwürdig. Wir nennen sie die kalte Kitty. Wer sich auf ihr Konzept nicht einläßt, den nimmt sie nicht. Dabei ist es doch ganz absurd, nur das Jesusgesicht zu beleuchten. Eine Holzpuppe! Es wäre natürlich schön gewesen, man hätte das faszinierende Verfahren der Plastination zum Zeitpunkt der Kreuzigung schon gekannt, dann hätte man Jesus plastiniert, und er würde im Petersdom hängen, man müßte ihn nur einmal im Monat abstauben. Stellen Sie sich das mal vor.«

»Aber dann wäre er doch nicht auferstanden«, sagte Arber. »Und wo bliebe die Transzendenz?«

»Wir brauchen keine Transzendenz, wir haben doch Plastik. Sehen Sie das nicht? Die Plastination entzaubert den Tod. Darum wollen meine Leichen Jesus vom Kreuz holen! Sie sagen: Schluß mit dem Grauen, ein für allemal! Schluß mit dem Jenseits! Wir brauchen keinen Himmel mehr, und darum keine Auferstehung! Wir kommen alle in den Himmel aus Plastik, und der ist hier.«

»Sie rekurrieren auf die mittelalterliche Vorstellung, daß die Menschen in corporae in den Himmel kommen«, sagte Arber.

»Genau!« rief Freddy Krümpel, »da setzen wir an! Wir holen die Leiber ins Diesseits zurück! Wir hungern den Himmel aus! Wir hungern Gott aus!«

»Ach. So wie Stalin damals die Bauern in der Ukraine?«

»Exakt! Wir betreiben die Expropriation Gottes! Man müßte natürlich viel konsequenter sein. Man müßte die ganze Schöpfung plastinieren. Nicht nur die Menschen, sondern auch die Pinguine, das Plankton, die Ameisen, die Hochlandrinder, die Grashalme, die Regenwälder – alles eben. Erst dann hätten wir das Paradies auf Erden, die Utopie real.«

»Und das Leben?«

»Sie sind aber altmodisch. Wozu brauchen wir das Leben, wenn wir den Tod besiegt haben? Das Leben, daß ich nicht lache! Dieses läppische Schmuddelkind des Todes.«

Und wieder beugte Freddy Krümpel sich vor und strich einer Leiche das Haar aus dem Gesicht, dann kraulte er sie hinter dem Ohr. Sie wippte und knarrte wie ein Schaukelstuhl.

Es war eine möblierte Zweizimmerwohnung, die Arber für sich und Birgitta gemietet hatte, als sie zurück nach Frankfurt kamen. Zur Einrichtung gehörte ein defektes Fernsehgerät, das nach Plastik und Staub stank, zwischendurch schlugen die Bilder Wellen. Das erste, was Arber sah, war eine Fernsehdiskussion, ob eine Aufzeichnung oder live, war nicht klar. Auf dem Podium saß Wisent, wie immer im Maßanzug und mit Weste, und neben ihm drei Studenten in Jeans. Arber brauchte eine Weile, bis er Kapowitz erkannte.

»Birgitta! Sieh dir das an!« rief er.

»Ja?« Sie kam aus dem Schlafzimmer und strich sich über den dicken Bauch.

»Das ist Kapowitz! Guck doch mal!«

»Na endlich mal einer, der Wisent Paroli bietet«, sagte sie und ließ sich schwer in die Sofakissen sinken. Arber machte einen Schritt nach vorn und guckte gebannt auf das Bild. Kapowitz hatte einen Rauschebart bekommen, sein Blick war stechender geworden. Er schlug seinen Arm mit dem ausgestreckten Zeigefinger rhythmisch in die Luft. Wisent erwiderte etwas, seine Gesten waren fein ausgeformt. Der Fernseher brummte, Arber verstand kein Wort. Die anderen beiden mischten sich ein, ein Dicker im offenen Karohemd und ein Großer mit filzigen Haaren, der die Beine von sich streckte. Er hielt eine Zigarette zwischen den Fingern und aschte auf den Boden, beim Sprechen blies er Wisent den Rauch ins Gesicht.

»Dusel und Proll«, stöhnte Arber, »das kann doch nicht wahr sein!« Er schlug auf den Fernseher.

»Es ist der objektive Widerspruch in Ihrer Theorie, der Ihre Schüler zu Ihren Gegnern macht«, sagte Dusel, »Ihre Theorie sollte die Revolution nicht nur legitimieren, sondern auch vorantreiben. Statt dessen ergeht sich Ihre Theorie in bürgerlich-ästhetischem Gehabe und privater Praxisabstinenz. Insgeheim, wenn nicht gar konspirativ, stützen Sie damit die herrschende Klasse und schaden der Revolution!«

Es rauschte und klapperte, Arber hob die Hand, um wieder auf den Fernseher zu schlagen, begriff dann, daß es der Applaus des Publikums war.

Transparente verdeckten die Gesichter: »Studenten und Marxisten! Kampf dem dialektischen Faschisten!«

Die Kamera schwenkte auf Kapowitz. Der war aufgestanden, zeigte mit ausgestrecktem Arm auf Wisent.

»Sie, Aaron Wisent, sind zu bequem, den Marxismus zu Ende zu denken. Sie sind zu bequem, ein Flugblatt unserer denunzierten Genossen zu verteidigen! Sie verkriechen sich hinter Theorien, anstatt mit uns auf die Straße zu gehen! Sie sind zu feige, dem historischen Imperativ Folge zu leisten!«

Das Publikum klatschte und johlte, während Kapowitz in seiner Pose verharrte. Als die Kamera wieder aufs Publikum schwenkte, glaubte Arber Mueller-Skripski zu erkennen, der mit verschränkten Armen unter einem der Transparente stand, aber bevor sich Arber vergewissern konnte, war wieder das Podium zu sehen.

Wisent wartete, bis das Getöse verebbte. Leise begann er zu sprechen. Arber stürzte zum Fernseher und hielt sein Ohr an den brummenden Lautsprecher, um Wisents Worten zu lauschen.

»Die Studenten haben nicht verstanden, daß Geschichte ein Prozeß ist, daß Wahrheit sich nicht auf der Seite ›Aktuelles‹ niederschlägt«, sagte Wisent. »Wahrheit ist ein zu subtiles, ein zu ephemeres Geschehen, als daß sie in ihren jeweiligen Manifestationen, in Kategorien von Klasse oder Rasse, von Glaube oder Geschlecht aufginge. Natürlich gibt es Gewißheit, aber ihre Beziehung zur Wahrheit ist labil. Jedenfalls entzieht sich Wahrheit gerne unseren jeweiligen Fixierungen und Forderungen. Es gibt keinen Kanon. Alle paar Jahre wird die Bibel in einer neuen Übersetzung herausgegeben. Ich bin nicht sicher, daß sie der Wahrheit damit immer näher kommt. Aber noch weiter von der Wahrheit würde sie sich entfernen, wenn sie gelesen würde, wie unsere jungen Leute jene billig kursierenden Raubdrucke, die sogenannten papers, lesen: in der Urfassung. Das ist nicht nur dogmatisch, das ist dumm. Und es ist natürlich ganz und gar unmarxistisch. Denn auch das Manifest ist historisch, selbstverständlich ist es das.«

Auf dem Sofa begann Birgitta zu jammern.

»Hieronymus!« stöhnte sie.

»O bitte, Herzchen, sei still«, flehte Arber, »ich muß das jetzt hören!«

Er preßte sein Ohr an den Apparat. Das Brummen wurde stärker, Wisents Stimme undeutlicher.

»Auch ich werde neuerdings in irgendeiner Urfassung gelesen und soll mich dann schuldig fühlen, wenn die Wahrheit dieser Urfassung längst entlaufen ist, vielleicht nicht wieder Heimat gefunden, noch immer auf Trebe ist. Der Umgang mit der Wahrheit ist immer ein Umgang mit Vorläufigkeit und Vergänglichkeit, mit dem Tod. Die Dogmatiker sind unfähig, sich dieser schrecklichen Erkenntnis zu stellen. Sie wollen Ewigkeit, und das nicht selten auf den Gräbern ihrer von ihnen selbst hingerichteten Genossen.«

Arber zuckte zurück, als ein scharfes Pfeifen in sein Ohr drang.

Das Publikum buhte, einige erhoben sich und skandierten: »Studenten und Marxisten! Kampf dem dialektischen Faschisten!«

Arber starrte auf die Großaufnahme von Wisents Gesicht. Womöglich lag es am schlechten Licht, daß sein Glatzkopf nicht mehr leuchtete, oder die Maskenbildner hatten ihn abgepudert. Das Schwarzweißbild betonte die Tränensäckchen, die dunkel und seltsam zart unter seinen Augen hingen. Dann verzog sich das Bild, fiebrige Wellen zitterten über den Schirm.

»Hieronymus«, ächzte Birgitta, »meine Fruchtblase ist geplatzt.«

Birgitta bekam eine Tochter mit vielen schwarzen Haaren auf dem Kopf und großen Füßen. Danach konnte Arber vor Glück nicht mehr gehen, tanzte und sprang durchs Institut. Die Kollegen gratulierten ihm.

Kurz darauf wurde er für seine Arbeit »Die ästhetische Transformation des Individuums als revolutionärer Akt« und den Antrittsvortrag »Hoffnung und Angst. Utopie als Opfer der Dialektik« habilitiert. Die vorgelegte Schrift war nicht knapp, sondern »unmäßig«, wie Wisent lachend sagte: 1233 Seiten.

»Lieber Freund«, sagte er ein paar Tage später bei einem Gespräch in seinem Büro, »wie Sie wissen, hat sich die Berufungskommission bereits für einen Nachfolger meines Lehrstuhls entschieden, obwohl es ja erst im nächsten Jahr soweit ist. Es handelt sich um eine Einer-Liste, und Sie sind unser Vorschlag; der Kommissionsbeschluß war einstimmig. Wir haben das riskiert und im Ministerium abgesichert. Der Vorschlag liegt dem Minister zur Unterschrift vor. Der Ruf dürfte innerhalb der nächsten Wochen an Sie ergehen. Nun höre ich, daß man Sie mir in Harvard abspenstig machen will. Und das auch noch zu meinen Ehren.«

Arber schmunzelte.

»Ja, man hat mir angeboten, daß ich als Leiter des neuen Wisent-Research-Centers die Tradition unserer Schule in

Amerika plausibel machen, vielleicht sogar etablieren soll. Das ist Ihnen ja damals nicht gelungen. Leider. Aber Sie wissen, daß ich mich Frankfurt verpflichtet fühle.«

»Nun, wir werden es einzurichten wissen, daß Sie beides tun. Harvard und Frankfurt, das kriegen wir schon zusammen. Und nun zu wichtigeren Dingen.«

Wisent stand auf und ging mit kleinen, steifen Schritten zum Regal. Er zog eine Mappe heraus.

»Ich habe Ihre drei Kapitel für unsere ›Ästhetik der Verzweiflung‹ gelesen. Sehr gewagt, sehr klug. Sie drehen alles um. Vielleicht war das wirklich fällig. Aber viel Verständnis werden Sie nicht bekommen. Anerkennung, wenn es gutgeht. Ich habe mir erlaubt, ein paar Anmerkungen hinzuzufügen. Vielleicht finden Sie die anregend.«

Mit zarten Fingern blätterte er im Manuskript. Dann überreichte er es Arber.

»Passen Sie gut darauf auf«, fügte er hinzu, »ich hoffe, Sie haben noch eine Kopie.«

Bevor Arber das Büro verließ, drehte er sich noch einmal um. Wisent lächelte ihm zu. Die Haut auf dem Schädel war dünn geworden, umspannte die Schläfen wie Pergament. Die Wangen hingen schwer herab, zogen unter den Augen die Haut nach unten. Sie wirkten dadurch noch größer als früher. Aber sie waren trüb geworden.

»Gittilein! Herzchen! Das Buch kommt voran!«

Arber stürmte in die Wohnung, umarmte Birgitta, küßte sie. Sie lächelte nicht.

»Ich war beim Standesamt«, sagte sie. »Unser Kind hat jetzt einen Namen.«

»Aber mein Engel, das war doch nicht nötig«, sagte Arber, »das hätte ich doch machen können! Du mußt dich doch schonen!« Er trat ans Kinderbettchen und küßte seine Tochter auf die Stirn. Sie hatte die Fäuste geballt und grunzte.

»Hallo, kleine Marie«, flüsterte er.

»Nein, nicht Marie«, sagte Birgitta. »Ich habe es mir anders überlegt.«

Arber stutzte.

»Sie heißt nicht Marie? Wie denn sonst?«

»Unsere Tochter heißt Chee. Wie Che Guevara, nur mit Doppel-E, weil sie ja ein Mädchen ist.«

Arber rang nach Luft.

»Das war nicht abgemacht. Ich möchte nicht, daß meine Tochter so heißt.«

»Sei doch nicht wieder so autoritär.«

»Ich bin nicht autoritär. Aber es ist *unsere* Tochter. Und wir wollten sie Marie nennen.«

»Jetzt heißt sie eben Chee. Der Sohn von Rudi heißt auch Che.«

»Birgitta, das müssen wir rückgängig machen. Du kannst ein Mädchen nicht nach einem Revolutionär benennen. Das ist lächerlich.«

»Wie bitte? Che Guevara ist lächerlich? Du findest unsere Sache lächerlich? Mueller-Skripski hat recht. Du bist wirklich ein Reaktionär.«

»Um mich geht es hier gar nicht. Denk doch mal an unser Kind. Wir wollen doch, daß unser Kind ein gutes Leben hat. Und mit diesem Namen ist es gezeichnet. Das können wir der Kleinen nicht antun.«

»Gutes Leben? Was soll denn das schon wieder heißen? Soll sie eine vollgefressene Kapitalistengöre werden, oder was? Ich sage dir eins: Gegen die Ungerechtigkeit dieser Welt soll sie kämpfen. Sie soll kein gutes Leben haben, sondern ein revolutionäres Leben.«

»Das ist furchtbar, was du sagst. Du liebst dein Kind nicht.«

»Du kannst froh sein, daß ich sie überhaupt bekommen habe. Und du hast überhaupt nichts zu melden. Ein Glück, daß ich dich nicht geheiratet habe.«

Arber starrte seine Freundin an. Sie war schön mit ihrem

glatten Haar und den Haselnußaugen. Ihr indisches Blusenkleid war tief ausgeschnitten, er sah ihre prallen Brüste. Sie nahm eine der Brüste in die Hand und drückte sie. Ein dicker Tropfen Milch trat aus dem dunkelbraunen Fleisch.

»Leck es ab«, hauchte sie und schob sich langsam das Kleid auf die Hüften.

»Es ist noch zu früh«, sagte Arber leise.

»Unsinn«, sagte Birgitta, »du bist ja schon wieder so verklemmt. Du brauchst einen ordentlichen sozialistischen Orgasmus. Zeig mir mal deinen kleinen Revolutionär ... na also, zum Kampf hat er sich schon erhoben.«

Sie rieb ihn mit spitzen Fingern, doch Arber versuchte sich zu entziehen.

»Kannst du mir bitte erklären, was ein sozialistischer Orgasmus sein soll?« flüsterte er.

»Ein sozialistischer Orgasmus besiegelt das Ende der sexuellen Unterdrückung durch die herrschende Klasse«, dozierte sie und machte weiter. »Er symbolisiert den Sieg des Proletariats über das Bürgertum. Die proletarische Erektion besiegt die bürgerliche Verklemmung. Nanu, was ist denn jetzt los? Hast du keine Lust mehr?«

Arber entwand sich.

»Verdammt, ich bin kürzlich habilitiert worden, falls es dich interessiert. Demnächst gebe ich mit Aaron Wisent das Buch heraus. Was soll ich mit einer proletarischen Erektion? Hast du mir eigentlich schon gratuliert?«

Birgitta schnaubte. »Auf diesen bourgeoisen Tand scheiß ich«, sagte sie. »Und wenn es dir nicht paßt, wir kommen auch ohne dich klar, Genossin Chee und ich.«

Der Hörsaal war voll, der Vortrag hätte längst beginnen sollen. Doch immer wieder standen Studenten auf, verließen den Saal, rotteten sich draußen in Gruppen zusammen, rauchten und kamen wieder zurück. Die Sitze knarzten und knallten unablässig.

»Haben Sie Ihr Manuskript mit meinen Anmerkungen durchgesehen?« fragte Wisent. »Der Lektor hat angerufen, er platzt vor Neugierde.«

»Ja«, sagte Arber. »Ich habe es in Ihr Büro gelegt. Ihre Überlegungen habe ich aufgegriffen.«

»Gut, dann werde ich es nach dem Vortrag noch einmal durchlesen und Fräulein Christian bitten, es ins reine zu tippen. Haben Sie eine Kopie gemacht?«

»Fräulein Christian war gerade nicht da, ich habe ihr einen Zettel hingelegt«, sagte Arber. »Sagen Sie, wollen Sie den Vortrag wirklich halten? Wie es scheint, haben die Studenten ein Go-in geplant.«

»Ich lasse mich nicht vertreiben«, sagte Wisent. »Aber wenn Sie so freundlich sein könnten, die Türen zu schließen, zum Zeichen, daß ich beginnen möchte?«

Arber eilte den Mittelgang entlang. Als er oben die Tür erreichte, schlug sie zu. Er ruckelte am Griff, aber sie war von außen blockiert. Arber lief zur zweiten Tür an der Rückwand des Saals, schräg hinter dem Rednerpult. Aber Proll kam ihm zuvor und schloß die Tür.

»Hier kommt jetzt keiner mehr raus«, sagte Proll und stellte sich breitbeinig davor. Nur die Flügeltüren des Haupteingangs auf der anderen Seite des Rednerpultes standen noch einen Spalt offen.

»Was haben Sie vor?« fragte Arber.

Proll grinste. Längst hatte die Kindlichkeit sein Gesicht verlassen. Er war kräftiger geworden. Sein Hemd stand offen, die Kräuselhaare auf der Brust sahen aus wie von außen ins Fleisch geschoben.

»Du hast schon einmal eine unserer Aktionen boykottiert, Arber. Nochmals laß ich mich nicht von dir abführen.«

»Was fällt Ihnen ein, mich zu duzen?«

Proll verschränkte die Arme.

»Ein Professor ist doch keine Autorität, jedenfalls nicht so ein Konterrevolutionär wie du.«

Schräg vor ihnen am Rednerpult räusperte sich Wisent.

»Wir wollen heute über Iphigenie sprechen«, begann er.

Hohngelächter schlug ihm entgegen. Im Saal wurde ein Transparent entrollt: »Alle Linksfaschisten grüßen Aaron, den Klassizisten«.

Wisent räusperte sich erneut.

»Ich gebe Ihnen fünf Minuten Zeit«, sagte er. »Entscheiden Sie, ob mein Vortrag stattfinden soll oder nicht.«

Er wartete. Kapowitz stand auf und baute sich vorne neben der ersten Reihe auf. Er hatte die Hüften nach vorn, die Schultern nach oben gezogen. Er strich sich über den Bart.

»Wisent als Institution ist tot!« schrie er plötzlich. Seine Stimme klang kehlig. Sein Blick überflog die Menge, richtete sich dann aufs Rednerpult.

Währenddessen ging Dusel zur Tafel. Er schrieb, die Kreide quietschte, dabei las er vor: »Wer nur den lieben Wisent läßt walten, der wird den Kapitalismus sein Leben lang behalten!«

Die Studenten klatschten. Kapowitz fuhr fort.

»Wisent, wir haben genug von deinem dialektischen Geschwätz! Die Zeit ist reif für eine öffentliche Selbstkritik. Leg los. Wir warten.«

Arber machte einen Schritt nach vorn. Er wollte Kapowitz zur Rede stellen. Aber Proll riß ihn zurück und hielt ihn fest.

»Laß mich sofort los, du Idiot«, zischte Arber.

»Halt's Maul, Arber.« Proll sprach durch geschlossene Zahnreihen.

»Proll, das wird Konsequenzen haben«, drohte Arber.

»Die fünf Minuten sind gleich um«, sagte Wisent. Von hinten sah Arber, wie Wisents Glatzkopf einen Teil der ersten Reihe verdeckte, die Studenten schienen Wisent links und rechts aus den Ohren zu kommen.

»Genossen!« schrie Kapowitz. »Wollt ihr einen Professor,

der druckreife Sätze auskotzt, aber täglich die Revolution verrät?«

»Nein!« schrien die Studenten und begannen zu skandieren:

»Studenten und Marxisten! Tod dem dialektischen Faschisten!«

Arber versuchte, sich Prolls Griff zu entziehen.

»Proll, wenn du nicht sofort deine dreckigen Finger von mir nimmst, kannst du was erleben!« knurrte er. Proll drehte ihm den Arm auf den Rücken.

»Laß mich los, du dreimal verfluchter Hohlkopf! Au! Verdammt!«

Arber blickte in die Gesichter der fortschrittlichen Menge. Die Münder waren aufgerissen, schwarz. Die Stimmen brausten. Die Münder flatterten.

Wenige Schritte von ihm entfernt öffnete Wisent seine Aktentasche, nahm mit zarten Bewegungen die Seiten seines Manuskriptes vom Pult. Von hinten trat Dusel an ihn heran und riß es ihm aus der Hand.

»Genossen!« schrie Dusel und schüttelte die Seiten wie eine Trophäe, »interessiert sich noch jemand für Iphigenie?«

»Nein!« schrien die Studenten.

»Hört auf damit! Seid ihr denn wahnsinnig geworden? Hört sofort auf!« brüllte Arber.

Proll hielt ihm den Mund zu. Dusel schleuderte das Manuskript in die Höhe. Im Fliegen entfalteten sich die Blätter, lösten sich voneinander und schwebten durch den Saal. Die Worte schaukelten in der Luft, man hätte sie von unten lesen können. Manche Studenten streckten sich, fingen die Blätter, zerknüllten sie, zerfetzten sie, zertraten sie. Auch Dusel hob eines der Blätter auf und preßte es Wisent aufs Gesicht.

»Da, friß!« sagte er.

Das Publikum lachte. Wisent hielt sich die Aktentasche vors Gesicht. Er lief zum Haupteingang neben dem Pult. Er drückte die Flügeltüren auf. Ein Kreischen schlug ihm entgegen. Es war eine Gruppe nackter Mädchen, die den Saal stürmte. Sie hatten sich die Körper bemalt: *Erinnye* stand auf jeder Brust, durchnumeriert von eins bis drei. Das Publikum johlte, die Männer ruckelten auf den Sitzen. Wisent drehte sich in Arbers Richtung, sein Gesicht war wie zugeklappt. Die Mädchen juchzten, drängten ihn zurück in den Saal, umkreisten ihn, rissen zu dritt an seinen Ärmeln. Erinnye 1 ließ die Brüste wackeln, Erinnye 2 bewarf ihn mit Nelken, Erinnye 3 griff ihm zwischen die Beine. Das Publikum jubelte. Wisent versuchte zu fliehen, aber die Mädchen schubsten ihn herum. Dabei sangen sie.

»Titten-Aaron! Titten-Aaron! Wer hat Angst vor Titten-Aaron?«

Wisent verlor das Gleichgewicht und schlug auf den Boden. Für eine Sekunde wurde es still. Arber hörte das Röcheln, das aus seiner Brust kam.

»Genossen!« schrie Kapowitz, »hat hier noch jemand Mitleid mit dem Verräter der Revolution?«

»Nein!« schrien die Studenten.

Die Mädchen verschwanden in der Tiefe des Saals, ließen sich in Mäntel hüllen, kicherten, schwatzten. Wisent lag seitwärts auf dem Boden, die Krawatte wischte ihm durchs Gesicht, ein Ärmel des dezent gestreiften Maßanzuges war herausgerissen, als Splitterkranz stand der ausgefranste Stoff um sein Schultergelenk. Arber sah, wie sich Wisent herumrollte, die Manschettenknöpfe blitzten auf. Wisent verharrte auf allen vieren, sah auf den Boden und atmete schwer. Die Uhr fiel aus der Westentasche, pendelte an der Kette.

Die Studenten erhoben sich, reckten die Fäuste. Arber versuchte, sich loszureißen, mit der freien Hand schlug er Proll ins Gesicht. Der rammte ihm den Ellenbogen in den Bauch, preßte ihm wieder die Hand auf den Mund. Arber krümmte sich, zog stöhnend die Luft durch die Nase ein. Er roch eine kompakte Schweißwolke, die aus der Menge kam und ihm entgegentrieb. Er roch Benzin. Er hörte Wisent keuchen und sah, wie dessen Ellenbogen zitterten, wie die Adern auf den Handrücken dick wurden und die Fingerkuppen weiß. Dann sah Arber die Flasche. Sie stieg aus der Mitte des Saals empor, ein Lumpen brannte in ihrem Hals. Sie flog auf Wisent zu. Sie drehte sich um die eigene Achse, zog eine Feuerspirale durch den Saal, die stehenzubleiben schien wie Schrift. Alles andere wurde dunkel, die flatternden Münder spreizten sich. Ihre Zähne blinkten am Himmel auf, dann fielen sie in die Stille herab.

Arber hörte ein hohles Platzen, hernach einen splitternden Knall. Es blitzte. Die Studenten kreischten, wälzten sich aus den Reihen, sprangen über die Tische, drängten den Mittelgang hoch zur verschlossenen Tür, quetschten sich gegenseitig zurück, trampelten über den am Boden liegenden Wisent, über Flammen und Fleisch. Auch Proll verschwand in der Menge. Arber preßte sich an die Wand. Er konnte nur warten, bis der Saal sich leerte, sonst hätte ihn die Menge mit hinausgerissen. Er sah, wie sich das Feuer am Pult aufrichtete, als wollte es eine Rede halten. Er sah die beschrifteten Aschenflocken tanzen. Sobald der Weg frei war, stürzte er vor, schlug mit seinem Jackett auf den brennenden Wisent ein, der am Boden lag, schleifte ihn hinaus. Von ferne hörte er Sirenen. Der Ruß legte Kränze um die Fenster des Instituts. Arber hustete. Die Hitze ließ die Konturen erbeben. Ihm war kalt. Der Mensch in seinen Armen roch nach verbrannter Wolle und Blut. Das verschmorte Fleisch schmiegte sich an Arbers Wange. Wisent rührte sich nicht. Er war nur noch ein Klumpen, aus dem die Finger ragten, schwarz und grazil.

Als Katholik wurde Wisent auf dem St. Josephs Friedhof in Frankfurt beerdigt. Dem Sarg folgten Kollegen und Mitarbeiter, Politiker und Schriftsteller, Musiker und Studenten. Sie waren aus Amerika gekommen, aus Paris und Oxford,

Freunde aus der Emigration, aus der Wiener Zeit, alt gewordene Nachbarskinder aus Amorbach, der verschwundenen Heimat. Unter den Schritten knirschte der Kies, ansonsten war es still. Die Sonne stach, die Gesichter waren rot. Einer scherte aus, ein gedrungener Mann in einem glänzenden schwarzen Anzug. Die Schultern des Jacketts waren zu weit, er trug ein dunkelblaues Drip-dry-Hemd und eine silberne Krawatte mit dunklen Streifen. Er stellte sich zwischen einen verwitterten Marmorengel und einen Granitstein mit Goldlettern, seine gelben Augen fuhren die Gesichter ab. Als er den Minister entdeckte, ordnete er sich wieder ein.

»Ach, welch ein schöner Zufall an diesem traurigen Tag. Ich grüße dich, Werner«, sagte Mueller-Skripski. Sie waren beide im selben Ortsverband.

Werner Dillenberg nickte ihm zu. Sein weißes Haar war zu einer Bürste geschnitten. Seine Stirn war eckig, aber die runde Goldrandbrille glich das aus. Er trug eine schwarze Fliege unter dem Kinn.

»Es ist ja so furchtbar«, sagte er.

»Auch ich bin untröstlich über diesen tragischen Unfall während einer harmlosen studentischen Performance«, seufzte Mueller-Skripski.

»Na ja, harmlos ... es war ein Molotowcocktail.«

»Geworfen zu Ehren von Aaron Wisent, dem großen Vorbild der Studenten. Der Fall ist doch längst geklärt.«

»Aber daß es so tragisch ausgehen mußte ...«

»Ja, es ist wirklich tragisch«, pflichtete Mueller-Skripski ihm bei. »Und es wird noch viel schlimmer kommen, lieber Freund.«

»Was kann denn jetzt noch schlimmer kommen?«

»Man wird versuchen, Wisents Tod zu instrumentalisieren. Man wird behaupten, die Studenten hätten ihn in den Tod getrieben. Man wird eine neue Dolchstoßlegende erfinden. Auf so ein Ereignis haben die Rechtsfaschisten doch nur gewartet! Sie werden ein leichtes haben, diesen tragischen Tod am Ende gegen den Toten zu wenden, gegen die Revolution, gegen den Fortschritt und das Gute, gegen alles, wofür er einstand, wofür er lebte und wofür er starb. Ach, Werner. Noch in dreißig, vierzig Jahren wird sich irgend jemand aufzuspielen versuchen und ein Mordsdrama daraus machen. Wir müssen uns gut überlegen, wie wir das verhindern können.«

»Du hast wohl recht.«

Eine Weile gingen die Männer schweigend nebeneinander her.

»Es ist auch so schlimm für den jungen Professor Arber«, sagte Dillenberg schließlich. »Er war doch Wisents engster Mitarbeiter. Wisent hat viel in ihn gesetzt. Und dann hatten beide dieses aufsehenerregende Projekt in der Mache, ›Die Ethik des Zweifels‹ oder so ähnlich. Und jetzt ist auch noch Arbers Manuskript verschwunden, habe ich gehört. Es soll ja gestohlen worden sein. Vielleicht ist es auch verbrannt.«

»Ja, es ist wirklich schlimm für Arber, zumal er sich nun auch noch diesen Anschuldigungen ausgesetzt sieht«, murmelte Mueller-Skripski.

»Welchen Anschuldigungen?«

»Ach, es sind nur Gerüchte, laß!«

Dillenberg blinzelte durch die Goldrandbrille, fragte aber nicht weiter nach.

»Nun ja, Arber wird einen glänzenden Nachfolger für Wisent abgeben«, sagte er schließlich.

»Da bin ich ganz deiner Meinung, Werner«, nickte Mueller-Skripski. »Und wir werden es sicher verkraften, daß es das Ende der Kritischen Schule bedeutet. Aber was wiegt das schon, wenn jemand so brillant ist wie Arber.«

Die Menge kam ins Stocken. Vorne wurde der Sarg ins Grab gelassen. Viele beteten. Einige schluchzten gedämpft.

»Heinz, was soll denn das heißen, das Ende der Kritischen Schule?« flüsterte Dillenberg. »Das ist doch Quatsch.«

»Ich meine dieses DFG-Projekt, ›Die Ästhetik der Verzweiflung‹. Aber wie gesagt, es ist ja nur ein einzelnes Projekt, und ich gehe davon aus, daß der zukünftige Professor Arber danach wieder Vernunft annimmt. Die Studenten haben ja in letzter Zeit auch einen sehr positiven Einfluß auf die Professoren. Da kann man noch hoffen. Er ist halt jung.«

Mueller-Skripski warf dem Minister einen raschen Seitenblick zu. Eine steile Falte spaltete Dillenbergs Stirn, die Wangen hatten sich stärker gerötet.

»Und ich denke natürlich nicht, daß ein so außerordentlich begabter Kopf auf Dauer den Verlockungen des Faschismus verfällt«, fügte Mueller-Skripski hinzu.

Sie näherten sich dem Grab.

»Warte mal, Heinz, warte mal. Dieses DFG-Projekt, das war ein Projekt von Wisent. Das kann doch nicht faschistoid sein.«

»Ach, wenn du wüßtest, Werner, wenn du wüßtest ...« Mueller-Skripski seufzte.

»Aaron Wisent und faschistoid? Na, erlaube mal, Heinz!«

»Wisent doch nicht, ich bitte dich, Werner! Arber hat den alten Mann benutzt. Man konnte merken, wie schwach und, ich sage es ungern, senil Aaron Wisent in letzter Zeit geworden war. Über Iphigenie reden zu wollen, wenn die Revolution ins Haus steht! Und diese stringente Weigerung, ein Gutachten über ein harmloses Flugblatt zu verfassen! Das hatte schon etwas von Altersstarrsinn. Arber hat das ausgenutzt. Wisent wurde von seinem Lieblingsschüler pervertiert. Was für eine Infamie, daß ein deutscher Jude, von den Nazis vertrieben, der Hauptvertreter der deutschen Aufklärung, am Ende seines Lebens dazu mißbraucht wurde, eine faschistoide These zu vertreten!«

Mueller-Skripski nahm ein Papiertaschentuch aus seinem Jackett und wischte sich die Augen. Dillenberg starrte ihn an.

»Das ist ja furchtbar! Aber bitte erkläre mir doch, Heinz, was an der, wie hieß es noch gleich, Ästhetik der Verzweiflung? Was daran faschistoid sein soll!«

Mittlerweile waren sie bis zum Grab vorgerückt. Der Sarg war schon mit Erde bedeckt, die beiden Männer griffen zur Schaufel. Lautlos rieselte die Erde hinab. Mueller-Skripski formte mit den Händen einen Trichter und flüsterte Dillenberg ins Ohr.

»Aufklärung bedeutet doch Hoffnung. Dieses Prinzip wird in der Ästhetik der Verzweiflung verraten. Sie ist die Negierung von Fortschritt und Rationalität. Hier wird die These einer schwarzen Anthropologie stark gemacht, wird der Endpunkt der Geschichte definiert! Dieser Arber ist kein revolutionärer Geist, sondern ein Mystiker der Verzweiflung, ein Erzreaktionär, ein Untergangsprophet – eine Mischung aus Spengler und Himmler!«

Dillenberg war sprachlos. Mueller-Skripski faltete die Hände.

»Mein lieber Werner. Wir haben doch in der letzten Ortsversammlung besprochen, daß wir keinen von draußen auf unseren Lehrstuhl holen wollen. Und Arber ist einer von draußen. Von ganz weit draußen.«

»Aber er war doch in Harvard ein solches As!« stammelte Dillenberg.

Mueller-Skripski lachte auf.

»Da habe ich ihn aber ganz anders erlebt! Wie du weißt, habe ich in der Zeit einen Vortrag in Harvard gehalten, der in der Fachwelt für einiges Aufsehen sorgte. Unser Arber wollte sich mit plumpen Zwischenrufen wichtig tun. Anscheinend hatte er es nötig. Am Ende lachte der ganze Saal ihn aus. Du kannst dir vorstellen, was auf uns zukommt, wenn Arber den Lehrstuhl in Frankfurt hat. Frankfurt hat ja auch einen so starken internationalen Einfluß. In diesem Fall leider.«

Es war sehr heiß, die Lilien blendeten. Die Trauergäste, die schon kondoliert hatten, gingen ein paar Schritte weiter, stellten sich zwischen die Büsche, öffneten ihre Jacketts und fächerten sich Luft zu. Arber hielt sein Jackett geschlossen.

Sein Gesicht war regungslos. Er legte den Arm um Fräulein Christians Schultern. In ihrem engen schwarzen Rock und den flachen Schuhen hatte sie einen watschelnden, hoffnungslosen Gang. Sie tupfte sich unentwegt ihre winzigen, roten Augen.

Kurze Zeit später bekam Arber die Nachricht, daß Minister Werner Dillenberg dem Vorschlag der Universität, Privatdozent Dr. Hieronymus Arber zu berufen, nicht gefolgt war. Anstatt dessen hatte der Minister einen Oktroy ausgesprochen und den von der Universität nicht plazierten Bremer Privatdozenten Dr. Heinz Mueller-Skripski für die Nachfolge des Lehrstuhls von Professor Aaron Wisent bestimmt.

Sofort rief Arber in Harvard an, ließ sich mit dem Dean der School of Arts and Sciences verbinden, Professor Robert K. Talcott, und gab seine Zusage bekannt, die Stelle als Leiter des neuen Wisent-Research-Center in diesem Sommer anzutreten. Talcott war erleichtert und enthusiastisch und kündigte an, noch am selben Tage mit dem Präsidenten über Arbers Gehaltsforderung und die Ausstattung des Instituts zu verhandeln.

»You will be delighted to hear that your transformation-book has transformed our discourse«, sagte Talcott. »Every book-store around the square has it.«

»But the translation isn't out yet!« sagte Arber.

»I'm talking about the German version, everybody is buying it.«

»Sounds great, I'm glad to hear that. See you soon.«

»Bye.«

Arber drehte sich um, hinter ihm stand Birgitta. Sie machte ein schmatzendes Geräusch und zog die Mundwinkel nach unten.

»Glaubst du allen Ernstes, ich gehe noch einmal zu den Harvard-Schnöseln?« fragte sie. »Weißt du nicht mehr, wie unglücklich ich in dem beschissenen Wheaton war? Und wie die Korsch mich fertiggemacht hat? Am Anfang war sie so nett, und als ich meine Diss schreiben wollte, hat sie mich abgekanzelt. Ich habe mich vor allen lächerlich gemacht, und du bist schuld. Wäre ich doch nie in das Scheißamerika gegangen. Und als ich zurückkam, haben mich alle eine Imperialistin genannt, nur weil ich Kaugummi gekaut habe. Ich habe Monate gebraucht, bis die Genossen mich wieder anerkannt haben. Monate! Und jetzt soll ich da wieder hin? Das mache ich nicht mit.«

Sie begann zu schluchzen, Arber legte einen Arm um sie.

»Mein Herzchen«, sagte er, »ich weiß doch, wie schwer es für dich war. Das mit der Diss über die Indianer war eine Schnapsidee, da hätte ich dich besser beraten müssen, du hast recht. Du bist eben keine geborene Akademikerin. Schau mal, deine Stärken liegen woanders. Wir werden auch einen Weg für dich finden.«

»Was soll denn das schon wieder heißen?« heulte Birgitta. »Ich bin genauso akademisch wie du!«

Arber streichelte ihren Rücken.

»Ach, mein süßes Dummerchen«, sagte er sanft. »Das ist doch ein bürgerliches Vorurteil, daß jeder Akademiker oder gar Doktor sein muß, eine bildungspolitische Wahnvorstellung. Das ist einer der ideologischen Widersprüche innerhalb der Linken, fall doch nicht darauf rein! Jeder soll sein, was er ist. Es ist die Verlogenheit des Kapitalismus, daß nur der entfremdete Mensch der authentische Mensch sein soll. Komm, gib mir einen Kuß.«

Birgitta wurde vom Schluchzen geschüttelt, sie brachte die Worte nur stockend heraus.

»Was bin ich denn überhaupt? Die Korsch hat gesagt, ich bin unseriös, nicht mal eine Marxistin!«

Arber lachte zärtlich.

»Du bist wunderbar unseriös, vor allem hier...«, er streichelte ihren Busen. »Du bist ein Prachtweib! Die Korsch ist doch nur neidisch! Du bist schön und vital und energisch und geil. Du bist wunderbar!«

»Ich bin nicht schön und vital und energisch und geil«, heulte Birgitta, »ich bin intellektuell und sozialistisch!«

»Ach du Süße! Stell dir doch vor, wie schön wir es in Amerika haben werden! Wir werden ein Haus in Cambridge haben und ein zweites auf dem Cape, vielleicht sogar auf Nantuckett.«

»Und alle lachen mich aus!«

»Und alle himmeln dich an, mein Herzchen.«

»Und was soll ich da werden? Das Heimchen am Herd?«

»Dummerchen! Du bist doch so energisch, so mutig. Viel mutiger als ich! Du kannst dich sozial engagieren. Oder du könntest Schauspielerin werden, das wäre doch was! Du mußt doch schon die ganze Zeit die wilde Kommunistin spielen. Andere Rollen würden dir vielleicht leichterfallen. Und jetzt küß mich endlich.«

»Wenn ich noch mal nach Amerika muß, nehme ich wieder Tabletten«, weinte Birgitta, »wie damals in Wheaton. Aber diesmal eine höhere Dosis.«

Arber nahm ihr Kinn in die Hand und sah ihr in die Augen.

»So etwas darfst du nicht sagen, du machst mir angst. Und du hast auch eine Verantwortung als Mutter. Denk doch an unsere Tochter! In Amerika kann Chee eine Eliteschule besuchen, Andover oder Exeter, meinetwegen auch Cambridge Latin. Stell dir mal vor, wie schön das wird.«

Birgitta hatte aufgehört zu schluchzen und begann zu schimpfen: »Ich gehe nicht noch mal ins Land der Mörder, Imperialisten und Dschungelschänder. Und deine Eliteschule kannst du dir sonstwohin stecken. Mein Kind wird keine verklemmte höhere Tochter. Was bist du bloß für ein Reaktionär! Nur auf deinen Vorteil bedacht. Widerlich ist das.«

»Ach, Birgitta. Du machst es mir wirklich nicht leicht.

Laß uns nach Harvard gehen. Es ist doch unsere Zukunft. Wir haben sonst nichts.«

»Und was wird dann aus meiner politischen Arbeit? Weißt du, in wie vielen Komitees ich mittlerweile bin? Antivietnam, Antiatomkraft, Antichauvinismus, Antiamerikanismus, Antiindividualismus, Antiautoritär, Antiklerikal. Das kann ich nicht einfach so sausenlassen. Wie steh ich dann vor der Geschichte da. Du denkst ja immer, nur deine Arbeit ist wichtig. Du hast ja noch nie ein Wort der Anerkennung gefunden für das, was ich tue.«

»Du verlangst doch nicht allen Ernstes von mir, daß ich eine Weltrangkarriere sausenlasse für ein paar studentische Komitees?«

»Wieso nicht? Für die Revolution muß man eben Opfer bringen. Blas dich doch nicht so auf mit deinem Scheißweltrang. Aber bitte, du kannst auch ohne uns gehen. Wir kommen ohne dich klar, Genossin Chee und ich.«

Arber atmete tief durch.

»Hör zu, Birgitta. Ich werde nach Harvard gehen, notfalls ohne euch. Dann fliege ich eben alle vier Wochen nach Frankfurt und kümmere mich um Chee. Aber ich gebe nicht meine Karriere auf, damit du weiter Kommunistin spielen kannst. Das ist mein voller Ernst. Und mein letztes Wort.«

Birgitta schwieg eine Weile und starrte finster vor sich hin. Dann richtete sie sich noch einmal auf.

»Wenn du nach Harvard gehst«, sagte sie, »gehe ich in die DDR. Da bin ich dann wenigstens nicht so allein. Da kümmern sich die Leute um mich. Und Chee kommt in ein sozialistisches Kinderkollektiv.«

»Du bist ja nicht ganz dicht.«

Eine Woche lang sprach Birgitta kein Wort mehr mit Arber, dann verschwanden sie und Chee spurlos. Arber wurde nervös, gab eine Suchmeldung auf. Fast zwei Wochen lang passierte nichts, nur die Zeitungen berichteten über den Fall.

Arber verließ nicht mehr das Haus, saß neben dem Telefon, unrasiert, rotäugig, bleich. Als Birgitta zurückkam, war es Nacht. Er lag er im Sessel, den Kopf nach hinten gekippt, und schlief. Er wachte erst wieder auf, als sie die Nationalhymne der DDR pfiff. Sie ging durch die Wohnung und packte ihre Sachen. Chee lag im Bettchen. Arber starrte sie an. Es dauerte eine Weile, bis er begriff, was los war. Er sprang aus dem Sessel, küßte seine Tochter, umarmte Birgitta.

»Jetzt laß mich doch mal«, sagte sie, »ich muß packen.«

Arber weinte. »Was ist passiert? Seid ihr gesund? Wo wart ihr?«

»In Ostberlin«, sagte Birgitta seelenruhig, »und da wollen wir auch wieder hin. Wir haben eine süße kleine Wohnung in Marzahn, und Chee ist schon Mitglied der FDJ. Was machst du denn noch hier? Ich dachte, du wärst in Harvard.«

Arber ließ sich wieder in den Sessel fallen.

»Du verkohlst mich, Birgitta. Es ist ein abgekartetes Spiel. Du warst bei deiner Mutter, und die hat dichtgehalten.«

»Denk doch, was du willst. Du wirst schon früh genug merken, was Sache ist. Wir gehen in die DDR, in den befreiten Teil Deutschlands.«

»Birgitta, hast du noch deinen westdeutschen Paß?«

»Ja, aber nicht mehr lange. Mein Antrag auf Einbürgerung ist schon genehmigt. Hier, kannst du nachlesen.«

Sie wedelte mit einem Schreiben, Arber sprang auf und riß es ihr aus der Hand. Er las es, dann verließ er den Raum. Er atmete langsam und kontrolliert. Er schloß sich im Badezimmer ein, dem einzigen Zimmer mit Tür; die anderen Türen hatte Birgitta ausgehängt. Sein Spiegelbild erkannte er nicht. Das Gesicht war fahl, die Augen hingen darin wie Tollkirschen. Das Kinn hatte Krater bekommen und bebte. Als er die Finger nach dem Wasserhahn streckte, fühlten sie sich ausgehöhlt an, wie ausgesaugte Insektenpanzer. Er hielt sich am Waschbecken fest. Lange starrte er in den Strudel, der sich im Abfluß drehte. Das Wasser zog blinkende Häutchen über die ausgestanzten Löcher des Metallsiebs. Immer wieder zerplatzten sie, blinkten, zerplatzten.

Schließlich setzte sich Arber ans Kinderbett und betrachtete die schlafende Chee. Sie gluckste, bewegte die speckigen Ärmchen. Ohren und Nase erinnerten an Porzellan.

»Mein Engelchen, mein Pudelchen«, flüsterte er. »Ich werde dich beschützen. Mein süßer kleiner Mops.«

Dann stand er auf, ging zum Telefon und rief Robert K. Talcott, den Dean der School of Arts and Sciences, unter der Privatnummer an.

»Oh, Hieronymus, good to hear from you. Are you still up? It must be way beyond midnight over there«, sagte Dean Talcott. »We just had dinner, and believe it or not, you were the topic of our conversation.«

Arber schoß das Blut ins Gesicht, aus seinem Hals kam ein säuerliches Brummen.

»I'm so sorry«, sagte er, »I have bad news, terrible news in fact and I have to apologize. The truth is, I won't be able to take the position, not now or rather not anymore. I would have loved to come, to join the faculty, but unfortunately I have some very difficult personal issues to resolve. I can't tell you how sorry I am.«

Robert K. Talcott schwieg. Arber hörte das Knacken und Knattern in der Leitung. Minutenlang geschah nichts. Er wußte nicht, ob die Verbindung noch stand.

»Oh, I understand«, sagte der Dean schließlich, übertriebene Höflichkeit in der Stimme. »And I respect your reasons, of course, whatever they are. I am sure you have thought through your decision and I am sure you know what you are doing. Give me a ring next time you are near the yard. Anyway, I wish you luck in your career. Good bye.«

»I'm so sorry«, sagte Arber noch einmal, die Antwort war ein schnelles Tuten. Er legte den Hörer auf die Gabel, sah zu, wie die Schweißflecken auf dem grauen Plastik verdunsteten.

Monatelang bewarb er sich um Professuren, an allen Universitäten, den vornehmen alten und den Neugründungen in Beton, Stellen gab es genug, mehr als genug, überall lehnte man ihn ab. Selbst an Pädagogischen Hochschulen bewarb er sich, an Fachhochschulen für Sozialarbeit, an Fachhochschulen, an denen die Professoren nichts publiziert hatten, aber Mitglieder der GEW waren, überall. Die Telefonrechnung von Heinz Mueller-Skripski ging in die Tausende. Nur an der Pädagogischen Fachhochschule Vechta hatte Mueller-Skripski keinen Erfolg.

»Mich hat neulich jemand angerufen«, sagte der Berufungskommissionsvorsitzende zu seinen Kollegen. »Irgendein Professor Müller-Sowieso aus Frankfurt. Kennt den jemand?«

»Nö«, sagten die Kollegen.

»Der hat sich vielleicht aufgeregt, als ich fragte, wer er sei. Er meinte, er hat gerade ›Die Ästhetik der Verzweiflung‹ herausgegeben, als Mitherausgeber des verstorbenen Professor Wiese. Und ich soll mir mal das Vorwort angucken, das hätte nämlich er selbst geschrieben. Und als ich ihm sagte, wir ließen uns nicht in den Berufsvorgang reinreden, hat er mich beschimpft. Aufgeblasener Heini. Hinterher war er dann wieder ganz zahm, aber da habe ich dann aufgelegt. Trinken Sie ein Bier mit?«

»Es geht doch nichts über ein kühles Helles. Das soll doch so fragmentarisch sein, dieses Buch. Davon habe ich gehört, wenn es das ist. In der ›Zeit‹ stand da was drin, auf der Hochschulseite. Da fehlen doch drei Kapitel, irgend so was. Und die Frage war, wo die wohl abgeblieben waren. In der Verlagsankündigung hätte es noch geheißen, daß die die Hauptsache seien. Hat das wer gelesen?«

»Ich habe eine Rezension gelesen, angelesen. Das bin ich mir als Kommissionsvorsitzender schuldig. Das Buch versteht man ja doch nicht. Aber was ich sagen wollte. Dieser Müll-Berg oder so hat uns vor Arber gewarnt. Der sei ein

Rechtsfaschist, eine Mischung aus Spengler und Himmler, und wir sollen ihn von der Berufungsliste streichen. Wer hat das Labskaus bestellt? Für mich ist der Schweinebraten mit Knödeln in Burgundersoße.«

»O danke, das Labskaus ist für mich. Die Portionen hier werden auch immer kleiner. Das paßt ja gerade mal in den hohlen Zahn. Der Arber, der ist doch ein prima Kerl. Nach seinem Vortrag hier hat er, als wir im Ratskeller waren, sechs Korn weggedrückt und acht Bier. Der kann kein Rechtsfaschist sein. Das ist einer von uns.«

»Sag ich doch, sag ich doch. Also mir schmeckt es hier. Wie hieß der noch mal ... Müller-Sowieso, Müllermann, Müllerbach ... ich habe es vergessen. Es gibt zu viele Spinner an den großen Unis.«

»Ich sage ja nicht, daß es nicht schmeckt, ich sage nur, es ist zu wenig. Also, Arber bleibt auf Platz eins?«

»Na klar doch. Wann bekommen wir schon mal jemanden mit Frankfurt und Harvard im Ausweis? Und der mit uns mithalten kann. Ich wette, der spielt auch Skat oder vielleicht sogar Schafkopf, das wäre spitze. Sie können von mir was abhaben. Drei Scheiben Fleisch, wenn das meine Frau erfährt, gibt's abends wieder nur Gurkensalat. Reichen Sie mal Ihren Teller rüber. Oh, Verzeihung. Hier, nehmen Sie meine Serviette. Aber man sieht eben auch, wie wir unsere FH in wenigen Jahren nach oben katapultiert haben. Jetzt bewerben sich schon die Frankfurter hier! Da sag noch mal einer, wir sitzen in der intellektuellen Provinz. Nein, lassen Sie nur, lassen Sie nur, die Rechnung geht auf mich. Zahlen!«

Der Berufungskommissionsvorsitzende wedelte mit einem Geldschein.

»Und schließen Sie endlich das Fenster«, sagte er zum Kellner. »Hier stinkt es zum Himmel.«

Die pädagogische Fachhochschule lag zwischen Rieselfeldern. Der flache Backsteinbau zwischen Bäumen und Parkplätzen war von satten neunzig Hektar Jaucheteppich umgeben.

Im Winter blieb der Schnee auf den Feldern löchrig und dünn, eine ungesunde Wärme schien ihn von unten zu schmelzen. Aus den Drainagerohren tropfte es schaumig in die einbetonierten Bäche. Selbst die Äste der wenigen Bäume zeigten ein fades Braun, und wenn sich am Horizont die Wolken türmten, waren sie nicht weiß, sondern gelb.

Am schlimmsten war es im Sommersemester. Die Luft in den Seminarräumen war heiß und stickig, doch niemand wagte die Fenster zu öffnen. Trotzdem drang der Geruch nach Kloake, Mist und hochdosierten Fürzen durch alle Ritzen. Gefürchtet waren die Gewitter. Der Regen band den Gestank und warf ihn zurück auf die Felder. Doch alle Hoffnung blieb vergebens – kaum war der Himmel klar, dampfte die Jauche wieder empor, heftiger denn je.

Am Anfang glaubte Arber, es sei nur der Gestank, der ihm das Gefühl von Desorientiertheit verlieh – bis er die seltsam entheiligte Stille der Landschaft spürte. Kein Vogel zwitscherte, kein Frosch quakte in den Bächen, kein Wind rauschte, selbst das Blut in den eigenen Ohren blieb stumm. Nur die Traktoren mit den Jauchefässern brummten, und wenn am Wochenende der Stallmist aus den Hängern auf die Felder gehäckselt wurde, hörte Arber das schleudernde Flappen der Maschinen.

Das Kruzifix lag auf dem Boden und wirkte so noch gewaltiger. Der Balken war so dick wie ein Sarg. Weit in der Ferne leuchtete grell das Gesicht Jesu. Es erinnerte an eine Totenmaske, die auf einem schwarzen Meer trieb. Ringsum glänzte eine Flüssigkeit. Das Kreuz lag in einer Lache aus Urin, der schon tief in das Holz gedrungen war. Es stank nach Bahnhofstoilette und Raubtierkäfig. Die Stigmata an den Händen und Füßen waren mit Kothaufen bedeckt. Arber holte sein Taschentuch aus der Hosentasche und preßte es vor die Nase.

Er hatte endlich den »Piss Christ« vor sich, das Exponat von Andres Serrano, über den kürzlich ein Artikel im »Spectator« gestanden hatte.

»Was mache ich hier eigentlich«, murmelte Arber. »Den Gestank kann ich auch zu Hause haben.« Er wollte gerade gehen, als er die hohe Gestalt am Kopfende des Kreuzes bemerkte, eine Art Engel, körperlos bis auf bleiche Arme, die in der Leere hingen. Der Engel rührte sich nicht. Er hatte strenge Augen. Dann blinzelte er.

»Haben Sie mich aber erschreckt«, sagte Arber.

»Ich?«

»Sind Sie auch ein Exponat?«

»Wie bitte?«

»Heute wird doch alles mögliche ausgestellt, Performancekünstler an Fleischerhaken, Asylanten in Pappkartons ... warum nicht auch Engel.«

»Ich bin die Galeristin.«

»Ach. Sie sind die kalte Kitty?«

»Kitty Caspari.«

»Ich bin Hieronymus Arber.«

Er streckte die Hand aus und machte einen Schritt nach vorn.

»Vorsicht!« rief der Engel, aber es war schon zu spät.

Arber stolperte über das Fußende des Kruzifixes und fiel.

»Scheiße«, stöhnte er. »Was ist passiert?«

An seiner Wange klebte etwas Feuchtes. Sein Rücken schmerzte.

»Sie sind in den Piss Christ gefallen«, sagte Kitty. »Warten Sie. Für heute schließe ich besser die Galerie.«

Arber richtete sich auf und blieb auf den Oberschenkeln von Jesus sitzen. Sie waren hart. Arbers Füße standen in einer Pfütze aus Urin. Er wartete.

»Geben Sie mir Ihre Hand«, sagte Kitty, als sie zurückkam. »Ich helfe Ihnen auf.«

Weiße Finger schwebten ihm entgegen. Sie waren eisig.
»Kommen Sie. Meine Wohnung ist unter dem Dach.«
Arber folgte der Frau. Sie trug ein klassisch geschnittenes Kleid aus schwarzer Fallschirmseide, vermutlich Armani. Ihre Wirbelsäule drückte sich durch den Stoff, der Nacken war lang und weiß wie Porzellan, und Arber stellte sich vor, daß es klirren würde, wenn man mit dem Knöchel gegen einen der Wirbel klopfte.

Kitty wies auf eine Tür.
»Dort ist das Bad. Sehen Sie besser erst in den Spiegel, wenn Sie geduscht haben. Sind Sie aus Berlin? Soll ich in der Zwischenzeit jemanden für Sie anrufen?«
»Nein. Nicht nötig.«

Das Wasser lief trüb an ihm herunter, Klumpen blieben im Abfluß hängen. Arber fluchte. Er duschte eine gute Stunde lang in einer satinierten Glassäule, die bis an die hohe Decke reichte. Die Wände waren aus mattem Stahl, sein Spiegelbild verschwamm mit den Schatten. Nach dem Duschen warf er seine verschmutzte Kleidung in die Wanne und suchte ein Rasiergerät. Er kannte die Badezimmer vieler Frauen. Naßrasierer ohne Klingen bedeutete Exfreund. Naßrasierer mit Klingen und Seife bedeutete fester Freund. Naßrasierer neben dem Waschbecken oder Elektrorasierer bedeutete Ehemann. Er fand nur Handtücher, Zahnbürste, Kamm und Seife. Sonst nichts.

»Haben Sie einen Rasierer?« rief Arber durch die Tür. Seine Stimme schepperte zwischen den Stahlplatten.
»Nein, aber ich lasse einen bringen, wenn Sie möchten. Was brauchen Sie denn?«
»Rasiermesser und Seife, die Seife von Crabtree & Evelyn, wenn sich das machen läßt, oder meinetwegen auch Dunhill. Und vergessen Sie den Pinsel nicht.«

Die Wohnung erstreckte sich über die ganze Etage, war ohne Zwischenwände, man blickte fünf Meter hoch in den Dachstuhl. Durch die Fenster stießen Blöcke aus Licht auf die Dielen. In der Mitte des Saals stand eine chinesische Kampferholztruhe aus dem sechzehnten Jahrhundert. Sie war geöffnet, überfüllt mit Büchern, die im Umkreis von mehreren Metern den Boden bedeckten. Die wenigen Möbel aus Stahlrohr sahen wie abgeworfen aus. Arber saß im Bademantel an einem Glastisch mit scharfen Kanten. Er hatte die Beine ausgestreckt und betrachtete durch das Glas seine weißen Füße mit den blauen Äderchen, als würde er in ein Terrarium gucken. Hinten zischte eine Espressomaschine. Kitty stellte einen Cappuccino auf den Tisch. Er zog seine Füße unter den Plastikstuhl. Sie selbst trank einen doppelten Espresso. Sie hielt sich aufrecht, ernst. Sie hatte einen prätentiös geschwungenen Mund und helle Wimpern, die ihre marmorgrauen Augen zu vergittern schienen. Ihre Nase war lang und schmal. Der blasse Teint verlieh ihrem Gesicht eine Klimtsche Melancholie. Ihr schweres blondes Haar lag zusammengedreht im Nacken. Das Kleid war eng, der Körper lang, ein Messer in straffer Scheide. Arber schätzte sie auf Anfang bis Mitte Dreißig.

»Es tut mir leid um Ihren schönen Anzug«, sagte sie. Ihre Stimme hallte durch den Dachstuhl. »Ich sehe, Sie haben ihn von Hall Bros.?«

»Ja«, brummte Arber. »Hab ich machen lassen, als ich in Oxford im Queen's College referierte.«

»Ich werde ihn zur Reinigung schicken. Es wird ein paar Tage dauern, nehme ich an. Sie sind nicht aus Berlin?«

»Ich wohne in Vechta«, blaffte Arber und erschrak über das Echo.

»Nun, ich werde mich um etwas zum Anziehen für Sie kümmern. Wäre Ihnen ein Anzug von Mientus recht?«

»Ist nicht Ihr Ernst. Wenn es schon nicht anders geht, dann nehme ich einen Anzug von Unnützer.«

»Doch nicht aus München?«

»Leider hat Unnützer in Berlin noch keine Dependance.«

Kitty sah Arber prüfend an. Plötzlich zitterten seine Mundwinkel. Er hielt sich rasch die Hand davor, aber die Galeristin hatte es bemerkt; sie ging schnell zum Telefon.

»Der Anzug kann aus München eingeflogen werden, aber es würde mindestens vier Stunden dauern«, erklärte sie dann. »Ist Ihnen das wirklich so wichtig? Haben Sie überhaupt soviel Zeit?«

»Was bleibt mir übrig.«

»Na gut, wie Sie wollen. Welche Hemden tragen Sie?«

»Brooks«, bellte Arber.

Sie sah ihm in die Augen und schwieg.

»Vergessen Sie es«, sagte Arber, nun milder, »ich nehme natürlich auch eins aus Berlin.«

Sie tranken den Kaffee.

»Oxford, New York, Vechta – wie paßt das eigentlich zusammen?« fragte die Galeristin.

»Gar nicht«, schnarrte Arber. »Ich habe bei Aaron Wisent habilitiert. Wahrscheinlich werden Sie mich jetzt fragen, warum aus mir nichts geworden ist.«

Sie wandte den Blick nicht ab, fragte aber nicht weiter nach. Arber schwieg. Er wollte die Beine übereinanderschlagen, merkte, daß dabei der Bademantel aufsprang. Er stellte die Füße wieder nebeneinander auf den Boden. Ihm war kalt. Der Frottee war rauh, preßte sich in die Haut, bis sie juckte.

»Was führt Sie nach Berlin?« fragte Kitty.

»Ich komme gerade aus Kalifornien. Der Flug ging über Berlin.«

»Waren Sie beruflich in Kalifornien?«

»Nein. Ich habe meine Tochter Chee besucht.«

»Ihre Tochter lebt in Amerika?«

»Seit sie fünf ist. Ihre Mutter ist damals mit ihr fortgegangen.«

»Oh.«

»Jetzt spricht sie kaum noch deutsch. Kürzlich hat sie geheiratet.«

»Es war sicher schön, Ihre Tochter wiederzusehen.«

»Nein, war es nicht.«

»Tut mir leid.«

Arber senkte den Kopf und starrte in seinen Cappuccino. Die Krone aus Schaum war eingesunken und lag wie ein welker Brautkranz am Boden der Tasse.

Sie sei jetzt mit einem echten Cherokee-Indianer verheiratet, hatte Chee an ihren Vater geschrieben, sich entschuldigt, daß sie ihm nichts von der Hochzeit erzählt hatte, und ihn nachträglich eingeladen. Sie sei nach Red Bluff gezogen, das liege auf dem Weg nach Mt. Shasta, dem Hippy-Berg.

Arber war in den nächsten Flieger nach San Francisco gestiegen, hatte ein Auto gemietet und den Highway genommen. Es war früh am Morgen, die Leuchtreklamen blinkten noch, die Palmen ähnelten angestoßenen schwarzen Pinseln. Die aufgehende Sonne verkupferte die Berge, in der Ferne wurden sie zu blauen Scherben. Als Arber ausstieg, um zu tanken, spürte er die beginnende Hitze, die aus dem Frühnebel wie aus einem Kühlschrank kroch. In einem Motel kurz vor Red Bluff duschte er und rasierte sich. Beim Anblick seines Gesichts im Spiegel fragte er sich, wie Chee ihn wohl sehen würde. Langsam zog er den Schaum von den Wangen, entblößte die scharfen Falten zwischen Nasenflügeln und Mund. Lachfalten hatte er keine bekommen. Die Oberlippe war aufgeworfen; früher hatte das sinnlich ausgesehen, heute verriet es Dégoût. Arber holte seinen Seersucker aus dem Koffer, einen weiß-vergilbten Baumwollanzug mit schmalen blauen Streifen. Dazu paßten die blaue Krawatte und das weiße Hemd. Die Schuhe, hellbraune loafers, bürstete er noch einmal ab.

Am Nachmittag kam er an.

Der Zaun vor dem Haus war repariert worden, jemand hatte die unteren Teile der zerbrochenen Latten wieder aufgesetzt und festgenagelt. Die Latten waren deshalb verschieden lang, wie bei einem falsch zusammengesetzten Xylophon. Mit Paketschnüren waren Tomahawks an die Pforte gebunden, sie klemmte, und Arber ruckelte, bis sie knirschend aufsprang.

»Chee?« rief er in den Garten.

In der Mitte stand ein Schaukelgerüst, ein Schild hing darin, »real indian arts & navajo-jewellery« stand darauf. Der Rasen war gemäht, aber braun gefleckt. Der Gartenschlauch lag neben einem glänzenden schwarzen Pick-up-Truck in der Einfahrt, in der Garage dahinter stapelten sich kaputte Korbstühle, darüber hing ein ausgelaufenes Wasserbett. Auf der Veranda stand eine Hollywoodschaukel. Sie schwankte heftig, als Chee sich erhob.

»Dad!« rief sie und stürzte auf Arber zu. Als sie ihn umarmte, spürte er eine tantenhafte Fleischlichkeit. Sie war dick geworden. Sie trug Socken und zum Platzen eng geschnürte Turnschuhe. Aus den grünen, verwaschenen Shorts ragten breite Knie, die unter der Last ihres Körpers nach innen knickten. Unter ihrem dunkelrosa T-Shirt mit der Aufschrift »Bodega Bay« schnitt ein gewaltiger BH ins Fleisch. Chee hatte die schönen dunklen Haare ihrer Mutter geerbt, aber der Schweiß hatte sie schon gesträhnt. Winzige Tropfen bedeckten ihr Gesicht. Arber drückte seine Tochter an sich.

»Mein Engelchen, wie schön, dich zu sehen!«

Chee nahm ihn an der Hand und hopste die Treppe hoch auf die Veranda.

»Tritt bitte nicht auf die buffalo skins. O sorry, mein Deutsch wird immer schlechter.«

»Das macht doch nichts.«

»Was möchtest du trinken, Dad?«

»Vielleicht ein Glas Wasser, wenn es keine Mühe macht.«

»Oh, we just have diet-coke. And doctor pepper's.«

»Dann nehme ich doctor pepper's.«

»Marvel, get up, say hello to my dad.«

Chee trat mit ihrem prallen Fuß gegen die Hollywoodschaukel, aus der zwei Beine in weißen Trainingshosen mit metallischen Streifen ragten. Die Reißverschlüsse an den Waden waren geöffnet, ebenso die Schnür-senkel der Basketballschuhe.

»Hi!« sagte der Mann.

Er trug ein verschwitztes schwarzes Muscle-shirt und um den Hals ein Amulett aus silbernen Adlerfedern. An jedem Finger hatte er einen Ring mit roten oder blauen Steinen und um die Handgelenke Armreifen mit Perlmuttmustern. Als er sich vorbeugte, um eine Dose doctor pepper's aus der Kühltasche vor seinen Füßen zu greifen, sah Arber den Plastikkamm, der auf dem Hinterkopf steckte.

»This is my husband, Marvel Jackson, the last of the Cherokees«, sagte Chee.

Arber starrte ihn an. Marvel Jackson war kein Indianer, sondern ein Schwarzer.

»You're a Cherokee, oh really? You don't look like I had expected«, entfuhr es Arber.

Marvel hatte in der Tiefe der Kühltasche eine Dose gefunden und richtete sich wieder auf.

»Shit, man! I'm Indian, you know what I'm saying?«

»But you look like an African American«, erwiderte Arber.

»So what? If I'm tellen you I'm Indian, then I am. You're fuckin' racist or what?«

»Mr. Jackson, I'm just as much a racist as you are an Indian.«

»Then I'm a fuckin' black Indian.«

»Oh?« sagte Arber.

»Shit! I'm Indian. I am an Indian alcoholic. Can't you tell?« Marvel spuckte neben sich auf die Terrasse, zwischen die leeren Doctor-pepper's-Dosen, die sich im Laufe des Tages dort angesammelt hatten.

»Then you're a black alcoholic, I presume, not an Indian alcoholic«, sagte Arber.

»Shit, man!« Marvel spuckte ein zweites Mal auf die Terrasse.

»Dad! Please stop it!« Chee zeterte. Ihre Stimme war piepsig. »Of course Marvel is an Indian! And he ist not an alcoholic!«

Marvel stellte die Füße auf die Terrasse und schaukelte, indem er langsam die Hüften bewegte. Er warf Arber einen gelangweilten Blick zu.

»Man, you should listen to your daughter! I'm Indian. I ain't no fuckin' alcoholic.«

»Mr. Jackson, to be quiet frank, you're contradicting yourself. You just stated that you are in fact an alcoholic.«

»No man, I said I'm fuckin' Indian. What you're talkin' about. Not all Indians are fuckin' alcoholics. What's your problem anyway? Shit!«

Marvel öffnete die Doctor-pepper's-Dose, es zischte, er schlürfte hastig den Schaum vom Deckel. Arber wartete, bis Marvel aufsah.

»And not all alcoholics are Indians!« sagte er.

Chee stampfte mit dem Fuß auf den Boden. Die holzgeschnitzten Indianerköpfe auf dem Geländer wackelten.

»Dad! Why are you always so mean to everyone that I love! Don't you want me to be happy? That's the reason why mum left you. You ruined her and my life.«

»Excuse me, sweatheart, you are right«, sagte Arber. »We are all Indians out here. And we are all alcoholics. And we are all black.«

Aus dem Haus drang das Brummen des Ventilators. Das Werbeschild quietschte an den Schaukelketten. Chee hatte angefangen zu weinen.

»You are a racist«, schniefte sie, »and you are not even my real father.«

»Come on, that's not a joke.«

»It's not. You are really not my father. Mum told me on my thirtiest birthday.«

»Oh, come on honey. Of course I'm your dad.«

»Mum said that you think you are such a smart man. But you can't count. You can't be my father. And you know what? That makes me happy.«

Arber ließ sich neben Marvel in die Hollywood-Schaukel fallen und schwang hin und her. Marvel schwang gleichmütig mit.

»Was heißt hier, ich kann nicht zählen«, sagte Arber. »Beruhige dich, mein Pudelchen, mein dummes, und hör mir zu. Im Wintersemester 1967 kam ich nach Harvard. Deine Mutter besuchte mich alle drei Monate. Beim ersten Treffen haben wir Thanksgiving gefeiert, daran erinnere ich mich, weil sie das so bourgeois fand. Dann kam sie irgendwann im Frühjahr 1968. Dann Anfang Juli 1968, ich weiß noch genau, wie sie sich über die Feiern am Unabhängigkeitstag aufregte. Du wurdest am 22. Mai 1969 geboren. Das heißt, laß mich rechnen, du wurdest Mitte August 1968 gezeugt ... Moment mal.«

Arber stoppte die Schaukel so abrupt mit den Füßen, daß Marvel fast vornüber fiel. Arber sah Chee erschrocken an.

»Deine Mutter besuchte mich erst wieder im Spätsommer«, murmelte er. »Und da war sie schon schwanger.«

»Daddy, du bist so dumm«, schluchzte Chee.

»Komm, setz dich zu mir«, flüsterte Arber. »Komm her, mein Kind.«

Die Hollywoodschaukel stöhnte, als Chee sich darin niederließ. Er legte einen Arm um sie, aber sie versteifte sich.

»Du bleibst doch immer meine Tochter, Pudelchen. Laß uns noch einmal in Ruhe über alles reden, wenn wir uns beruhigt haben.«

Arber blieb ein paar Tage, schlief im Hotel, fuhr mit Chee zum Mt. Shasta, versuchte zu reden, aber Chee antwortete mit einer so leisen Piepsstimme, daß er sie nicht verstand.

Wenn er nachfragte, begann sie zu künstlich zu kichern und wandte sich ab. Sah er sie an, blickte er in leere Augen und ein verschwommenes Gesicht.

Schließlich verließ er sie. Auf der Fahrt sah er die entspannten Gesichter hinter den Windschutzscheiben. Die Leute fuhren zu ihren Jagdhütten an den Bergseen, um zu angeln, Cocktails am Kamin zu trinken, die Geliebte zu genießen. Der Pazifik funkelte, die weißen Häuser strahlten, die Palmenhaine wogten. Arber weinte. Er nahm den ersten Flug zurück nach Europa.

Am Kopenhagener Flughafen, wo er einige Stunden auf den Anschluß warten mußte, telefonierte er mit seiner Bank und stoppte die Unterhaltszahlungen an Birgitta. Bislang hatte er ihr monatlich zweitausend Dollar für Chee aufs Konto überwiesen. Als er seine Kreditkarte wieder aus dem Telefon gezogen hatte, hielt er plötzlich inne. Eine Weile blickte er durch die Plastikschale, die sich wie eine geöffnete Blase ums Telefon wölbte, auf die Reisenden. Sie eilten durch die Gänge, ließen ihre Koffer über die Gumminoppen rattern. Durch die Blase sahen sie verzerrt aus, Arber kam sich vor wie in einem Goldfischglas. Zögernd schob er die Karte zurück ins Telefon, rief die Auskunft an und ließ sich Birgittas Nummer in San Francisco geben. Langsam tippte er auf die blanken Tasten.

»Hello?« sagte eine rauhe Stimme.

»Birgitta?« sagte Arber. »Hier spricht Hieronymus.«

»Na, das ist ja ein Ding. Was willst du denn?« Sie hatte einen amerikanischen Akzent bekommen.

»Ich will dir nur sagen, daß ich die Zahlungen eingestellt habe.«

Birgitta schnaufte.

»Wirst du jetzt auch noch geizig? Was soll das?«

»Frag doch den Vater von Chee«, sagte Arber.

In der Leitung wurde es still.

»Jetzt weißt du es also«, sagte Birgitta schließlich.

»Wer ist der Vater von Chee?« fragte Arber.

Sie lachte kratzig.

»Woher soll ich das wissen? Irgendein College-Revolutionär, schätze ich. Ist das wichtig?«

»Nein, für mich nicht. Aber ich möchte wissen, warum du mir verschwiegen hast, daß Chee nicht mein Kind ist.«

»Nicht dein Kind, was soll denn das heißen, nicht dein Kind. Mein Gott, bist du besitzergreifend. Dein Kind! Einen Menschen kann man doch nicht besitzen. Jeder Mensch ist frei.«

»Birgitta, warum hast du mich angelogen?«

Arber hörte ein Feuerzeug schnipsen. Sie pustete heftig den Rauch aus.

»Was heißt hier angelogen? Hättest du mal nachgerechnet, wärst du von selbst drauf gekommen. Da machst du einen auf kluger Professor und weißt nicht mal, wie lang eine Schwangerschaft dauert.«

»Wegen Chee habe ich auf meine Karriere verzichtet.«

»Na und? Was glaubst du, wie viele Frauen für ihre Kinder auf Karriere verzichten müssen. Aber wehe, einem Mann passiert mal so was, dann ist das Geschrei aber groß. Außerdem, was heißt schon Karriere. Karriere! Als ob so was wichtig wäre. Als ob es nichts Größeres gibt als Karriere! Und weißt du was, Hieronymus, du enttäuschst mich. Ich dachte, du hättest für die Revolution auf deine Karriere verzichtet. Jetzt weiß ich, daß du es nur für popelig-besitzergreifende Vatergefühle getan hast. Das ist doch wirklich arm. Und jetzt will ich mein Geld haben, du kannst mir nicht einfach den Scheck sperren.«

Arber räusperte sich.

»Sag mal, Birgitta, was ist eigentlich aus deiner Selbstverwirklichung geworden? Hat es sich gelohnt, nach Kalifornien zu gehen?«

»Gelohnt. Du mit deinem Mehrwert.«

»Also hat es sich nicht gelohnt.«

»Spießer, die einem alles verderben, gibt es natürlich auch hier. Kleinkarierte Bürger, die eine emanzipierte Frau nicht ertragen. Aber das war mir von Anfang an klar.«

»Bist du nicht glücklich?«

»Bescheuerte Frage. Diese kaputte Gesellschaft läßt doch Glück gar nicht zu. Aber ich lasse mich nicht kleinkriegen. Ich kämpfe.«

»Und wofür?«

»Für die Indianer.«

»Ach ja. Ich erinnere mich.«

»Ich mache Glasmalereien.«

»Seit wann bist du denn Künstlerin?«

»Ich sagte, ich kämpfe. Mit Glasmalereien. Neulich habe ich ein Kirchenfenster in Haight Ashbury gestaltet, auf dem die Indianer die Weißen besiegen. Im Hintergrund leuchtet der Himmel. Gottvater hat das Antlitz von Karl Marx. Die Wolken sind rot. Das hat Wirkung auf die Menschen.«

Arber schwieg.

»Was ist nur mit uns passiert, damals?« flüsterte er schließlich. »Wir hätten es doch so gut haben können. Warum haben wir uns so bekämpft. Es tut mir alles so leid um Chee.«

»Wie bitte?« brauste Birgitta auf. »Chee ist eine tolle Frau. Schlägt zum Glück nicht nach dir. Wie sollte sie auch. Den toleranten Lebensstil hat sie von mir. Ich bin stolz auf sie. Aber ich kann mir denken, was für eine Tochter du gern gehabt hättest. Ein Heimchen am Herd, Hausfrau und Mutter und geschniegelt, was? Wenn einem einer leid tun kann, dann bist du das. Weil du gar nichts kapiert hast. Weil du ein Chauvi geblieben bist. Und jetzt versuchst du schon wieder, mir Vorwürfe zu machen. Aber ich bin o. k., du bist scheiße.«

Arber antwortete nicht, aber eine Weile lauschte er noch in den Hörer hinein, in dem es leise klickerte.

Auf dem Anrufbeantworter blecherten Stimmen, er horchte, es war nichts Privates. Kitty machte keine Anstalten abzuheben. Er betrachtete die junge Frau. Sie und Chee hätten nicht unterschiedlicher sein können, und trotzdem war da eine Gemeinsamkeit. Eine Unnahbarkeit im Blick, wie bei Schildkröten oder Krokodilen – Wesen, die ohne Eltern geboren werden und gleich um ihr Leben rennen müssen, zum rettenden Wasser hin. Es kam ihm so vor, als wären beide, Kitty und Chee, über einen unendlich breiten Strand gerannt.

»Hören Sie«, sagte Kitty schließlich, »es wird wahrscheinlich Ärger mit der Versicherung geben. Sie können nichts dafür, aber Sie haben den Piss Christ zerstört.«

Arber verschränkte die Arme.

»Wie außerordentlich schrecklich.«

»Nun ja, der Hauptteil des Kunstwerkes befindet sich nun auf Ihrem Anzug. Eigentlich dürfte ich ihn gar nicht reinigen lassen. Jedenfalls haben wir ein Problem. Der Piss Christ ist jetzt trockengelegt.«

»Lassen Sie doch Ihren Assistenten draufpissen.«

»Das wäre ein Plagiat.«

»Dann lassen Sie den Künstler einfliegen, damit er sich selbst noch einmal bemüht.«

»Möglicherweise verklagt er uns dann. Auf jeden Fall wird es einen Skandal geben, wenn die Sache herauskommt.«

Sie verzog keine Miene. Nur die Augen blitzten.

»Behaupten Sie einfach, die Pisse wäre verdunstet«, schlug Arber vor. »Oder noch besser: ein Wunder wäre geschehen.«

»Das wäre eine Möglichkeit.«

»Sie werden es nicht glauben«, sagte Arber, »aber ausgerechnet der Piss Christ ist der Grund, warum ich hier bin. Warten Sie.«

Er ging ins Bad, wo noch sein verschmutztes Jackett in der Duschwanne lag, und zog mit spitzen Fingern den ausgeschnittenen, mittlerweile uringetränkten »Spectator«-Artikel aus der Jackentasche. In der Tür stehend, las er vor:

»What normally happens with ›controversial‹ art? I'm thinking of such cultural landmarks of recent years as Andres Serrano's ›Piss Christ‹ – a cruzifix sunk in the artist's urine – or Terrence McNally's Broadway play ›Corpus Christi‹, in which a gay Jesus rhapsodises about the joys of anal sex with Judas. When, say, Catholic groups complain about these abominations, the arts world says you squares need to get with the beat: a healthy society has to have ›artists‹ with the ›courage‹ to ›explore‹ ›transgressive‹ ›ideas‹, etc.«

Kitty antwortete nicht. Während er wieder seinen Platz am Glastisch einnahm, stand sie auf, griff mit ihren Schneehänden nach den Tassen und räumte sie weg. Sie hatte knochige Bewegungen. Sie mußte Slalom zwischen den Stahlsäulen laufen, die den Dachstuhl stützten. Es sah aus, als irrte sie umher. Als sie zurückkam, bemerkte sie die Ringe auf dem Glastisch, die die Tassen hinterlassen hatten. Sofort holte sie einen Lappen.

»Haben Sie einen Edding?« rief Arber ihr hinterher.

Sie griff in ein Kästchen auf dem Schreibtisch und brachte Arber einen Filzer. Dann wischte sie den Tisch. Sie setzte sich wieder. Sie schwieg. Arber räusperte sich. Er schrieb vorsichtig auf den Glastisch:

> Transzendenz? Die
> haben wir hinter uns. Jetzt
> verfolgt sie uns.

Ihre Mundwinkel bogen sich leicht nach oben.

»Gefällt mir«, sagte sie.

»Ich habe Sie durchschaut«, sagte Arber.

»So?«

»Ich habe verstanden, daß Sie gegen Ihre Künstler arbeiten. Sie betreiben Demontage.«

»Sabotage.«

»Sie zeigen nur das Gesicht des Siegers. Die eigenen Künstler mit einem Lichtstrahl hinzurichten, dazu gehört schon was. Sie zeigen, was Sie hassen.«

»Haß ist stärker als Liebe«, sagte Kitty und blickte in den Dachstuhl. »Soviel habe ich gelernt.«

Ihr Blick war leer und grau. Eine Falte beherrschte die Stirn. Die Wangen waren ohne Lachen. Noch ein paar von diesen Jahren, und die Schönheit der Frau würde verebben.

»Wann haben Sie das gelernt?« fragte er.

Es entstand eine Pause. Kitty drückte den Rücken durch.

»Während der Revolution«, sagte sie schließlich.

»Während der...?« Arber stutzte. »Aber Sie waren noch ein Kind.«

»Als Kind lernt man doch besonders gut.«

»Waren Sie ein Kursbuch-17-Kind? Eins dieser antiautoritär verwahrlosten?«

»War ich.«

Ihr Gesicht blieb reglos. Arber sah, wie ihre Hände die Knie umschlossen. Er fragte nicht weiter. Sie sagte nichts. Die Lichtblöcke, die durch die Fenster stießen, wurden grau. Aus dem Dachstuhl fielen die ersten Schatten. Kitty machte kein Licht. Er betrachtete ihr Gesicht und wie die Dunkelheit es verwischte. Als es an der Tür klingelte, zuckten beide zusammen. Kitty öffnete, kam mit hochgestapelten Schachteln zurück.

»Ihr Anzug, Ihr Hemd. Krawatte, Wäsche, Socken. Sie müssen mir noch für die Versicherung unterschreiben.«

»Gerne. Hören Sie, es tut mir leid«, sagte Arber, während er unterschrieb. »Das mit dem Anzug, meine ich. Ich hätte auch einen von Mientus nehmen können. Ich weiß nicht, was in mich gefahren ist. Ich fürchte, ich habe Ihnen den Tag verdorben.«

»Lassen Sie nur«, sagte Kitty. »Ich kann Sie verstehen.«

Im Bad zog er sich an. Als er zurückkam, stand sie an eine der Stahlsäulen gelehnt. Sie hatte Gänsehaut auf dem Arm, trotzdem rückte sie nicht ab.

»Was ist mit Ihnen geschehen?« fragte Arber. »Mit Ihnen und all den anderen Kindern der Revolution?«

»Was soll die Frage? Das wissen Sie doch.«

»Ich kenne nur die Theorie. Aber wie ist es Ihnen dabei gegangen? Wie hat es sich angefühlt?«

»Was geht Sie das an?«

»Diese Frage ist nicht persönlich gemeint, sondern historisch. Sie geht uns alle an. Sie muß endlich gestellt werden.«

»Warum ausgerechnet mir?«

»Weil Sie, wenn Ihnen das Wort nicht zu verbraucht erscheint, Zeitzeuge sind. Vielleicht sogar Opfer. Haben Sie mal daran gedacht, Ihre Kindheit aufzuschreiben? Mit Worten zu arbeiten statt mit Licht?«

»Nein.«

»Könnten Sie es versuchen?«

»Warum sollte ich.«

»Für ein Forschungsprojekt.«

»Als gäbe es da nicht mehr als genug.«

»Sie täuschen sich. Ein Forschungsprojekt für Ihre Generation. Wie finden Sie das: ›Die subjektive Revolution – autobiographische Zeugnisse zur Geschichte utopischer Jugendbewegungen‹. Und Sie, Frau Caspari, liefern das Dokument zu 1968.«

»Die 68er haben genug gequatscht.«

»Aber nicht ihre Kinder.«

»Fragen Sie doch Ihre Tochter, Herr Arber.«

»Es ist zu spät.«

»Für mich auch.«

»Vielleicht noch nicht«, sagte Arber.

Kitty schwieg.

»Tun Sie es!« fragte Arber.

Er hörte ihr leises Atmen.

»Ich glaube nicht. Aber ich werde darüber nachdenken.«

Nebelsee

Mein Vater war Anwalt, er kümmerte sich um Kriegsdienstverweigerer und später um RAF-Terroristen und noch später um Leute, die nicht bei der Volkszählung mitmachen wollten, weil sie gegen den Überwachungsstaat waren. Vater machte sich schnell einen Namen, und Mutter sagte, es läge daran, daß er schon längst einen hatte.

»Dein Vater ist doch nur berühmt, weil sein Name so unvergeßlich ist«, erklärte sie. »Als Horst oder Otto zum Beispiel hätte er bestimmt nicht so schnell Karriere gemacht.«

Briefe mit falscher Adresse kamen ohne Umweg bei uns an, weil jeder Postbote Vaters Namen kannte. Und weil sich sein Name auch bildlich ausdrücken ließ, trug mancher Umschlag nur zwei Symbole, abgestempelt wurde er trotzdem.

Genossen aus Vaters Berliner Studentenzeit, die unsere Heidelberger Anschrift nicht kannten, mußten nur nach Vaters Namen fragen, und schon wurden sie zu uns geschickt. Alle, der Bäcker, der Metzger, der Zeitungsverkäufer, die Marktfrau und der Friseur, alle wußten, wie Vater hieß. Es kam sogar vor, daß ihn fremde Leute auf der Straße begrüßten und seinen Namen herausposaunten, was ihn ziemlich durcheinanderbrachte.

»Kenne ich den?« fragte er dann. »Woher kennt der mich?« Und wir sagten: »Das ist doch nur einer von deinen Namenfreaks.«

Mein Vater hieß Borsalino von Baguette.

Sein Name war ihm allerdings peinlich.

»Dieses ›von‹ ist so furchtbar bourgeois«, sagte er, »wie soll man mich mit diesem ›von‹ als Proletarieranwalt ernst nehmen.«

»Aber natürlich nehmen sie dich ernst, Borsalino«, sagte Mutter. »Sonst würden sie doch nicht alle zu dir kommen. Außerdem ist ›von‹ nicht bourgeois, sondern adelig.«

»Das meine ich ja. Es ist so dünkelhaft. Die halten mich doch für einen kapitalistischen Stinkstiefel.«

»Unsinn. Du bist kein kapitalistischer Stinkstiefel.«

»Wirklich nicht?«

»Wirklich nicht.«

Vater machte eine Pause. Er trommelte mit den Fingern auf seinem Kinn herum. Er war rothaarig und hatte überall Sommersprossen, sogar unter den Fingernägeln. Dann sah er auf. Seine Augen waren blaßbraun. Die Sommersprossen hatten sich unregelmäßig auf der feinen weißen Haut der Augenlider verteilt, so daß sie aussahen wie ausgefranst.

»Und ich bin auch kein feiner Pinkel?«

»Nein«, seufzte Mutter.

Vater tat alles mögliche, um das ›von‹ abzuschütteln. Er ließ sich die drahtigen Locken wachsen, bis sie ihm senkrecht vom Kopf standen, er rülpste beim Essen und zog die Nase hoch, die auffallend zierlich in seinem stoppeligen Gesicht stand, er trug Jeans und keine Krawatten, er pupste vor anderen Leuten, und die Fingernägel hatten stets einen grünlichschwarzen Schmutzrand. Und doch fiel eher die Blässe seiner Hände auf, die von blauen Adern durchschienen war, und die Grazie seiner langen Finger.

Wenn wir ein Restaurant verließen, drehten sich die Köpfe, weil Mutter selbst zur Garderobe ging und dort nach ihrem Mantel wühlte. Sie sah sich hastig nach Vater um, der schon in die Lederjacke schlüpfte, sie fuchtelte mit den Armen, auf der Suche nach den Ärmellöchern, sie rannte ihm nach und überholte ihn in genau dem Augenblick, in dem er die Hand nach dem Türgriff streckte, und dann sah es beinahe so aus, als wäre er doch ein Gentleman und öffnete die Tür für sie. War sie aber nicht schnell genug, fiel ihr die Tür ins Gesicht.

Trotz alledem wurde Vater das ›von‹ nicht los, und zwar aufgrund eines Vertrages. Als er nämlich Andeutungen machte, die Schuhfabrik derer von Baguette nach Großvaters Tod kollektivieren zu wollen, übertrug Großvater die Eigentumsrechte an Onkel Gotthold und vermachte Vater nur Geld, aber auch das nur mit der Auflage, das ›von‹ zu behalten. Vater drohte daraufhin, sich einen volkseigenen Betrieb zu kaufen, aber das ging aus juristischen Gründen nicht, außerdem zeterte Mutter, und schließlich behielt er das ›von‹ und kaufte für das Geld Aktien von Dow Chemical, die ja damals besonders gut gingen.

Meine Mutter hieß Gabi. Sie war genauso groß wie Vater, aber viel schmaler, von hinten sah sie so aus, als hätte sie sich einen Sack über den Kopf gezogen, denn die blondgelockten Haare verdeckten die Schultern und den Rücken bis zum Po, der so klein und stramm war wie bei einem Jungen. Sie hatte dicke Brüste, algengrüne Augen und ein blasses Gesicht, das ständig hinter Haarsträhnen verschwand; Vater nannte sie manchmal »meine verwilderte Elfe«. Mutter rauchte Gitanes sans filtres, sie hatte eine heisere Stimme mit kleinen Kieksern darin. Immer wieder geschah es, daß eine Haarsträhne die Glut der Zigarette streifte, dann gab es eine helle Flamme, die Mutter mit Daumen und Zeigefinger ausdrückte. Vater rauchte kubanische Zigarren, die Fidel Castro selbst gedreht hatte, jedenfalls behauptete er das. Mutter sagte dann immer, Fidel Castro habe doch Besseres zu tun, als Zigarren zu drehen, aber Vater meinte, was Besseres gebe es gar nicht.

Er hatte Mutter nicht geheiratet, denn Heiraten fand er bourgeois, und darum hießen wir Caspari mit Nachnamen, Mutter, ich und mein kleiner Bruder Benno. Benno war drei Jahre jünger als ich. Er hatte seinen Namen von einem toten Studenten, der ein Held war, weil ihn die Bullen erschossen hatten. Mutter war dabeigewesen, sie hätten sie beinahe auch erschossen, und darum hieß mein Bruder Benno, er war ein Denkmal, aber nicht aus Stein, sondern aus Fleisch, und immer, wenn meine Eltern ihn riefen, riefen sie nach der Revolution.

»Das ist mein Sohn Benno«, sagte Mutter, wenn Besuch kam, und schon gingen die Genossen in die Knie und sahen Benno ins Gesicht und streichelten ihm über den Kopf, auf dem sich wie rote Regenwürmer die Locken ringelten, stippten ihm auf den Leberfleck an der Nasenspitze und sagten: »Ach, du bist der kleine Benno, hallo Benno.« Sie sahen ihn an, als hätten die Polizisten ihn erschossen und nicht den Studenten in Berlin, dann sahen sie Mutter an, und Mutter bekam einen bitter-heldischen Gesichtsausdruck und zog ihre Zigarettenschachtel aus der Hosentasche. Die Genossen zückten die Feuerzeuge und bekamen auch einen bitter-heldischen Gesichtsausdruck und wurden ein bißchen neidisch, weil sie auch gern dabeigewesen wären, als die reaktionären Bullen den Studenten Benno erschossen. Und dann sagte Mutter, die von einem Kranz aus Flämmchen umgeben war und sich nicht entscheiden konnte, an welchem sie ihre Gitane anzünden sollte: »Und das ist meine Tochter Kitty«, aber das war nichts Besonderes, obwohl auch ich nach einer Toten benannt war, nämlich nach meiner Großmutter Agathe Katharina. Aber sie war schon vor meiner Geburt an einem Herzinfarkt gestorben, und außerdem war sie nur eine Oma und kein erschossener Student in Berlin, und ich hatte nicht mal ihren ganzen Namen, sondern bloß die Abkürzung ihres Zweitnamens, Kitty.

Mutter war Stadtplanerin. Sie träumte davon, einen integrativen Wohnkomplex zu entwerfen. Ich wußte nicht, was ein integrativer Wohnkomplex war, Mutter erklärte es mir: »In einem integrativen Wohnkomplex wohnen nicht die Reichen in schicken Villen und die Armen in schäbigen Hinterhöfen, sondern alle wohnen zusammen in modernen

Anlagen, mit vielen Spielplätzen, Kindertagesstätten und Ganztagsschulen für die Kinder.«

Alle zwei Wochen kamen ihre Kollegen von der Corbusier-AG zu Besuch und sprachen darüber, wie es wäre, die ganze Heidelberger Altstadt abzureißen und durch integrative Wohnkomplexe zu ersetzen, so ähnlich wie Corbusier es auch in Paris vorgehabt hatte. Sie wollten nämlich eine neue Welt bauen, erklärten sie, ohne Schlösser und Kirchen und ohne Vergangenheit, sondern nur mit Zukunft. Jedesmal, wenn wir durch die Altstadt gingen, stellte ich mir vor, wie Abrißbirnen in die Sprossenfenster krachten und wie die Häuser in sich zusammensackten und wie Bagger über die Schuttberge rollten und ihre Zähne in die Mauern schlugen, als wären sie Butterkekse. Aber in Wahrheit durfte Mutter nur die Lüftungsschächte für Sozialbauten entwerfen. Und unsere Doppelhaushälfte hatte sie selbst eingerichtet, orangebraune Rauten flimmerten an den Wänden, das weiße Ledersofa mit den Knopfkratern glich einer Mondlandschaft. Manchmal spielte Vater den Mann im Mond, der mich und Benno fressen wollte. Er riß uns die Pullover hoch und prustete uns auf den Bauch. Im letzten Moment ließ er uns entwischen, wir flohen kreischend in den Flur und hörten ihn heulen: »Halt! Ich bin doch nicht satt geworden!«

Im Flur war es gruselig, denn dort stand Mutters alte Kinderzimmerkommode, schwarz lackiert wie ein Sarg. Sie war mit Schrankpapier ausgekleidet. Es zeigte weiße Endlospuppen, die sich auf rotem Grund an den Händen hielten. Ich stellte mir vor, die Puppen wären winzige Leichen.

Vater machte sich nie die Mühe, seine Schuhe in die Kommode zu stellen, er streifte sie ab und ließ sie liegen. Sie waren abgelatscht und matt, das Leder an den Fersen war runtergetreten, weil er hineinschlüpfte, ohne die Schnürsenkel zu öffnen. An die Kommodentüren hatte er Aufkleber geklebt. Auf gelbem Grund lachte eine Sonne, »Atomkraft

Nein Danke!« war darauf zu lesen. Frau Sonne ballte eine rote Faust, als wollte sie die weiße Taube schlagen, die über den blauen Aufkleber flog. Fäuste und Tauben waren im Haus verteilt wie bei anderen Leuten die Kruzifixe. Aber Mutter sagte, einen Herrn Jesus gäbe es nicht, und schon gar nicht einen lieben Gott, den hätten die Leute sich ausgedacht, um die anderen zu unterdrücken.

»Wer tot ist, der ist tot«, sagte sie, »und kommt nicht in den Himmel, sondern bleibt in der Erde liegen und verfault.«

»Was ist denn Totsein?« wollte ich wissen.

»Totsein, Kitty, ist ohne Gedanken, ohne Schmerzen und ohne Traum.«

Ich glaubte Mutter nicht alles. Vielleicht war bei uns Frau Sonne Gott und die Taube Jesus? Sie wollte doch auch in den Himmel fliegen, weit über die Kommode hinaus und tief hinein in die Rauten der Tapete, gemeinsam mit all den anderen Tauben in unserem Haus. Sie flogen als Relief über einen chilenischen Kupferteller, sie flogen als Logo über unsere Schallplatten und als Brosche über Mutters Pullover. Und überall ballten sich Fäuste. Eins meiner Bilderbücher erzählte von der Feindschaft zweier Hände, einer grünen und einer roten. Die Finger der roten Hand rannten kreuz und quer durcheinander und die der grünen marschierten ordentlich auf, mit bösen Gesichtern an den Kuppen. Sie trampelten auf dem roten Daumen herum, sie zogen den roten Mittelfinger lang, sie beschmierten den roten Ringfinger mit Teer, sie schmissen den kleinen roten Finger auf den Boden. Da wurden die Roten sauer und ballten die Finger zur Faust, und die grünen Finger prallten ab und flohen, und die rote Faust verlor die verschiedenen kleinen Gesichter und wurde zur ganz normalen Faust, aber das gefiel mir nicht. Es wäre doch schöner gewesen, wenn die Finger weiter so lustig geguckt und gespielt und geredet hätten und wenn sie vielleicht auch ein Zelt gehabt hätten, und einen Hasen, und ein Planschbecken, und ein Kettcar mit Hupe. Und außerdem, wo blieb am Ende die grüne Hand, hatte sie jemand verloren wie Großvater Heinrich seine Hand im Krieg oder wie Opa Emil sein Bein? So was erklärte mir keiner.

Vielleicht, dachte ich manchmal, waren meine Eltern die Hände aus dem Bilderbuch. Vater war die rote Hand, deren Finger so wild durcheinanderliefen. Mutter wollte, daß er ordentlich wurde und den Haushalt machte. Sie erklärte mir, daß die Männer die Frauen jahrtausendelang unterdrückt hätten und daß sich die Frauen jetzt endlich wehrten und daß Männer und Frauen gleich seien und deshalb auch mal die Männer kochen und wickeln müßten.

»Und wie ich dich gewickelt habe!« sagte Vater zu mir. »Hier paßte dein kleiner Arsch rein, Kitty!« Dazu machte er mit seiner Hand eine abwiegende Bewegung, als läge mein nackter Arsch noch immer darin, und ich guckte schnell weg, weil ich meinen unsichtbaren nackten Arsch in Vaters Hand nicht sehen wollte, ich genierte mich, und außerdem schimpfte Mutter: »Ja, ja, und hinterher war die Kleine wund!«

Vater machte einfach nichts richtig. Er wusch seine Jeans zusammen mit der Unterwäsche, die anschließend hellblau an der Leine baumelte, und er nahm sie nicht ab, als es regnete. Mutter wartete ein paar Tage, dann machte sie es. Er räumte das Werkzeug im Keller nicht auf, er warf es einfach auf die Hobelbank, bis Mutter einen ganzen Nachmittag lang alles sortierte; die Nägel und Schrauben ordnete sie in kleine Kästchen, Hammer, Schraubenschlüssel und Laubsäge hängte sie an die Wandhaken.

Mutter war die grüne Hand, ordentlich und streng, sie machte alles richtig, kochen, bügeln, Heizungen lackieren. Aber sie zeterte die ganze Zeit: »Alles muß man hier selbst machen!«

»Ja«, sagte Vater, »selbst ist der Mann!«

»Der Mann?« fragte Mutter, und ihre Stimme wurde noch lauter. »Der Mann ist selbst? Und was ist die Frau?«
»Ich meinte doch selbst und nicht Mann«, sagte Vater.
»Du meintest Mann, das sagst du doch selbst!«
»Ich meinte selbst. Und ich selbst bin Mann.«
»Bin ist aber nicht ist.«
»Was nicht bin, kann ja noch ist werden«, sagte Vater. »Selbst ich.«
»Aber ich bin ist!« rief Mutter. »Und zwar ich selbst! Wer hat denn die Vorhänge selbst genäht? Wer hat denn die Möbel selbst zusammengebaut? Und was machst du? Seit einem halben Jahr liegt hier der neue Duschschlauch auf der Kommode, und du bringst ihn nicht an. Und von den Medikamenten für die Vietcong wollen wir gar nicht erst reden. Seit sechs Jahren steht die Kiste im Keller, weil du sie nicht nach Berlin gebracht hast!«

Die Tabletten, Sedatin Forte, waren von Jackson & Jackson, Mutter hatte sie Opa Emil abgeluchst, der ein pharmazeutisches Großhandelszentrum für Medikamente aus Amerika leitete. Ich wußte nicht, was Vietcong waren.

»Frag doch deinen Vater«, schnaubte Mutter.

Vater sagte, Vietcong seien liebe Kommunisten und die Amis gemeine Faschisten, ganz gemeine, sie wollten den Armen alles wegnehmen, sie kauten den ganzen Tag Kaugummi, tranken Cola, und alles war aus Plastik, vor allem die Barbiepuppen. Ich hätte so gern eine Barbie gehabt, mit Knien, die man biegen konnte, mit langen Haaren, aber Mutter war dagegen.

»Wenn du eine Barbiepuppe hast, willst du auch ein Sommerkleid für die Barbiepuppe und Schuhe und ein Winterkostüm und eine Handtasche und einen Pudel und einen Lippenstift und eine Federboa und einen Bikini und ...«

»Nein, ich will wirklich nur eine Barbie!«

»... und Stöckelschuhe und ein Cabriolet und ein Motorboot und einen Frisiersalon und immer mehr und immer mehr, und das alles nur, damit die Barbiebosse noch reicher werden können. Die beuten euch Kinder ja aus. Und da machen wir nicht mit. Wir nicht. Und außerdem weißt du doch, daß Mädchen nicht mit Puppen spielen sollen! Ein Mädchen, das mit Puppen spielt, wird später ein spießiges Muttchen! Aber ein Mädchen, das sich für Technik interessiert, wird später eine tolle Motorenschlosserin. Hör doch mal wieder die Schallplatte vom Auto – wie hieß das noch mal? Blubberbeng?«

»Blubberbumm!« rief ich.

Das Auto Blubberbumm war eine Spezialanfertigung mit Blumenkästen, Schiffsschrauben, Propellern und einer Kegelbahn, sogar ein Kirchturm wuchs ihm sonntags aus dem Dach. Leider hatte der Fahrer Adola das Auto zu Schrott gefahren, und zur Strafe wollte ihn der Boß entlassen. Aber die Fabrikarbeiter bauten ihm heimlich ein neues Auto Blubberbumm, und sie beschwerten sich über das Fließband:

> Fließband mußt du mal aufs Klo
> Oder warum rennst du so?

Das Fließband lief immer schneller, damit der Boß noch schneller reich werden konnte, und leider durften die Arbeiter das phantastische Auto Blubberbumm am Ende nicht behalten, weil alles dem Boß gehörte, das Werk und die Maschinen und damit auch das neue Auto, und dann fiel den Arbeitern ein, daß die Fabrik eigentlich ihnen gehören könnte, sie stellten die Maschinen ab und streikten, und der Boß trat auf mit Pauken, Fanfaren und Trompeten und drohte ihnen mit Entlassung, aber sie streikten weiter, sogar die Kinder streikten mit, obwohl die ja eigentlich noch gar nicht arbeiteten und demnach auch nicht richtig streiken konnten, und schließlich baggerte der Baggerführer Willibald den Boß einfach weg, und der Boß schrie: »Hilfe! Ich werde bedroht!« Und seine Freunde schrien mit: »Herr von Rotz wird bedroht!« Aber darauf antworteten die Arbeiter nur: »Herr von Droh wird berotzt!«, und schon lachten alle, und der Boß mußte den Fahrer Adola wieder einstellen, aber diesmal als Werksfahrer für die Arbeiter, und er mußte den Kindern das Auto Blubberbumm schenken. Nur seine Fabrik mochte er nicht hergeben, aber der Fahrer Adola hatte eine bessere Idee. Er wollte alle Bosse in die umgekrempelte Fabrik stecken, wo donnerstags aus dem Schornstein Musik kam und aus den Fenstern grüne Bonbons schwebten, und dort mußten die Bosse Bonbons drehen, mit echtem Werkzeug und in Arbeitssachen. Adola sang:

> Nach ein paar Jahren seh'n sie aber ein
> Ein Boß zu sein ist eigentlich gemein
> Und zur Belohnung dürfen dann die Bosse
> Auch Arbeiter wie alle andern sein!

Die Musik war lustig, aus Klingeln, Triangeln, Hupen, Ratschen und Klavieren. Sogar ein kaputtes Radio war dabei, das immerzu plapperte und pfiff.

Und trotzdem gab es eines Tages einen großen Streit um das Auto Blubberbumm, und zwar als uns Großvater Heinrich besuchte. Er wohnte auch in Heidelberg, in einer zartgelben Villa in Weststadt, und eigentlich war er auch ein Boß, er hatte ja eine Schuhfabrik. Vater war böse auf ihn, er nannte ihn einen Kriegsgewinnler, weil Großvater im Krieg so viele Stiefel verkauft hatte, und Großvater war böse auf Vater, weil der das ›von‹ nicht mehr haben wollte und weil ich und Benno Caspari hießen und nicht von Baguette und weil Vater angefangen hatte, Terroristen zu verteidigen. »Terroranwalt« nannte Großvater ihn.

Mutter strickte Großvater jeden Winter einen Pullover und lud ihn zum Kaffeetrinken ein, und einmal kam er auch. Er ließ sich im Lieferwagen bringen, sein Angestellter trug ihm einen Turm aus Schuhkartons hinterher, der Turm schwankte, und als der Angestellte durch die Haustür wollte, mußte er in die Hocke gehen und watscheln wie eine Ente, damit der Turm hindurchpaßte, und als er sah, wie wir lachten, machte er auch noch: »Quak, quak!«

Für jeden von uns waren Halbschuhe, Hausschuhe, Sandalen und Stiefel dabei, alle in der richtigen Größe, denn am Telefon fragte Großvater Heinrich nie: »Wie geht es den Kindern?«, sondern: »Welche Schuhgröße haben sie jetzt?«

Großvater warf einen Blick auf Vaters Schuhe, die abgelatscht neben der Kommode lagen. Er zog eine Braue hoch, und als er den Aufkleber mit der Friedenstaube und mit der kämpfenden Sonne sah, schüttelte er den Kopf. Unsere chilenische Putzfrau Isabel hatte die ganze Doppelhaushälfte geputzt, und Mutter hatte den Kaffeetisch gedeckt und Benno und mir gesagt, wir sollten brav sein. Vater hatte geschimpft und gesagt: »Meine Kinder sind nicht brav, sie sind progressiv«, aber wir waren trotzdem brav und bedankten uns für die Süßigkeiten, die Großmutter in einem der Kartons versteckt hatte. Großmutter war nicht mitgekommen, weil sie kaum noch gehen konnte. Sie hatte einen Stock und einen riesigen Po, und einen krummen Rücken, und auf ihren Beinen Adern wie Flußläufe. Großmutter Elsa war immer lieb, aber leider sahen wir sie fast nie.

Mutter fluchte, weil Vater sich Zeit ließ und wahrscheinlich lieber in der Kanzlei mit irgendwelchen Terroristen Kaffee trank als mit uns. Großvater lobte sie, weil das Haus so sauber war, und ich sagte: »Kein Wunder, heute war doch unsere Putzfrau hier!« Da bekam Mutter ein Steingesicht, und ich dachte, sie sei wütend auf Vater, denn der kam einfach nicht.

Benno und ich versuchten, Großvater die Zeit zu vertreiben. Sein Schnurrbart und die Augenbrauen waren im Alter nicht weiß geworden wie die ehemals roten Haare, sondern orange, von gleicher Farbe wie der Pantonstuhl, in dem er saß, und das sah lustig aus, als wären beide füreinander gemacht. Seine Schuhe glänzten, wir durften seine schwarze Lederhand anfassen. Er fragte Benno, wie ihm die Schule gefiel, aber Benno ging noch in den Kinderladen. Mich lobte Großvater für meine Zensuren und wollte wissen, was mich interessiert.

»Das Auto Blubberbumm!« rief ich.

»Aha!« machte Großvater, funkelte mit den Augen und runzelte die Stirn, ich streichelte ihm schnell darüber, weil ich wissen wollte, wie sich die Rillen anfühlten, sie fühlten sich an wie strammes Gummi. Benno wollte ihn auch streicheln, und Großvater beugte den Kopf zu ihm herab, und als Benno auf die Runzeln patschte, machte Großvater »Buh!«, und wir kreischten los.

»Kann man damit denn fahren, mit dem Auto Bumbumbum?« fragte er.

»Blubberbumm!« sagte ich und legte die Platte auf.

Alle Lieder sangen ich und Benno mit, wir wollten Großvater eine Freude machen, und bei der umgekrempelten Fabrik sangen wir besonders laut, aber Großvater guckte so komisch. Mutter schenkte ihm Kaffee ein und lachte die ganze Zeit, auch wenn keiner was gesagt hatte. Sogar das Rauchen verkniff sie sich, Großvater Heinrich sollte nichts davon wissen. Später kam Vater, ließ sich in einen Pantonstuhl fallen, er stützte den Arm auf den Tisch, er rülpste, er pupste, bis das Plastik unter ihm knallte, er sprach vom Recht auf Verteidigung und vom Kampf um die Menschenrechte und von Wanzen in seiner Kanzlei. Schließlich holte er die kubanischen Zigarren aus dem Schrank und hielt Großvater die aufgeklappte Schachtel hin.

»Selbstgedreht von Fidel Castro«, sagte er.

Großvater zuckte zurück. Vater nahm sich selbst eine, biß die Spitze ab und spuckte sie neben den Tisch, dann zündete er die Havanna an, wobei er schmatzende Geräusche machte. Mutter starrte auf den Rauch und tastete nach der Zigarettenschachtel in ihrer Hosentasche, besann sich aber. Sie warf Vater giftige Blicke zu.

»Die sind natürlich nicht wirklich von Fidel Castro«, sagte sie. »Ich meine, nicht von ihm persönlich.«

»Und ob sie das sind«, sagte Vater, nahm die Havanna in die rechte Hand und tippte mit dem linken Zeigefinger auf das Etikett, »da steht's doch, da steht's doch!«

»Na und? Vielleicht ist das gelogen«, sagte Mutter.

Vater begann wieder zu paffen. »Willst du behaupten, daß Fidel Castro lügt?«

»Nein«, sagte Mutter, »er lügt eben nicht. Weil er nicht dreht.«

»Also dreht er nur, wenn er lügt?«

»Dann lügt er ja nicht, wenn er dreht.«

»Also dreht er und lügt nicht.«

Großvater räusperte sich.

»Jetzt mal was anderes, Borsalino«, begann er, »dieses Hörspiel vom Auto Plumplum, hast du dir das mal angehört?«

»Blubberbumm!« rief ich, aber Großvater beachtete mich nicht. Er hob die Stimme. »Das ist Gehirnwäsche, so was könnt ihr mit den Kindern nicht machen.«

Vater ließ die Zigarre sinken.

»Das ist eine fortschrittliche Kinderschallplatte«, sagte er langsam. »Und du bist ein Kapitalist und Reaktionär, der nicht ertragen kann, daß wir dem System von Ausbeutung und Profit den Kampf angesagt haben, daß wir das staatliche Gewaltmonopol in Frage stellen.«

»Es ist doch nur Jazzmusik für Kinder«, ergänzte Mutter und schenkte Kaffee nach. »Etwas moderner als diese Märchenplatten, und auch viel besser gemacht.«

Großvater rührte die Tasse nicht mehr an.

»Wollt ihr aus meinen Enkeln kleine Kommunisten machen?« fragte er. »Daß ich nicht lache, die umgekrempelte Fabrik. Ich kann euch sagen, wo die liegt. In Sibirien.«

Großvater lachte aber gar nicht, er guckte, als würde er gleich weinen. Ich schlang meine Arme um ihn und streichelte noch einmal die Rillen auf seiner Stirn, sie fühlten sich plötzlich anders an, schlaff.

»Sibirien!« sagte Vater und verdrehte die Augen. »Deine reaktionären Greuelmärchen kannst du woanders erzählen. Du bist und bleibst doch ein alter Spießer.«

»Lieber ein Spießer als ein Lügner«, sagte Großvater.

»Bonbons drehen! In welcher Wahnwelt lebst du bloß? Du erzählst deinen Kindern doch auch nicht, die Juden in Auschwitz hätten Zuckerwatte hergestellt, lustig, lustig!«

Vater war blaß geworden und sprach leise durch die Zähne.

»In diesem Haus wird der Sozialismus nicht verleumdet. Und schon gar nicht von einem alten Nazi wie dir.«

Großvater stand auf, er ging langsam zur Tür. Vater starrte auf seine Havanna, Mutter stieß ihn immer wieder an, aber er reagierte nicht.

»Sibirien«, rief ich, »da kommen doch die Spaghetti her!«

»Nein, mein Herz«, sagte Großvater und drehte sich noch einmal um, »die Spaghetti kommen aus Sizilien. Aus Sibirien kommt gar nichts.«

Und dann klappte schon die Tür. Als der Lieferwagen fortgefahren war, zündete sich Mutter eine Gitane an, nahm ein paar hastige Züge und schrie mich an: »Was denkst du dir eigentlich dabei!«

Ich verstand überhaupt nicht, was los war, und weil sie so wütend war, mußte ich weinen.

»Was habe ich denn getan?«

»Du weißt genau, was du getan hast!«

»Aber ich wußte doch nicht, daß Großvater Heinrich das Auto Blubberbumm nicht mag!« weinte ich.

Mutter schrie: »Jetzt hör doch mal auf mit diesem dämlichen Auto Ploplop, ich rede von Isabel!«

»Blubberbumm heißt es«, schluchzte ich.

»Du hast Isabel als Putzfrau bezeichnet, du Miststück!« schrie Mutter. »Das will ich nie wieder hören! Isabel ist keine Putzfrau, sie ist eine chilenische Kommunistin!«

»Was hat die Kitty sich schon wieder geleistet?« fragte Vater und hörte auf, seine Havanna anzustarren. »Sie hat eine Kommunistin als Putzfrau beschimpft?«

»Genau das hat sie«, sagte Mutter und hob das Kinn und sah stolz und böse aus, und Vater schüttelte den Kopf.

»Kitty, wie kannst du so bourgeois sein!« sagte er. »Nicht zu fassen, meine Tochter spielt dem Feind in die Hände!«

Damit ich nie wieder eine chilenische Kommunistin als Putzfrau beschimpfte, nahmen mich meine Eltern mit nach Marburg auf ein Solidaritätskonzert. Es fand in einem großen Festzelt statt, über dem an einer langen Schnur ein roter Luftballon schwebte. Einen so großen roten Ballon hatte ich noch nie gesehen, und ich wollte ihn haben. Mutter zog mich ins Zelt, um mir einen zu kaufen, aber auf den langen Tischen wurden nur Bücher und Bilder angeboten. Eins der Bilder zeigte Menschen, die nackt hinter einem Zaun entlangkrochen, ihre Brüste und Ellenbogen waren spitz gezeichnet wie der Stacheldraht, sie rissen die Münder zu Abgründen auf, und manche wurden von Ratten gefressen. Manche hingen auch an Kreuzen, wie Jesus, und verbrannten in der Sonne.

»Was ist mit denen?« wollte ich wissen.

Vater erklärte es mir. »Diese Menschen werden gefoltert, weil sie gegen den Kapitalismus sind. So was wäre auch Isabel fast passiert. Aber für dich ist sie ja nur eine Putzfrau.«

Da waren die Ratten plötzlich in meinem Kopf, sie fraßen meine Gedanken weg, und da war mir plötzlich der Luftballon egal, der so fröhlich über den Folterbildern tanzte. Das Licht tröpfelte durch die Ritzen der Plane, das Gras auf dem Boden war grau und zertreten, und die Zeltplane verströmte einen Geruch nach Gummi. Wir arbeiteten uns durch die Menge in Richtung Bühne vor. Mutter ging voran, sie mußte die Hand mit der Zigarette nach oben halten, um niemanden zu verbrennen, ihre Glut beschrieb uns schwankend den Weg. Zwischendurch stieg mir der vertraute Geruch nach ihren verschmorten Haaren in die Nase. Vater hob mich auf die Schultern, damit ich besser sehen konnte. Zuerst betrat der Weihnachtsmann das Podium. Vater konnte den Weihnachtsmann nicht leiden, jedes Jahr gab es einen Kampf zwischen ihm und Mutter, weil er Weihnachten bourgeois fand und nicht feiern wollte, und Benno und ich hatten jedesmal Angst, daß wir keine Geschenke kriegen würden. Ich sah den Weihnachtsmann zum ersten Mal. Sein langer Bart war gar nicht weiß, sondern braun, und er hatte sich verspätet, denn es war schon Frühling.

»Mama! Der Weihnachtsmann!« rief ich ganz laut und vergaß die Ratten.

»Kitty, es gibt keinen Weihnachtsmann. Den haben die Leute sich ausgedacht, um die Kinder zu beherrschen. Auf diese Weise jagen sie ihnen Angst ein, und schon machen die Kinder alles, was sie sollen. Der Weihnachtsmann ist die Verkörperung des Kapitalismus, das Doppelgesicht aus Unterdrückung und Konsum.«

»Aber wer ist denn der Mann da vorne?«

»Das ist kein Weihnachtsmann, das ist ein Kommunist.«

Das Mikrophon begann zu fiepen, der Mann machte zornige Augen und sagte: »Eins, eins, eins... eins, eins, eins...«

Ich patschte Vater ans Ohr: »Papa, was macht der da?«

»Pscht, der hält eine Rede.«

Der Mann entfaltete einen Zettel, der im Luftzug zitterte. Seine Knie in den grünen Kordhosen zitterten mit.

»Genossen!« schrie der Mann, und die Leute im Zelt wurden ruhig.

»Genossen! Seit dem Putsch der chilenischen Reaktionäre und ihrer imperialistischen Helfershelfer ist die Bedeutung der Inti-Gruppe über ihr ursprüngliches Maß hinausgewachsen!«

»Papa, was ist ein Putsch?«

»Pscht!«

Vater klopfte mir aufs Knie, ich verschränkte die Arme auf seinem Kopf. Während der falsche Weihnachtsmann weitersprach, betraten sechs Männer in roten Ponchos die Bühne und packten Panflöten, Trommeln und Gitarren aus. Einige Leute im Publikum begannen schon zu klatschen, aber der Weihnachtsmann, dessen Knie jetzt nicht mehr zitterten, warf ihnen einen strafenden Blick zu. Mutter ließ ihre Zigarette auf den Boden fallen und trat sie aus.

»Nach Verrat, Mord und Niederlage bedeutet die Arbeit der Inti-Illimani etwas anderes als damals. Sie wird anklägerisch. Die Frauen, Kinder, Arbeiter und Bauern, die die Welt dieser Musik erfüllen, sind heute, jeder einzelne, Protagonisten einer Tragödie. Es ist, als ob die Welt ein Stück tiefer in das Dunkel zurückgestoßen sei. Und aus diesem Dunkel der alten Welt voller Torturen und Aberglauben, dem Dünkel der Bourgeoisie, dieser Kulturfeindlichkeit ersten Grades, erheben sich ihre Stimmen, personifiziert in den jungen Botschaftern ihres Landes. Es ist der Ruf nach Solidarität. Wir alle sollten ihn hören!«

Das Dunkel hatte mittlerweile die Ecken des Zeltes erreicht, das Licht war herausgesickert, der Weihnachtsmann gab die Bühne frei, und endlich durfte das Publikum klatschen, und die Band begann traurig in die Flöten zu pusten. Nach jedem Lied skandierte das Publikum: »Hoch! Die! Internationale! Solidarität!«

Wenn ich mich umdrehte, sah ich schreiende Gesichter, die rhythmisch im Halbdunkel wogten. Die Menschen sahen wütend und glücklich aus, hoben die Fäuste und schlugen die Luft, und als die Band das nächste Lied anstimmte, klatschten und jubelten sie, als würde ein langersehnter Freund erscheinen, und wie zur Begrüßung entrollten zwei ein Plakat, auf dem zu lesen war: »Nieder mit der Junta!« Dann sangen alle aus vollem Hals: »Venceremos, venceremos!«

Nach dem Lied begannen sie wieder zu schreien. Sogar Mutter riß ihren schönen, geschminkten Mund auf und boxte den Takt mit der Faust in die Luft, von meinem Platz auf Vaters Schultern konnte ich erkennen, daß sie die Faust nicht ganz durchzog, als wollte sie diesen weitentfernten unsichtbaren Punkt in der Luft, auf den alle zielten, verschonen, sie zog ihre Schultern hoch, als hätte sie selbst Angst vor Schlägen.

Es war schon dunkel, als wir das Zelt verließen. Wir sahen, wie der bärtige Kommunist am Seil den roten Ballon vom Nachthimmel holte, langsam, wie einen dicken Fisch.

»Halt!« rief Mutter und begann zu laufen. »Den wollen wir haben! Los, Kitty, schnell!«

Ich rannte ihr hinterher. Sie fummelte eine Zigarette aus der Schachtel und wartete, bis der Kommunist ihr Feuer gab. Beim Rauchausatmen lächelte sie ihn an. Sie warf die Haare über die Schulter, ihre algengrünen Augen strahlten, die Stimme kiekste.

»Den ganzen Tag haben wir nach so einem Luftballon gesucht und keinen gefunden. Ach, bitte schenken Sie ihn doch meiner kleinen Tochter!«

Sie drückte meine Hand. Der Kommunist holte schweigend den Ballon ein, der Ballon kam näher und wurde größer, bis er den ganzen Himmel füllte. Der Kommunist machte ein wichtiges Gesicht, Mutters Kieksen schien ihn gar nicht zu beeindrucken. Dann kappte er das Seil mit dem Taschenmesser.

»Und wie heißt meine kleine Genossin?« fragte er mich.

»Kitty Caspari«, sagte ich und war froh, daß Benno nicht dabei war, wenn der nämlich »Benno« gesagt hätte, hätten alle wieder ihren bitter-heldischen Gesichtsausdruck bekommen, und Benno hätte den Ballon gekriegt, zum Trost, weil Benno Ohnesorg gestorben war.

Der Kommunist reichte Mutter die Strippe mit dem Ballon. »Trag ihn lieber selbst, sonst fliegt dir die Kleine noch davon!«

Mutter bedankte sich kühl; vielleicht ärgerte sie sich, weil sie Sie gesagt hatte und er du, aber sie wollte sich nichts anmerken lassen. Sie gab mir den unteren Teil der Strippe, damit ich den Ballon auch ein bißchen halten konnte. Ich sah ihn mir genauer an. Drei große, schwarze Buchstaben prangten darauf: ›DKP‹. Mutter wies mit der Zigarette auf einen anderen Mann, der im Zelteingang stand.

»Guck mal, Kitty, der findet dich so süß, daß er ein Foto von dir macht!«

Wir wollten zu ihm gehen und ihn fragen, ob er uns das Foto schicken würde, aber da blitzte es, und danach war er plötzlich verschwunden, wie weggezaubert. Vater verstaute den Ballon im Kofferraum unseres Autos, dann fuhren wir los.

»Wer ist die Junta?« fragte ich ihn.

»Chunta heißt es«, erklärte Vater. »Das ist die faschistische Regierung in Chile, und die hat den Präsidenten Allende ermordet, weil er gut war und den Schulkindern jeden Morgen Milch verordnete und weil er die Reichen enteignete. Aber wir lassen uns nichts gefallen, wir wehren uns gegen die Junta. Venceremos!«

»Aber die Junta ist doch in Chile«, warf ich ein. »Wie soll man sich denn gegen die Junta wehren, wenn die gar nicht da ist?«

»Ein oder zwei von der Junta sind immer dabei, und bestimmt haben die heute richtig Angst gekriegt«, tröstete mich Vater.

Zu Hause wollte ich den Ballon aus dem Fenster hängen, doch meine Eltern wurden auf einmal nervös.

»Bist du verrückt? Das geht auf keinen Fall! Hörst du! Sonst kriegen wir noch Berufsverbot! Wer weiß, vielleicht war der Fotograf vom Verfassungsschutz! Der Ballon bleibt in deinem Zimmer!«

Ich wußte nicht, was an einem roten Ballon so gefährlich sein sollte, wir hatten ihn schließlich nicht geklaut. Vielleicht war das Gas in seinem Inneren giftig? Oder würde uns die Junta finden, wenn sie den Ballon entdeckte? Und dann wollte ich ausprobieren, ob man damit fliegen konnte, und holte Benno und gab ihm die Strippe in die Hand, sein Arm wurde lang, sein Körper streckte sich, er hüpfte und lachte, aber flog nicht davon. Tagelang klebte der Ballon unter der Kinderzimmerdecke. Sicherheitshalber guckte ich jeden Morgen in den Garten, ob sich die Junta irgendwo versteckt hielt, die ich mir vorstellte wie eine Riesin mit unsichtbaren Beinen. Doch ich konnte kein böses Riesenauge entdecken, das durch die Baumkronen oder vielleicht sogar durch die Wolken auf mich niedersah. Mit der Zeit schrumpelte der Ballon ein und sank auf den Boden.

Ich sollte alles über die Schlechtigkeit der Welt lernen und eines Tages dagegen kämpfen. Vater gab mir die Schallplatten von Floh de Cologne. Auf einem Cover sahen die Bosse aus wie Echsen aus Hundekacke, mit Vampirzähnen und glühenden Augen, sie standen vor einem Wald aus Fabrikschloten und guckten verdutzt auf die strahlende Raketenfaust, die dem dicksten Boß das Gesicht zerschlug, die Brille flog ihm um die Ohren. Die Bosse nahmen den armen Arbeitern alles weg und hatten schreckliche Angst vor den Roten. Manchmal wurden sie auch Bonzen, Kapitalisten oder Profitgeier genannt. Auf einem anderen Plattencover von Floh de Cologne war ein Profitgeier abgebildet, gerupft wie eins der Grillhähnchen vom Wienerwald, die Vater so gern aß. Dem Geier quoll Blut aus dem Schnabel, von schräg oben kam eine rote Faust ins Bild und schlitzte ihm den Körper mit einem Messer auf. Aus dem Schlitz ließ sich ein Darm aus Pappe ziehen, darin steckten lauter Arbeiter, die verzweifelt schrien und mit den Armen wedelten wie Rotkäppchen im Bauch des Wolfes, und während ich sie befreite, hörte ich, was Floh de Cologne über die Bosse sangen, daß ihre Tage gezählt seien und daß sie wie nackte Brathähnchen um Gnade winseln würden und daß man ihnen dann einen Tritt in den Arsch geben würde, damit sie ein letztes Mal fliegen könnten, und daß Floh de Cologne lieber rot als doof seien. Den Löwenthal, der im Fernsehen immer vor der roten Brut warnte, fanden sie lächerlich:

> Die Milch wird sauer, das Bier wird schal
> Im Fernsehen spricht der Löwenthal
> Den Nazis werden die Augen feucht
> Der Horror durch die Stuben kreucht!

Vater mochte das Lied besonders. Oft jodelte er, daß es durchs ganze Haus schallte: »Der Lö-Lö-Lö-Lö-Lö-Lö-Lö-Lö-Lö-Lö-Lö-Lö-Lö-Lö-Lö-Lö-Lö-wen-thal!«

Zu gern hätte ich gewußt, wer der Horror war. Ich stellte mir vor, daß Horror, ein freundlicher Herr mit Schnurrbart, Monokel und Spazierstock, hinter dem Sofa herumkroch, während die Familie Fernsehen guckte. Aber Vater verstand meine Frage nicht: »Der Horror durch die Stuben kreucht«, erklärte er. »Kriecht, ist damit gemeint. Er kreucht, damit es sich reimt.«

Den Löwenthal bekam ich nie zu sehen, und überhaupt durften Benno und ich kaum Fernsehen gucken, ganz selten mal einen Krimi. Meistens mußten wir nach der Tagesschau ins Bett.

Nur einmal machten meine Eltern eine Ausnahme. Vater polterte die Treppe herauf ins Kinderzimmer, rüttelte mich aus dem Halbschlaf und trug mich ins Wohnzimmer vor den Fernseher, wo Mutter auch schon saß, auf dem Sofa, in der Mondlandschaft. Ihre Knie ragten weit ins All, ihre Füße berührten die Erde. Sie rauchte. Normalerweise riß sie nach jeder Zigarette das Fenster auf, aber jetzt verschwand sie in einer grauen Wolke. Zwischendurch nahm sie eine Haarsträhne und strich verschmorte Knötchen heraus. Ich dachte, ich dürfte jetzt einen Krimi sehen, und ich war stolz, weil Benno im Bett bleiben mußte und ich nicht. Aber dann sah ich keinen Krimi, sondern Menschen in gestreiften Anzügen. So dünne Menschen hatte ich noch nie gesehen. Sie standen hinter Stacheldraht und starrten mich an.

»Das hat Hitler getan«, sagte Vater.

»Du mußt über die deutsche Vergangenheit Bescheid wissen, damit so etwas nie wieder passiert«, sagte Mutter. »Komm, schau, schäm dich.«

Die Arme und Beine lagen in Haufen herum, als hätte jemand die Menschen wie Blumen, wie weiße Schmetterlinge zerpflückt. Die Menschen wurden erschossen, sie fielen in eine Grube, und es sah nicht aus wie Sterben, weil es so schnell und stumm war. Im Krimi preßten sich die Opfer die Hand auf die Wunde, dann stöhnten sie, dann gingen sie zu Boden, und manchmal verrieten sie dem herbeieilenden Kommissar noch ein Geheimnis, bevor sie starben. Hier fielen die Menschen einfach um, plopp, plopp, plopp. Sie ähnelten den Blasen in meinem Kopf, wenn ich Fieber hatte. Der Tod platzte in die Menschen hinein, sie fielen – und schon platzte der nächste Tod in den nächsten Menschen und wieder der nächste in den nächsten, in den nächsten, in den nächsten, bis endlich ich selbst ins Bett wie in eine dunkle Grube stürzte. Die Blumen der Tapete bebten, aus ihren Stengeln quollen Arme und Beine, Würste aus einer Maschine, die Karos waren ein Zaun, das Morgengrauen schwarzweiß. Draußen hörte ich den Himmel rauschen wie eine Mattscheibe ohne Bilder.

Mein Kinderzimmer sah aus wie immer, der Vorhang mit den Häusern, Booten und Blumen leuchtete. Aber die Kugeln der Murmelbahn wurden erschossen, sie fielen in schwarze Löcher, die Mikadostäbe waren abgehackte Glieder. Das Licht war ein fahles Herz geworden, es schien durch Schirme aus Kinderbrüsten.

Da lief ich in den Garten, zu den Bäumen. Der Essigbaum trug einen Pelz auf der Rinde und Rubine an den Zweigen, die Birke weiße Kniestrümpfe. Die Kiefer hatte einen stacheligen Vollbart.

»Grüß dich, Kitty«, sagten die Bäume.
»Hallo, liebe Bäume«, sagte ich.
»Du bist unsere beste Freundin.«
»Und ihr seid meine besten Freunde.«
»Es ist wirklich nett, sich mit dir zu unterhalten«, sagte der Essigbaum. »Die meisten Menschen verstehen uns nicht. Ehrlich gesagt gibt es in ganz Heidelberg außer dir keinen Menschen, der Bäumisch spricht.«
»Wie schade, daß ich nicht mit allen Bäumen reden kann.«
»Aber das tust du doch«, sagte die Birke. »Wir wackeln mit den Zweigen, und schon weiß der ganze Wald, was du gesagt hast. Du bist eine Berühmtheit.«
»Oh, das wußte ich nicht.«
Die Kiefer beugte ihre Äste zu mir herab.
»Und nun verrate uns, Kitty, ob du den Spruch schon kennst.«
»Welchen Spruch?«
»Den Spruch, der dich schützt«, sagte die Kiefer.
»Nein, kenne ich nicht.«
»Dann sprich uns nach: *Ich bitte um Gnade.*«
»Um was soll ich bitten?«
»Um Gnade.«
»Was ist denn das?«
»Eine unsichtbare harte Rinde, eine Schutzschicht.«
»Oh.«
»Also, was sollst du sagen?« fragte die Kiefer.
»Ich bitte um Gnade«, wiederholte ich.

»Und? Merkst du was?«

Ich bohrte mir den Finger in die Wange.

»Ich bin noch ganz weich«, sagte ich.

»Dummkopf«, sagte die Kiefer, und auch die Birke lachte leise. »Die Gnade wird doch nur hart, wenn du sie brauchst.«

»Härter als Rubine«, fügte der Essigbaum hinzu.

Vater fand den Garten spießig, er war so klein, daß wir auf der Terrasse den Teer der Straße rochen, der hinter dem Zaun in der Sommerhitze schmolz, und auch unsere Doppelhaushälfte war Vater zu eng.

»Ach, laß uns doch in eine Kommune ziehen!« bat er Mutter.

»In welche Kommune denn bitte schön?« fauchte sie und zupfte sich braune Tabakfäden von den Lippen.

»Na, so eine wie Kentelmanns sie haben.«

»Ach, damit du mit den Tussis rummachen kannst so wie damals mit diesen Spartakusziegen, oder was?«

»Mit Bine Kentelmann soll ich rummachen wollen? Ha ha! Das ist ja absurd!«

Bine Kentelmann war die Mutter meiner Freundin Simone, sie hatte eine Warze zwischen den Augen und lachte nie. Auch Mutter blieb jetzt ernst.

»Lenk doch nicht ab. Eine Kommune kommt überhaupt nicht in Frage. Das wollte ich schon damals nicht, das weißt du genau. Das Berliner Studentendreckloch hat mir gereicht.«

»Was für ein Studentendreckloch?« fragte ich.

»Das war doch kein Dreckloch«, suchte sich Vater zu verteidigen, aber Mutter fuhr ihm über den Mund.

»Kein Dreckloch nennst du das? Es stank doch nach Schweiß und Sperma und deinen Jesuslatschen. Der Kommunismus braucht kein Deodorant, hast du gesagt. Möbel sind bourgeois, hast du gesagt, wir können doch auf dem Boden leben. Wozu brauchen wir Gardinen, hast du gesagt, wenn alles Private politisch ist, sollen die Nachbarn es gefälligst sehen. Und Bilder brauchen wir auch nicht, hast du gesagt. Scheiß an die Wand, dann hast du ein Bild! Und dann bist du ab zu deiner Spartakusgruppe und hast mich mit dem Kleinkind alleingelassen in diesem Dreckloch!«

Sie wedelte so heftig mit der Zigarette, daß die Glut herausrutschte und auf den Tisch flog. Mutter schob rasch ihre Zeitung, die »UZ«, unter den Glutklumpen und warf ihn immer wieder hoch, damit er auskühlte; es sah aus, als spielte sie Pingpong.

»Ach, ich war auch schon dabei?« fragte ich. »In diesem Dreckloch?«

Aber Mutter, die mir sonst alles erklärte, war wütend und schenkte mir keine Beachtung.

»Und dann hast du mir auch noch genüßlich beschrieben, wie dir diese Spartakusziegen in Unterhose die Haustür aufgemacht haben«, schnauzte sie Vater an.

»Da konnte ich doch nichts dafür«, wandte Vater ein.

»Welche Spartakusziegen?« fragte ich.

Und Mutter schrie: »Na, vom Spartakusbund! Die Ziegen vom Spartakusbund! Die Ziegen in Unterhose!«

»Ach Gabi«, sagte Vater, »du warst doch immer die Schönste für mich. Meine verwilderte Elfe.«

Mutter sah ihn finster an. »Sagst du.«

»Mein ich auch.«

Ich wagte eine letzte Frage:

»Was ist denn eine Kommune?«

»Na, wo deine Freundin Simone wohnt, das ist eine Kommune«, sagte Mutter, plötzlich kraftlos.

Simone Kentelmann lebte in der Rohrbacher Straße, in einer Wohnung mit langen Fluren, deren Ende unerreichbar schien. Wenn wir Simone besuchten, kam sie uns meist in einem blauen Turnanzug entgegen, auf dem sich ihre Rippen abzeichneten. Schon an der Haustür warf sie sich auf den Boden und wälzte sich. Zwischendurch hampelte sie zum Kühlschrank und holte was zu essen, Joghurt, kalte Nudeln mit Ketchup, Haferflocken mit Milch oder eine Tafel Schokolade, von der sie abbiß, als wäre sie eine Scheibe Brot. Noch während sie kaute, ließ sie sich wieder auf den Boden fallen, machte eine Kerze, streckte ihren knochigen Po in die Luft und strampelte mit den Beinen.

Hier kochte keiner. Simones Mutter sagte immer: »Ich bin doch keine Hausfrau, macht euren Scheiß gefälligst selber.« Nur mittags schlurften Frauen mit dicken Augen und Batikhemden in die Küche und gossen sich Kaffee auf. An einem zerkratzten Eßtisch saßen die Erwachsenen, rauchten und redeten. Und ständig kamen die Leute vom Sozialistischen Patientenkollektiv zu Besuch. Das SPK war eigentlich verboten worden, nachdem die Mitglieder gedroht hatten, sich in die Luft zu sprengen. Statt dessen waren einige von ihnen Terroristen geworden, und die anderen geisterten herum.

Das kapitalistische System hatte sie verrückt gemacht, erklärte Simones Vater. »Das war von jeher eine Methode der Herrschenden, die fortschrittlichen, die unangepaßten Menschen als verrückt abzustempeln und in die Psychiatrie abzuschieben. Die Verrückten sind nämlich die Normalen.«

Jetzt bemühte sich die ganze Kommune um die unangepaßten, die verrückten, aber normalen Menschen des SPK. Ein Mann zum Beispiel grinste unentwegt und irrte mit langen Schritten und vorgerecktem Hals durch die Flure. Eine Frau saß ständig mit am Tisch und kramte in ihrer Handtasche, packte einen Wecker aus, eine Armbanduhr, eine Sanduhr, einen Reisewecker, eine goldene Taschenuhr, noch einen Wecker, noch eine Sanduhr, stellte die Uhren in einer Reihe auf den Tisch, kramte weiter in der Tasche, ohne die Uhren anzusehen. Dann packte sie sie wieder ein und strahlte uns an, während es in ihrer Tasche tickte, klingelte und piepte. Sie roch nach Pipi und Ohrenschmalz, aber wir mußten nett zu ihr sein, weil sie ein Opfer des Kapitalismus war.

Benno hatte Angst vor dem grinsenden Mann mit den langen Schritten, und ich hatte Angst vor der stinkenden Frau. Ich fürchtete, sie könnte eine Bombe aus den Uhren basteln, und jedesmal, wenn einer der Wecker klingelte, dachte ich, jetzt gehen wir alle in die Luft, erst werden wir ganz schwarz, und das tut fürchterlich weh, und dann fliegen unsere Fetzen durch die Kommune, die Köpfe in die eine Ecke, die Füße in die andere. Vater hatte uns nämlich erklärt, wie das ist. Aber Simones Vater sagte, wir sollten uns lieber vor den Arbeitsbedingungen fürchten, die die Menschen in den Wahnsinn trieben.

An den Wänden hingen Plakate, eines zum Beispiel zeigte eine Bildergeschichte, in der sich ein Russe und ein Deutscher gegenüberstanden. Zwischen ihnen gähnte ein Abgrund, aber dann begannen sie zu lachen, trugen mit ihren Comic-Ärmchen Gewehre, Panzer und Bomben herbei und warfen alles in den Abgrund, und als der bis oben mit tödlichem Gerümpel gefüllt war, liefen sie sich entgegen und umarmten sich, von winzigen Comic-Herzchen umkreist wie von einem Vogelschwarm.

Simone nannte ihre Eltern nicht Mama und Papa, sondern Bine und Kenti. Das Kinderzimmer war voller Holzstücke und Nägel zum Basteln und voller Fingerfarben, auf dem Boden trockneten die Farbpfützen. In der Ecke stand der Käfig des Zwerghasen Ahab. Simone mußte ihn selbst versorgen.

»Hast du den Hasen gefüttert? Hast du den Käfig geputzt?« fragte ihre Mutter ständig, und Simone maulte: »Ja, jaa, jaaa!«

Ahab war mein Freund, ich hatte ihn so lieb! Er war feist und hatte weiche Ohren, er zitterte mit der Nase und hoppelte vor uns her durch die Flure, wenn wir ihn aus dem Käfig ließen.

Bei unserem nächsten Besuch ein paar Wochen später drang ein Gestank nach verschwitzten Socken aus der Zimmerecke mit dem Hasenkäfig, und als ich nachsah, war das Sägemehl naß und schwarz, und Ahab hatte Augen wie pumpende Murmeln und zitterte unter dem Fell, das sich klebrig über den Rippen spannte.

»Hallo Ahab«, flüsterte ich. Aber Simone hatte es eilig, mich aus dem Zimmer zu lotsen, in den Flur, wo Benno und die Kinder der anderen Gäste tobten.

Sie wollte Flaschendrehen spielen und fragte ihre Mutter: »Hast du ein paar Belohnungen für uns? Ein paar Süßigkeiten oder so, für jeden, auf den die Flasche zeigt?«

Aber Bine schlug vor: »Macht doch einfach mal folgendes: Jeder, auf den die Flasche zeigt, zieht ein Kleidungsstück aus!«

Wir setzten uns auf den Boden im Flur, und Simone schubste die leere Mineralwasserflasche in unserer Mitte an, bis sie sich wild um ihre Achse drehte. Als sie stehenblieb, zeigte der Hals auf Benno, wir kreischten, er zog sich einen Schuh aus. Langsam formte sich ein Berg aus Schuhen, dann folgten die Socken. Die Erwachsenen guckten zu.

»Unsere Kinder sind ja so frei, so gar nicht bourgeois«, sagte Kenti.

»Und haben eine so ungehemmte Einstellung zur Sexualität«, sagte Bine.

»Wie schön, daß sie Sexualität schon vor der Geschlechtsreife lernen. Dann können sie sie später konfliktfrei ausüben«, sagte meine Mutter.

»Die Kommune räumt eben auf mit der traditionellen Leibfeindlichkeit unseres Kulturbetriebes«, nickte mein Vater.

»Genau! Raus aus dem bürgerlichen Mief!« rief eine Frau im Batikhemd und schleuderte ihr Haar, bis es an Vaters Gesicht klebenblieb. Er zuppelte sich die Haare aus dem Mund, machte »Pch, Pch, Pch«, hörte aber nicht auf zu nicken.

Es wurde dunkel, der Kleiderhaufen wuchs zum Ungeheuer, mit Ohren aus roten Gummistiefeln, mit geringelten Zungen aus Ärmeln. Hinten am Tisch glühten die Zigaretten wie die Augen der Bosse auf dem Plattencover von Floh de Cologne.

Simone war als erste nackt, rasch griff sie nach einem Kissen, auf das ein roter Stern genäht war, und legte es sich in den Schoß.

Ihre Mutter ruckelte mit dem Kopf. »Warum willst du dich verstecken?« fragte sie. Ihre Stimme war hoch und atemlos. »Das ist doch was Schönes, was du da hast! Zeig doch mal!«

Simone schüttelte den Kopf.

Bine stand auf und kam zu uns rüber, sie ging in die Hocke und redete. »Jedes Mädchen hat doch eine Fotze und jede Frau auch. Das ist doch was Wunderschönes! Dafür darf man sich doch nicht schämen! Also wir Frauen hier«, jetzt wandte sich Bine den Erwachsenen am Tisch zu, »hätten gar kein Problem damit, unsere Fotzen zu zeigen, oder?«

»Nein, natürlich nicht«, antworteten die Frauen.

»Na also«, sagte Bine zu Simone, »und jetzt gib mir das Kissen!«

Sie streckte die offene Hand aus, so ähnlich wie der Kommissar im Krimi, wenn er den Räuber entwaffnen will, und man weiß nicht mehr, wer ist der Böse, der Räuber oder der Kommissar.

»Simone! Du hast doch nicht etwa Angst?«

Bines Finger zappelten, und schließlich gehorchte Simone und reichte Bine das Kissen, ohne sie dabei anzusehen.

Bine stand auf, wackelte irgendwie künstlich mit den Schultern und dem Kopf und sagte: »Da merkt man mal wieder, wie weit die Fesseln der Bourgeoisie reichen. Sogar bis zu uns, obwohl es hier doch antiautoritär zugeht.«

Simone legte die Hände zwischen die Beine und bedeckte sich, und sie wagte nicht, sich vorzubeugen, weil die Erwachsenen dann genau auf ihren nackten Po geguckt hätten.

»Das kann doch nicht wahr sein!« entfuhr es Bine.

Und Kenti rief: »Wen haben wir denn da? Eine kleine prüde Konterrevolutionärin? Simone, Simone, so geht das nicht, ts, ts, ts.«

Simone senkte den Kopf, aber Kenti stand auf und sagte sehr laut: »Schluß jetzt mit diesen Zicken! Zeig uns endlich dein Fötzchen! Los, mach die Beine auf!«

Simone nahm langsam die Hände aus dem Schoß.

»Hmm«, sagte Kenti, »das reicht aber nicht. Du stehst jetzt auf und zeigst allen dein prüdes kleines Fötzchen und deinen bürgerlichen Arsch.«

Irgend jemand am Tisch der Erwachsenen kicherte.

Kenti nahm Simone am Arm und riß sie hoch, sie begann zu weinen. »Und jetzt geh mal ein bißchen auf und ab.«

Simone ging schluchzend hin und her, sie ähnelte einem Streichholzmännchen, ihre Ellenbogen waren spitz und standen ab wie die Comic-Ärmchen in der Bildergeschichte von dem Russen und dem Deutschen, aber keine Herzchen kamen angeflogen und keiner umarmte Simone auf einem Abgrund voll Panzer und Bomben. Zwei, drei Erwachsene lachten, jemand klatschte.

»Und jetzt faß mal dein Fötzchen an«, sagte Kenti, »und streichle dich, damit du spürst, wie schön das ist!«

Simone schluchzte noch lauter. Da ging Kenti zu ihr, nahm ihre Hand, die herumschlackerte wie bei einer Stoffpuppe, und führte sie zwischen ihre Beine und machte seine Stimme weich und sagte: »Ei, wie schön, ei, wie schön, ei ei ei!«

Aber Simone weinte, und ich mußte zittern und warf einen raschen Blick auf Benno, er hatte einen der herumliegenden Schuhe in die Hand genommen und umklammerte die Schnalle, die Knöchel waren weiß. Dann sah ich zu meinen Eltern und dachte, die könnten doch schnell mit uns abhauen, aber sie guckten nicht zu mir, Mutter rauchte und Vater trank seinen Wein.

»Na also, geht doch«, sagte Kenti. »Jetzt könnt ihr weiterspielen.«

Simone stieß die Flasche an. Das genoppte Glas sah aus wie durchsichtige Gänsehaut, die Flasche torkelte und schlappte über den Teppich, zwei Drehungen, dann war der nächste dran, blickte erstarrt in die Mündung, bevor er sich auszog.

Es dauerte bis in die Nacht, bis alle nackt waren. Wir zerfledderten das Kleidermonster und suchten unsere Höschen, Socken und Pullover. Ich ging noch einmal zu meinem Freund Ahab in Simones Zimmer. Er lag reglos auf dem schwarzen Sägemehl. Ich streichelte ihn und erschrak – er war so hart wie die Flasche geworden, er war gestorben wie der liebe Gott.

Auf dem Nachhauseweg im Auto drehte sich Mutter zu uns um.

»Bine hat den Hasen bewußt verhungern lassen, damit Simone Verantwortungsbewußtsein lernt, denn schließlich war es Simones Hase, und sie hätte für ihn sorgen müssen. Jetzt weiß sie, was geschieht, wenn man seiner Verantwortung nicht nachkommt. Das ist ein Lernprozeß. Genau wie der lockere, freiheitliche Umgang mit Sexualität, auch den muß Simone noch lernen, und ich denke, da ist sie heute einen guten Schritt weitergekommen. Sie muß eben lernen, wie schön es ist, ein Fötzchen zu haben und sich da anzufassen und die Lust nicht länger zu leugnen. Denkt doch mal an ›Mensch Mädchen!‹.«

»Mensch Mädchen!« war der Titel einer Schallplatte vom Berliner Gripstheater. Ich legte sie immer dann auf, wenn ich Benno ärgern wollte; er mochte die Platte nicht, weil der Junge in der Geschichte ein Idiot war. Die Mädchen schlugen ihm eine blutige Nase, beschütteten ihn mit Mehl und klauten seinen Roller. Dann sah er ein, daß Mädchen genauso schlau wie Jungen sind, und wurde in ihren geheimen

Club der geheimen Mond- und Sternfahrer aufgenommen. Und dann unterhielten sie sich plötzlich über Pimmel und Mösen. Die Kinder auf der Schallplatte waren nämlich ganz anders als meine Freundin Simone, sie weinten nicht, wenn sie nackt sein sollten, sondern sie blieben ruhig und normal und sprachen wie sonst.

»Mit meinem Pimmel kann ich meinen Namen in den Schnee pinkeln«, sagte der Junge zu den Mädchen, »das könnt ihr nicht!«

»Na und? Und was machst du im Sommer?« lachten die Mädchen.

Eins der Mädchen fragte seine Freundin: »Meinst du wirklich, die darf man anfassen, die Möse?«

»Klar die gehört doch dir!«

»Ist doch deine, Mensch!«

»Macht doch Spaß!«

Der Junge bekam plötzlich eine Klassenstreberstimme: »Na, wenn eine Möse was Schönes ist, das Spaß macht, und ein Pimmel was Schönes ist, das Spaß macht, dann brauchen wir uns doch gar nicht zu streiten! Einverstanden?«

»Klar!« riefen alle.

»Prima, dann können wir jetzt zum Mond fliegen!«

»Auf zum Mond!«

Ich wußte nicht, ob sich auch echte Astronauten vor dem Raketenstart über Pimmel und Mösen unterhielten und darüber, ob man sie anfassen durfte und ob Neil Armstrong seinen Namen in den Mondstaub gepinkelt hatte. Dann dachte ich an Simones Tränen und an ihre Streichholzarme, und ich wurde zittrig und nahm schnell eine Schere und zog einen Kratzer in die Platte.

Das half aber nicht, meine Eltern waren selbst wie eine Schallplatte mit einem Kratzer, sie sprachen ständig von Pimmeln und Mösen. Sie sagten, das würde uns befreien, und es würde nicht reichen, davon nur zu hören, wir müßten es auch sehen.

Eines Tages riefen sie mich und Benno ins Schlafzimmer. Sie saßen nackt auf dem Ehebett.

»Kommt doch mal, Kinder«, sagte Mutter.

Wir sprangen aufs Bett und hüpften Trampolin, aber Mutter sagte, wir sollten uns hinsetzen und zugucken.

Sie griff Vater an den Schwanz und rieb ihn, bis sich etwas aus der Haut schob, das aussah wie ein fleischiger roter Hut.

»Also, das ist eine Erektion, das haben wir euch ja schon mal erklärt, und das macht besonders viel Spaß! Faß doch mal an, Kitty! Na los, du brauchst keine Angst zu haben, das ist alles schön!«

Ich schüttelte den Kopf. Vater machte ein blödes Grinsgesicht.

»Dann faß doch statt dessen Bennos Schwänzlein an!« schlug Mutter vor, aber Benno begann sofort zu schreien.

»Ach Benno, du kleiner Spießer!« Mutter lachte auf, es klang fremd und zu laut. »Versteh doch, du mußt nicht länger die Prüderie deiner Eltern ausagieren, wir haben uns nämlich davon befreit. Du darfst ganz locker sein.« Sie wandte sich an Vater: »Stimmt doch Borsalino, oder? Wir sind genauso modern wie die Genossen im Kursbuch 17.«

Vater grinste, er war ganz rot im Gesicht. Mutter legte sich auf den Rücken und spreizte die Beine, wir sahen ihre roten Fleischlappen zwischen dem blonden Schamhaar. Benno zuckte zurück und kroch bis ans äußerste Ende des Bettes.

»Schaut euch meine Möse an«, sagte sie, »die kitzelt so toll! Willst du die mal anfassen, Benno?«

Benno brachte keinen Ton heraus und starrte ihr zwischen die Beine. Er hatte die Bettdecke in den Arm genommen. Seine Finger drehten die ganze Zeit an den Knöpfen des Bezuges. Die Stoffhülsen der Metallknöpfe waren zerschlissen, die Knöpfe blitzten wie winzige Messerklingen.

»Na, dann eben beim nächsten Mal«, sagte Mutter.

»Komm, Borsalino, fick mich jetzt. Klären wir die Kinder richtig auf.«

Vater ließ den roten Fleischhut zwischen Mutters Schenkeln verschwinden. Dann sah es so aus, als würden sich zwei Nacktschnecken ineinander verkriechen. Das war das Ekligste, was ich je gesehen hatte.

Mutter begann zu hecheln: »Guckt mal, Kinder, so werden die Babys gemacht, genauso haben wir euch gemacht!«

Die Eltern glitten vorbei, ich wurde ein Karussell aus Häuten. Schnecken klebten auf mir und fraßen mich auf, sie fraßen sich durch meine Ohren, während sich alles drehte, sie stöhnten und jammerten und krochen in mein Gehirn, und dort fraßen sie alle Gedanken weg und den Sinn, bis er löchrig wurde und vom Stengel fiel. Ich verstand nicht mehr, warum es überhaupt Tapeten gab und Eltern, Häuser und Bäume. Als der Sinn verschwunden war, krochen sie durch meine Augenhöhlen und ließen nur schleimige Bilder übrig. Dann kamen sie in mein Herz und machten es schmierig und kalt. Und schließlich war auch mein Herz verschwunden, und ich spürte, wie an seiner Stelle eine fahle Schneckenspur trocknete, ein dürres Blatt aus Schleim, das augenblicklich zerbrach. Plötzlich wollten die Schnecken alle auf einmal aus meinem Körper heraus, und ich kotzte neben meine fickenden Eltern aufs Bett.

»Verdammt noch mal, Kitty!« rief Mutter. »Kannst du dich nicht beherrschen!«

Vater zog sich aus Mutter zurück, der rote Fleischhut schrumpfte ein und verschwand zwischen gekräuselten Hautfalten. Vater setzte sich auf.

»Mußt du uns alles verderben?« fragte er.

»Das hast du doch mit Absicht gemacht, Kitty«, schimpfte Mutter, »weil du neidisch bist! Weil dein Vater mich fickt und nicht dich! Und dabei war ich kurz vor dem Orgasmus, du ödipales Luder!«

Benno begann zu schluchzen.

»Jetzt sieh, was du angerichtet hast, Kitty«, schimpfte Mutter, »jetzt hast du auch noch den Jungen erschreckt!«

Sie wollte ihn in den Arm nehmen, aber Benno schlug um sich. Ich kotzte einen zweiten Schwall auf die Bettdecke, und da sprang Mutter auf, nahm mich an den Haaren, drückte mein Gesicht in die Kotze und schrie: »Deine Kotze kannst du selbst wegmachen! Glaub ja nicht, daß du meine Sexualität unterdrücken kannst!«

Dann stand sie am Bettrand und sah zu, wie ich den Bettbezug abzog, zwei Knöpfe hatte Benno schon abgerissen. Sie war blaß, ihr Kinn hatte bebende Krater bekommen, sie hielt sich den linken Unterarm vor die Brüste, mit der rechten Hand tastete sie nach den Zigaretten. Vater hatte den Blick gesenkt, er kaute am Daumennagel.

Ich guckte aus dem Fenster und sah die Bäume im Garten zittern, sie weinten, dann erstarrten sie.

Im Herbstwind begannen sie wieder zu flüstern. Überall hingen jetzt Fahndungsplakate, die schwarzumrahmten Gesichter starrten mich an wie aus einem Setzkasten. Und während die Blätter im Rinnstein dunkel wurden und die Äste kahl, kidnappten die Terroristen einen Boß. Sie hielten sich an die Lieder von Floh de Cologne, ließen die Bosse wie Brathähnchen winseln, zerschlugen ihnen mit strahlenden Raketenfäusten das Gesicht, schlitzten ihnen die Bäuche auf und zogen Därme voll schreiender Arbeiter heraus.

Dauernd klingelte das Telefon, und dauernd mußten wir sagen: »Borsalino von Baguette erreichen Sie in der Kanzlei.«

Mutter wurde immer wütender.

»Dein Vater«, sagte sie, »der läßt sich von Bodo Streicher die besten Fälle wegschnappen!«

Bodo Streicher vertrat die allergefährlichsten Terroristen, aber Vater hatte nur eine ganz kleine Terroristin mit fettigen dünnen Haaren abbekommen.

»Na«, sagte Mutter spitz, wenn Vater spätabends nach Hause kam, »warst du mal wieder bei deiner Terroristin?«

Er strich sich durchs Gesicht, rieb sich die Augen und gähnte. »Das ist ja noch nicht mal eine richtige Terroristin«, seufzte er. »Die wollte ja bloß eine werden. Spielt sich aber auf, als hätte sie Ponto persönlich erschossen.«

Einmal weinte er sogar. »Diese kleine gemeine Terroristin!« schluchzte er. »Hat mich ein kapitalistisches Arschloch genannt!«

Ich und Benno nahmen ihn in den Arm.

»Das hat sie bestimmt nicht so gemeint«, sagte Mutter.

»Doch! Und sie sagt, ich wäre ein Bourgeois und ein mieser Handlanger des Schweinesystems! Nur weil ich von Baguette heiße! Das hätte ich nie von ihr gedacht, daß sie so gemein werden kann!«

»Dann gib den Fall doch ab«, sagte Mutter.

»Nein«, heulte Vater, »ich muß doch den Rechtsstaat verteidigen!«

Vater saß jetzt nur noch auf dem Sofa, in der Mondlandschaft. Mich und Benno beachtete er gar nicht, obwohl wir zu seinen Füßen kauerten. Er hätte sein Plädoyer üben müssen, statt dessen starrte er vor sich hin und rauchte eine kubanische Zigarre nach der anderen. Die Stummel ließ er nicht ausglühen, sondern stampfte sie in den Aschenbecher, bis sie in braune Blätter zerfielen. Schließlich zündete er sich die letzte an.

»Na gut, kommt her«, sagte er, »dann spielen wir eben eine Runde.«

Er steckte sich die Havanna zwischen die Lippen.

»Kitty, leg diff hin«, zischte er, die Havanna war seinen Worten im Weg, ich mußte lachen.

»Waf gibf da fu achen?«

Er drehte mich auf den Rücken und setzte sich auf meinen Bauch. Benno quietschte und setzte sich hinter ihn, auf meine Oberschenkel.

»Au!« rief ich. »Ihr seid doch viel zu schwer!«

»Iff daffte, ihr follt fpielen«, knurrte Vater, die Zigarre wackelte. Dann preßte er meine Handgelenke auf den Boden und begann, sich rhythmisch zu bewegen, vor und zurück.

»Hoppe Hoppe Eiter!« rief er. »Hoppe Hoppe Eiter!«

Er hatte ein rotes Gesicht, ich sah die Glut der Zigarre und die Tischbeine und Vaters Hosenlatz, und plötzlich verschwand aus allem der Sinn, und ich wußte nicht, warum es überhaupt Zigarren gab und Tische und Hosenlätze und mich, aber Vater grinste die ganze Zeit, er hielt die Zigarre mit den Zähnen fest.

»Au!« schrie ich. »Meine Handgelenke!«

»Hoppe Hoppe Eiter!« keuchte er. »Wenn er fällt, dann feit er!«

Da fielen mir die Bäume wieder ein und ihr Zauberspruch von der Gnade, der Schutzschicht aus unsichtbarer Rinde, die hart wurde, wenn man sie brauchte.

»Ich bitte um Gnade!« schrie ich.

Und da geschah es. Über meine Haut legte sich erst ein dünner Film, der nach Moos roch und kurz darauf krachend hart wurde. So hart, daß ich gar nichts mehr spürte, das leise Schwanken meiner Zweige trug mich fort. Meine Gedanken waren leicht wie Blätter, das Licht schien hindurch, alles war aufgelockert und groß, und ich spürte den Wind und wie er mich bog. Und der Sinn kam zurück, er sproß mir aus jeder Astgabel, blühte und duftete lieb.

Ich rannte zu den anderen Bäumen in den Garten und wäre vor Aufregung fast über meine Wurzeln gestolpert.

»Hallo liebe Freunde!« rauschte ich.

»Hallo Kitty!« sagten die Bäume und wandten mir ihre Äste zu, und der Essigbaum machte einen Luftsprung, daß die Erde an seinen Wurzeln nur so flog.

»Wie schön, daß du wieder da bist, liebe Freundin! Ach, wie haben wir dich vermißt!«

»Das ist ja unglaublich!« rief ich. »Das ist ja ganz unglaublich! Die Gnade hat funktioniert! Danke, liebe Bäume!«

Die Bäume winkten ab; in Wahrheit waren sie geschmeichelt, aber sie wollten es nicht zugeben. »Also hör mal, Kitty, das war doch selbstverständlich!«

Dann drehten sie sich weg und sprachen miteinander. Ich konnte sie nicht verstehen, spürte aber, daß es um mich ging. Die Kiefer knarrte, als wollte sie sich räuspern. »Hör mal, Kitty ... da du ja nun die Gnade erfahren hast und gewissermaßen zu uns gehörst, wollen wir dir etwas verraten. Es ist ein großes Geheimnis, du mußt es für dich behalten.«

»Ein Geheimnis? Was ist es denn?«

»Nun«, wisperte die Birke, »es ist ein geheimer Ort. Ein Ort, zu dem die Menschen keinen Zutritt haben. Nur du wirst ihn je betreten.«

»Oh! Wie heißt denn der Ort?«

Der Wind fuhr kühl und heftig durch die Zweige, und die Bäume raunten wie aus einem Mund: »Nebelsee!«

»Nebelsee ...«, sagte ich. »Und wie komme ich dahin?«

»Du mußt immer geradeaus gehen, Kitty. Nicht nach links und rechts gucken. Und auf keinen Fall darfst du dich umdrehen.«

In der Nacht schrak ich auf. Im Dunkeln sah die Tapete grau aus, aber genau vor meinen Augen schimmerte der Spalt zwischen zwei Bahnen. Er wurde heller, bis schließlich der Staub in den Lichtstrahlen tanzte. Die Tapetenbahnen begannen sich aufzurollen, ich sah die Flecken der Spachtelmasse auf ihrer Rückseite. Dann standen die aufgerollten Tapeten wie Torpfosten da. Dazwischen strahlte eine Landschaft. Ich schlug die Decke zurück, ich stand auf und ging hinein. Ich guckte nicht nach links und rechts, und ich drehte mich nicht um, genau wie die Bäume gesagt hatten. Es gab keine Menschen und keinen Weg, nur Blumen, so groß wie Sonnenschirme. Ihre Stengel hatten violette Flecken, die Blüten waren klein und weiß, die Blätter gefiedert. Die

Blumen und Bäume waren so deutlich, als hätte sie jemand mit einem gespitzten Buntstift umrahmt. Die gelben Fledermäuse auf meinem Schlafanzug regten sich, krabbelten mir an den Armen und Beinen herunter und schwärmten in die Wälder aus. Der See glänzte wie ein glückliches Auge. Aus dem Wasser kam ein Gesang.

»Komm zu mir, Kitty!«

Ein Gestrüpp aus Birken, Schilf und Weiden umgab den See, langsam kämpfte ich mich vor. Das Wasser war still und klar, ich konnte meinen Blick nicht lösen, ich wollte unbedingt zum Wasser. Meine Augen brannten schon, und schließlich hielt ich es nicht mehr aus. Ich schloß sie für den Bruchteil einer Sekunde, und als ich sie wieder aufschlug, sah ich nur noch die graue Tapete.

Irgend etwas war in der Nacht auch mit Vater geschehen, er umkreiste sockfuß den Frühstückstisch und übte endlich sein Plädoyer.

»In diesem Prozeß geht es um das Recht auf Verteidigung. Um den Kern dessen, was Verteidigung ausmacht. Um die Grenzen der Verteidigung. Es geht um den Prozeß, der der Verteidigung gemacht wird. Um die elementare Freiheit eines jeden, sich frei verteidigen zu können.«

Er betrachtete sein Spiegelbild in der Fensterscheibe, machte die Augen schmal, krümmte die Finger und wog seine Hände in der Luft. Es war die gleiche Geste, mit der er mir manchmal vorführte, wie mein Babyarsch in seine Hand gepaßt hatte.

»Papa«, sagte ich, »deine Hand!«

»Was ist mit der Hand?«

»Wenn du sie so bewegst, sieht es aus, als läge ein Babyarsch darin.«

Vater blieb stehen und betrachtete seine Hände.

»Na und?« sagte er schließlich. »Das weiß doch der Staatsanwalt nicht.«

»Aber vielleicht mußt du lachen, wenn du daran denkst.«

»Ach Kitty«, seufzte Vater, »lachen muß ich bestimmt nicht.«

Und da behielt er recht.

Eines Tages kündigte sich Bodo Streicher an. Alle waren aufgeregt, Mutter buk einen Frankfurter Kranz, Isabel putzte, und Vater suchte überall nach kubanischen Zigarren, um Bodo Streicher eine anzubieten, aber es waren keine mehr da.

Ich überlegte, was ich Bodo Streicher sagen sollte, wenn er bemerkte, daß alles so sauber bei uns war. Das Wort Putzfrau machte Mutter ja wütend, sollte ich lieber sagen, es ist so sauber, weil unsere chilenische Kommunistin hier war?

Aber Bodo Streicher sagte nichts. Vater hatte sich schick gemacht, er hatte eine besonders alte Jeans und besonders abgelatschte Schuhe angezogen, und Mutter verkniff sich das Rauchen. Sie guckte traurig auf die Knöpfe von Bodo Streichers Weste und auf seine gestreifte Krawatte aus Rohseide. Ich fand meinen Vater trotzdem schöner, mit seiner blassen Haut und den feinen Kerben am Mund; Bodo Streicher hatte moppelige Wangen und einen ausgewachsenen Topfhaarschnitt. Der Tisch war mit Porzellan von KPM gedeckt. Mutter legte Bodo Streicher ein Stück Frankfurter Kranz auf den Teller, der Kuchen kippte, die oberste Schicht rutschte ab, Mutter wurde rot und gab ihm ein neues Stück auf einem neuen Teller. Vater vergaß vor lauter Aufregung sein schlechtes Benehmen. Er saß gerade, er schloß beim Kauen den Mund, er pupste nicht.

»Es ist ja nicht so, daß ich es nicht machen will, Bodo«, sagte er, »aber es ist zu gefährlich. Wenn wir erwischt werden, gefährden wir den Rechtsstaat.«

Bodo Streicher hatte das Kuchenstück schon aufgegessen. Noch während er kaute, hielt er Mutter den leeren Teller hin. Sie gab ihm noch ein Stück. Die gehackten Mandeln auf der Buttercreme waren frisch geröstet und dufteten. Auf meinem Teller lag auch ein Stück, aber ich traute mich nicht zu essen, weil ich nicht bemerkt und rausgeschickt werden wollte wie Benno, der sich von Tag zu Tag seltsamer aufführte, er kreischte herum, warf Dinge an die Wand und zog sich vor Gästen die Hose herunter, oder er schlug und kratzte sie, um schließlich in schrilles Gelächter auszubrechen. Vater sagte dann, Benno sei eben besonders frei von bürgerlichen Zwängen, aber heute hatte Mutter ihn trotzdem sicherheitshalber zu Oma Elsa gebracht. Ich betrachtete den gehäkelten Rand der Tischdecke, die winzigen Maschen, die zusammenliefen wie Wolkensäume, sich teilten und die Luft umkreisten.

»Der Rechtsstaat!« rief Bodo Streicher mit vollem Mund. »Der Rechtsstaat ist doch nur das ideologische Schild des kapitalistischen Unterdrückungsapparates! Ihn gilt es zu zerschlagen.«

»Du hast ja recht«, sagte Vater, »aber solange der Rechtsstaat nicht zerschlagen ist, muß man ihn im Kampf gegen das System benutzen. Das ist die Dialektik des Rechtsstaates. Man kann ihn nur zerschlagen, wenn man sich seiner Mittel bedient. Und diese Mittel wollen wir doch so lange wie möglich zur Verfügung haben.«

Bodo Streicher beugte sich quer über den Tisch und nahm sich ein neues Stück Kuchen. Als es vom Tortenheber auf den Teller klatschte, zerfiel es in drei Stücke. Bodo Streicher streifte mit der Gabel die Mandeln vom Kuchen, bis sie sich auf der Gabel häuften. Dann steckte er die Gabel in den Mund. Anschließend stach er sie in den ramponierten Kuchen, hob eins der Stücke hoch und fuchtelte damit herum, während er sprach.

»Grundsätzlich ist das richtig, Borsalino. Aber man darf sich nicht von der Logik des Systems in der Verfolgung des Klassenkampfes behindern lassen. In dem Augenblick, wo der Rechtsstaat den Klassenkampf behindert, muß man ihn bekämpfen. Und dieser Punkt ist jetzt erreicht. Man muß dem Rechtsstaat die Maske vom Gesicht reißen. Wir erwarten deinen Beitrag.«

»Aber wenn das rauskommt!« sagte Vater. »Wenn das rauskommt!«

»Dann ist das der Anlaß zu einer allgemeinen Agitation, diesen unterdrückerischen Kampf zu enttarnen und den Klassenkampf manifest zu machen!« rief Bodo Streicher.

Ein Stückchen Frankfurter Kranz flog ihm wie eine Boeing aus dem Mund und landete auf der Tischdecke. Mutter legte schnell ihre Serviette darüber, auf die ein blaues Karomuster gestickt war.

»Ich bin doch dabei«, sagte Vater.

»Nein«, sagte Bodo Streicher, »du hast dich schon zwei Mal geweigert. Ein drittes Mal lassen wir das nicht durchgehen.«

Vaters Hände begannen zu zittern. Er versteckte sie unter dem Tisch.

Bodo Streicher beugte sich vor und flüsterte: »Willst du verhindern, daß unsere Kämpfer wieder die Freiheit erlangen?«

»Nein, natürlich nicht«, sagte Vater leise. Er hatte den Blick gesenkt.

Ich hielt es nicht mehr aus und tauchte meine Kuchengabel in den Frankfurter Kranz auf meinem Teller. Die Gabel quietschte auf dem Porzellan. Bodo Streicher wandte den Kopf.

»Was macht denn die Kleine hier?« schnauzte er.

»Kitty, geh spielen«, sagte Mutter.

Als der erste Schnee fiel, schmiß die kleine Terroristin mit den fettigen Haaren Vater raus. Sie sagte, daß er ein bourgeoises Arschloch wäre, und nahm sich einen anderen Anwalt.

Vater wollte kein Terroranwalt mehr sein.

»Soll doch der Streicher auch diesen Fall übernehmen«, schimpfte er. »Der mit seinen bourgeoisen Westen! Der kriegt ja den Hals nicht voll genug! Der überfrißt sich ja schier mit Terroristen! Aber den Sartre, den habe ich nach Stammheim gebracht. Ich mit meinem guten Französisch! Und wer dankt mir das?«

»Du kannst doch deine Kanzlei nicht einfach aufgeben, Borsalino«, sagte Mutter. Sie ließ ihre Zigarettenkippe im Aschenbecher mit der Drehscheibe verschwinden. Es gab ein schrilles, schlurfendes Geräusch, für eine Sekunde stieg der Geruch nach kalter Asche auf. Dann nahm sie Vaters Hand, die so blaß war, daß sie nur noch aus blauen Adern zu bestehen schien.

Vater entzog sich. »Und ob ich das kann! Sollen die doch ohne mich durch die Institutionen marschieren! Faschistische Arschlöcher! Ich steige aus!«

Vater verkaufte seine Dow Chemical und kaufte einen verfallenen Bauernhof in Schreybau im Landkreis Lüchow-Dannenberg. Dort, sagte er, könne man gegen Atomkraft kämpfen und außerdem alte Genossen besuchen und auch ein bißchen als Anwalt arbeiten.

Es kamen Möbelmänner, räumten die Schränke aus, rollten die Teppiche ein, trugen alles in einen großen Lastwagen und fuhren davon.

Als letztes verabschiedete ich mich von den Bäumen. Die schwarzen Äste standen wie Schrift vor dem Winterhimmel. In den Astgabeln spreizten sich Flächen aus Eis, als hätten die Bäume Schwimmhäute bekommen.

»Können die Bäume in Schreybau genauso sprechen wie ihr?«

»Ja«, sagten die Bäume, »du wirst sehen. Wir schicken dir einen Gruß, der durch die Alleen an den Straßen weht, durch alle Parkanlagen und durch alle Wälder hindurch.«

Die Kiefer schwankte. Ich senkte den Blick.

»Wie wird mein Leben da werden?«
»Wunderschön, liebe Kitty. Wunderschön.«
Ich sah die Zweige der Birke entlang. Zierlich schrieben sie in den Himmel: »Wir sind so traurig, daß du gehst.«
»Bleiben wir Freunde?«
»Für immer und immer. Leb wohl, liebe Kitty.«
»Lebt wohl, liebe Bäume.«

Schierling

An den Seiten der Landstraße hatte sich der Schnee zu Mauern getürmt. Hin und wieder gaben sie den Blick auf die Felder frei, aus denen sich einzelne Bäume streckten wie Zungen mit weißem Belag. Unsere Reifen knirschten, hinter jeder Biegung vermuteten wir das Ziel. Statt dessen tat sich abermals nur ein weiteres Stück Bundesstraße auf. Mutter aschte aus dem Fensterspalt, der Fahrtwind riß die Glut aus der Zigarette. Sie nahm den Zigarettenanzünder und preßte ihre ausgefranste Gitane ans glühende Metall. Benno mußte husten. Zwischendurch fragte er:

»Wann sind wir denn da?«

Vater sagte: »Gleich. Gleich sind wir da.«

»Wann ist gleich?« wollte Benno wissen, aber Vater war zu müde für eine zweite Antwort.

»Brems doch, Borsalino«, schrie Mutter plötzlich, »da kommt schon wieder eine Kurve!«

Vater fuhr geradeaus weiter. Es war nur eine jäh verdichtete Wand aus Flocken, die wir blind durchbrachen.

»Ich kenne die Strecke besser als du«, herrschte Vater sie an.

Und Mutter fauchte: »Dann sag uns doch, wann wir da sind.«

»Gleich«, sagte Vater, »gleich sind wir da.«

Schreybau, unsere neue Heimat, war ein Rundlingsdorf, die Höfe mit ihren Zufahrtswegen standen wie Strahlen vom Dorfplatz ab. Nur der Weg zu unserem Hof war dunkel. Vater war schon ein paarmal dort gewesen, um die Renovierung zu organisieren, aber er hatte nicht viel geschafft. Das zierliche Fachwerk reichte bis unter den Giebel, es sah aus wie ein brüchiges Netz, aus dem die gelockerten Klinker quollen. Die Ziegel lösten sich vom Dach wie Schuppen von einem alten Fisch. Das Tennentor, durch das früher die Ernte eingefahren wurde, war schon halb versunken, im Schnee oder in der Erde, am unteren Rand war das Holz zerfressen und schwarz. Den Balken über dem Tor zierte ein eingeschnitzter Spruch, ich entzifferte »Gott« und »Ehre«, aber Vater hatte schon mit roter Ölfarbe »atomwaffenfreie Zone« darübergeschrieben.

Mutter sagte nichts.

Der Möbelwagen wartete mit geöffneten Türen auf dem Hof, und wir sahen, daß alle Zimmerpflanzen während der langen Fahrt erfroren waren, sie streckten uns ihre verdrehten Zweige entgegen. Vater winkte den Möbelmännern, die in der Fahrerkabine saßen und rauchten, dann stapfte er auf das Haus zu und öffnete eine Seitentür.

»Guckt mal, eine echte Klöndör«, rief er und ließ den oberen Teil ein paarmal hin und her schwingen, bevor er auch den unteren Teil öffnete, und ausnahmsweise war er ein Gentleman, machte eine ausladende Handbewegung und ließ Mutter vorangehen. Als erstes knallte sie im Dunkeln gegen den Betonmischer.

Im Haus hing ein Geruch nach Zement und fauligem Stroh.

»Wartet mal, wartet mal«, murmelte Vater, kniete sich nieder und hantierte in einer Ecke, bis ein Halogenstrahler seinen grellen Spot in den Dachstuhl warf. Die Räume hatten Holzdecken, aber die Bretter waren zerbrochen und ragten splittrig in die Leere, die Balken schwebten frei durch die Finsternis. Herab hingen Klumpen aus Spinnengewebe.

»Das habe ich ganz vergessen euch zu sagen. Die Handwerker sind noch nicht ganz fertig«, sagte Vater.

Mutter sagte immer noch nichts.

In den Ställen seitlich der Tenne lag noch Mist, auf dem offenen Dachboden staubte das Stroh und Heu von Jahrzehnten vor sich hin. Die Möbelmänner stellten alles in die große Tenne, dann fuhren sie weg. Wir schleppten die Umzugskisten in die eine Ecke, um die andere mit Schneeschaufeln vom gröbsten Dreck zu reinigen. Mutter ließ sich kaum von den Staubwolken unterscheiden, die wir aufwirbelten, ihr Haar verschwand unter Schleiern aus Spinnweben. Winzige Strohsplitter flogen uns in die Nasen und Münder. Zwischendurch lief ich hinaus, um zu gucken, ob Benno noch da war oder ob er sich im Dunkeln verirrt hatte. Er klopfte Schneebälle an die Fachwerkwand und spielte Hausverputzen, aus der Nase hing ihm ein Faden. Darin schwebten Strohsplitter, wie bei einem Mobile. Den Dreck aus der Tenne fuhren Mutter und ich mit der Schubkarre auf den Misthaufen, auf den ein weiterer Halogenstrahler gerichtet war, im Lichtschein wurde der Staub auf dem Schnee zum Silberschatten. Unterdessen versuchte Vater die Kachelöfen anzuheizen, aber sie qualmten nur, und schließlich gab er auf und lieh sich vom Nachbarn eine Infrarotlampe, die eigentlich für Ferkel gedacht war, damit sie im Winter nicht erfrieren. Die Lampe hängte er über unser Matratzenlager in der Kammer hinter der Küche, in der nach dem Krieg die Flüchtlinge aus Pommern und Ostpreußen untergebracht worden waren. Es war der einzige Raum mit einer heilen Zimmerdecke.

Nachts schrak ich hoch. Das Licht der Ferkellampe tauchte alles in rotes Licht. Auch Mutter war wach, sie lag auf dem Rücken und rauchte, wie eine blutige Wolke kroch der Rauch aus ihrem Mund. Vater schnarchte, Benno war verschwunden. Ich tappte durchs Haus und fand ihn im Bad. Er hatte die Arme an den Körper gepreßt und rührte sich nicht.

»Was ist denn?« fragte ich, aber er riß nur die Augen auf. Ich sah mich um. Die Badezimmerwände waren schwarz lackiert, der Lack blätterte ab und gab den Blick auf den Lehmputz frei. Die Lacksplitter lagen überall herum; sie hatten sich mit den Lehmbrocken zu einem Brei vermengt, der in den Ecken zu löchrigen Haufen getrocknet war. Aus den Löchern krochen Spinnen, blitzten mit den Äuglein und umkreisten Bennos Füße. Schließlich begann er zu weinen. Ich hob ihn hoch und schleppte ihn zurück in die Flüchtlingskammer, aus der die roten Schwaden drangen. Er lief auf Mutter zu, sie aber rauchte weiter, ohne ihn anzusehen, und da schlief Benno in meinen Armen ein.

Am Morgen flitzten die Spinnen durch die leere Badewanne und versuchten, die glatten Emaillewände hochzuklettern. Sie schafften es nur bis auf halbe Höhe, dann rutschten sie ab. Manche hatten schon aufgegeben und kauerten auf dem kalten weißen Boden. Ich ließ sie auf eine Zeitung kriechen und trug sie nach draußen. Ich war aufgeregt, weil ich heute in meine neue Schule sollte, aber Mutter konnte nicht gleich aufstehen, weil ihr der Rücken wehtat, und wir kamen viel zu spät, der Unterricht war längst vorbei. Im Eingangsbereich der Lüchower Schule betete eine Steinmaria die Namen der Schüler an, die im Krieg gefallen waren. Unter den Namen war ein großes Eisernes Kreuz ins Eichenholz geschnitzt, darüber war ein Spruch zu lesen: »Sie starben für uns, sie leben in unserem Herzen. 1914–1918«. Ich zupfte Mutter am Ärmel: »Mama, guck mal, ein reaktionäres Kriegerdenkmal!«

Sie sah nicht hin, sondern drückte ihre Zigarette in die sandgefüllte Schale am Eingang, in der zahllose Kippen steckten, als würden lauter kleine Finger von unten durch den Sand greifen, und zog mich an der Hand ins Sekretariat. Sie hatte sich eine elfenbeinfarbene Bluse angezogen und die blonden Haare hochgesteckt, sie sah elegant aus, nur ihre Nasenlöcher waren schwarz, nach dem vielen Wühlen im Dreck. Ich hatte kein Zeugnis dabei, es lag auf dem Grund einer Umzugskiste irgendwo auf der dreckigen Tenne, aber Mutter gab sich Mühe, sie ließ ihre grünen Augen strahlen und die Stimme kieksen, und ich hoffte, der Direktor würde ihre schwarzen Nasenlöcher nicht bemerken. Er trug eine Krawatte mit einem Muster aus Cabriolets, in denen rosa Schweinchen saßen und bunte Fahnen schwenkten. Sein Haar sah aus wie aus Kreide gemacht, rauh und weiß, er hatte es seitwärts über die Glatze gekämmt.

»Eigentlich bin ich ja Stadtplanerin«, sagte Mutter. »Aber jetzt renoviere ich ein Bauernhaus.«

Sie lachte und legte den Kopf in den Nacken. Die Nasenlöcher, dachte ich, die Nasenlöcher! Sie klafften, ich hielt die Luft an. Aber der Direktor guckte mir in die Augen, lächelte und nahm mich in die dritte Klasse auf. Als wir die Schule wieder verließen, betrachtete ich noch einmal die betende Maria. Sie rührte sich nicht, doch als ich weiterging, spürte ich, wie sie ihren Steinkopf von der Namenstafel der gefallenen Schüler abwandte und mir nachsah. Rasch drehte ich mich um, aber sie war schneller.

»Hallo Maria«, flüsterte ich, »ich hätte dich fast erwischt.«

»Ich lasse mich nie erwischen, Kitty«, hauchte sie, »das ist mein steinernes Prinzip. Stell dir mal vor, was hier los wäre! Ihr könntet die Schule dichtmachen! Das Wendland würde zum Wallfahrtsort werden, und dann würden alle durcheinanderrennen, die Katholiken würden nach Gorleben ziehen, die Atomkraftgegner würden mich umlagern, und am Ende würde keiner mehr wissen, wer wer ist. Nein, da halte ich lieber still. Willst du meine Freundin sein?«

»Aber du bist doch ein reaktionäres Kriegerdenkmal«, flüsterte ich.

»Blödsinn«, hauchte Maria, »ich passe auf dich auf.«

»Auf mich?« fragte ich. »Warum denn?«

Maria lächelte und schwieg, und ich war glücklich, eine Freundin zu haben, auch wenn sie aus Stein war. Aber leider blieb sie nicht lange da, und die Eichentafel wurde abgehängt, und auch der Schuldirektor mußte gehen.

Es begann damit, daß er alle Schüler in die große Aula bestellte.

»Wir dürfen heute in unserer Schule einen ganz besonderen Gast begrüßen«, sagte er. »Er hat sich spontan Zeit für uns genommen.«

Neben ihm stand ein Mann mit einer großen dicken Brille. Er hatte eine Knubbelnase und eine breite Unterlippe. Er lächelte.

»Ihr kennt ihn alle aus dem Fernsehen«, sagte der Direktor. »Und jetzt steht er vor euch. Gerhard Löwenthal.«

Ich fiel fast vom Stuhl. Der Löwenthal! Der Löwenthal! Die Milch wird sauer, das Bier wird schal! Der leibhaftige Löwenthal! Er sah gar nicht so böse aus. Ich hatte mir immer einen Mann mit Löwenmähne und blutigen Zähnen vorgestellt, aber in Wahrheit glich er einem Briefmarkensammler. Ich drehte mich zu den anderen um. Keines der Kinder schrie, keines rannte raus.

»Guten Morgen, liebe Kinder«, sagte der Löwenthal. »Wir wollen heute über die Gefahren des Kommunismus sprechen.«

Der Direktor strahlte ihn an. Der Löwenthal begann zu reden, er lächelte immer noch. Seine Stimme war ruhig. Ich hätte gern verstanden, was er sagte, statt dessen mußte ich an Floh de Cologne denken. Ich starrte ihn an. Er trug eine Krawatte, die alt aussah. Sein Haar war gelblichgrau und zur Seite gescheitelt. Ich wollte ihn so gerne hören. Aber Floh de Cologne übertönte ihn:

> Die Milch wird sauer, das Bier wird schal
> Im Fernsehen spricht der Löwenthal
> Den Nazis werden die Augen feucht
> Der Horror durch die Stuben kreucht!

Ich stellte mir immer noch vor, wie Horror, der freundliche Herr mit Spazierstock und Monokel, hinter dem Sofa herumkroch, während die Familie Fernsehen guckte, und immer noch wußte ich nicht warum. Ich wünschte mir eine Erklärung, aber der Löwenthal sagte nur »DDR« und »Stacheldraht« und »Stalinismus« und »SED«. Am Ende klatschten die Schüler.

»Habt ihr noch Fragen?« fragte der Direktor.

Ich hob die Hand.

»Wie schön, daß du so interessiert bist, Kitty«, sagte der Direktor. »Aber würdest du bitte aufstehen, damit dich auch alle Kinder hören können?«

Ich stand auf, meine Knie zitterten, alle Gesichter drehten sich zu mir.

»Nun?« fragte der Löwenthal und lächelte.

»Sie haben gar nicht vom Horror geredet«, sagte ich.

Der Löwenthal lächelte.

»Ja, du hast recht, mein Kind. Wir müssen viel deutlichere Worte finden. Der Kommunismus ist der reinste Horror. Das hast du sehr gut verstanden.«

Und wieder sagte der Löwenthal »DDR« und »Stacheldraht« und »Stalinismus« und »SED«, und außerdem »Terror« und »Freiheit«, er redete, bis die Pausenglocke schrillte.

»Der Kommunismus ist der reinste Horror«, sagte ich zu meinen Eltern.

Wir saßen am Abendbrottisch. Mutter ließ das Besteck sinken. »Wie bitte?«

»Ich weiß jetzt, wer der Horror ist. Der Kommunismus ist der Horror.«

Meine Eltern warfen sich Blicke zu.

»Wer sagt denn das?« fragte Vater.

»Der Löwenthal!« platzte ich heraus. »Der Löwenthal war heute in der Schule!«

»Der Löwenthal?« fragte Vater. »Der Löwenthal? Die Milch wird sauer, das Bier wird schal? Meinst du den Gerhard Löwenthal?«

»Ja, und er hat eine Rede gehalten!« rief ich.

Mutter ballte die Fäuste neben ihrem Teller und beugte sich vor, sie sah wütend aus. »Das kann doch nicht wahr sein!« schnaubte sie. »Und du hast nichts dagegen unternommen?«

»Wer, ich?« fragte ich.

»Ja, wer denn sonst«, schimpfte sie. »Du hättest einen Aufstand anzetteln müssen! Das dürft ihr euch doch nicht gefallen lassen! Ihr hättet die ganze Zeit singen müssen: Die Milch wird sauer, das Bier wird schal!«

»Genau!« rief Vater. »Den Nazis werden die Augen feucht, der Horror durch die Stuben kreucht!«

Plötzlich begannen beide zu jodeln: »Der Lö-Lö-Lö-Lö-Lö-Lö-Lö-Lö-Lö-Lö-Lö-Lö-Lö-Lö-Lö-Lö-Löwenthal!«

Sie lachten sich an. Dann wurden sie ernst.

»Wir müssen aktiv werden«, sagte Vater.

Es gab zuerst eine Unterschriftenaktion gegen den Direktor und seine reaktionäre Agitation, dann eine Versammlung in der Aula für alle Schüler und Eltern.

Die Schulelternbeiratsvorsitzende, eine Frau mit kurzen Haaren und kastenförmigem Bauch, erklärte uns Kindern, daß wir sofort vergessen müßten, was der Löwenthal gesagt hatte, daß er ein CIA-Agent sei, ein Jude zwar, aber ein Pentagon-Jude.

Mein Vater, der noch immer eine Berühmtheit war, obwohl ihn die Terroristin rausgeschmissen hatte, stand auf und rief, er lasse sich seine progressive Erziehung nicht von einem bezahlten CIA-Handlanger zunichte machen, dafür sei er nicht in die freie Republik Wendland gezogen, dafür nicht, und am Schluß meldete sich ein anderer Vater zu Wort, ein Aussteiger im Norwegerpulli, mit Kuhmist an den Stiefeln und Rauschebart. Er sagte, man müsse verhindern, daß unschuldige Kinderseelen weiterhin mit faschistischen Hetzparolen gegen die friedliebende Deutsche Demokratische Republik vergiftet würden. Alle klatschten. Der Direktor war bleich im Gesicht, die kreidigen Haare waren ihm von der Glatze gerutscht und fielen als wirre Fäden auf seine Schultern. Er wollte auch was sagen, aber er wurde ausgebuht, und schließlich wurde er suspendiert, und wir bekamen eine neue Schuldirektorin mit fitzeligen Locken und baumelnden Ohrringen aus Fimo.

Sie nahm die Eichentafel im Eingang mit den Namen der erschossenen Schüler weg und ließ Maria abtransportieren. Marias Kopf ragte über die Brüstung des Lastwagens, ich winkte, aber sie blieb ihrem steinernen Prinzip treu und drehte sich nicht um.

Jetzt hatte ich keine Freundin mehr, und ich traute mich nicht, im Dorf eine neue zu suchen, weil die Dörfler so finster dreinblickten. Mutter sagte, ich solle alle freundlich grüßen, doch sie ahnte nicht, wie schwer das war. Alle sagten immer nur »Moin!«. Das klang fremd, und außerdem wußte ich nicht, wann ich das sagen sollte. Wenn zum Beispiel ein Trecker um die Ecke bog und über den Dorfplatz fuhr und ich Henry Sültemeyer erkannte, den Feuerwehrhauptmann. Sein Gesicht glich den Häusern der Berliner, die nur am Wochenende kamen, um sich zu entspannen: ziegelrot unter gelbem Reet. Aber wann bloß sollte ich »Moin!« sagen? Wenn ich ihn in der Ferne erkannte oder wenn er in meine Nähe kam? Dann würde ich minutenlang auf das »Moin!«-Sagen warten müssen, obwohl er mich schon gesehen hatte, und vielleicht würde er in diesen Minuten denken, ich sei unhöflich, weil ich noch nicht »Moin!« gerufen hatte.

Andererseits, wenn ich schon von weitem »Moin!« gerufen hätte, müßte ich in der Nähe ein zweites Mal »Moin!« sagen, denn vielleicht hätte er mein erstes »Moin!« in der Ferne nicht gehört. Aber wenn er mich zweimal »Moin!« sagen hörte, aus der Ferne und der Nähe, würde er denken, ich sei doof, und außerdem hätte ich dann nichts anderes mehr zu tun, als »Moin!« zu rufen, weil ich ihn mehrmals am Tage sah, und darum machte ich jetzt einen Satz ins Gebüsch. Henry Sültemeyer hatte mich nicht gesehen, er saß breitbeinig hinter dem Lenkrad und blickte geradeaus, die Plastikplane des Fahrerhäuschens war voller Schlieren. Langsam kam er näher, seine Jeans waren eng, an den Stiefeln klebten Gräser. Jetzt!

Ich sprang aus meinem Versteck und schrie: »Moin!«

Henry Sültemeyer schrak zusammen, der Trecker schlingerte, fast wäre er in den Schuppen unseres Nachbarn Ede Blunck gebrettert. Dann schimpfte Henry Sültemeyer, die Worte verstand ich nicht.

Auch Vater hatte seine Grußtechnik überdacht. In Heidelberg hatte er »Guten Tag!« geflötet, jetzt hob er zackig die Hand und preßte ein forsches »Moin!« hervor; ich sah ihn danach immer leise grinsen, als freute er sich, weil er es so gut konnte. Er trat auch der freiwilligen Feuerwehr bei, machte beim nächsten Dorffest mit. Die Feuerwehrkapelle spielte »Wir lagen vor Madagaskar und hatten die Pest an Bord«, die Mannschaft marschierte die Straße entlang, die um das Rundlingsdorf führte. Mutter, ich und Benno standen hinter dem verrotteten Gartenzaun und winkten Vater zu. Wir konnten ihn schon von weitem erkennen, weil seine roten Haare so leuchteten. Er grinste, als er uns sah, hob seine spitzen Knie, preßte die Hände an die Hosennaht seiner dunkelblauen Uniform und bewegte sich zackig zum Takt der Musik. Weil das Dorf so klein war, mußte die Mannschaft es mehrmals umkreisen, damit ein richtiger Umzug daraus wurde. Vor dem Feuerwehrgerätehaus blieb sie jedesmal stramm stehen.

Henry Sültemeyer kommandierte: »Augen rechts!«
Die Mannschaft blickte nach rechts.
Dann brüllte er: »Augen links!«
Die Augen rollten nach links.
»Dreht euch!« befahl Henry Sültemeyer.
Die Feuerwehrleute machten eine Kehrtwende und mar-

schierten in der anderen Richtung weiter, bis sie wieder das Feuerwehrgerätehaus erreichten und alles von vorn begann. »Augen rechts!« rief Henry Sültemeyer. »Augen links! Dreht euch!« Sie kamen an uns vorbei, mal von rechts, mal von links, bis ich schließlich ganz durcheinander war. Ich dachte an meine Schallplatten. Niemals hätten die Arbeiter aus dem »Auto Blubberbumm« oder die Mädchen aus »Mensch Mädchen!« solchen Befehlen gehorcht! Sie hätten sofort ein Lied gegen Henry Sültemeyer angestimmt, hätten Transparente geschwungen und »Hoch die Internationale Solidarität« geschrien.

»Mama, warum sind die so reaktionär?« fragte ich.

»Was heißt hier reaktionär?« schnaubte Mutter. »Du hast wirklich keine Ahnung, Kitty. Augen rechts, Augen links. Nach einem Einsatz muß man systematisch prüfen, ob keiner im Feuer geblieben ist. Und das üben sie jetzt. Hier sind sie eben gut organisiert. Hier hilft eben jeder jedem. Hier gibt es keine Kapitalisten. Das hier ist noch eine richtige heile Urgemeinschaft. Und wir gehören dazu.«

Weil Vater kein Kapitalist sein wollte, beauftragte er keinen Architekten und keine Firma für unser verfallenes Haus, sondern wandte sich an unseren Nachbarn Ede Blunck. Ede Blunck war Bauer, er hatte immer einen Kordhut auf, unter dem sich eine großporige Nase hervortat, und er konnte auch zimmern; auf fast jedem Hof in Schreybau stand ein hölzerner Schuppen, den Moos oder Chemikalien neongrün gefärbt hatten. Vater bat ihn um Fenster, denn durch die alten Fenster pfiff der Wind. Blunck sagte zu, aber dann passierte nichts.

Ich und Benno schlichen uns in seine Werkstatt, sogen den Zirkusgeruch des Sägemehls ein. Der Boden war mit Holzlocken bedeckt, als hätte Blunck einen Engel geschoren. Die Säge bleckte die Zähne. Wir tauchten unsere Hände in die Locken, sie waren noch warm. Hatte der Löwe den Engel oder hatte der Engel den Löwen gefressen? Fensterrahmen fanden wir keine, obwohl wir überall nachsahen, hinter Bretterstapeln und in allen Ecken.

»Papa, der macht gar keine Fenster«, sagten wir.

Aber Vater wollte davon nichts hören.

Mutter fragte ihn immer wieder: »Wann sind eigentlich die Fenster fertig? Hast du mit Blunck gesprochen?«

Vater brummte: »Ja, ja, ja.«

Aber statt neuer Fenster brachte uns Blunck drei Lämmchen, ihre Mütter hatten sie nicht angenommen. Ich zog sie mit der Flasche groß. Sie blökten, sobald sie mich sahen, kamen angaloppiert und ließen sich streicheln.

Vater war begeistert und fand mich süß, er sagte: »Wir machen jetzt eine richtige Hirtin, eine richtige Gänseliesl aus dir! Wir werden uns selbst versorgen, eigenes Gemüse, eigenes Fleisch, eigenes Wasser, eigene Stromversorgung! Zurück zur Natur!«

Er legte einen Gemüsegarten an, dann fuhr er nach Wustrow zur Geflügelfarm und brachte ganze Pappkartons voller Gänse und Hühner mit, im Kofferraum unseres Autos gackerte und fiepte es, Vater strahlte uns an. Leider wollten die Gänse nicht im Garten bleiben, sie krochen unter den abgebrochenen Zaunlatten durch und watschelten durchs Dorf. Den ganzen Tag klingelte das Telefon, die Nachbarn stöhnten: »Die Gänse!« Mutter schrie: »Die Gänse!« Ich rannte los und trieb sie zurück. Sie fraßen Tulpen und Gladiolen, gründelten in den Goldfischteichen der Berliner. Einmal blickte ich aus dem Fenster, einer der Hügel am Horizont hatte einen weißen Kamm aus Gänsen, die in aller Ruhe die Saat verspeisten. Dann störten sie eine Jagdgesellschaft, die sich zum fünfzigsten Geburtstag von Kuno Freese, Besitzer der Schlachterei »Kuno Freese«, in dessen Garten versammelt hatte und auf Blasinstrumenten »Wir lagen vor Madagaskar und hatten die Pest an Bord« spielte. Die Gänse fühlten sich zwischen den grünen Hosenbeinen besonders wohl, grasten und quiekten, und als ich über den Zaun sprang, um sie abzuholen, begrüßten sie mich. Sie reckten die Hälse und machten: »Wiwiwi!« Die Jäger spielten ihr Ständchen weiter: »In den Kesseln, da faulte das Wasser, und täglich ging einer über Bord«, Freeses Gesicht war rot. Am Abend fragte ich Vater, warum sich die Lüchow-Dannenberger so für Madagaskar begeisterten, aber er wußte es auch nicht.

Im Laufe des Sommers erlebten wir etwas, das als »Wunder von Schreybau« in die Dorfgeschichte einging. Alles, was Vater gepflanzt hatte, wuchs so schnell wie in einem Science-fiction-Film über Killergemüse. An einem Tag lagen noch zarte Gurken im Beet, über Nacht wurden grüne Monster daraus, dicker als Sprinteroberschenkel. Die Bohnen waren prall wie Bizepse, die Kartoffeln boxhandschuhgroß, und Mutter lachte: »Der dümmste Bauer hat die dicksten Kartoffeln.« Damit meinte sie natürlich Vater.

Die Bauern aber staunten. Einer nach dem anderen kam vorbei, sagte »Moin!«, sah sich den Garten an und nickte anerkennend. Schließlich stürmten die Tiere den Gemüsegarten und fraßen alles wieder weg.

»Ihr blöden Viecher!« schrie ich und jagte sie zurück auf die Weide.

In der Eile hatte ich mir Vaters Feuerwehrstiefel angezogen, die Schäfte schlackerten mir um die Waden, dauernd stolperte ich.

Ich brüllte: »Ich bringe euch um, ich bringe euch um!«

Die Schafe ließen sich nicht einschüchtern, sie sprangen fröhlich vor mir her, nur Mutter, die in der Haustür stand und mir zusah, wandte sich ab, und beim Abendbrot sprach sie kein Wort mehr mit mir. Sie starrte an mir vorbei und rauchte, was sie beim Essen sonst nie tat.

»Das machst du nicht noch mal«, sagte sie schließlich, die Stimme war frostig.

»Was«, fragte ich, »was soll ich nicht noch mal machen?«

»Das weißt du ganz genau.«

»Nein, weiß ich nicht, sag es doch bitte.«

Mutter blies den Rauch aus. Er geriet ihr ins Auge, das Unterlid krampfte.

»So was sagst du nicht noch mal«, sagte sie schließlich.

»Aber was habe ich denn gesagt?«

Sie zog an ihrer Zigarette, die Glutmanschette rutschte mit einem leisen Zischen auf ihr Gesicht zu.

»Du hast gesagt: ›Ich bringe mich um‹, als du die Schafe auf die Weide getrieben hast.«

»Aber Mama, das habe ich nicht gesagt, ich habe gesagt: ›Ich bringe *euch* um‹, damit habe ich die Schafe gemeint, und es war doch nur aus Wut gesagt!«

»Du hast gesagt: Ich bringe mich um.«

»Nein, ich habe die Schafe gemeint!« rief ich.

»Du hast gesagt: Ich bringe *mich* um.«

»Nein, ich habe wirklich die Schafe gemeint! Wirklich! Bitte glaub mir doch!«

Plötzlich mußte ich weinen. Sie hörte nicht auf, am Stummel der Zigarette zu saugen. »Du hast gesagt: Ich bringe mich um.«

»Nein, ich habe die Schafe gemeint, und ich habe es auch nicht ernst gemeint!«

»Du hast gesagt: Ich bringe mich um.« Sie stopfte ihre Zigarette in den Aschenbecher, sprang auf und rannte hinaus.

Im Herbst kam Ede Blunck zum Schlachten. Er brachte ein Beil mit.

»Moin!« sagte er.

»Moin!« sagten wir.

Auch die Gänse begrüßten ihn, sie waren zahm, sie lächelten. Vater klemmte eine Gans zwischen die Beine und hielt die Flügel fest, Ede Blunck preßte den Hals auf einen Holzblock und schlug den Kopf ab. Der Körper der Gans bäumte sich auf, schlug hart mit den Flügeln, Vater ließ ihn erschrocken los, der Körper rannte und flatterte, versprützte Blut, bis Ede Blunck ihn fing und den Blutstrahl in eine Plastikschüssel lenkte. Der Kopf der Gans lag auf dem Boden, er lächelte immer noch, und Vater war verschwunden. Ich fand ihn hinter dem Haus, er hatte das Gesicht in den Händen vergraben und weinte.

Tagelang saßen Mutter und ich in der Küche und rupften die Gänse. Es hörte sich hohl an, wenn die Federn aus dem Körper gerissen wurden. Die Stoppeln sengten wir mit Feuer und Spiritus ab, ein Teppich aus Federn bedeckte den Boden. Die Daunen klebten an Mutters Jeans und an unseren Lippen. Auf dem Küchentisch standen Schüsseln mit Eingeweiden, die blaßroten Lungen schwammen im Wasser, und ich dachte an die Profitgeier und an die Arbeiter in den Gedärmen.

Mutter seufzte: »Ich freu mich schon auf Weihnachten, wenn wir die Viecher endlich essen können!«

Bis dahin kamen sie in die Tiefkühltruhe.

Es wurde Winter, und Mutter sagte immer wieder zu Vater: »Du mußt dich endlich um neue Fenster kümmern und um die Öfen, du mußt einen Ofensetzer bestellen, wir wollen nicht wieder so frieren wie letzten Winter.«

Aber Vater brummte nur »Ja, ja, ja« und holte drei Heizlüfter vom Baumarkt, und als es kälter wurde, schaltete er außerdem die Ferkellampe ein, und schließlich knallten alle Sicherungen durch. Vater wollte sie selbst reparieren, aber Mutter rief den Elektriker.

Der bekreuzigte sich und sagte: »Um ein Haar wären Sie abgebrannt.«

Er brauchte ein paar Tage, um alles in Ordnung zu bringen. Die Gänse tauten auf und wurden schlecht, wir warfen sie in den Müll. Mutter starrte eine Weile auf das weiße Fleisch in der schwarzen Tonne, dann ließ sie den Deckel fallen.

Am Tag vor Heiligabend fuhr sie nach Hamburg und kaufte

in der Feinkostabteilung vom Alsterkaufhaus einen Karpfen und Spargel, aber Vater fiel plötzlich ein, daß er Weihnachten bourgeois fand und außerdem was Besseres zu tun hatte. Er mußte noch die Akte eines Atomkraftgegners bearbeiten, der eine Ladung Beton auf ein Bahngleis gekippt hatte.

»Ach, und dir eine Uniform anzuziehen und bei der freiwilligen Feuerwehr mitzumarschieren findest du nicht bourgeois?« fragte Mutter, aber Vater knallte mit der Tür und fuhr in seine Kanzlei.

Wir wagten nicht, wieder alle Heizlüfter auf einmal einzuschalten, wir zogen uns dicke Pullover an, aber Mutters Lippen blieben blau. Sie hatte den ganzen Nachmittag in der Küche gestanden, der Tisch war gedeckt, mit Silberbesteck und gebügelten Servietten, mit Petersilienkartoffeln, Meerrettichschaumsoße und Kopfsalat. Mutter hatte sogar Kerzen in silbernen Leuchtern auf den Tisch gestellt. Der Karpfen lag auf einer Porzellanplatte, seine Haut war so blau wie Mutters Lippen, er dampfte. Links und rechts von ihm war der Spargel auf zwei Platten geschichtet. Wir warteten auf Vater, aber der kam nicht.

»Guten Appetit«, sagte Mutter schließlich zu Benno und mir. Ihr Blick war stumpf, und plötzlich beugte sie sich vor, hob die Arme und spreizte die Finger. Es sah aus, als wollte sie Strahlen auf das Essen senden oder einen Fluch.

»Mama?« fragte Benno.

Sie atmete ein paarmal tief durch, dann griff sie mit der rechten Hand nach dem rechten, mit der linken Hand nach dem linken Spargelstapel. Sie nahm die beiden Bündel und hielt sie hoch, sie sahen aus wie weißes Dynamit.

»Spargel im Winter«, sagte sie mit einer Stimme, die hoch und quakend klang. »Wißt ihr, wie schwer der zu kriegen ist? Und Karpfen, wie schwer der zu machen ist? Man muß ihn auf einer feuchten Unterlage ausnehmen. Man darf auf keinen Fall die Schleimhaut verletzen. Sonst wird er nämlich nicht blau.«

Sie führte das rechte Bündel Spargel zum Mund und biß die Köpfe ab.

»Die Köpfe sind das Beste«, sagte sie.

Wir starrten sie an. Sie biß auch dem linken Bündel die Köpfe ab. Und schließlich stopfte sie das ganze linke Bündel in den Mund, der Saft troff ihr vom Kinn, ein Teil des ausgekauten Spargels fiel ihr aus dem Mund auf das gebügelte Tischtuch und blieb dort liegen wie ein feuchter Haufen Stroh. Benno und ich wagten nicht zu atmen.

»Spargel an Heiligabend, das gab es bei uns nie«, sagte sie. »Aber Karpfen! Und meine Mutter hatte ein Mädchen, das ihr in der Küche half. Meine Mutter, die konnte kochen! Mein Vater lud viele Gäste ein. Wir saßen an einer langen Tafel. Aber ich bekam immer den Kopf.«

Sie führte das rechte Bündel Spargel zum Mund.

»Wißt ihr, warum ich immer den Kopf bekam? Den abgehackten Karpfenkopf?«

»Nein, Mama«, flüsterte ich.

Mutter biß noch einmal zu, schlürfte, kaute und würgte, dann begann sie zu schluchzen.

»Weil die Bäckchen so gut schmecken!«

Mutter weinte die ganze Nacht. Es war ein dünnes, hohes Jammern, ich brachte ihr Zigaretten, aber sie wollte nicht rauchen, ich wählte mit zittrigen Fingern die Nummer von Vaters Kanzlei, doch keiner nahm ab. Am ersten Weihnachtstag kam Ede Blunck und brachte endlich die Fenster, das war sein Weihnachtsgeschenk. Da erst hörte Mutter auf zu weinen. Die Fenster legte sie in der Tenne über zwei Böcke und lackierte sie. Wir stellten einen Heizlüfter auf, damit die Farbe nicht einfror. Mutters Finger wurden rauh, von der Kälte und vom Terpentin. Ab und zu bat sie mich, ihr eine Gitane in den Mund zu stecken, sie rauchte, ohne die Hände zu benutzen. Es waren sechzehn Doppelfenster mit Sprossen. Am zweiten Weihnachtstag kam Vater zurück, freute sich über die Fenster und wollte sie gleich einsetzen, aber sie paßten nicht. Ede Blunck hatte sich vermessen. Also klemmten wir die alten Fenster wieder in die Öffnungen zurück. Es dauerte bis in die Nacht, dann fuhr Vater wieder in seine Kanzlei. Der Wind hatte Schnee ins Haus getrieben, das Wasser in den Leitungen war gefroren, Mutter konnte kein Bad nehmen. Ich hielt einen Fön an den Wasserhahn, aber es half nicht. Eine Weile starrte Mutter auf die Spinnen, die in die Wanne gefallen waren und an den Wänden abrutschten, dann verschwand sie in der großen Tenne.

Eine vergitterte Lampe surrte über der Tür und gab ein schwaches Licht ab. Mutter tappte zwischen den Umzugskartons umher. Sie hatte sich eine Taschenlampe mitgenommen. Der Lichtstrahl fingerte zwischen den Kisten herum, er streifte das Fachwerk und die Stalltüren, an denen noch immer staubiges Stroh klebte. Schließlich traf der Strahl auf eine Kiste. »Vietcong«, las ich. In der Kiste waren die alten Sedatintabletten von Jackson & Jackson, die meine Eltern für die Vietcong gesammelt hatten. Vater hatte sie nie nach Berlin gebracht, und am Ende hatten die Kommunisten den Vietnamkrieg ohne die Tabletten gewonnen.

»Mama, was suchst du denn?« fragte ich.

Mutter riß das Klebeband vom Schlitz, das hohle Ratschen durchdrang die Tenne.

»Ich suche Tabletten«, sagte Mutter. »Ich will mich umbringen.«

Sie starrte an mir vorbei, und es kam mir so vor, als wäre ihr kleines Gesicht unter den schweren blonden Haaren noch kleiner geworden, fast noch kleiner als das von Benno, der im Türrahmen stand und den Riegel schnappen ließ, immer wieder. Ich krallte mich an Mutters Bademantel und weinte.

»Bitte, Mama, tu das nicht! Bitte, tu das nicht!«

»Ist ja gut«, sagte sie, »ich lasse es.«

Sie knipste die Taschenlampe aus.

Freunde hatte ich immer noch keine, aber dafür ein Tagebuch mit lachenden Pandabären auf dem Umschlag. Auf die erste Seite hatte ich Sterne aus Alufolie geklebt, Fotos und eine Haarsträhne. Und ein paar Erlebnisse hatte ich auch schon eingetragen, stichwortartig. Eines Abends erschrak ich. Auf der Seite neben meinen letzten Eintragungen prangte ein schwarzes Kreuz. Mutter hatte etwas geschrieben: »Liebe Kitty! Heute verstarb meine Liebe zu Deinem Vater. Sie begann ängstlich und mit großer Zärtlichkeit. Sie enthielt alle meine Hoffnung auf Geborgenheit. Manchmal war sie verschüttet, manchmal drohte sie in Haß umzuschlagen, doch stets blieb sie beständig, und nie wurde sie durch einen anderen Mann bedroht. Heute nun hat sie Dein Vater mit wenigen Worten zertreten. Möge Dir, mein liebes Kind, ähnliches erspart bleiben. Sorgen mußt du dich nicht um mich, denn mir bleibt immer noch die Liebe zu meinen Kindern. Mama.«

Ich ließ meinen Kopf auf die Schreibtischplatte fallen und weinte. Es war ein Weinen, das ich gar nicht kannte, es schüttelte mich, als würde jemand von außen mit groben Händen meine Schultern packen, die Tränen schlugen mir ins Gesicht, und es hörte nicht auf. Spät in der Nacht kam Vater aus der Kanzlei.

»Kitty, was ist denn los? Mädchen, was hast du denn?« fragte er, aber ich weinte weiter.

Da klaubte Vater die Spinnen aus der Badewanne, ließ heißes Wasser einlaufen, zog mich aus und setzte mich hinein. Ich weinte, bis das Wasser kalt war, und dann weinte ich immer noch weiter. Vater saß neben mir auf dem Toilettendeckel und schwieg. Schließlich sagte er: »Jetzt rede am besten mal mit deiner Mutter.«

Ich zog mir den Schlafanzug an, meinen Lieblingsschlafanzug mit den winzigen gelben Fledermäusen, der mir schon viel zu klein war, er reichte nur noch bis zu den Ellenbogen und den Knien. Ich tappte durch den dunklen

Flur, bis zur Tür, dort blieb ich stehen. Ich wußte nicht, was ich sagen sollte. Ich hörte, wie Vater aus dem Bad kam und wartete. Ich hörte, wie er an den Nägeln kaute, das kurze Knacken, wenn die Schneidezähne den Nagelrand durchbissen, das leise Reißen, wenn sie ein Stückchen Hornhaut aus dem Nagelbett zogen.

Schließlich entschied sich Mutter, eine Psychoanalyse zu machen, und zwar in Hamburg. Hamburg war gut zwei Autostunden von Schreybau entfernt, aber Mutter fuhr trotzdem dreimal pro Woche hin, um mit Herrn Doktor Peter Kownatzky zu sprechen. Er hatte sich auf Nervenzusammenbrüche von Frauen in Lüchow-Dannenberg spezialisiert. Mutter sagte, alle Aussteigerfrauen würden früher oder später bei Herrn Doktor Peter Kownatzky landen.

»Das ist nämlich so«, erklärte sie, »diese Aussteigermänner verpassen ihren Frauen ein paar Kinder, verfrachten sie aufs Land in ein verfallenes Bauernhaus und behindern in aller Ruhe ihre Emanzipation. Das ist ein typisches Muster.«

Mutter erkannte jetzt überall Muster, vor allem bei Vater. Er war böse, wußte es aber nicht, »weil es unbewußt ist«, sagte Mutter. »Unbewußt will dein Vater mich zugrunde richten, weil er eine kastrierende Mutter gehabt hat, für die er mich jetzt hält. Das ist eine Projektion. Er hat mir zwei Kinder gemacht und mich dann in dieses Drecksloch verfrachtet, um Rache an seiner Mutter zu nehmen, von der er sich nie abgrenzen konnte. Unbewußt will dein Bruder mich ficken und deinen Vater umbringen. Er hat nämlich einen Ödipuskomplex. Weil er aber spürt, daß er die große Mutter mit dem kleinen Penis nicht ausfüllen kann, schreckt er davor zurück. Darum versagt er auch so in der Schule. Wenn das so weitergeht, landet er noch in der Sonderschule. Oder in der Waldorfschule. Wie auch immer, man nennt sein Verhalten eine Verschiebung.«

Wenn Mutter aus der Stunde kam, sah sie aus, als hätte sie Prügel bezogen, sie legte sich ins Bett, zitterte und weinte; ihre Augen waren dunkel geworden, undurchdringlich grün, wie ein umgekippter See. Oft geschah es, daß die Zigarette zwischen Mutters Fingern erlosch. Sie merkte es nicht, sondern saugte weiter, bis das filterlose Mundstück zerfledderte und ihr die Tabakfäden von den Lippen hingen. Wir hatten noch immer keine richtigen Zimmerdecken, über Mutters Bett hingen als Baldachine alte Laken, Stoffbahnen und Vorhänge. Sie sollten vor den Holzwürmern schützen, denn Vater hatte die Deckenbalken mit Xyladekor eingepinselt. Jetzt starben die Holzwürmer; wenn sie aus den Balken fielen, machte es »klack klack klack«. Die Holzwürmer waren hart und krumm, sie fielen in den Kinderzimmervorhang mit den Häusern, Booten und Blumen.

»Kitty, setz dich mal zu mir«, sagte Mutter und drückte ihre Zigarette aus, die schon längst nicht mehr brannte.

Ich ließ mich auf der Bettkante nieder. Über mir klackerte es.

»Herr Doktor Peter Kownatzky hat gesagt, ich soll aufhören, zu rationalisieren«, sagte sie. »Er hat gesagt, ich soll über meine Gefühle reden. Und über meine Vergangenheit. Weil das Schweigen krank macht. Und darum will ich dir von meiner Mutter erzählen.«

»Von Oma Agathe?« fragte ich.

»Deine Oma ist nicht an einem Herzinfarkt gestorben.« Mutter lag auf der Seite, ihr Haar fiel schlaff übers Kissen, sie sah mich nicht an. »Deine Oma war eine Säuferin. Sie hat sogar ihr Parfüm getrunken, wenn ich die Schnapsflaschen versteckt hatte. Weil da Alkohol drin ist, verstehst du? Morgens lag sie vollgekotzt und vollgepißt vor der Badezimmertür. Und tablettensüchtig war sie auch. Und dann hat sie sich umgebracht.«

»Aber ich dachte, sie wäre an einem Herzinfarkt gestorben«, stammelte ich.

201

Mutter sah mich nicht an. »Ich hatte es die ganze Zeit geahnt«, fuhr sie fort. »Und ich dachte, sie wollte sich mit Tabletten umbringen. Dein Opa Emil hatte immer eine Kiste Beruhigungstabletten unter dem Schreibtisch stehen, Sedatin Forte von Jackson & Jackson, er brachte sie aus der Firma mit. Vielleicht war das Absicht. Vielleicht hoffte er, daß seine Frau auf diese Weise weniger trinkt. Sie nahm die Tabletten, nur eine pro Glas, damit es nicht auffiel. Die Gläser stellte sie zurück in die Kiste. Ich habe dann immer Tabletten gezählt. Jeden Tag. Immer gerechnet, immer gezählt. Jedes Gläschen in meine Hand geleert. Alle Tabletten gezählt. Wie bei Aschenputtel. Ich habe sogar in Betracht gezogen, daß meine Mutter mich austrickst, über Wochen die tödliche Dosis sammelt. Ich habe alles mitbedacht.«

Eine Serie Holzwürmer prasselte in den Vorhang über Mutters Bett, ihre Umrisse preßten sich durch den Stoff. Mutter drehte sich auf den Rücken und starrte sie an.

»Und weißt du, was dann passiert ist?« fragte sie.

»Nein, Mama«, flüsterte ich.

»Ich habe alles richtig gemacht. Immer gerechnet, immer gezählt. Es kam keine tödliche Dosis zusammen. Und dann hat sie sich aufgehängt.« Mutter zog die Luft durch die Kehle und machte ein gurgelndes Geräusch, das wie Lachen klang, nur kälter. »Sie hat sich aufgehängt«, wiederholte sie. »Mitten auf dem Gut ihrer Eltern, im Park, an der Blutbuche. Ich war damals siebzehn Jahre alt.«

»Aber warum denn?« fragte ich. »Warum hat sie das getan?«

Mutters Mund stand ein Stück offen. Ihre Zungenspitze bewegte sich wie bei einem durstigen Vogel. Dann sprach Mutter weiter: »Bei der Beerdigung war kein Priester dabei. Und die Glocken waren stumm. Und danach hat die Verwandtschaft meiner Mutter nicht mehr mit uns gesprochen. Meine Großeltern hatten einen wunderschönen Gutshof in der Nähe von Miesbach, Gut Schliehberg, hoch auf einem langgestreckten Hügel. Fast hätte ich es geerbt. Aber dann bin ich nie wieder dort gewesen.«

Draußen kürzte Ede Blunck die Weiden, die Motorsäge jaulte, ich saugte an einer Haarsträhne. Mutter starrte an mir vorbei.

»Und weißt du, was das Schlimmste war?« fragte sie tonlos.

Ich schüttelte den Kopf, sie fuhr fort zu sprechen.

»Als wir nach der Beerdigung nach Hause kamen, ging ich in den Garten. Irgend jemand hatte das Wasser aus dem Swimmingpool gelassen. Ich starrte auf die blauen Kacheln und auf die Fugen dazwischen. Sie waren mit schwarzen Flecken übersäht, mit Pilzen oder Moos, das tief in die Poren gedrungen war. Und auf einmal dachte ich, die Fugen müßten wieder weiß sein. Ich holte Chlorbleiche und eine Bürste und stieg in den Pool hinab. Die Hitze hatte sich darin gestaut, es war stickig, ich scheuerte die Fugen. Die Chlordämpfe benebelten mich. Mir wurden die Knie weich, ich tastete nach der Leiter, ich wollte nach oben, zur Luft. Es war eine Eisenleiter, fest im Beton am Beckenrand verankert. Doch plötzlich war sie verschwunden. Ich sah nur das strahlende Gitter der Fugen, abstrakt, wie ein Raster. Es gab keinen Raum mehr dazu. Und dabei ist es geblieben. Ich liege noch immer am Boden des Pools. Ich weiß nicht, wer ich seither gewesen bin. Ich habe doch nur die Fugen geputzt.«

»Mama...«, flüsterte ich.

»Bitte, sag mir, daß ich keine schlechte Mutter war. Bitte, sag es mir, Kitty.«

Plötzlich hatte ich keine Stimme mehr. Mutter summte eine Melodie, »Que sera, sera« von Doris Day. Ihr Mund stand offen, die Zunge lag zwischen den Vorderzähnen, Speichel quoll an der Zunge vorbei und floß aus dem Mundwinkel, ich schwieg. Über uns prasselten Holzwürmer ins Tuch. Mutter summte noch eine Weile. Dann verstummte sie.

Nachdem die Holzwürmer gestorben waren, kamen Männer in Astronautenanzügen und säuberten die Balken mit Sandstrahlern, Wellen aus grauem Sand bedeckten den Boden. Vater fuhr den Sand in der Schubkarre auf den Misthaufen, Ede Blunck brachte schöne, runde Hölzer vorbei und nagelte sie über die Balken, und endlich hatten wir Zimmerdecken. Aber nach wenigen Tagen liefen die Hölzer an und ähnelten giftgrünen Mambas.

»Sieht doch interessant aus«, sagte Vater, aber Mutter begann zu schreien, und da nahm er ein Brecheisen, riß die Hölzer ab, fuhr zum Baumarkt und holte normale Kiefernbretter. Leider vergaß er, eine Säge mitzubringen, und so lag der Bretterstapel draußen auf dem Hof, verquoll im Regen, und die Balken schwebten weiterhin frei durch den Dachstuhl.

Eines Abends, als ich im Bett lag, sah ich sie mir genauer an. Der Sandstrahl hatte den weichen Anteil des Holzes an der Oberfläche ausgefräst, die Maserung trat riffelig hervor. Über meinem Kopf ragte ein verstümmelter Ast aus dem Balken.

»Hallo liebe Bäume«, flüsterte ich.

»Grüß dich, Kitty«, sagte der Ast. »Ich will dir was zeigen. Es ist allerdings ein bißchen kompliziert.«

»Macht nichts.«

»Dann komm.«

Ich schloß die Augen, setzte den Fuß auf den Balken und lief los. Der Balken brach durch die Wand und schoß in den Himmel. Weit unten sah ich das Dorf, die Ziegeldächer der Höfe, die Zäune und die Heide. Ich lief über den Wald, über die Autobahnen und über unsere alte Doppelhaushälfte in Heidelberg. Der Balken ragte ins All, wie eine Gerade aus dem Mathebuch. Als ich die Erdatmosphäre verließ, stülpte ich mir die Bettdecke über den Kopf, von nun an gab es keine Luft mehr.

»Kitty, denk nach«, sagte der Ast. »Ist das Weltall unendlich?«

»Nein.«

»Wie paßt dann eine unendliche Gerade hinein?«

Unter der Decke war es heiß und stickig.

»Das All und die Gerade laufen um die Wette«, keuchte ich. »Das All versucht ständig, die Gerade einzufangen, und die Gerade versucht ständig, sich noch ein Stück zu dehnen. Keiner kann den anderen überholen. Darum ist die Gerade unendlich.«

»Dann wäre sie auch unendlich, wenn beide stehenblieben«, sagte der Ast.

»Ja, ich glaube schon.«

»Was muß das für ein Ort sein, an dem die Unendlichkeit stehenbleibt?«

»Ich weiß es nicht.«

»Dann bleib stehen.«

Ich stand vor einer kleinen weißen Pforte und blickte in eine Landschaft, die aussah wie mein Kinderzimmervorhang, in dem die Holzwürmer gestorben waren, eine Landschaft mit Häuschen und Booten und Blumen. An der Pforte wartete eine hohe, undeutliche Gestalt. Ich versuchte, ihr Gesicht zu erkennen, aber eine Kapuze verschattete es.

»Guten Abend, Kitty«, sagte die Gestalt mit einer dunklen Männerstimme, »du möchtest sicher Ahab besuchen?«

Ich lugte an dem schwarzen Gewand vorbei, und tatsächlich entdeckte ich den Zwerghasen Ahab, der aus einem der geblümten Häuser sprang.

»Ahab!« rief ich. »Hallo mein kleiner Ahab, mein lieber Freund, wie geht es dir?«

Ahab mümmelte: »Mir geht es gut, ich sitze den ganzen Tag auf der Wiese und esse, siehst du?«

Auf der Wiese lag Bine, die Mutter von Simone, und schrie. Ahab hatte ihr schon die Beine weggefressen, und ein Stück ihrer Wange fehlte.

»Hat es weh getan, im Käfig zu verhungern?« fragte ich.

»Es hat weh getan«, sagte Ahab, »aber ich kann mich irgendwie nicht erinnern.«

»Ahab, ich bin so traurig«, sagte ich.

»Dann bleib doch bei uns, hier ist es bunt und lustig.«

»Wo ist eigentlich Oma Agathe?« wollte ich wissen. »Sie soll sagen, warum sie sich aufgehängt hat.«

»Frag sie doch selbst«, sagte Ahab. »Sie wohnt in Nummer siebzehn.«

Ich sah bunte Zahlen aufleuchten, die Fenster und Türen hatten und eine Reihe bildeten, aber kurz vor der Siebzehn wurde es dunkel. Da fiel mir ein, warum ich eigentlich hier war. Ich zupfte den Kapuzenmann am Ärmel.

»Kannst du mir helfen?« fragte ich.

»Deiner Großmutter konnte ich helfen«, sagte er.

»Kannst du meine Mutter gesund machen? Zum Tausch kriegst du mich.«

Er schüttelte langsam den Kopf. Dann beugte er sich herab, öffnete die kleine Pforte und komplimentierte mich hinaus.

»Geh nach Hause, Kitty«, sagte er.

Ahab winkte mit der Pfote.

Ich stürzte zurück auf den Balkon und rannte, durch die Unendlichkeit, durch das All, durch den Himmel, über unsere alte Doppelhaushälfte in Heidelberg, über die Autobahnen, über den Wald, über Lüchow-Dannenberg, über die Ziegeldächer der Höfe, durch die Fachwerkmauer in mein Bett, und dort riß ich mir die Decke vom Kopf und nahm einen tiefen, lauten Atemzug, er klang wie mein letzter.

Morgens gab es ein großes Geschrei, weil der Postbote in die Pfütze vor der Gartenpforte gefallen war. Die Handwerker hatten nämlich so viel Zement verpulvert und in der Erde festgetreten, daß die kleine Kuhle vor der Gartenpforte zu einem wasserdichten Becken geworden war, in dem sich der ganze Frühjahrsregen sammelte. Vater hatte ein Brett darüber gelegt, aber das war rutschig geworden, weil die neuen Gänse aus Wustrow immer darüber watschelten und dabei ihre grünen Kotwürste absetzten.

Und jetzt saß der Postbote in der dickflüssigen Pfütze und schrie: »Holen Sie sich Ihre Post gefälligst vom Amt ab, Herr von Baguette! Sie Asozialer!«

Vater war bedrückt, fast hätte er geweint, und dann fuhr er nach Lüchow in seine Kanzlei. Als er zum Mittagessen zurückkam und immer noch traurig war, sagte Mutter: »Wir müssen endlich den Weg pflastern lassen, dann passiert so was nicht mehr. Vorher müssen wir natürlich die Seitenwand neu machen lassen, das sieht doch häßlich aus mit den Glasbausteinen im Fachwerk, da müssen wieder Backsteine hin und schöne weiße Sprossenfenster.«

Vater meinte: »Mach du das doch, Gabi. Selbst ist die Frau.«

Und da drehte Mutter durch. Zuerst erstarrte sie. Sie hielt Messer und Gabel, die sie gerade aufgenommen hatte, um ihr Kotelett zu zerschneiden, eine Weile auf halber Höhe in der Luft. Dann ließ sie das Besteck auf den Teller krachen, die Soße spritzte auf die Tischdecke.

Wir hatten eine gebügelte Tischdecke und Servietten. Das Besteck lag in richtiger Reihenfolge neben den Tellern. Das Fleisch hatte Mutter auf einer Platte angerichtet, die Kartoffeln dampften in einer Schüssel von KPM. Mutter hatte Benno und mir beigebracht, die unbenutzte Hand locker neben den Teller zu legen und nicht den Ellenbogen aufzustützen, obwohl Vater das bourgeois fand.

»Selbst«, brüllte sie jetzt, »selbst ist die Frau!«

Sie griff in die Schüssel und schleuderte eine dampfende Kartoffel nach der anderen an die Wand, die noch nicht verputzt war, und als die letzte Kartoffel an den Ytongsteinen zermatscht war, nahm sie die leere Porzellanschüssel und knallte sie auf den Boden.

»Was denkt ihr eigentlich, wer ich bin?« brüllte sie. »Ich bin keine Bauersfrau! Ich bin keine Hausfrau! Ich bin Stadtplanerin! Ich habe was im Kopf! Ich wollte mal die Heidelberger Altstadt abreißen und durch integrative Wohnkomplexe ersetzen! Und jetzt sitze ich in diesem Kaff! Ich hasse diese Dreckarbeit! Ich hasse Hausarbeit! Ich hasse Stricken!«

Für einen Augenblick wurde sie still.

»Aber ich dachte immer, du hast gern gestrickt«, sagte ich leise und dachte an die Pullover für Großvater Heinrich.

Mutter griff nach ihrem Kotelett und schleuderte es an meinem Kopf vorbei. »Nein! Ich habe nicht gern gestrickt! Ich habe gestrickt, um zu denken! Wenn ich denken wollte, dann strickte ich! Zur Tarnung! Hätte ich gedacht und nicht dabei gestrickt, hätten alle gedacht, ich wäre faul! Aber so dachten alle: Die strickt ja! Und keiner dachte: Die denkt ja! Herr Doktor Peter Kownatzky sagt aber, wer denkt, ist nicht faul, weil er denkt ja! Auch wenn er nicht dabei strickt!«

Mutter sackte in sich zusammen. Vater richtete sich auf.

»Man kann doch ruhig stricken, wenn man dabei denkt«, sagte er.

»Aber dann denkt doch jeder, daß man nur strickt!« schrie sie.

»Laß die Leute doch denken, was sie wollen«, sagte er. »Du denkst doch auch, was du willst, wenn du strickst.«

»Ich will aber nicht stricken, ich will denken!«

»Dann denk doch nicht immer ans Stricken«, sagte Vater.

Mutter wandte sich an mich. »Der versteht mich nicht«, flüsterte sie, »dein Vater versteht mich einfach nicht.«

Vater schwieg und wippte mit dem Fuß.

Am nächsten Tag bestellte er den Maurer Fridolin, einen Kameraden von der Freiwilligen Feuerwehr. Aber der hatte keine Zeit und schickte seinen Lehrling, der nach Feierabend mit einem Vorschlaghammer die Glasbausteine herausschlug und eine neue Mauer aus alten roten Ziegeln zog, so schief, daß kein Fensterrahmen paßte.

Vater war es peinlich, Fridolin darauf hinzuweisen, und so lehnten die neuen Sprossenfenster draußen an der Wand, das Glas zerbrach, die Bauplane vor dem Eingang ratterte im Wind.

Wir bekamen keine Post mehr, weil der Postbote nicht in die Pfütze fallen wollte, und Vater hatte nie Zeit, zum Postamt zu gehen. Irgendwann kam der Gerichtsvollzieher, weil so viele Rechnungen und Mahnungen nicht bei uns angekommen waren. Er stand ratlos vor der Pfütze am Gartentor und kratzte sich am Kopf. Dann versuchte er, über den Zaun zu klettern, aber die Latten waren morsch und krachten durch, er fluchte, und ich und Benno kicherten hinter der Bauplane.

Dann trocknete die Pfütze aus, es wurde immer heißer. Die drei Schafe schnauften unter ihrer dicken Wolle, und schließlich kam der Schäfer.

»Um den mußt du dich kümmern, Kitty«, sagte Vater, »es sind ja deine Schafe.«

Der Schäfer hatte ein schiefes Gesicht und schütteres Filzhaar, das an seiner Kopfhaut klebte. Er sprach nur Plattdeutsch. Er hatte seine Runde durchs Dorf gemacht und überall, an allen vierzehn Höfen, einen Schnaps bekommen; zu uns kam er zuletzt. Sein Mund stand offen, er hatte höchstens drei Zähne. Ich holte eins der Schafe und hielt es fest. Er schaltete sein elektrisches Schermesser ein, er schwankte, das Messer sauste durch die Luft, knapp an meinem Ohr vorbei. Er grölte Anweisungen, aber ich verstand ihn nicht.

»Heh ehl, hmm ah hoo«, rief er und unterstrich die Worte mit fuchtelnden Bewegungen seiner rechten Hand, in der das Schermesser vibrierte. Dann schwankte er wieder, verlor das Gleichgewicht, das Schermesser flog, er packte mich, ich stolperte, wir fielen, der Schäfer lag plötzlich auf mir, er rührte sich nicht und blies mir seinen Schnapsatem ins Gesicht. Ich wälzte ihn beiseite. Dann half ich ihm hoch, hob das Schermesser auf, das im Gras lag und die Gänseblümchen mähte, er nahm es und schor die Schafe. Sie blieben unverletzt und standen kahl und verwirrt zwischen den

Birken. Und ich mußte weinen, weil ich mich so vor dem Schäfer gegraust hatte.

Am Abend half Vater mir, die Schafe einzutreiben, sie waren verstört. Sobald wir näher kamen, machten sie einen Satz nach vorn.

Vater war außer sich. »Am besten muß man denen mit dem Elektroschocker eins drübergeben, einmal so richtig auspeitschen muß man die, diese Scheißviecher!«

Er stürzte sich auf eins der Schafe, packte es und zerrte es in den Stall. Dann nahm er Anlauf und trat zu.

»Hör auf«, weinte ich, »du tust ihm doch weh.« Aber Vater hörte nicht und trat weiter, das Schaf floh von einer Ecke in die nächste, keuchte und riß die Augen auf. Ich öffnete rasch die Stalltür, es rannte hinaus.

»Wie kannst du so dämlich sein, Kitty!« brüllte Vater. »Jetzt sieh zu, wie du deine Schafe wiederkriegst!«

Ich hetzte durch die Gärten, zu Freese und zu den Berlinern, aber die Schafe waren fort. Ich rannte auf die Dorfstraße, an den Misthaufen vorbei, an Henry Sültemeyers Zaun entlang, ich stapfte über eine Kuhwiese, die schmatzte, im Schlamm blieben Wasserlöcher zurück.

Es wurde schon dämmerig, hinter mir lag das Dorf, die Rauchfahnen der Höfe kamen wie Schlangen aus einem Korb. Ich stiefelte durch die Wiesen, stieg über Stacheldrahtzäune, rannte die Hügel hinauf und hinab, kletterte über die Gatter. Die Heide schäumte. Und dann ging ich nur noch geradeaus, ohne nach links und rechts zu sehen und ohne mich umzudrehen.

Ich hob den Kopf.

Vor mir lag der Nebelsee.

Er sah so aus, wie ich ihn verlassen hatte. Es gab keine Menschen und keinen Weg, nur Blumen, so groß wie Regenschirme. Ihre Stengel hatten violette Flecken, die Blüten waren klein und weiß, die Blätter gefiedert. Die Blumen und

Bäume waren so deutlich, als hätte sie jemand mit einem Neonfilzer umrahmt. Die Blumen stanken nach Mäusepisse. Der Wind trug den Algengeruch des Sees zu mir hinüber, faulig und kühl.

Aus dem Wasser kam ein Gesang: »Komm zu mir, Kitty!«

Ein Gestrüpp aus Birken, Schilf und Weiden umgab den See. Langsam kämpfte ich mich vor. Die Wasseroberfläche schillerte, die Farben jagten auf ihr entlang wie auf einem Käfer, der gerade die Flügel hob. Ich wollte meinen Blick nicht lösen, ich wollte unbedingt zum Wasser. Es schwappte mir schon in die Stiefel.

Da sah ich das weiße Blitzen zwischen den Bäumen. Es waren die Schafe, sie wollten mich nach Hause bringen.

Mir blieb noch lange der Geruch der seltsamen Blumen im Gedächtnis, und als ich wieder zu Hause war, ging ich in die Tenne und holte aus einer Kiste das »Species plantarum« von Linné, das Opa Emil uns geschenkt hatte. Die Seiten waren aufgequollen und rochen modrig, und aus dem Ledereinband krabbelten winzige Tierchen. Ich durchsuchte die Abbildungen nach den Blumen vom Nebelsee. Sie hatten einen geheimnisvollen Namen: »Conium maculatum«. Man durfte sie nicht essen, nicht einmal berühren. Die Lähmung fing in den Füßen an und kroch langsam ins Herz hinauf, bei vollem Bewußtsein.

Zuerst dachte ich, die Schafe hätten davon gegessen, weil sie plötzlich so schlaff und müde waren. Sie wollten morgens nicht mehr aus dem Stall, sie blieben einfach in der Ecke liegen. Aber ein paar Tage später waren auch die Hühner matt, gackerten kläglich und schafften es nicht, auf ihre Stange zu hüpfen. Kurz darauf verweigerten die Gänse das Futter, sie hörten auf, mich mit ausgestreckten Hälsen zu begrüßen, ließen ihre Köpfe hängen und fiepten, es klang wie Weinen.

Vater fragte den Tierarzt, der gab uns ein weißes Pulver,

das ich ins neue Futter mischen sollte. Aber die Tiere fraßen nicht mehr, und so nahm ich jedes Huhn und jede Gans in den Arm, öffnete den Schnabel wie eine müde Muschel und streute das Pulver hinein, auch den Schafen drückte ich die Mäuler auf und zwang sie, das Pulver zu schlucken, es schäumte auf ihren blauen Zungen, und am Ende war ich von oben bis unten von weißem Pulver bedeckt wie von bitterem Schnee.

Trotzdem war alles zu spät. Die Tiere starben auf einen Schlag. Die Schafe lagen morgens vor dem Stall im Gras, Tau glitzerte im Fell, Spinnennetze vergitterten ihre Ohren. Die Hühner lagen seltsam flachgedrückt im Stroh und die Gänse mit aufgerissenen Schnäbeln auf der Wiese. Vater sagte, ich solle ins Haus laufen und schnell an was anderes denken, aber ich beobachtete ihn durchs Fenster. Er sammelte die Gänse ein und schob sie in der Schubkarre durch den Garten. Ihre Köpfe baumelten über den Rand, ihre Schnäbel knallten gegen das Blech, und sie lächelten und lächelten. Vater weinte, er kippte die Gänse in eine Grube, die weißen Federn leuchteten im Dunkeln, dann fiel die schwarze Erde über sie.

Inquisition

Die Wildsau auf dem Ölgemälde schimmerte golden, sie suhlte sich am Ufer eines Sees. Mein Blick fuhr über die Pinselrillen in der Ölfarbe und über die Farbhäufchen, die wie die Spitzen einer Stachelkeule aus dem Bild kamen. Das Sofa unter dem Bild war türkisfarben mit blutroten, orientalisch anmutenden Kringeln. Ich sah zur Tür. Ein hellblauer Streifen umlief den Rahmen, der Griff war verschnörkelte Bronze. Der Raum lag im Erdgeschoß, eine Taxushecke verdeckte die Sicht aus dem Fenster. Es roch nach süßem Parfüm und altem Schweiß.

Ute Worms saß auf einem Klappstuhl aus Kiefernholz und hatte einen Umweltpapierblock auf dem Schoß, sie hielt einen Holzkugelschreiber zwischen den Fingern, auf dem »Rettet die Wale!« stand. Sie schrieb, der Block lappte nach unten, sie mußte ihn mit der freien Hand stabilisieren. Sie hatte einen Kurzhaarschnitt mit etwas zu stark gegelten Fransen, die vom Kopf abstanden wie auberginefarbene, frisch gespitzte Buntstifte. Und sie hatte einen gewaltigen Spitzbusen, der sich nicht bewegte. Ich saß ihr gegenüber und wartete. Sie unterstrich ein Wort, dann sah sie auf.

»Wir haben beschlossen, dich zu emanzipieren«, sagte sie.

Ich blickte auf meine Zehen, die sich in den Schuhen eingekrümmt hatten, die Knöchel beulten das Leder aus.

»Wer ist wir?« fragte ich.

»Deine Eltern, Herr Doktor Peter Kownatzky und ich. Diese hysterische Dynamik, diese ödipale Spannung, die du in die Familie bringst, muß aufhören. Du mußt dich von dir selbst emanzipieren. Du weißt, was deine Mutter über dich gesagt hat?«

Ich schüttelte den Kopf.

»Sie hat gesagt, du würdest ihr immer Knüppel zwischen die Beine werfen, wenn sie sich weiterentwickeln will. Daß sie in ihrer Analyse nur noch über dich spricht. Daß du darum eine eigene Analyse brauchst, damit sie wieder Luft bekommt.«

Ich sah auf.

»Das hat sie wirklich gesagt?«

»Darum bist du doch hier«, sagte Ute Worms. »Damit du endlich aufhörst, diese Dramen zu inszenieren. Pubertät hin oder her, wie du mit deinen Eltern umspringst, das geht zu weit.«

Ich schwieg. Plötzlich begann es zu stinken, ich hielt die Luft an.

»Das war nicht ich«, sagte Ute Worms. »Das war er.«

Sie zeigte nach oben. Auf dem Schrank hockte ein schwarzes Wesen, klein wie eine Faust, mit hervorquellenden Augen und spitzen Ohren, ein Chihuahua. Er begann mit Mickymaus-Stimme zu bellen.

»Das ist mein Kotherapeut«, sagte sie.

»Ihr Kot-Therapeut?« preßte ich hervor. Ich wagte noch immer nicht zu atmen.

»Genau.«

Ich traute mich nicht zu fragen, was das bedeutet, ob sie etwa mit dem Hund aufs Klo geht. Ich mußte lächeln.

»Abraxas spürt Aggressionen auf. Dir glaube ich nämlich nicht, liebe Kitty, daß du so lieb bist, wie du tust. Dein Lächeln ist nicht echt.«

»Wer ist denn Abraxas?« fragte ich.

»Mein Kot-Therapeut.«

»Ach so.«

»Na, was sagst du zu der Kitty, Abraxas?« fragte sie.

»Hiff«, sagte Abraxas. »Hiff Hiff.« Seine Augen glühten, er sah aus wie eine Fledermaus, die über uns schwebte.

Ute Worms nickte.

»Wenn ich daran denke, Kitty, wie du hier angekommen bist, mit den hochgezogenen Schultern und den verkrampften Trippelschritten und dem blassen traurigen Gesicht, dann habe ich überhaupt kein Mitleid mit dir. Das ist jetzt erst mal hart für dich, was?«

Ich schweig.

»Nein, mich zwacken tausend Teufelchen, am liebsten würde ich dich schütteln. Du bist nämlich gar nicht so traurig, wie du aussiehst. Du willst was ganz Besonderes sein, was?«

Ich schweig.

»Dabei bist du gar nicht zart. Du bist nicht sensibel. Du bist nicht empfindsam. Du bist keine höhere Tochter. Du bist keine lyrische Elfe. Du bist in Wahrheit ein Klotz. Und das ist jetzt keine Gegenübertragung. Guck doch nicht gleich so empört. Therapie ist nicht lieb und sanft. Therapie ist eine Operation ohne Narkose. Und ich bin keine Brieftantenkaste. Äh, ich meine, Briefkantentaste. Brief-kasten-tante. Herrgott.«

Sie zückte den Stift und begann zu schreiben. Der Block bog sich unter dem Druck des Stiftes. Ich las, was auf der Rückseite geschrieben stand. »Liebe Umweltfreundin, lieber Umweltfreund! Wir freuen uns, Dich auch in diesem Jahr mit einem eigenen Layout ansprechen zu können. Diesmal hat unsere Aktion das Thema Endlager. Den ersten Schritt hast Du schon gemacht. Du hast Umweltschutzpapier gekauft. Aber das reicht nicht. Du mußt Gorleben unschädlich machen. Solidarität mit der freien Republik Wendland!«

»Schreiben Sie was über mich?« fragte ich.

»Das hättest du wohl gern«, sagte Ute Worms. »Aber ich schreibe nicht über dich, sondern über meine Gegenübertragung. Mein Versprecher erzählt mir eine ganze Menge über dich. Eine ganze Menge.«

»Sind Sie eigentlich Psychoanalytiker wie Herr Doktor Peter Kownatzky?« fragte ich. »Ich meine, sind Sie auch auf Nervenzusammenbrüche in Lüchow-Dannenberg spezialisiert?«

Herr Doktor Peter Kownatzky hatte seine Praxis in Hamburg, Ute Worms nur in Lüneburg. Ich war mit der Regionalbahn hingefahren. An ihrer Tür stand nicht Psychoanalytikerin, sondern Psychagogin.

»Ich bin Kinder- und Jugendlichenpsychotherapeutin. Ich war ja zuerst Sozialpädagogin, dann habe ich gemerkt, daß das Soziale nicht reicht, man muß sich auch mit der Psyche beschäftigen.«

»Püsche« sagte sie mit gespitzten Lippen, dazu plinkerte sie mit den Augen.

»Dann habe ich studiert und eine Diplomarbeit über den ›Gruppendynamischen Einsatz von Tieren in der Kindertherapie unter besonderer Berücksichtigung von Blauhaar-Chihuahuas‹ geschrieben. Aber die hat der Prof nicht kapiert, er hat zu mir gesagt, kümmern Sie sich lieber um Ihre Sexualität. Dieser Macho, so eine Unverschämtheit. Aber dafür habe ich für meine Lehranalyse noch weniger Zeit gebraucht als Horst Eberhard Richter. In zwei Wochen war ich fertig. So. Und jetzt zu dir.«

Ich schwieg. Ute Worms ließ ihren Stift zwischen Zeige- und Mittelfinger wippen.

»Warum vergleichst du mich eigentlich mit Herrn Doktor Peter Kownatzky?« fragte sie.

»Weiß nicht«, murmelte ich.

»Doch, ich glaube, du weißt es. Dumm bist du ja nicht. Also, wie deutest du dein Verhalten?«

»Ich kenne doch keine anderen Psychoanalytiker, mit denen ich Sie vergleichen könnte«, sagte ich.

»Kitty, du rationalisierst. Dahinter steckt was ganz anderes. Du konkurrierst mit der Mutter. Du willst sie übertrumpfen. Du willst den Vater beeindrucken.«

»Aber Papa mag Herrn Doktor Peter Kownatzky nicht«, flüsterte ich. »Weil Mama immer so böse auf Papa ist, wenn sie aus der Stunde kommt.«

»Er mag ihn nicht, soso. Du wertest ab, was du nicht haben kannst.«

»Das habe ich doch anders gemeint.«

»Bemüh dich nicht, ich habe dich schon durchschaut. Du willst mich abwerten.«

»Ich will niemand abwerten, ich weiß doch gar nicht, wie das geht«, sagte ich. »Weder Sie noch Herrn Doktor Peter Kownatzky. Entschuldigung, aber ich habe das nicht verstanden.«

Ute Worms zog die Luft durch die Zähne und begann wieder zu schreiben.

»Hör mal zu, Kitty«, sagte sie. »Du kannst mich nicht durcheinanderbringen. Deine kleinen manipulativen Tricks funktionieren hier nicht. Ich bin dir nämlich überlegen. Und darüber sei froh. Wer weiß, was du alles anstellen würdest, wenn ich dir nicht überlegen wäre. Mit deiner hysterischen Problematik. Aber glaub mir, wir kriegen deine Püsche schon wieder hin.«

»Ich wünsche mir, daß es Mama besser geht«, sagte ich. »Daß sie nicht mehr so viel schreit und weint und sich umbringen will.«

»Nein, Kitty«, sagte Ute Worms. »Das wünschst du dir nicht. Wenn deine Mutter weint, spürst du Triumph. Triumph, weil du so vital bist und deine Konkurrentin, die Mutter, so schwach darniederliegen siehst. Du spürst Triumph, weil du den Vater dann für dich allein haben kannst.«

»Aber ich bin doch so traurig darüber.«

»Hiff«, sagte Abraxas, rückte bis an die Schrankkante vor und hechelte.

»Du bist nicht traurig, du spürst Triumph«, sagte Ute Worms »Siehst du, mein Kot-Therapeut kauft dir auch nicht ab, was du sagst.«

»Der spinnt ja«, piepste ich.

»Jawoll!« rief sie. »Ich spinne! Und ich bin eklig! Und ich bin blöd! Und ich stehe dazu! Ich habe meinen Schatten nämlich integriert, im Gegensatz zu dir. Na, was sagst du jetzt?«

»Das mit dem Triumph ist nicht wahr.«

»Ich spüre doch deine Abwehr. Deine Wut verrät, daß ich einen wunden Punkt getroffen habe. Habe ich dich ertappt?«

Ich schüttelte den Kopf.

»So ist das mit Hysterikerinnen«, fuhr sie fort. »Hysterikerinnen wissen nicht, was sie eigentlich fühlen. Sie haben für jedes Gefühl mehrere Haken, und dann suchen sie sich aus, an welchen Haken sie das Gefühl jeweils hängen. Ach, ich bin ja so visuell in meiner Ausdrucksweise, so unkonventionell, das ist dieses Individualistische bei mir, das kommt immer wieder durch, aber ich stehe dazu. Und glaub mir, wir kriegen das schon wieder hin mit dir. Ich habe ja mit deinen Eltern gesprochen. So toll, wie sie dich erzogen haben, so fortschrittlich und so freiheitlich, kann bei dir nicht allzuviel im argen liegen. Ich muß schon sagen, so aufgeklärte Menschen trifft man nicht alle Tage.«

»Hiff!« sagte Abraxas.

Ich schwieg.

»So, die Stunde ist vorbei«, sagte Ute Worms. »Ich glaube, es wird eine gute Therapie. Du bist ja sehr einsichtig. Und ich mag dich. Ich glaube, ich liebe dich sogar.«

Mit der Regionalbahn fuhr ich zurück nach Lüchow. Die Ackerfurchen glänzten im Regen, die Züge auf dem anderen Gleis zischten, ihre leeren Abteile flogen wie leuchtende Hülsen an mir vorbei. In Lüchow war ich die einzige, die aussteigen wollte, ich wußte nicht, wie ich die Tür öffnen sollte, hatte noch nie diesen roten Hebel bedient. Mein Herz begann zu trommeln. Auf dem Bahnsteig stand Mutter und rauchte. Ich schlug mit der Faust an die Tür, aber sie hörte mich nicht, sondern tippte die Asche ab. Schließlich half mir der Schaffner, der gerade vorbeikam.

Als Mutter mich sah, preßte sie ihre Gitane an einem Stahlpfeiler aus und warf sie danach in den Mülleimer, nicht zu den anderen Kippen zwischen den Schienen.

»Na, wie war's?« fragte Mutter.

»Frau Worms mag mich«, sagte ich.

»Die wird dir schon noch einheizen«, sagte Mutter. »Auf den Topf setzen wird sie dich. Du wirst dich noch wundern.«

»Aber sie mag mich.«

»Schön. Dann kann ich in meiner Analyse ja endlich wieder über mich sprechen statt nur noch über dich.«

»Das war doch nicht meine Schuld, daß du nur noch über mich gesprochen hast.«

Mutter lächelte bitter.

»Meine liebe Kitty, du hast eben keine Ahnung von Psychoanalyse. Von der Wirkungsweise psychischer Mechanismen. Aber glaub mir, ich falle nicht länger auf deine hysterische Dynamik herein. Und ich lasse mich nicht länger von dir ausbeuten. Übrigens wirst du heute kochen. Ich habe bei Kuno Freese Gulasch gekauft.«

»Igitt«, sagte ich, »schon wieder Gulasch? Kann ich nicht was anderes machen?«

»Du machst jetzt, was ich will. Du mußt endlich selbständig werden.«

Meine Eltern würgten an den zähen Fleischbrocken, Benno schob den Teller weg und schmierte sich ein Nutellabrot, mein Kiefer tat vom Kauen weh. Die Dosenpilze waren schleimig und lauwarm, und die Paprikastücke hatten sich aufgelöst, nur ihre Haut war übriggeblieben und klebte auf der Zunge und zwischen den Zähnen. Nach dem Essen stürmte Mutter ins Kinderzimmer.

»Eins will ich dir mal sagen: Dein Essen heute war eine Unverschämtheit!« schrie sie und setzte sich auf meinen Schreibtisch.

»Ich habe doch nur was Neues ausprobiert«, sagte ich.

»Ich habe noch nie so eine Unverschämtheit zum Mittag vorgesetzt bekommen. Du hast mich zutiefst verletzt. Du hattest keine Lust zum Kochen, und darum hast du mir dieses

Essen zusammengeklatscht, du ödipales Luder. Du behinderst meine Emanzipation.«

»Ich hatte doch bloß keine Lust auf Gulasch. Aber geh bitte von meinem Schreibtisch runter.«

»Kitty, du hast mich zutiefst verletzt. Du denkst wohl, du kannst dir alles erlauben. Du bist wie die Made im Speck. Wie die fette Made im Speck. Läßt immer nur in dich reinstopfen, immer nur Brrammwrrammbrramm.«

Sie zog eine Fratze und machte Schaufelbewegungen mit den Händen zum Mund.

»Ich bin keine Made«, sagte ich. »Äff mich doch nicht so nach. Du solltest mal sehen, wie du mich nachäffst. So bescheuert kann ich gar nicht sein.«

»Du bist so bescheuert, Kitty.«

»Geh doch bitte einfach raus.«

»Ich bleibe hier sitzen, solange ich will«, sagte Mutter. »Ich lasse mich nicht so autoritär herumkommandieren.«

»Dann geh wenigstens von meinem Schreibtisch runter.«

»Nein. Du machst jetzt die Küche. Und wenn du mir noch einmal so einen Fraß vorsetzt, kannst du was erleben.«

»Ich wollte doch nur ein neues Rezept erfinden. Bratgulasch!«

»Gulasch kann man nicht einfach so in der Pfanne braten, einfach irgendwie zusammenklatschen. Du warst bloß zu faul, um richtig zu kochen. Faul bist du. Du wolltest meine Emanzipation behindern, und das ist dir gelungen.«

»Ich wollte deine Emanzipation nicht behindern!«

»Doch, das wolltest du.«

»Ich wollte bloß kein Gulasch kochen, so wie immer, sondern was Neues: Bratgulasch.«

»Siehst du, du sagst ja selbst, daß du faul bist. Du wolltest meine Emanzipation behindern. Ich bin zutiefst verletzt.«

»Dann ist mir das eben egal.«

»Da haben wir es. Jetzt gibst du es zu. Es ist dir egal.«

»Ich wollte dich wirklich nicht verletzen, ich wollte nur

ein Rezept erfinden. Bratgulasch. Ich will mich eben auch emanzipieren: vom Gulasch zum Bratgulasch.«

»Ich bin zutiefst verletzt.«

»Aber es war doch nur Bratgulasch.«

»Na gut.«

Mutter sprang auf und kippte mir meinen Schreibtisch entgegen. Papierstapel stoben auseinander, Apfelsaft ergoß sich über den Teppich und meine Schulhefte.

»Und jetzt machst du die Küche!« raunzte sie.

Beim Aufräumen fiel der Küchenmülleimer unter dem Waschbecken um, weil er nicht richtig in der Verankerung befestigt war.

Vater sah zu, er schimpfte: »Kitty, du hast wirklich asoziale Züge.«

»Mir ist doch bloß der Mülleimer umgekippt!« sagte ich.

»Asoziale Züge hast du«, sagte Vater. »Richtig asoziale Züge.«

»Nein, das liegt doch nur daran, daß ...«

Vater unterbrach mich. »Wie gesagt, asozial, wie du da mit Müll um dich wirfst.«

»Jetzt laß mich doch mal ...«

»Du fügst dich hier überhaupt nicht in den Haushalt ein. Du denkst nur an dich. Du hast überhaupt kein Verantwortungsbewußtsein. Du bist richtig bourgeois. Asozial und bourgeois.«

»Aber das stimmt doch gar nicht, ich habe euch doch immer ...«

»Überhaupt kein Verantwortungsbewußtsein. Und richtig asoziale Züge hast du.«

»Der Mülleimer war doch bloß nicht richtig in der Verankerung ...«

»Du bist ja wohl zu dämlich, was in den Mülleimer zu werfen, zu schlampig und zu dämlich.«

»Ich bin überhaupt nicht dämlich!« schrie ich.

»Oho!« lachte Vater. »Jetzt wirst du mal wieder hysterisch! Gabi, hast du das gesehen?«

»Was?« fragte Mutter und kam in die Küche.

»Die Kitty, die hat richtig asoziale Züge. Die wirft hier einfach den Müll auf den Boden.«

»Das stimmt doch gar nicht«, rief ich, »der Eimer war bloß ...«

»Eine richtige kleine Kapitalistin ist sie«, sagte Vater. »Läßt sich nur bedienen, und die Dreckarbeit sollen die anderen machen.«

»Das ist wirklich sadistisch von dir« rief ich. »Ich habe euch doch immer geholfen, ich habe doch die ganzen Jahre ...«

»Da mußt du erst mal definieren, was Sadismus ist, wenn du schon so harte Begriffe auffährst«, sagte Vater.

»Na gut, also Sadismus ist ...«

Mutter ließ ihr Feuerzeug schnalzen. »Wenn ich mich recht erinnere, liebe Kitty, hast du hier nie auch nur einen einzigen Handgriff freiwillig gemacht«, sagte sie und blies den Rauch aus. »Nicht einen einzigen Handgriff. Du warst doch immer nur die kleine ödipale Prinzessin, die sich vom eigenen Vater den Arsch abwischen ließ. Eine fette Speckmade.«

»Und warum weigerst du dich, Sadismus zu definieren?« fragte Vater.

»Ich bin keine fette Speckmade!« schrie ich. »Und Sadismus wollte ich gerade erklären.«

»Bei dir klaffen Anspruch und Wirklichkeit anscheinend weit auseinander«, sagte Vater, »du willst erwachsen sein, statt dessen bist du bourgeois. Asozial und bourgeois. Und faul.«

»Und eine fette Speckmade«, ergänzte Mutter und nahm einen Zug.

»Das stimmt doch gar nicht!« kreischte ich. »Und asozial und bourgeois, beides zugleich. Wie soll das gehen? Ich dachte, es geht nur entweder oder. Was denn nun?«

Mutters Stimme wurde scharf: »Jetzt krieg nicht schon wieder einen hysterischen Anfall, und anmaßend bist du auch, Kitty.«

Ich rannte raus und knallte die Tür hinter mir zu. Der Putz rieselte von der Wand auf die Fliesen, die Tür sprang wieder aus dem Schloß, knallte an die Wand und federte zurück.

»Ihr gemeinen Arschlöcher!« brüllte ich.

Vater kam hinter mir her. »Jetzt reicht's aber«, sagte er. »Das lassen wir uns nicht bieten.«

Er holte aus und schlug mir ins Gesicht, erst rechts, dann links, dann wieder rechts, dann fiel ich zu Boden.

Abraxas Augen glommen aus dem Schatten über dem Schrank, er ließ mich nicht aus dem Blick. Die Wildsau auf dem Ölgemälde war fast im Uferschlamm versunken, ich sah nur noch den mächtigen Kopf und die staksigen Vorderläufe. Ute Worms schrieb und schrieb. Wenn der Block nach unten lappte, versuchte ich ihre Schrift zu entziffern, die großen aneinandergedrängten Buchstaben.

Sie sah auf. »Ich glaube nicht, daß du aus meinen Aufzeichnungen schlau wirst«, sagte sie. »Ich bin ja viel zu individualistisch. Paddeln oder Tandemfahren, das wäre ja auch nichts für mich, dieser Gleichklang, schrecklich. Ich bin ja auch so visuell in meiner Ausdrucksweise. Damit kommt ja nicht jeder klar, aber ich stehe dazu. Übrigens war dein Vater gestern hier. Wir hatten ein tolles Gespräch. Er ist ja ein so zauberhafter Mann. Also bei dem Vater wirst du später mal keine Probleme haben. Du hast ja wirklich ein gesundes Fundament. Deine hysterischen Anfälle kommen daher, daß du so an ihn gebunden bist. Du bist ödipal-regressiv-aggressiv-inzestuös-anal abhängig.«

»Aber er hat mich doch neulich so gequält. Und Mama hat mitgemacht. Darum bin ich ausgeflippt.«

»Gequält, schon wieder dieses Dramatische, dieses Hysterisch-Überdrehte. Dein Vater hat mir die Geschichte erzählt. Wir haben dich natürlich unter Kontrolle. Und da wurde mir klar, daß du alles selbst inszeniert hast. Du weißt genau, wie du die Bömbchen plazieren mußt, damit alle in die Luft gehen. Du scheinst überhaupt sehr viel zu inszenieren. Aber wir werden dich schon authentisch kriegen, keine Angst. Das ist ja das Problem von Hysterikerinnen, daß sie nicht authentisch sein können.«

»Aber Papa hat mir doch ins Gesicht geschlagen«, flüsterte ich. »Mein Ohr fiept immer noch.«

»Man sollte dir einen Spiegel vorhalten, was für dramatische Augen du jetzt machst. Null Authentizität. Übrigens kommt mir deine Schilderung sehr lustvoll vor. Ja, diese Intensität, diese Nähe, die entstanden ist, als dein Vater dich schlug, was er ja gar nicht hat, das wolltest du doch, das hatte was Sexuelles. Gibt doch zu, daß du danach gierst, von deinem Vater geschlagen zu werden. Das ist ja auch ödipalnormal. Warum stehst du nicht dazu?«

»Das stimmt doch alles nicht«, zirpte ich. Ich wollte noch mehr sagen, aber meine Stimme fiel in die Kehle zurück.

»Und warum kommt dann bei mir nichts rüber? Warum habe ich überhaupt kein Mitleid mit dir, wie du da so krumm auf dem Stuhl hockst und mit dieser piepsigen Stimme sprichst? Eben weil es nicht authentisch ist. Weil es dir nicht schlecht geht, weil du nicht leidest, weil du nur spielst. Eine richtige Maske hast du auf. Die Maske der leidenden, empfindsamen Kitty. Aber auf dein vornehmes Gesichtchen falle ich nicht rein. Ich nicht. Ich sagte doch schon, du bist in Wahrheit ein Klotz, ein brutaler sadomasochistischer Kettenpanzer. Und kein bißchen emanzipiert. Ich tat früher ja auch so brav, ich hatte einen langweiligen aschblonden Pagenkopf, dann habe ich meine Lehranalyse gemacht und gemerkt, daß ich in Wahrheit viel vitaler bin, jetzt habe ich diesen pfiffigen Kurzhaarschnitt in dieser mutigen Farbe. Ich war ja Zahntechnikerin ursprünglich, bevor ich Sozialpädagogin und dann Psychagogin wurde, und dann habe ich im Sommer manchmal einen Minirock getragen, und die Nachbarn haben meine Schwiegereltern gefragt, ob ich mir keinen längeren Rock leisten kann, und da war ich ganz erschrocken. Kannst du dir das vorstellen von mir? Nein, was? Heute wäre ich nicht mehr erschrocken, ich würde irgendwas Individuelles, was Freches erwidern, das ist ja meine Stärke, daß ich so individuell bin und so vital, so lebendig, so echt, und ich bin ja auch so visuell, so originell, so ungemein sinnlich, auf transzendentale Art natürlich, indisch. Aber um das zu entdecken, mußte ich erst mal meine Schattenseiten akzeptieren, und das steht bei dir auch noch an, das ist eben hart. Therapie ist nicht lieb und sanft. Therapie ist eine Operation ohne Narkose. Einer Patientin, der fielen sogar die Haare aus, in Büscheln, weil sie die Ohnmacht nicht ertragen konnte, weil meine Deutungen einfach zu gut waren, aber da mußte sie durch, das ist Individuation. Und ein anderer Patient, der ist in der Psychiatrie gelandet, der sagt, ich hätte ihn verrückt gemacht, in gewisser Weise stimmt das auch, ich habe seine Muster verrückt, und jetzt ist er eben ein Individuum, und damit kommt er nicht klar. Ich schaffe es, die Muster von euch Patienten zu knacken, eure eingeschliffenen Verhaltensweisen aufzulösen, ihr habt richtige Lockkarten voller Neurosen, und dann komme ich mit der Knipsschere und knipse neue Muster hinein. Ach, jetzt werde ich wieder so visuell. Aber gut, das ist eben meine Stärke.«

Sie lachte, ihre gegelten, auberginefarbenen Haarfransen wackelten. Sie machte Knipsbewegungen mit der Hand. »Knips, knips«, sagte sie.

Ich starrte sie an. »Ich kann das aber...«

»Interessant«, unterbrach mich Ute Worms, »sehr interessant, was du sagst. Du willst wohl immer im Mittelpunkt stehen, du willst wohl keinen zu Wort kommen lassen, was?

Du willst, daß sich alles um dich dreht, wie ein Kleinkind, das noch denkt, es wäre der Mittelpunkt der Welt; fötaler Wahn, nannte das Anna Freud. Das ist auch der Grund für deine hysterischen Anfälle, alle sollen gucken, alle sollen dir zuhören. Du mußt wirklich lernen, bescheidener zu sein, reifer, du mußt deinen Eltern den Vortritt lassen und vor allem mir. Du hast wohl ein Machtproblem, was? Du kannst es nicht ertragen, wenn andere im Mittelpunkt stehen. Ich bin ja selbst nie geliebt worden, meine Mutter, die hat meinem Bruder fünf Mark fürs Autowaschen geschenkt, und als ich das Auto gewaschen hatte, sagte sie, ich hätte mich vorgedrängt, eine Belohnung für ein Kind reicht, du kriegst nichts. Das ist natürlich hart für ein kleines Kind. Du willst immer im Mittelpunkt stehen, Kitty. Du mußt dich daran gewöhnen, daß du draußen stehst, daß du ganz unwichtig bist, ein vertrockneter Hundehaufen, weniger als das: ein Fliegendreck.«

»Aber warum darf ich denn nicht...«

»Weil ich mich nicht von dir benutzen lasse. Und weil sowieso nichts rüberkommt bei mir. Das habe ich doch schon erläutert. Du bist doch so fix im Kopf, so begabt, so nachdenklich, da wirst du doch wohl mit einer unbequemen Deutung, mit der Wahrheit, zurande kommen.«

»Ich weiß nicht«, murmelte ich, »alles ist plötzlich so weit weg. Wie Watte. Als wäre nichts mehr echt, nicht mal meine Füße.«

»Tja, das schaffe ich manchmal, ich bin eben eine Supertherapeutin. Ich knipse dir neue Muster in die Lochkarten. Knips, knips.«

Ich bekam ein eigenes Zimmer, das schönste Zimmer im Haus, den ehemaligen Schweinestall. Mutter half mir beim Einrichten, sie holte die Kisten aus der Tenne und wischte den Staub von den Möbeln. Ich stellte meine Bücher ins Regal, baute den Plattenspieler auf und ordnete die Schallplatten. Ihre Hüllen hatten sich gewellt und verströmten einen muffigen Geruch. Die Lautsprecher waren in der Feuchtigkeit der Tenne kaputtgegangen. Ich beugte mich zu den schwarzen Rillen hinab und lauschte dem tonlosen Wispern von Floh de Cologne. Jetzt fehlte nur noch eine Kommode.

Mutter nahm mich an die Hand und führte mich in die große Tenne. Vor der alten Schuhputzkommode blieb sie stehen. Sie war schwarz lackiert und sah aus wie ein Sarg. Auf den Türen klebten noch immer die Sonne, die gegen Atomkraft kämpfte, und die Friedenstaube auf blauem Grund, aber die Bilder waren zerkratzt und verblaßt.

»Hier«, sagte Mutter.

»Was, hier?«

»Das ist meine alte Kinderzimmerkommode. Die schenke ich dir.«

»Mama, die ist doch potthäßlich!«

»Nein, ist sie nicht. Die schwarze Farbe ist häßlich, aber nicht die Kommode. Guck doch mal.«

Sie öffnete die Türen. Das Schrankpapier zeigte weiße Endlospuppen, die sich auf rotem Grund an den Händen hielten. Mutter riß ein Stück heraus. Darunter kam schönes, dunkles Holz zum Vorschein.

»Kirschholz«, sagte Mutter. »Wir bringen die Kommode zum Restaurateur, der beizt sie ab, wachst sie ein, und dann hast du ein echtes Schmuckstück für dein neues Zimmer.«

Wir räumten die alten Schuhe aus und die Tuben und Dosen mit hart gewordener Schuhputzcreme und rissen das Schrankpapier heraus.

»Eigentlich schade«, murmelte Mutter, »das hat meine Mutter mal für mich ausgesucht.«

Sie zerfetzte alles und steckte es in die Mülltüte. An der Rückwand der Kommode klemmte eine Preßholzplatte, sie war mit rostigen Nägeln befestigt. Mutter versuchte, sie abzulösen, aber sie brach sich den Fingernagel ab.

»Was soll's, das macht der Restaurateur«, sagte sie.

Wir trugen die Kommode zum Auto. Sie war schwer, Mutter schob, ich trippelte rückwärts. Wir schafften es nicht, die Kommode auf den Dachgepäckträger zu heben und holten Vater zu Hilfe.

»Was habt ihr denn vor?« wollte er wissen.

»Die Kommode muß auf den Dachgepäckträger. Wir wollen sie zum Abbeizen nach Lüchow bringen.«

»Quatsch«, sagte Vater, »selbst ist der Mann!«

Mutter verdrehte die Augen.

»Beize ist doch umweltschädlich«, sagte Vater. »Den Lack kriegen wir genausogut mit einem Heißluftföhn ab.«

Wir trugen die Kommode zurück in die Tenne, aber leider hatten wir keinen Heißluftföhn. Vater kam nie dazu, zum Baumarkt zu fahren und einen zu kaufen.

»Wann ist eigentlich die Kommode fertig?« fragte Mutter ab und zu.

»Ach ja, die Kommode«, sagte Vater dann.

Ich kam in die neunte Klasse, die Schuldirektorin mit den fitzeligen Locken und den Fimo-Ohrringen, Frau Ihle, wurde meine neue Klassenlehrerin. Sie war riesig und hatte spitze Knie, und wenn sie Knoblauch gegessen hatte, nahm sie ein apfeliges Parfüm, und als erstes erklärte sie uns, daß sie nicht verrückt sei, sondern gegen das Unrecht kämpfe und sich von niemandem aufhalten lasse. Samstags nach Schulschluß gab sie uns Russischunterricht; er stand nicht im Lehrplan, aber wir sollten ein positives Verhältnis zur Sowjetunion kriegen. Wir lasen Kyrillisch: Kniga, Buch. Prawda, Wahrheit. Drei Wochen später ging keiner mehr hin, weil wir lieber frei haben wollten.

Frau Ihle war sauer. »Bitte sehr«, schimpfte sie, »dann lernt doch euer faschistisches Amerikanisch, das euch in Zukunft nichts mehr nützen wird. Die Zukunft ist russisch, aber wenn ihr das begreift, ist es zu spät für euch.«

Eines Tages fing sie mich ab. »Kitty, was ist los?« fragte

sie. »Du bist so blaß, so still. Wo bleibt dein fortschrittlicher Optimismus?«

Ich schwieg.

Daraufhin bestellte sie mich und meine Eltern in die Sprechstunde und fragte: »Was ist denn mit der Kitty los? Die sagt keinen Pieps, die lacht nicht, gibt es irgendwelche Probleme?«

»Kitty leidet unter dem Kapitalismus«, sagte Mutter, und Vater fügte hinzu: »Sie ist ein politisch begabtes Kind.«

Er gab mir die »UZ« zu lesen und die »FR«, ich sollte endlich über die Schlechtigkeit der Welt Bescheid wissen, ich sollte mein Leid in Haß gegen die Herrschenden verwandeln.

Frau Ihle lieh mir Bücher über Che Guevara und Rosa Luxemburg und sagte: »Wir brauchen Menschen, die Sand ins Getriebe bringen. Du weißt doch, wie ich das meine, oder?«

»Eigentlich nicht«, sagte ich.

»Na, du könntest zum Beispiel öfter mal die Nationalhymne der DDR pfeifen, wenn ein Faschist in der Nähe ist. Oder mal einen Lehrer fragen, warum die RAF-Gefangenen nicht wie politische Gefangene behandelt werden, sondern wie Verbrecher. Einfach so, verstehst du, mitten im Lateinunterricht zum Beispiel. Damit der Lehrer ins Stottern kommt.«

»Mm.«

»Und du mußt natürlich die richtigen Leute kennenlernen. Zum Beispiel den Bernie Gutmann. Der kommt doch demnächst nach Lüchow.«

Sein Vortrag mit anschließender Diskussion über Menschenrechte in Ost und West sollte abends im Ratskeller stattfinden. Meine Eltern waren begeistert und erlaubten mir, Frau Ihle zu begleiten.

»Wer ist Bernie Gutmann eigentlich?« fragte ich.

»Aber Kitty«, rief Vater, »Bernie Gutmann ist ein berühmter Kommunist! Ich dachte, Frau Ihle hätte dir seine Schwarzbücher ausgeliehen! Er ist gewissermaßen der Botschafter der DDR bei uns.«

»Ach ja, ich erinnere mich«, log ich.

Ich las die Bücher von Frau Ihle nicht, ich las auch die »FR« nicht, sie war wie eine Mauer zum Ausklappen, mit ihren grauen Buchstaben und dem grünen Balken oben drauf, der wie Gras auf den Artikeln wuchs.

»Also wenn du Bernie Gutmann triffst«, sagte Mutter, »mußt du ihm natürlich erzählen, daß du schon als Kind gegen die Herrschenden gekämpft hast! Daß du die chilenische Widerstandskämpferin Isabel Sandoval kennst, die freiwillig in die DDR gegangen ist!«

»Was, in die DDR?« fragte ich. »Da ist doch nur Stacheldraht. Hat der Löwenthal gesagt.«

»Unsinn!« schimpfte Mutter. »Der Stacheldraht ist zu unserem Schutz, damit der Sozialismus heil bleibt. Und sei schön höflich zu Bernie Gutmann, hörst du! Und sage nicht einfach nur ›Tag‹, wenn du ihn begrüßt, sondern gib ihm die Hand und sage ›Guten Tag, Herr Gutmann!‹.«

»Das ist doch bescheuert.«

»Das ist überhaupt nicht bescheuert, das ist wohlerzogen. Sprich mir nach: ›Guten Tag, Herr Gutmann!‹«

»Guten Tag.«

»Nein, Kitty, du mußt sagen: ›Guten Tag, Herr Gutmann.‹ Nicht einfach nur ›Guten Tag‹, sondern ›Guten Tag, Herr Gutmann‹. Verstanden?«

»Ja.«

»Dann sag es doch: ›Guten Tag, Herr Gutmann!‹«

»Guten Tag, Herr Gutmann.«

»Genauso machst du es.«

Der Lüchower Ratskeller war leer und kühl, die schweren Tische stießen fast aneinander. In der Mitte saß ein breiter Mann mit kurzen Haaren und Wollpullover.

»Das ist er!« raunte Frau Ihle.

Wir gingen auf ihn zu, er sah auf. Ich streckte die Hand aus.

»Guten Tag, Herr Gutmann!« sagte ich. Meine Stimme zitterte.

»Tag«, brummte Bernie Gutmann.

Er gab nur Frau Ihle die Hand.

»Übrigens«, zwitscherte sie, »das ist Kitty von Baguette, die Tochter von Borsalino von Baguette.«

Das war gelogen, denn ich hieß Caspari, wie meine Mutter.

»Guten Tag, Herr Gutmann!« rief ich noch einmal, aber er schwieg und nahm einen Schluck Bier.

Ich lächelte, weil Mutter gesagt hatte, ich solle höflich sein. Frau Ihle sprach von der gemeinsamen Sache und vom Kampf gegen den Faschismus, und sie sagte die ganze Zeit »wir«. Beide rauchten. Der Rauch kroch Frau Ihle aus den Nasenlöchern, sie tippte ständig die Asche ab; Bernie Gutmann wartete, bis die Asche von selbst fiel. Ich lächelte, meine Wangen spannten. Der Kellner brachte mir eine Milch und Frau Ihle ein Bier. Sie prostete Bernie Gutmann zu, der Schaum blieb ihr an der Nase kleben.

»So, ich werde mal verschwinden«, sagte Frau Ihle schließlich und gab mir einen Knuff. »Kitty ist übrigens eine sehr begabte Schülerin. Und auskunftsfreudig ist sie sicher auch.«

Ihre Schritte verhallten im Ratskeller. Es gab keine Fenster. Unter den Tischen ballte sich Dunkelheit. Ich lächelte, obwohl mein Gesicht schon weh tat.

Bernie Gutmann musterte mich. Sein Pullover war schlabberig und kobaltblau. Plötzlich griff Bernie Gutmann in die Windjacke, die über der Stuhllehne neben ihm hing und zog eine Brieftasche heraus, er klappte sie auf und entnahm ihr einen Umschlag, ohne den Blick von mir abzuwenden; aus dem Umschlag zog er ein Foto, er hielt es mir hin.

»Erkennst du die?« fragte er.

Das Foto zeigte eine schmale blonde Frau mit einem kleinen Mädchen an der Hand. Ringsum war es dunkel, die Augen der beiden glühten vom Blitzlicht. Beide umklammerten ein Seil, an dem ein riesiger roter Luftballon schwebte, mit der Aufschrift »DKP«.

»Das bin ja ich!« rief ich.

»Ja, das bist du«, sagte er. »Ein süßes Mädchen. Mit einem schönen Luftballon.«

Ich griff nach dem Foto, aber er zog es zurück.

»Wo haben Sie das denn her?« fragte ich. »Hat Frau Ihle Ihnen das gegeben?«

Er lachte.

»Vielleicht Frau Ihle, vielleicht auch ein anderer meiner vielen Freunde.«

»Aber wer hat uns denn fotografiert?«

Er lachte.

»Sag mal, Kitty«, fragte er dann, »war dein Vater, Borsalino von Baguette, eigentlich auch auf diesem DKP-Fest in Marburg?«

»Ja«, sagte ich, »und mein Bruder auch.«

»Und geht er manchmal immer noch hin?«

»Mein Bruder?«

»Dein Vater!«

»Wir wohnen doch viel zu weit weg.«

Bernie Gutmann steckte das Foto zurück in den Umschlag, den Umschlag in die Brieftasche, die Brieftasche in die Windjacke.

»Ich meine das eher allgemein«, sagte er. »Ist dein Vater politisch noch dabei?«

Er bewegte sich langsam, wie ein Jäger, der das Wild nicht erschrecken will. In Zeitlupe zog er eine Zigarette aus der Schachtel, ohne den Blick von mir abzuwenden. Er zielte daneben, der Filter traf sein Kinn. Seine Lippen schnappten nach der Zigarette, das Feuerzeug schnalzte, die Glut zischte.

»Nun, Kitty?«

Ich wußte nicht, was ich sagen sollte. Bernie Gutmann sog an der Zigarette. Langsam bildete sich ein Aschenwurm an der Spitze. Er tippte ihn nicht ab, seine Ruhe machte mich nervös.

»Warum hat dein Vater denn alles aufgegeben und ist nach Lüchow-Dannenberg gezogen?« fragte er. »Hat er gemerkt, daß das Abenteurertum der RAF zu nichts führt, sondern daß wir nur in kämpferischer Solidarität mit der Sowjetunion siegen können?«

»Weiß nicht«, sagte ich.

»Würde er denn für uns arbeiten? Mal ein Jugendlager auf Rügen leiten zum Beispiel? Fährt er gern in die DDR?«

»Er fährt nur nach Wustrow zur Geflügelfarm«, sagte ich.

»Zur Geflügelfarm? Ist er denn nicht mehr aktiv?«

»Doch, sehr.«

»Was macht er denn so?«

»Er gräbt den Garten um. Und er hat gerade den Schweinestall ausgebaut. Als nächstes ist der Kuhstall dran.«

Bernie Gutmann ließ die Hand mit der Zigarette sinken. Dabei fiel die Asche hinunter und staubte auf den Tisch. Er betrachtete sie. Dann wandte er mir langsam den Kopf wieder zu.

»Ich meinte das politisch«, sagte er und betonte jedes Wort. »Ob dein Vater politisch noch aktiv ist.«

»Weiß nicht.«

Er hob sein Bierglas mit der Hand, die zugleich die Zigarette hielt, und nahm einen Schluck. Ich hatte meine Milch längst ausgetrunken, auf dem Grund des Glases klebte ein weißer Ring. Der Rauch kroch mir in den Hals, meine Kehle trocknete aus.

»Mit wem trifft sich dein Vater denn so?« fragte er. »Sind das noch die Genossen von früher oder andere Leute?«

»Er trifft sich mit Ede Blunck«, sagte ich und war froh, daß ich endlich eine Antwort wußte.

»Ach!« Er beugte sich vor, der Pullover warf eine Falte und streifte den Aschenbecher. Hinter ihm war es dunkel. »Ede Blunck, ist der in der Partei? In der Gewerkschaft? Was macht er denn so?«

»Er fährt Trecker«, sagte ich.

»Er ... Was??«

»Er fährt Trecker. Und er baut Holzschuppen, und die werden dann grün, von alleine.«

Bernie Gutmann nahm einen Schluck Bier und knallte sein Glas zurück auf den Tisch. Auf seinem Pullover klebten Aschenflocken.

»Ob er Trecker fährt, interessiert mich nicht! Aber er spricht doch mit deinem Vater, dieser Ede, oder?« Seine Stimme war plötzlich laut und hallte durch den Ratskeller. »Was sagen die beiden denn so, wenn sie sich treffen?«

»Moin!« sagte ich.

Bernie Gutmann starrte mich an. Er sah wütend aus.

»Was soll denn das?« schnaufte er.

Mein Kinn begann zu zittern. »Sie sagen ›Moin!‹, wenn sie sich treffen.«

»Und was sagen sie sonst noch?«

Ich schluckte. »Sie sagen nur ›Moin!‹.«

»Wo ist er denn organisiert, dieser Ede?« fragte Bernie Gutmann.

»In der Freiwilligen Feuerwehr«, flüsterte ich.

Bernie Gutmann schüttelte den Kopf und tippte hart die Asche seiner Zigarette ab. Die Kippen im Aschenbecher sahen aus wie verfaulter Bohnensalat.

In der Schule saß ich neben Tanja. Sie war sitzengeblieben, sie hatte einen Busen und streckte ihn allen entgegen. Ich bewunderte ihre Fingernägel. Auf jedem Nagel prangte ein Halbmond. Wenn sie sich langweilte, drückte sie mit einem

Geodreieck ihre Nagelhäute zurück. Ich selbst zerkaute meine Nägel und zupfte an den Nagelhäuten, bis die Haut rings um den Nagel aufsprang und sich vom Finger pellen ließ. Tanja aß kein Fleisch, weil die Tiere ihr leid taten, sie schminkte sich die Lippen mit einem Stift aus dem Bioladen, aber so dünn, daß die Lehrer nichts merkten. Eines Tages, sagte sie, wolle sie aussteigen, was nicht leicht werden würde, weil ihre Eltern schon ausgestiegen waren. Am liebsten kletterte sie auf Bäume. Sie hatte einen großen Bruder voller Eiterpickel, der Dichter werden wollte. Einmal hatte sie einen Jungen geküßt, nicht freiwillig, sondern beim Flaschendrehen, und zwar mit der Zunge.

»Das ist ja eklig«, sagte ich.

»Stimmt«, sagte Tanja, »aber hinterher fand ich ihn trotzdem netter als vorher. Komisch, oder?«

»Ja, komisch.«

»Du könntest doch mal meinen Bruder küssen«, schlug sie vor.

»Igitt«, sagte ich. »Was für Gedichte schreibt er denn?«

Sein Zimmer war kühl, alles darin war eckig. Die Bettdecke hatte ein Muster aus hellblauen Flugzeugen. Tanja zog die Schubladen auf, öffnete die Schränke, hob schließlich den Teppich und fand die Mappe. Wir machten es uns auf dem Bett bequem und begannen zu lesen.

Anscheinend hatte ihr Bruder mehrere Romane in Arbeit, alle waren ein oder zwei Kapitel lang und hatten Titel wie »Der Priester und die toten Ratten« oder »Gefangen im All«. Ich las ein Kapitel über Leute, die sich von Pommes-frites-Tabletten ernährten. Sie waren auf der Flucht vor Gewaltmonstern, die das Universum beherrschten.

Neben mir kicherte Tanja. »O Gott, ist das versaut«, flüsterte sie. »Hör mal, Kitty, ›Gedicht für Luisa. Laß mich deine Küsse trinken, zwischen deinen weichen Knien will ich tief in dir versinken.‹«

»So was schreibt er?«

»Pervers.«

»Zeig mal.«

Wir lasen uns das Gedicht gegenseitig vor und strampelten vor Lachen mit den Beinen.

»Tief in dir versinken«, murmelte Tanja.

Ich gackerte los, sie kreischte. Ich sah die roten Adern auf ihren Wangen und das Zäpfchen in ihrem Rachen, Speichelfäden spannten sich von der Zunge zum Gaumen. Ich dachte an Nacktschnecken, mir wurde schlecht. Ich schloß die Augen. Plötzlich hörte ich es rauschen. Der Dichter lächelte und sank, er hielt mich an der Hand, er zog mich in die Tiefe. Der See war aus Schrift gemacht, i-Punkte sprühten, Ausrufezeichen spritzten, Worte schäumten – und das Bild meiner grinsenden, fickenden Eltern löste sich auf.

»Ist was?« fragte Tanja. »Sag mal, heulst du?«

»Tanja«, sagte ich leise, »was glaubst du, wo man einen Dichter kennenlernen kann? Einen, der richtig schreiben kann und der keine Pickel hat?«

Tanja setzte sich auf und umfaßte die Knie. »Dichter sitzen doch bloß an der Schreibmaschine.«

»Und wann gehen sie raus?«

»Wenn sie neues Papier brauchen«, sagte Tanja. »Und vielleicht sind sie manchmal in der Stadtbibliothek und gucken irgendwas nach.«

»Dann hätte ich längst einen getroffen.«

»Du mußt zu den richtigen Regalen gehen. Wo die Gedichte sind.«

»Ich glaube nicht, daß Dichter Gedichte lesen«, sagte ich. »Die können sich doch selbst welche schreiben.«

Tanja überlegte.

»Ich weiß was Besseres«, sagte sie schließlich. »Vielleicht trifft man Dichter auch an schönen Orten, in der Heide zum Beispiel, wenn die Sonne untergeht. Da stehen sie dann herum und dichten.«

»Echt?«

»Wo denn sonst.«

Wir stapften in die Heide und sahen, wie das Abendlicht das Kraut entflammte und die Bäume schwärzte. Es wurde kühl, der Wind fuhr in die Wolken, die Vögel waren still. Nur einer sang weiter, klar und einsam. Die Stille wölbte sich über der Heide, die Sterne klebten an ihr fest.

»Wie ärgerlich, daß er das gerade verpaßt!« seufzte Tanja. »Das wäre ein tolles Gedicht geworden, und einen Kuß hättest du sicher auch gleich gekriegt!«

Frau Ihle war nervös, sie wollte mit uns in die DDR auf Klassenfahrt. Wochenlang hielten wir Referate. Freizeit in der DDR, Wirtschaft in der DDR, Konsumverhalten in der DDR, Bildung in der DDR, deutsch-sowjetische Freundschaft in der DDR.

»Und du, Kitty«, sagte sie, »du machst was über das KZ Buchenwald.«

»Wieso ich?« fragte ich.

»Weil du aus einem fortschrittlichen Elternhaus kommst.«

Sie gab mir ein Buch über Buchenwald. Ich schlug es wieder zu, als ich das Foto mit dem Prügelbock sah.

»Du mußt in deinem Referat vor allem die Foltermethoden genau beschreiben«, sagte Frau Ihle.

»Das kann ich nicht«, sagte ich. »Das quält mich zu sehr.«

»Das soll es doch auch«, sagte Frau Ihle. »Diese Greueltaten sollen euch quälen. Das ist Aufklärung. Ihr müßt das Böse kennen.«

»Aber wenn wir das Böse kennen, können wir es doch tun«, sagte ich.

»Falsch. Ihr sollt das Böse kennen, damit ihr es nicht tut.«

»Dann sollen wir wohl auch lesen können, damit wir nicht lesen.«

»Kitty, hör auf mit diesen faschistischen Gedankenspielen, sonst gibt es gleich einen Eintrag ins Klassenbuch. Wenn ihr das Böse nicht kennt, könnt ihr nicht merken, daß es böse ist.«

»Aber wenn wir das Böse gar nicht erst kennen, können wir es doch auch nicht tun.«

»Ihr sollt es aber tun können, damit ihr es nicht tut. Und damit ihr euch wehren könnt, wenn es wieder mal soweit ist.«

»Wie soll ich mich denn wehren in einer Gaskammer?«

»Kitty, bei dir ist wohl eine Schraube locker. Du bist doch nicht das Opfer, du bist die Täterin. Du bist eine KZ-Wächterin.«

»Ich will aber keine KZ-Wächterin sein.«

»Du sollst aber KZ-Wächterin sein – innerlich. Und im selben Moment dafür gedemütigt werden, mit Hilfe dieser grauenhaften Bilder. Und das soll geschehen, solange du noch jung und zart bist. Ihr Kinder sollt Monster werden, aber gebrochene Monster. Ein gebrochenes Monster tut keiner Fliege mehr was zuleide. Ein Kind mit einer unschuldigen Seele ist viel gefährlicher. Und wir wollen keine Unschuld zulassen, in diesem Land der Schuld.«

»Warum denn nicht?« flüsterte ich und spürte, wie mein Hals sich zuzog.

Frau Ihle beugte sich zu mir herab. Ihr Atem umhüllte mein Gesicht, ihre Augenbrauen waren mit einem schwarzen Stift nachgezeichnet. Aus der schwarzen Fläche ragten nur wenige Haare, wie Baumstümpfe aus einem abgebrannten Feld. Sie raunte: »Weil unschuldige Menschen keine KZs bauen, weil sie nicht rauben, nicht quälen, nicht morden. Wir wollen der Welt aber zeigen, daß wir dazu in der Lage sind. Und zugleich, daß wir reuige Sünder sind. Wir wollen es machen wie Sisyphos. Wir wälzen den Stein auf den Berg der Geschichte. Und dann rollt er wieder runter, und die nächste Generation muß ihn hochstemmen. Und so geht es immer weiter, tausend Jahre lang. Die einen denken, es sei die Last der Schuld. Die anderen wissen, es ist der Triumph des Bösen. Und jetzt geh schon, kleine dumme Kitty, und lies das KZ-Buch. Mach deine Hausaufgaben.«

Buchenwald sah aus wie eine Fußgängerzone. Es gab keine Baracken mehr, keine Prügelböcke und Galgen, nur Mauern wie von Ritterburgen und Tafeln mit Namen und helle Steintrassen, Steinklötze, Treppen und Pflasterstraßen.

Frau Ihle brachte uns in einen Vorführraum, es wurde dunkel, der Film begann. Wir sahen Berge aus Brillen und Kisten voller Goldzähne, abgehackte Oberkörper, die in einer Wanne lagen, Schrumpfköpfe mit frisierten Haaren, Becken voller Knochen und halbverwester Leiber und überall Gesichter, die so abgemagert waren, daß sie Mund und Augen nicht mehr schließen konnten. Wir sahen die Rampe, wir sahen die Güterwaggons und die stickige Dunkelheit darin. Mir fuhren die Tränen aus den Augen, sie fuhren über meine Wangen in den Mund, bis in den Hals, meine Kehle war das Gleis, meine Lunge die Lok. Ich sprang auf und rannte hinaus, die Tür knallte zu, die Sonne gleißte. Zwischen den Pflastersteinen waren glänzende Streifen, ihre Muster blendeten, ich blinzelte, nirgendwo war ein Mensch. Ich setzte mich irgendwohin, vor mir ragte ein Denkmal empor. Ich hielt die Bronzefiguren für SS-Männer. Sie hatten Schaufelhände, klobige Füße und Riesenköpfe, sie streckten die Fäuste in die Luft, hielten Fahnen und Gewehre, sie blickten über mich hinweg. Aber es waren keine SS-Männer, sondern kommunistische Häftlinge, die sich gerade befreit hatten. Noch immer rollten mir Güterzüge aus den Augen, sie hielten erst auf den Pflastersteinen an und verdunsteten in der Sonne.

Tanja kam etwas später, sie setzte ihre Sonnenbrille auf, damit sie keiner weinen sah, obwohl wir doch alleine waren. Die Straße raste auf uns zu, wir waren winzig, und ich wußte, daß wir belogen wurden. Die Toten hier waren nicht aus Bronze, und sie hatten keine Schaufelhände, keine klobigen Füße und Riesenköpfe, und sie waren auch keine Sieger, sondern Blumen und kleine weiße Schmetterlinge, und man hatte sie einfach zertreten und verstreut.

»Gott ist ein Arsch«, sagte Tanja.

Aber Gott konnte auch nichts dafür, weil er selbst ein zerrissener Schmetterling war und tief in der Erde verfaulen mußte.

Als wir aus der DDR zurückkamen, ging Tschernobyl in die Luft. Wir dachten, wir würden alle Krebs kriegen, uns würden die Haare ausfallen und die Zähne. Die Geigerzähler ratterten, Mutter kaufte keine Pilze mehr.

»Schon damals, schon damals waren wir gegen Atomkraft«, sagte sie. »Erinnerst du dich an den Aufkleber, Kitty?«

»Mit der Sonne, die gegen Atomkraft kämpft? Der auf den Türen der Kommode klebt?«

»Genau. Apropos Kommode«, sie wandte sich an Vater, »wann ist sie denn eigentlich fertig? Hast du endlich einen Heißluftföhn gekauft?«

Vater sagte, es seien die Profiteure und Lobbyisten, die Kapitalisten und Profitgeier, die unsere Welt zugrunde wirtschafteten, und es sei eine Ablenkung der Reaktionäre, jetzt auf die Sowjets loszuschlagen, nur weil dort ein AKW hochgegangen sei und nicht hier.

»Und der Heißluftföhn?« fragte Mutter.

»Ich rede von Atomkraftwerken, und du denkst nur ans Stromverbrauchen!« schimpfte Vater. »Wie kannst du so unpolitisch sein? Das AKW Stade hat viel schlechtere Sicherheitsvorrichtungen als Tschernobyl, und die Wahrscheinlichkeit, daß es in den nächsten fünfzehn Jahren explodiert, beträgt achtundvierzigkommadreineun Prozent. Achtundvierzigkommadreineun Prozent. Das müßt ihr euch mal vorstellen.«

Das Trinkwasser war vergiftet, die Luft voller Schadstoffe, der Wald kratzte ab, die Pole schmolzen, und überall waren Pershing Zwos.

»Ihr müßt wach bleiben«, sagte Frau Ihle. »Ihr dürft euer Bewußtsein für nichts hergeben, für nichts, steter Tropfen höhlt den Stein!«

Ich war mir nicht sicher, ob es an der Tschernobyl-Strahlung lag, daß mein Busen immer größer wurde. Ich war eine Mutantin, mein Busen hing an mir wie eine zweite Nacktheit.
Benno bemerkte sie als erster. Eines Mittags ließ er seinen Löffel in die Suppe platschen, zeigte mit dem Finger auf meinen Busen und begann zu lachen.
»Titti Kitty«, gackerte er. »Titti-Kitty, Titti-Kitty!«
»Blödmann«, sagte ich.
»Aber Kitty«, sagte Mutter, »wieso bist du denn plötzlich so prüde? Wir haben euch doch so freiheitlich, so progressiv erzogen. Du mußt endlich aufhören, deinen Bruder zu unterdrücken. Du mußt seine Sexualität fördern, sonst wird er später mal ein Klemmi.«
Während Mutter sprach, erschienen lauter rote Flecken in ihrem Gesicht, und sie fummelte an ihrem Serviettenring herum. Auch Vater wurde rot, er grinste.
»Wie war das, Benno?« sagte er.
»Titti-Kitty!« kreischte Benno.
»Benno, du bist so ein Oberidiot«, zischte ich und verschränkte die Arme vor der Brust.
»Kitty, hör auf, deinen Bruder fertigzumachen«, sagte Mutter. »Der Benno hat ein gesundes, vitales Lustempfinden. Wir wollen doch nicht leugnen, daß es ihn erregt, den Busen seiner Schwester zu sehen, wir sind doch keine verklemmten Spießer. Jetzt nimm doch mal deine Hände da weg, Kitty. Na also. Mein Gott, hast du aber Möpse! Du mußt wirklich noch lernen, deine sexuellen Reize zu verbergen. Sonst zerren dich die Schreybauer Bauern eines Tages noch ins Gebüsch.«
Ich begann zu weinen.
»Ach Gott, unser bürgerliches Sensibelchen«, seufzte Mutter.

»Kitty, stell dich doch nicht so an«, sagte Vater. »Zeig doch mal deinen Busen. Aber richtig. Zieh den Pulli hoch.«

Er lachte heiser und stupste Benno an, und im Chor begannen sie zu singen: »Titti-Kitty! Titti-Kitty!«

»Arschlöcher«, schluchzte ich.

»Jetzt sei nicht frech«, sagte Vater. »Man wird sich doch wohl mal den Busen seiner vierzehnjährigen Tochter angucken dürfen, ich habe dich aufgeklärt, ich hab dich schon nackt gesehen, da hast du noch in die Windeln geschissen, dein kleiner Arsch paßte hier in meine Hand.«

Er drehte die Handfläche nach oben und krümmte die Finger.

»Und jetzt paßt vermutlich selbst dein Busen nicht mehr rein«, sagte er und drehte die gekrümmten Finger nach vorn, und dann stand er auf und kam auf mich zu.

»Borsalino, die Suppe wird kalt«, sagte Mutter mit einer fremden, hohen Stimme, aber er hörte nicht auf sie. Benno johlte und lief hinter Vater her. Ich sprang auf, wich zurück, Vater hielt mir die gekrümmten Finger entgegen, wackelte mit den Händen, dann lief er in die eine und Benno in die andere Richtung, und Mutter drehte hektisch den Kopf.

Benno erwischte mich zuerst, er umschlang meine Taille, hüpfte, lachte und legte schüchtern die Wange an meine Brust, dann sah er auf, sein Blick war zart und kindlich. Doch als Vater von hinten zupackte und mit beiden Händen meine Brüste nahm, wurden Bennos Augen grell, wie ein Insekt, das zur Warnung die Flügel spreizt. Meine Körperhülle wurde hart, und alles, was in mir war, zerfloß zu einem bitteren, zähen Brei.

Wie im Schmerz zog Vater die Luft durch die Zähne und löste die Hände. Mutter gab ein Geräusch von sich, das wie ein verschlucktes Lachen klang. Sie tastete nach der Zigarettenschachtel, riß, ohne hinzusehen, die Alufolie heraus und knüllte sie zwischen den Fingern.

»Also, ihr seid mir ja welche«, stotterte sie.

Ein paar Wochen später fuhr Vater zum Baumarkt und kaufte endlich einen Heißluftföhn.

Ich machte mich an die Arbeit. Der Föhn glühte, die Farbe warf Blasen, mit dem Spachtel schob ich sie ab. Schwarze Schlieren blieben auf dem Holz zurück. Wenn ich nicht schnell genug war, kühlte die Farbe wieder aus und verkrustete. Die Dämpfe stiegen mir in die Nase. Ich hatte das Tor der Tenne geöffnet, damit ich genügend Luft bekam, trotzdem wurde mir schwindelig. Die Türen der Kommode hatte ich ausgehängt, sie waren schon fertig und lehnten an der Wand. Das Kirschholz hatte eine schöne Farbe, aber es war stumpf und zerkratzt, ich hatte den Spachtel zu fest aufs Holz gedrückt. Die Holzschnörkel auf der Vorderseite der Kommode ließen sich besonders schwer säubern, ich versuchte es mit einem schmalen Schraubenzieher. Ich ging in die Hocke, der Schweiß tropfte mir von der Nase. Um besser arbeiten zu können, legte ich die Kommode auf die Rückseite, so daß ihr Inneres vor mir lag wie ein offener Bauch. Ich benutzte den Fön als Taschenlampe und leuchtete hinein. Das Holz warf den roten Schein zurück, an der Seite klebte noch ein Fetzen Schrankpapier, weiße Endlospuppen, die sich auf rotem Grund an den Händen hielten. Unten am Boden klemmte die Preßholzplatte, ich nahm an, zur Verstärkung der Rückwand. Ich beschloß, sie dort zu lassen. Ich hielt den Fön an die Schnörkel, die Farbe begann zu kochen, die Bläschen zuckten, dann wurden sie hart. Ich schabte mit dem Schraubenzieher, aber ich zog nur Schrammen ins Holz. An der Spitze des Schraubenziehers klebte verkrustete Farbe, ich versuchte sie mit dem Finger abzukratzen, sie war glühend heiß. Ich schrie und ließ den Heißluftföhn fallen, er plumpste in die Kommode, mir war schwummerig, ich mußte mich setzen. Ich zog am Kabel den Stecker raus, doch es war zu spät, im Innern der Kommode schwelte es.

»Mama!« schrie ich und stürzte ins Wohnzimmer. »Mama, es brennt!«

Mutter griff zum Hörer und rief die Feuerwehr, dann drückte sie ihre Zigarette aus, packte Benno und mich und rannte hinaus auf den Hof.

»O mein Gott!« kreischte sie. »O mein Gott, bei uns brennt es!«

»Es kokelt nur«, sagte ich.

Wir hörten die Sirenen: »Huuuhoiiiiiii! Huuuhoiiiiiii! Huuuhoiiiiiii!«

Vater kam aus dem Haus. Ihn hatten wir ganz vergessen.

»Was ist denn hier los?« fragte er. Dann schnupperte er und rief: »Oh, es brennt!«

»Es kokelt nur«, sagte ich und zeigte durch das offene Tor in die Tenne. Gemächlich stieg der Rauch aus der Kommode. Die Bauern trampelten in Richtung Feuerwehrhaus, manche ratterten auf ihren Treckern über den Dorfplatz. Auch Vater sprang in seine Feuerwehrstiefel, nahm die Uniform und stolperte los.

»Borsalino!« rief Mutter. »Warum läufst du denn weg? Es brennt doch bei uns!«

Vater fluchte und hopste, sein rechter Fuß war auf halber Strecke im Stiefelschaft hängengeblieben, Vater zog, der Fuß rutschte ganz in den Stiefel rein, und Vater rannte fort.

Wir warteten.

»Huuuhoiiiiiii! Huuuhoiiiiiii! Huuuhoiiiiiii!« machten die Sirenen.

»Wir können das Feuer auch selbst löschen«, sagte ich. »Es kokelt doch nur.«

Aber Mutter hielt mich am Ärmel fest. Mit der anderen Hand streichelte sie Benno. Ihre Augen waren weit aufgerissen. »Du gehst da nicht rein! Du bleibst hier!«

Wir zuckten zurück, als der Feuerwehrwagen ums Haus gebogen kam und mit knirschenden Reifen auf dem Hof hielt. Ede Blunck sprang als erster herunter.

»Moin!« rief er.

»Moin!« sagten wir.

Henry Sültemeyer, der Feuerwehrhauptmann, warf einen Blick in die Tenne.

»Ist ja 'n büschen lütt, das Feuer«, sagte er.

Die Mannschaft rollte die Schläuche aus, wie Schlangenhäute lagen sie auf dem Kies. Während der Metzger Kuno Freese den Schlauch an den Hydranten vor unserem Zaun schraubte, stapfte Ede Blunck in die Küche und kam mit einem Kochtopf voller Wasser zurück. Er goß es in die Kommode. Es zischte und dampfte, das Feuer war gelöscht.

Henry Sültemeyer kratzte sich am Hinterkopf.

»Männer! Aufstellen!« kommandierte er.

Die Bauern stellten sich in drei Reihen. Vater stand mittendrin.

»Augen rechts!« rief Henry Sültemeyer.

Die Augen rollten nach rechts.

»Augen links!« befahl er.

Die Augen rollten nach links.

»Rührt euch!«

Die Bauern schlackerten mit den Armen, dann fuhren sie wieder davon. Ich wischte das Wasser vom Tennenboden, beugte mich ins Innere der Kommode und schaufelte vorsichtig mit den Händen den nassen Aschenbrei heraus. In die Preßholzplatte war ein Loch gebrannt. Plötzlich hatte ich einen länglichen Gegenstand in der Hand. Er war mit geschmolzenem, verkohltem Zeug umwickelt. Es zerfiel, als ich daran pulte. Ich streifte es ganz herunter.

Es war eine Metallstange mit einem kleinen runden Griff. Das Ende war gebogen und hatte eine ovale Vertiefung. Ich hatte so etwas noch nie gesehen. Langsam ging ich ins Wohnzimmer.

»Mama?« fragte ich.

»Laß mich bloß in Ruhe, Kitty«, sagte sie.

»Ich habe was Seltsames gefunden.«

»Du bist selbst seltsam. Was hast du da?«

Ich gab ihr den Gegenstand. Sie drehte ihn hin und her.

»Und was soll das sein?« fragte sie.

»Es war in der Kommode«, sagte ich. »Irgend jemand hat es versteckt, hinter dieser Platte an der Rückwand.

»Merkwürdig«, murmelte sie. »Das war doch meine Kinderzimmerkommode. Wie kommt dieses Ding da rein? Und was soll das sein?«

»Vielleicht gehört es Oma Agathe«, sagte ich. »Die hat doch das Schrankpapier gekauft, oder?«

Wir riefen nach Vater. Der drehte das Gerät in den Händen.

»Das könnte ein Abtreibungsbesteck sein«, sagte er. »Ein altes.«

»Bist du sicher?« fragte Mutter.

»Ja, ich habe doch mal als Student ein Praktikum in der Gerichtsmedizin gemacht. Da hatten sie diese Dinger.«

»Ein Abtreibungsbesteck...«, murmelte Mutter. »Kitty, weißt du was, du lügst. Du hast es in der Tenne gefunden, zwischen dem alten Gerümpel, nicht in der Kommode. Wie soll denn bitte schön ein Abtreibungsbesteck in meine Kinderzimmerkommode geraten?«

»Weiß ich doch nicht«, sagte ich, »aber ich lüge nicht. Es war in der Kommode hinter der Preßholzplatte.«

»Spinn doch nicht, Kitty. Das ist doch schon wieder eine von deinen Inszenierungen. Wahrscheinlich hast du sogar das Feuer mit Absicht gelegt aus deinem ödipalen Wahn heraus. Wann warst du überhaupt das letzte Mal bei Ute Worms? Die rückt dich schon zurecht.«

Wenn der Zug an den Tannen vorbeifuhr, konnte ich mein Gesicht in der Scheibe sehen, es war schmal und hell, die blonden Haare waren verfilzt, mein Spiegelbild sah aus wie ein Waldgeist, der groß und dünn zwischen den Bäumen schwebte. Ich trug seit Monaten dieselbe schwarze Hose, an den Knien war sie schon aufgerieben, die Haut schien durch die dünne Dunkelheit. Ich trug ein altes Sweatshirt, die Bündchen am Ärmel hatte ich zerfetzt. Ich wußte nicht warum, aber Ute Worms wußte es, sie hatte mir gratuliert, es wäre besser, gegen meine Pullover zu kämpfen als gegen meine fortschrittlichen Eltern.

Ich hatte auch aufgehört, gegen Atomkraft zu kämpfen, gegen Bosse und Profitgeier, die ich nirgendwo fand, und gegen die Junta, ich wußte gar nicht, ob es sie noch gab. Ich las keine Zeitung, hörte kein Radio und sah nicht fern, und ich zuckte die Achseln über die DDR-Autos, die plötzlich auf den Autobahnen und Landstraßen fuhren und ununterbrochen hupten, und über die Leute in Windjacken und grauen Schuhen, die durch Lüchow gingen und »Nicht zu fassen, nicht zu fassen« stammelten und auf die Weihnachtssterne in der Fußgängerzone starrten. Plötzlich waren alle gegen die DDR, auch meine Eltern.

Tanja hatte in der zwölften Klasse die Schule abgebrochen und war auf einen Biobauernhof in die Alpen gezogen, wo sie Käse machte und Kräuter zog, sie schrieb mir, sie hätte sich in einen Biobauern mit Rastazöpfen verliebt, und wollte wissen, ob ich endlich meinen Dichter gefunden hätte, aber ich hatte ihn nicht gefunden, obwohl ich drei Jahre lang gesucht hatte, in der Heide und in der Stadtbibliothek, im Schreibwarenladen und in den Büchern. Ich wartete immer noch auf den See aus Worten, aus dem die Kommas und Punkte sprangen, ich dachte, nur ein Gedicht, ein einziges Gedicht, und meine Seele wird gesund.

Ich hatte Ute Worms von der Fickerei meiner Eltern erzählt und wie Vater mich angefaßt hatte, und sie hatte mich plötzlich an ihren stahlharten Spitzbusen gedrückt und gesagt, das sei sicher schrecklich gewesen, und Abraxas hatte »Hiff, Hiff« gemacht und war sabbernd auf dem Schrank hin und her gerannt. Und jetzt hoffte ich, noch einmal an Ute Worms' Stahlbusen gedrückt zu werden, der Büstenhalter hatte geknatscht und gequietscht, das Parfüm war zu süß gewesen, aber das hatte mich nicht gekümmert.

»Na, du hast mir aber einen Bären aufgebunden«, begrüßte sie mich an der Haustür. Neben der Klingel hing ein neues Keramikschild, »Ute Worms und Abraxas«, im Hintergrund flogen Blümchen herum, und Abraxas war auch darauf zu sehen, ein schwarzer Fleck mit riesigen Augen, der grinste.

Durch die Taxushecke vor dem Fenster fiel ein Lichtstrahl aufs Bild mit der Wildsau, es glänzte, ich konnte nichts mehr erkennen, nur noch die Stacheln der Farbe. Ute Worms nahm ihren Umweltblock.

»Also irgendwie zuckt mein Augenlid«, begann sie, »seit heute früh, und ich finde einfach nicht heraus, was meine Püsche mir damit sagen will. Da! Schon wieder! Vielleicht will ich irgendwas nicht sehen ... Na ja, zu dir. Also. Wir haben uns letzte Woche zusammengesetzt, deine Eltern, Herr Doktor Peter Kownatzky und ich. Du machst ja die ganze Familie verrückt mit deinen perversen Phantasien. Deine Hysterie hat eine Dynamik entwickelt, die die Familie zu sprengen droht. Und das willst du anscheinend auch. Du willst die Ehe deiner Eltern zerstören mit diesen sexuellen Vorwürfen, damit du den Vater für dich allein haben kannst. Ich wäre beinahe darauf hereingefallen. Beinahe.«

»Aber letzte Stunde haben Sie doch ...«, stotterte ich.

»Jetzt haben wir im Kollektiv die richtige Deutung für dich gefunden. Du bist verrückt, wir sind normal. Möglicherweise hast du sogar eine hysterische Psychose. Mir sind ein paar tolle Ideen gekommen letzte Woche, wirklich ganz originelle Sachen sind mir da eingefallen, daß du immer so verkrampft bist und so piepsig, daß du die Schultern so hochziehst, das sind alles in Wirklichkeit sexuelle Forderungen an den Vater, und deine Inszenierung mit dem Feuer und dem Abtreibungsbesteck, das sind deine Schuldgefühle, du möchtest dich von deinem Vater schwängern lassen, und jetzt willst du diesen Wunsch wieder rückgängig machen, du willst den Wunsch abtreiben. Und diese Phantasie, daß deine Eltern vor deinen Augen miteinander geschlafen haben, das ist sublimierte Eifersucht. Ich bin gut, was? Ja, guck mich doch nicht so entsetzt an, Therapie ist nicht lieb und sanft, Therapie ist eine Operation ohne Narkose, was meinst du, wie hart meine Lehranalyse war, auch wenn sie kurz war. Jedenfalls hatte ich richtige Erleuchtungen diese Woche, super war das, was mir zu dir eingefallen ist. Du hast nämlich ein Machtproblem, du gönnst deinen Eltern den Fortschritt nicht, du willst alles beherrschen, du bist eine psychische Reaktionärin, du bist eben noch sehr unreif, du mußt endlich zu deinen Schattenseiten finden, das habe ich ja auch gemacht in meiner Lehranalyse.«

»Aber ich habe nicht gelogen«, flüsterte ich.

»Gelogen! So moralisierend wollen wir hier nicht werden. Es geht doch gar nicht um sogenannte Tatsachen, sondern um subjektive Wahrnehmungen, und die sind bei dir eben hysterisch verzerrt. Du bildest dir ein, dein Vater hätte dir an den Busen gefaßt, weil du eben diesen Wunsch hast, er würde es tun, und das macht dir Schuldgefühle, darum kämpfst du so dagegen an und machst ihn zum Sündenbock. Er ist ja in Wahrheit ein ganz reizender Mann, charmant, geradezu übersinnlich schön und auch so erotisch, ich bin ja immer wieder begeistert, wenn ich ihn treffe. Und deine Mutter ist so intelligent, so scharfsinnig und analytisch, und stricken kann sie auch so toll, aber leider ist sie ein bißchen depressiv, eigentlich müßte sie mal jemand in den Arm nehmen und trösten, weil sie so eine schreckliche Tochter hat. Sie hat sich ja auch beklagt bei mir, daß du ihr immer Knüppel zwischen die Beine wirfst, daß du ihre Emanzipation behindern willst, und ich glaube, sie hat recht. Du bist einfach zu sehr verwöhnt worden in der Kindheit, aber das kann man deinen Eltern nicht zum Vorwurf machen, überhaupt will ich jetzt keine Vorwürfe mehr hören. Ich verbiete dir, über die Vergangenheit zu reden, die war nämlich ganz toll bei dir, bei den tollen Eltern und der tollen Erziehung, und du mußt jetzt endlich seelisch reifen, anscheinend braucht es ein bißchen Zwang dazu, weil du allein zu träge bist. Wie gut, daß ich dir überlegen bin, deine hysterischen Spielchen funktionieren bei mir nicht, obwohl ich ja auch nur ein Mensch bin, ich bin zwar was ganz Besonderes, aber auch nur ein Mensch. Daß ich zu gut für die meisten Männer bin und die dann immer wieder abhauen, das kränkt mich schon, muß ich sagen, diese Speedys, sage ich immer, von Speedy Gonzales, der schnellsten Maus in Mexiko, so sind die Männer auch, kaum sind sie da, sind sie schon wieder weg, die Mäuse auf ihren Motorrädern, ach Gottchen, jetzt werde ich wieder so visuell, na ja, so bin ich halt, origineller als die meisten, verrückter, quirliger, ich bin eben nicht brav und durchschnittlich, ich bin individualistisch, eigenwillig, eine Künstlernatur, da kommen Männer nicht mit klar, die sind eben einfacher gestrickt, schon wieder dieses Visualisieren, aber dein Vater ist wirklich ein toller Mann, ein phantastischer Vater, und ich bin eben eine unkonventionelle Therapeutin. Ich höre mir nicht das Vergangenheitsgeheule an, damit ist jetzt ein für allemal Schluß, Kitty, und du brauchst jetzt auch gar nichts mehr zu sagen, weil wir dich alle durchschaut haben, alle gemeinsam, deine Eltern, Herr Doktor Peter Kownatzky und ich, du bist verrückt, und wir sind normal, du bist uns unterlegen, du brauchst es gar nicht mehr zu versuchen. Das Tolle ist ja, daß ich dich manipulieren kann, daß ich eben mein therapeutisches Handwerk beherrsche, daß ich weiß, wie ich dich zur Einsicht kriege. Und das muß dir auch mal gesagt werden, daß du von außen gelenkt und beherrscht werden kannst, du mußt endlich die Ohnmacht spüren, die dich zum ganzheitlichen Menschen macht, die totale Machtlosigkeit, damit du merkst, daß du nicht alle beherrschen kannst mit deinem hysterischen Wahnsinn. Dein falsches Ich muß gebrochen werden, damit dein wahres Selbst erwachen kann. Dieses Lyrische, dieses Vornehme, dieses Sensible, das ist ja nicht auszuhalten bei dir, dieses schwülstige Getue um den

Dichter in der Heide, das muß aufhören, du mußt endlich der Klotz werden, der du bist, der Kampfklotz der Revolution. Du mußt den Fortschritt in die Welt tragen.«

Ute Worms legte Block und Stift beiseite und stand auf. Abraxas trippelte auf dem Schrank hin und her, seine Glubschaugen glänzten fiebrig, und plötzlich nahm er Anlauf und stürzte sich vom Schrank, gab einen fiependen Schrei von sich, schlug auf die Schreibtischkante und fiel wie ein schlaffes Stofftier zu Boden. Dort blieb er liegen. Ein feiner Faden Blut floß aus seinem Maul und sickerte in den Teppich. Dann begann Abraxas zu röcheln, erst leise, dann immer lauter und dunkler, bis schließlich ein letzter Baßton den Raum erbeben ließ.

»Beachte ihn nicht«, sagte Ute Worms. »Dieser Moment gehört nur uns beiden.«

Sie sah mir in die Augen.

»Und jetzt sag mir, Kitty Caspari, ob du bereit bist! Ich will ein Versprechen, einen Pakt, ich will einen Handschlag. Bist du bereit, dich brechen zu lassen? Bist du bereit, dich aufzugeben? Bist du bereit, der neue Mensch zu werden?«

Im Zimmer war es dunkel geworden, auf dem Bild war die Wildsau versunken, das Laub war schwarz, der See wurde größer, er schien mich zu rufen.

»Ja«, sagte ich und schlug ein. »Ich bin bereit.«

Der Zug war leer. Der drehbare Hebel, der den Klapptisch am Vordersitz hielt, sah aus wie eine Nase, die Schrauben rechts und links starrten mich an. Das Licht im Waggon flackerte und surrte. Plötzlich gab es einen Ruck, die Räder kreischten, dann wurde es still.

Draußen rieb sich der Wind an der Scheibe. Manchmal sprangen die Automatiktüren zwischen den Waggons auf und schlossen sich wieder fauchend. Ich preßte mein Gesicht ans Glas, um nachzuschauen, an welchem Bahnhof der Zug gehalten hatte. Aber draußen gab es keine Lichter, nicht einmal Signale. Die Scheibe war kalt, aus der Heizung unter dem Fenster kam keine Wärme mehr. Ich nahm meine Jacke vom Haken und zog sie an. Der Zug hörte auf zu brummen, und die Türen mit dem Wackelkontakt blieben offenstehen. Es zog.

Ich stand auf und ging durch den Waggon, außer mir war keiner da, nur die Plastikgesichter der Klapptische mit den Schraubenaugen und den dicken Nasen glotzten mir nach. Ich lief bis zur Spitze des Zuges und wieder zurück. Ich war die Strecke drei Jahre lang gefahren, hin und her, und immer hatten Leute im Zug gesessen, manche kannte ich schon, weil sie regelmäßig wie ich zu einem Termin nach Lüneburg oder abends zurück nach Lüchow fuhren. Aber der Zug war jetzt leer, und der Wind fuhr hindurch. Ich trat in die Schleuse zwischen den Waggons, stemmte mich gegen eine der Automatiktüren, um sie zu schließen, sie wollte nicht, rutschte wieder zurück, ich keuchte, mein Atem zischte. Als ich merkte, daß es gar nicht mein Atem war, sondern der eines anderen, schlossen sich alle Türen mit einem Knall.

Der Schaffner war groß und breit, sein Rücken verdeckte die Tür, und ich fragte mich, warum ich ihn nicht bemerkt hatte, als ich durch den Zug gegangen war.

»Wir haben eine technische Störung«, sagte er. »Sie müssen den Zug verlassen.«

»Auf offener Strecke? Allein?«

Er trug keine Uniform und keine Mütze, sondern einen Umhang mit Kapuze. Hinter ihm strahlte die Deckenlampe, und im Gegenlicht konnte ich sein Gesicht nicht sehen.

»Ja«, sagte er, »allein.«

»Aber es ist so dunkel draußen«, sagte ich, »und so kalt.«

»Du mußt aussteigen, Kitty«, sagte der Schaffner.

Er streckte seine Hand zum Hebel an der Tür. Er hatte weiße Gummihandschuhe an, auf denen irgendein Puder klebte. Er öffnete die Tür, sein Arm war so lang, daß er sich nicht hinausbeugen mußte, um sie weit in die Dunkelheit zu drücken. Der Puder rieselte herab, und ich sah, daß es Schnee war.

»Geh jetzt«, sagte er.

Ich trat auf die geriffelte Metallstufe, dann sprang ich. Als ich mich umdrehte, war der Schaffner verschwunden, nur der Schnee seiner Gummihandschuhe hatte auf der Scheibe eine Staffel weißer Abdrücke hinterlassen, ohne Gelenke. Langsam schloß sich die Tür. Fast lautlos rollte der Zug davon. Die Fenster warfen verzerrte Rechtecke auf den Schnee, Abdrücke aus Licht. Dann wurde es dunkel. Eine Weile noch hörte ich das kalte Summen der Räder im Stahl.

Ich wollte an den Schienen entlanggehen, bis zum nächsten Haus. Der Schnee war dichter geworden, er stach mir in die Augen, er verdeckte die Schienen. Ich tastete mit den Füßen, um sie wiederzufinden, aber ich legte nur verklumptes Laub frei.

Der Wind zog mir in den Ohren. Der Schnee war an der Oberfläche harsch; wenn mein Fuß sie zerbrach, stob feiner Puder auf. Ich ging geradeaus, ohne nach links und rechts zu gucken und ohne mich umzudrehen. Der Schnee ließ die Dunkelheit erblinden, bis schließlich vor mir die hohen Schatten der Bäume auftauchten. Zwischen den Stämmen sah ich den See.

Es gab keine Menschen und keinen Weg, nur Blumen, höher als Radarschirme. Der Schierling war bis in den Himmel gewachsen, Rauhreif umhüllte die Blüten, sie glitzerten. Die Äste und Gräser waren so deutlich, als hätte sie jemand mit einem gespitzten Bleistift umrahmt. Die Wolken glitten auseinander und entblößten die schwarze Himmelskuppel, der Wind legte sich. Ich kämpfte mich durchs Gestrüpp aus Birken, Schilf und Weiden, ich zog die Jacke aus und warf sie in die Bäume, ich knöpfte die Hose auf, streifte die Schuhe ab, ich warf Pullover, BH, Schlüpfer und Strümpfe ins Dickicht, ich steckte mir Schierling ins Haar. Vor mir lag der See. Ich blickte auf den Nebel, der wie ein Feld aus

Zwergenbärten aus der schwarzen Oberfläche wuchs. Dünne Scheiben aus Eis stießen ans Ufer und zerbrachen bei der ersten Berührung. Der Schlamm auf dem Grund war weich, er streichelte meine Füße. Aber das Wasser packte mich hart.

Ich schwamm in die Mitte des Sees, teilte das Eis mit den Armen, es knackte und wisperte, die Flächen schoben sich übereinander, drehten sich hochkant, schnitten das Wasser. Ich rollte mich auf den Rücken, ließ mich treiben, sah in den Himmel, die Lichter der Sterne waren alt und müde. Mein bleicher Körper wurde ein Zapfen, die Brüste zu eisigen Tropfen, und endlich war ich daheim.

Kiesel im Wasser

Vechta am Sonntag, den 18. 4. 2004

Liebe Kitty Caspari,

den Bielefelder Soziologenkongreß habe ich schon am Samstag wieder verlassen. Schön ist es da, in dieser alten Landschaft mit den langgestreckten Hügeln, den Laubwäldern und den murmelnden Bächen. Aber jetzt bin ich wieder in Vechta. Die Bauern haben, wie jedes Wochenende, den Mist ihrer Höfe auf die kloakeschwitzenden Rieselfelder gefahren, der Gestank stülpt sich wie eine doppelte Glocke über die Landschaft. Und doch bin ich froh, wieder hier zu sein. Das liebliche Bielefeld war schlimmer als Vechta.

Auszugsweise ist Ihr Kindheitsbericht mit meiner Analyse ja schon in der Kölner Zeitschrift veröffentlicht worden. Aber ob er auch in voller Länge im Akropolis-Verlag erscheinen wird, ist inzwischen fraglich. Geplant war mehr – das Kitty-Projekt war als Vorlaufstudie für eine Serie über revolutionäre Jugendbewegungen angelegt, die über zehn Jahre erarbeitet werden sollte, mit Förderung der Deutschen Forschungsgemeinschaft. Nun, soviel ist klar, wir werden diese Förderung nicht bekommen.

Sie kennen die berühmte Reiterstatue von Marc Aurel auf dem Kapitol? Sie erinnern sich, wie er den Arm über Rom streckt, wie er seine rechte Hand hält, den Zeigefinger? Die Hand eines Herrschers, triumphal, imperial, so scheint es. Indes, ich habe immer die Hand eines Lesers gesehen, mit einem Finger, der sorgsam die Zeilen entlangfährt. Ja, ich habe einen mutigen Leser gesehen, dort auf dem Hengst in Rom, einen Leser, der bereit ist, die Fremde zu erobern, ins

Ungewohnte vorzustoßen, und der immer den Finger an den Zeilen behält, gelegentlich auch zwischen den Zeilen. Einen solchen Leser habe ich Ihrem Text gewünscht. Es ist anders gekommen, leider.

Bielefeld: Die Universität ist als Gralsburg des Wissens konzipiert. Das Dorf unten und die Burg auf dem Berg, von hellem Laubwald umgeben. Dort oben, im Zentrum für interdisziplinäre Forschung, übrigens im nahen Rauschen des Teutoburger Waldes, haben Sie und ich die Schlacht verloren.

Eine steile Serpentinenstraße führt zum ZiF. Ich war zu früh, und so stand ich dort oben und sah die Autos meiner Kollegen in einer Kolonne den Berg heraufkriechen. Zum Soziologenkongreß hatten sich viele meiner ehemaligen Frankfurter Studenten, heute etablierte Professoren, angemeldet. Sie kamen in Volvos, Daimlers, großen Audis, einige Boxter und ältere 911er waren immerhin auch dabei. Nur der Kollege Rüpert, einst RAF-Anwalt und mittlerweile als Ikone der aufgeklärten Vernunft im Bundestag, kam wie üblich mit dem Fahrrad; er ist kein Soziologe, nicht einmal im Nebenfach, aber irgend jemand hatte ihn wohl eingeladen. Er kam mit einem verrosteten Damenrad, ich hörte es quietschen, bevor ich ihn erkannte. Auf dem Kopf trug er einen dieser modernen, alienartigen Fahrradhelme in Silbergrau. Erst als er in meine Nähe kam, sah ich, daß es kein Helm war, sondern sein Haar, vom Wind zurückgestrichen. Früher hatte er einen Helm, aber der wurde ihm ständig aus dem Gerichtssaal geklaut, erzählt man sich. Haare sind in dieser Hinsicht praktischer. Ihm tropfte der Schweiß aus den Augenbrauen, als er sein Fahrrad anschloß. Rüpert verströmte diesen speziellen 68er-Schweißgeruch, den vermutlich auch Sie mit der Muttermilch eingesogen haben und der noch heute durch die linken Kieze weht. Gehen Sie mal in Berlin in das Antiquariat in der Niedstraße, das Raubdrucke von Marx und Engels und antiautoritäre Kinderbücher (heute begehrte

Sammlerobjekte) vertreibt, und sprechen Sie mit dem Besitzer. Ich war neulich selbst dort, er packte gerade eine Kiste alter Flugblätter aus Frankfurt aus, die irgendein Apo-Opa vom Dachboden geholt hatte, und fluchte über das schlechte Papier mit dem hohen Holzgehalt. Es zerfaserte und zersplitterte beim Auspacken, die Tische des Antiquariats, die Bücher, der Boden, der Antiquar selbst – alles war von diesen hartnäckigen Fusseln bedeckt wie von altem Schnee. Wenn Sie also dort hingehen, wird der Antiquar ein oben aufgeknöpftes, kragenloses Hemd mit kurzen Ärmeln tragen und eben diesen 68er-Schweißgeruch verströmen. Es ist ein behaglicher Schweißgeruch, leicht müffelnd, interessanterweise unaggressiv, ein durchdachter, ein reflektierter Schweiß. So roch auch Rüpert.

Ich hatte nicht die Ehre, von ihm begrüßt zu werden, aber bei allen anderen gab es ein großes Hallo; sein Fahrrad stand wie eine Pforte vorm Ausgang des Parkplatzes. Rüpert drehte, als gatekeeper sozusagen, das Vorderrad zur Seite, um die Leute durchzulassen.

Viele meiner ehemaligen Studenten haben Karriere gemacht – der Fortschritt läßt sich ja bekanntlich nicht aufhalten, besonders dieser nicht. Ich weiß, Sie schätzen Details: Die meisten Männer trugen natürlich Bluejeans mit herabhängenden Hosenböden und diese grobgewebten Fischerhemden mit Fischgrätenmuster, dazu Ledersandalen oder Tennisschuhe; viele kamen auch in Painter Pants, die jetzt Cargo Pants heißen. Sie waren unrasiert und mittlerweile, bis auf wenige Ausnahmen, kurzhaarig, genauer gesagt, kahlköpfig. Sie hatten noch immer ihre fortschrittlich lodernden Augen in den inzwischen faltigen Gesichtern. Und alle verströmten diesen tief reflektierten Schweißgeruch. Die Männer jedenfalls. Die Frauen benutzten Chanel Nr. 5, jede von ihnen verschwand in einer Wolke aus süßem Parfüm. Sie hatten teure Klamotten, die nach nichts aussahen, Hosenanzüge zumeist, dazu Korallenketten oder Indianerschmuck.

Alle hatten gefärbte Haare, schwarz oder rot, manchmal beides zugleich, selten blond. Ihre Gesichter strahlten leicht anorektischen Charme aus. Und die Frauen hatten, verzeihen Sie, daß ich so deutlich werde, breite, platte, plumpe Ärsche, Ärsche, die dem ästhetischen Ideal von Basisdemokratie in besonderer Weise gerecht werden. Ich gebe zu, meine Beobachtung kann nicht repräsentativ sein, aber meine gelegentlich durchgeführten optischen Stichproben weisen doch in diese Richtung.

Die Vorträge fanden im Pentagon-Saal statt. Er hat, wie der Name schon sagt, einen fünfeckigen Grundriß. Die Eingangstür oben hinter dem letzten Rang springt wie ein überdimensionaler weißer Kühlschrank aus der Wand. Vom Rednerpult hat man einen Panoramablick auf die Bäume vor dem Fenster. Ringsum im Halbkreis, in einem Siebzigerjahreorange gehalten, die gepolsterten Sitze. In den vorderen Reihen Zweiertische; aus ihnen ragen Mikrophone wie die Köpfe von Brontosauriern.

Den Auftakt machte die amerikanische Bürgerrechtlerin Mandy X. Ich kenne sie persönlich, sie hat damals in Frankfurt ein paar Semester Soziologie studiert, bevor sie in die USA zurückging und dort in die Kommunistische Partei eintrat; später Mordanklage, Großfahndung, Verhaftung, internationale Solidaritätskampagne, Freilassung – die Geschichte ist bekannt. Jetzt hat sie übrigens rotgefärbte Locken, die wie Schlangen aus ihrer bleichen Stirn zu wachsen scheinen. Als sie zum Pult schritt, wurde es still. Sie ließ ihren Blick über die Köpfe schweifen und sagte fast flüsternd: »Good afternoon.«

Sie hätten es hören müssen. Es war keine Begrüßung, es war eine Verheißung. Ihre Stimme war dunkel und klar. Kein Mikrophongequietsche, keine »Lauter!«-Rufe aus dem Publikum. Dann schwieg sie und blickte, die Augen nach oben gerichtet, auf die weiße Eingangstür. Verklärter Schmerz umspielte ihre Mundwinkel, kontrollierter Zorn ihre Augen.

Sie blickte auf die Tür, als würden jeden Moment die im Kampf gefallenen Genossen aus dem Jenseits eintreten. Ich gestehe, für eine Viertelsekunde glaubte ich sogar fast daran. Schließlich brach frenetischer Beifall aus. Ich schwöre Ihnen, »Good afternoon« war alles, was sie sagte. Sobald sie ihr Gesicht dem Mikrophon näherte, klatschten, trampelten und jubelten meine Kollegen. Schließlich gab es Standing ovations. So viel zur Eröffnungsrede des Bielefelder Soziologenkongresses.

Danach waren Arbeitsgruppen geplant. Natürlich strömten fast alle in den Tagungsraum mit Mandy X. Alle wollten Autogramme, alle wollten wissen, was damals ihre Lieblingswaffe war (eine AK 47, was sonst). Sie antwortete mit amerikanischem Akzent auf deutsch. Es dauerte eine Weile, bis wir auf das eigentliche Thema zu sprechen kamen: »Historische Kontinuitäten und Perspektiven. Anmerkungen zu objektiven Strukturen des historischen Prozesses«. Mandy X ließ Mappen mit Unterlagen verteilen. Einige der Kollegen nutzten die entstehende Unruhe und gingen ins Foyer, um sich Bier und Schnittchen vom Buffet zu holen, das für den geselligen Abend bereitstand. Dann setzten sich alle auf die Tische und ließen die Beine baumeln, wie in den guten alten Zeiten.

Die Unterlagen, die jeder in die Hand bekam, enthielten unter anderem die verwischte Fotografie zweier Männer, die in irgendeinem Dschungel hockten und ihre Gewehre putzten. Der eine war unverkennbar Che Guevara, der zweite ein junger Mann mit dem Namen Orlando Latrino, wie die Bildunterschrift verriet. Er hatte ein schmales Gesicht mit knochigen Wangen und großen Augen, die engelhaft und hasserfüllt zugleich waren und den ansonsten jungenhaften Gesichtsausdruck konterkarierten. Seine Brauen waren so makellos, als würde er sie mit der Pinzette zurechtzupfen. Irgendwie kam er mir bekannt vor, aber ich wußte nicht, woher. Meine Kollegen waren genauso ratlos.

»Wer ist das? Woher kenne ich den?« fragte mich mein Nebenmann. Sein Atem roch nach Lachs, seine Lippen glänzten.

Ich zuckte die Schultern, bemerkte das gefährliche Lächeln in den Augenwinkeln von Mandy X und sagte: »Sie wird uns sicher gleich aufklären.«

Mandy X verschränkte die Arme. Sie wartete, bis es still wurde.

Dieser junge Mann, erklärte sie, sei der letzte Überlebende aus Che Guevaras Truppe, und er sei, nachdem Che gefangen, gefoltert und ermordet worden war, zurück in seine Heimat geflohen, nämlich nach Saudi-Arabien und von dort aus in die Bergwelt Afghanistans, wo er viele Jahre später eine ähnliche Guerillatruppe aufbaute, die in der westlichen Welt unter dem Namen Al Qaida bekanntgeworden sei.

Auf den Bieren stockte der Schaum, draußen brach die Nacht an, die Dunkelheit fiel wie ein Berg vom Himmel ins Tal.

Die neuen Ches hätten subjektiv zwar ein falsches Bewußtsein, sagte Mandy X, eine andere Motivlage als die Guerilleros damals in Südamerika, nämlich eine radikalislamische, objektiv aber sei ihr Kampf eine Fortsetzung des antiimperialistischen Kampfes gegen den westlichen Globalismus, Konsumismus, Virtualismus und Liberalismus, ein Kampf für die Befreiung unterdrückter Völker – außer dem tibetischen natürlich. Orlando Latrino, der in Wahrheit Osama Bin Laden heiße, sei der neue Che Guevara, und die Weltrevolution sei noch nicht verloren. Es sei nur eine Frage der Zeit, bis fortschrittliche Intellektuelle sich für diese strategische Option entscheiden würden.

»Das ist ja unglaublich, das ist ja unglaublich«, rief mein Nebenmann und leckte sich nervös die lachsbeschmierten Finger. »Und wo ist Latrino, äh, Bin Laden jetzt? Ich meine, der wird doch gesucht! Haben Sie ihn etwa versteckt?«

Mandy X zog die Augenbraue hoch und wiegte den Kopf.

Ihre rotgefärbten Locken standen ab wie bei einer Medusa. Sie sagte nichts.

»Wo haben Sie denn das Foto her?« fragte mein Nebenmann. »Das ist ja, mein Gott, das ist ja eine Sensation!«

Mandy X lächelte hochmütig.

»Das Foto ist eine Postkarte«, sagte sie. »Aus der DDR. Als ich 1972 dort war, habe ich eine ganze Kiste davon mitgenommen.«

Ich löste das Photo vorsichtig vom Papier und sah mir die Rückseite an. Tatsächlich, dort stand es: »Che Guevara und Orlando Latrino rüsten sich gegen den Klassenfeind. Papier- und Müllkombinat Luckenwalde.«

»Ja, also dann«, sagte mein Nebenmann und hob sein Bierglas, »dann wollen wir doch mal anstoßen. Also, auf Orlando Latrino, auf Osama!«

»Auf Osama Latrino!« riefen die Kollegen.

Nach diesem Teil der Veranstaltung begann ich zu ahnen, daß wir beide, Sie und ich, mit dem Vortrag über das Kitty-Projekt deplaziert waren.

Am zweiten Tag schien die Sonne durch die Laubbäume, schwerelose Schatten tanzten auf den Tischen im Bielefelder Pentagon. Einer der Kollegen brachte, was mich erstaunte, eine leere Bierkiste aus der Kantine mit, die er unter dem Tisch verstaute. Er hatte ein graues Bärtchen, war klein und flink, und doch hatte er eine verklemmte Art, sich zu bewegen, die Hüften schob er vor, die Schultern zog er hoch – es war Kapowitz. Ich weiß nicht, ob Sie den Namen schon mal gehört haben. Er war Student bei mir in Frankfurt gewesen und hatte, was allerdings nie bewiesen werden konnte, den Mordanschlag auf Aaron Wisent mitorganisiert – pardon, die Performance. Diesen heimtückischen Mord hat ja noch niemand wirklich beim Namen nennen können, ohne als dolchstoßender Feind der Studentenbewegung enttarnt zu werden. Kapowitz ist jedenfalls in Berlin Chef der Hauptverwaltung Aufklärung Gesundheit (HVA-G) im WZB geworden, der größten sozialwissenschaftlichen Forschungseinrichtung der Welt. Nach der Wende behaupteten einige Reaktionäre, daß er als IM seine Kollegen denunziert hätte. Er selbst bezeichnet seine Tätigkeit, die in zehn oder fünfzehn Aktenordnern dokumentiert ist, als den Versuch, die Freundschaft zwischen den Völkern der Deutschen Demokratischen Republik und der BRD zu verbessern. Wie auch immer, als ihn einer der Direktoren kündigen wollte, streikten seine Kollegen solidarisch und geschlossen.

»Ach, der Kollege Arber«, sagte Kapowitz, als auch er mich erkannte. Seine Fistelstimme war brüchig geworden.

»Was wollen Sie denn mit der Bierkiste?« fragte ich.

»Geht Sie gar nichts an«, schnarrte er. »Wie läuft's denn so in Vechta? Übrigens, Ihr Forschungsantrag liegt auf meinem Schreibtisch.«

Ich war verblüfft. »Bei Ihnen?«

»Ja«, sagte er, »ich bin doch jetzt der Vorsitzende der DFG-Kommission, die über Ihr Projekt entscheidet. Zusammen mit den Kollegen Dusel und Proll. Hat sich zufällig so ergeben.« Er lachte.

Ich hätte den Kongreß in diesem Moment verlassen sollen, aber ich ging zu meinem Platz. An meinen Zweiertisch hatte sich ausgerechnet Mueller-Skripski gesetzt. Welche Rolle er bei meiner verhinderten Berufung nach Frankfurt gespielt hatte, habe ich Ihnen ja schon erzählt. Es ist mir bis heute ein Rätsel, warum ich dann doch noch eine Stelle bekam, auch wenn es ein Abstieg ohnegleichen war. An meinem ersten Abend damals in Vechta war ich so verzweifelt, daß ich mich, entgegen meiner Gewohnheit, entsetzlich betrank, im Ratskeller mit Unmengen an Korn und Bier. Den Rest des Abends habe ich nur noch schemenhaft in Erinnerung. Ich entsinne mich, daß die Kollegen von der Vechtaer Berufungskommission mich ständig als »Schafskopf« beschimpften, mir dann aber am nächsten Tag, als ich wieder denken konnte, gratulierten, ich sei ihr Mann. Erst Monate später ging mir auf, daß sie mit Schafkopf ein Kartenspiel gemeint hatten.

Mueller-Skripski begrüßte mich nicht. Er war mit seinem Handy beschäftigt, telefonierte, wie ich feststellte, mit Kollegen im Saal. Er trug noch immer das gleiche kastenförmige Jackett von damals und das gleiche Drip-dry-Hemd aus Synthetik in einem fahlen Grün – bei Gott, ich befürchte, es war sogar dasselbe. Eine zum Greifen kompakte Schweißwolke umgab ihn.

Meinen Vortrag führte ein junger Mann von der Freien Universität Berlin ein, Juniorprofessor für »Angewandte und Alltagsethik«. Er trug eine getönte Brille, war vielleicht Ende Zwanzig, hatte aber kaum Haare, nur um die Ohren herum einen dürftigen blonden Flaum. Eine große fleischige Nase beherrschte sein Gesicht wie ein Monument, braun, schmal, glatt.

Er begrüßte alle und leitete mit allgemeinen Überlegungen zur Jugendforschung ein. »Wir beginnen bei diesem ersten Schwerpunkt mit empirischen Projekten in kultursoziologischer Perspektive. Als erster stellt Professor Hieronymus Arber von der Pädagogischen Fachhochschule Vechta sein Projekt vor: ›Die subjektive Dimension der Revolution. Autobiographische Zeugnisse zur Geschichte utopischer Jugendbewegungen‹. Er beginnt mit der sogenannten Kitty-Studie, deren Augenmerk sich auf die Generation der 1968er-Kinder richtet.«

Bevor ich Sie, liebe Kitty, mit dem weiteren Verlauf des Dramas vertraut mache, möchte ich von Marc Aurel sprechen, dem großen Wiener Stoiker – wenn Sie mir diesen melancholischen Spott gestatten. Und der Fluß, von dem er spricht, ist, wer weiß, die schöne blaue Donau, an dessen Ufer sehr viel später in warmen Herbstnächten Walzer getanzt werden könnte: »Die Zeit ist ein Fluß, ein ungestümer Strom, der alles fortreißt. Jegliches Ding, nachdem es kaum zum Vorschein gekommen, ist auch schon wieder fortgerissen, ein anderes wird herbeigetragen, aber auch das wird bald verschwinden.«

Zuweilen taucht altes Geröll wieder auf in diesem Fluß, rundgeschliffen von den Jahren. Das haben wir ja von Marx gelernt, daß Geschichte immer zweimal stattfindet, das eine Mal als Tragödie, das zweite Mal als Farce – und das dritte Mal, möchte ich hinzufügen, als empirisches Forschungsprojekt. Denken Sie daran, liebe Kitty, bevor Sie weiterlesen. Dann können Sie barfuß über die Kiesel dieser Geschichte laufen.

»Liebe Kollegen«, sagte ich, dann wurde ich unterbrochen. Eine Dame stand auf und drehte mir den Rücken zu. Sie hatte einen gewaltigen – ich bin geneigt zu sagen gewalttätigen – basisdemokratischen Arsch.

»Ich bin Tamara Bendixen«, rief sie ins Publikum, »seit neunundzwanzig Jahren Professorin in Bremen, und ich spreche im Namen meiner Kolleginnen und Kollegeusen, die genauso begrüßt werden wollen wie die Kollegen, du Chauvi.«

Sie sah sich triumphierend um, einige Männer im Saal klatschten, die Frauen etwas lauter. Tamara Bendixens Ohrringe, kreative Silberspiralen, wackelten. Als sie sich wieder setzte, faßte sie sich mehrmals nervös an den Hals.

Ich holte tief Atem. »Wir als Soziologen stehen vor dem faszinierenden Dilemma, daß alles, was einst und lange Zeit zusammenhielt, nun auseinanderfällt. Wir sind fassunglos. All die guten alten Begriffe wie Klasse und Schicht, Gruppe und Gesellschaft sind heimatlos geworden. Unsere Worte suchen immer hilfloser nach Wirklichkeit.«

»Hört, hört«, unterbrach mich Rüpert, ganz der Parlamentarier. Um den Hals hing ihm ein breites Nylonband mit einer Schnalle, an der sein Fahrradschlüssel baumelte. Er hatte sich zurückgelehnt und die Daumen keck in die Schlaufe gesteckt. Er war älter geworden, seit ich ihn das letzte Mal gesehen hatte; die Augenbrauen waren buschiger, die Haare grau, fast weiß, und drahtig. Er hatte jene gitterhaften Falten im Gesicht, hinter denen die Jugend ersatzlos verbrannt ist. Rockstars und Revolutionäre werden sich im Alter immer ähnlicher, ist Ihnen das schon mal aufgefallen? Rüpert blickte sich um. Sofort begannen die Kollegen solidarisch zu kichern. Dieses Kichern kennen Sie bestimmt, ein Pawlow-Kichern, intellektueller Speichel über leerem Napf.

Ich fuhr fort.»Wir müssen, um die Krise zu lösen, die Krise vorantreiben. Wir müssen versuchen die Spannung zwischen Empirie und Erfahrung, zwischen Bewußtsein und Faktum zu verschärfen. Wir müssen die Differenz betreiben. Und damit – vielleicht sogar nur damit – der Erkenntnis Raum schaffen und neuen Atem. Auch das, gerade das ist Emanzipation. Wo überall Bewußtsein sich entfesselt, muß auch das Denken ihm entfesselt folgen, muß fliegen lernen. Und ist es nicht das, was wir Revolte nennen? Wo schließlich, wenn nicht in der Revolte, entflieht, entflammt das Bewußtsein? Aber was konstituiert dieses Bewußtsein, dieses flüchtige? Unsere Studie zielt auf die Frage: Wie wird das Einmalige ubiquitär, wie wird der Augenblick universal? Wie wird das Vergängliche unvergeßlich?«

Weiter kam ich nicht. Es erhob sich nämlich ein dicker Mann mit verschwitztem, schütterem Haar. Er trug gebügelte Jeans und Tennisschuhe, dazu einen Doppelreiher mit senfgelben Karos. Er hatte einen breiten, lippenlosen Mund, der unentwegt zu grinsen schien, und einen behaarten Hals, der aussah wie ein schwarzer Rollkragen – Proll, auch er ein ehemaliger Student von mir, auch er ein Wisent-Mörder. Heute ist er Fraktionsvorsitzender in Kiel und Professor für proletarische Lyrik in Osnabrück. Wenn ich mich recht entsinne, hat er Diplom gemacht, irgendeine Gruppenarbeit, aber nicht promoviert und habilitiert schon gar nicht. Gelegentlich tritt er mit Gitarre und Mundharmonika auf Gewerkschaftsfesten auf und singt Agitmix: Wader, Wecker, Degenhardt.

»Das ist ja alles hochinteressant, was Sie da vortragen«, sagte er. »Aber ich habe erhebliche Probleme damit.«

Vereinzeltes Klatschen im Publikum.

Er strich sich über den Doppelreiher, der über dem Bauch spannte, grinste. »Ich bin ja, wie Sie alle wissen, kein Lesefreak.«

Wohlwollendes Gelächter.

»In Osnabrück machen wir es so: die Studenten lesen, die Assistenten schreiben und ich publiziere.«

»Klingt nach der Wiederkehr der alten Ordinarienuniversität«, sagte ich. »Nach dem Muff von tausend Jahren.«

Proll strich sich über den Bauch und grinste. »Warum auch nicht, wenn es der Wahrheitsfindung dient.«

Gelächter.

»Ich bin, wie gesagt kein Lesefreak«, sagte er. »Aber die Überschrift Ihres Vortrages und Ihres geplanten Forschungsprojektes, Herr Kollege Arber, die habe ich mir gründlich vorlesen lassen, zweimal sogar, und das reicht mir. ›Die subjektive Dimension der Revolution. Autobiographische Zeugnisse zur Geschichte utopischer Jugendbewegungen‹. Schon der Titel ist eine Diffamierung. 68 ist keine Jugendbewegung, die Bewegung von unreifen Teenies und waffenbesessenen Suffköppen, sondern die Vollendung der Demokratie in Deutschland. Aufklärung pur, Fortschritt total!«

Applaus.

»Wenn man die Sache wissenschaftlich angegangen wäre«, fuhr Proll fort, »hätte man den Beitrag von 68 zu Aufklärung, Demokratie und Fortschritt in den Vordergrund rücken, die positiven Seiten beschreiben müssen, keinen subjektivistischen Kram. Nur das wäre parteiliche Wissenschaft gewesen.«

Er patschte sich auf den Bauch, grinsend. Er wollte weitersprechen, aber der Juniorprofessor unterbrach ihn hastig. Der Flaum, der seine roten Ohren umschwebte, leuchtete golden.

»Also das ist jetzt natürlich nicht geplant, daß der Vortrag frühzeitig unterbrochen wird«, sagte er mit krächzender Stimme, »aber ich merke, hier besteht erheblicher Diskussionsbedarf, und würde vorschlagen, daß wir jetzt schon in die Diskussion einsteigen. Sind Sie einverstanden, Herr Kollege Arber?«

»Nein, bin ich nicht«, sagte ich. »Sie können doch nicht über einen Vortrag diskutieren, den ich noch gar nicht gehalten habe.«

»Hört, hört!« rief Rüpert.

Pawlow-Kichern.

Dann erhob sich Dusel von seinem Platz. Dusel hatte als Student etwas unproportioniert gewirkt, er war groß und breitschultrig gewesen, hatte aber einen kleinen Kopf gehabt. Jetzt hatten die Verhältnisse sich umgedreht, der Kopf war groß und schwer geworden, die Schultern hingen herab. Dusel trug Bluejeans und T-Shirt, er hatte etwas Schlurfiges an sich. Er war Kultusminister in Hessen und ist jetzt Philosophieprofessor in Bielefeld. Sein Spezialgebiet ist der frühe – wahrscheinlich der präfötale – Lenin. Er publiziert viel, vor allem in den »Internationalen Blättern für Politik und Wissenschaft«. Und auch er gehört zu denen, die Wisent in den Tod getrieben haben. Er sagte mit müder und schlürfender Baßstimme: »Ich habe, anders als der Genosse Proll, die Auszüge der Kitty-Studie in der Kölner Zeitschrift durchaus gelesen. Ich bin entsetzt. Mir ist selten solch methodisch unreflektierter Unsinn untergekommen. Dieses depressive Gefasel von einem See, den es nicht gibt, das ist beim besten Willen – den ich zugegeben nicht habe – keine Aussage zu 68, zu gar nichts. Wir sollten keine Zeit damit verschwenden und uns endlich an den Aufbau des Sozialismus machen. Dazu ist es nie zu spät, gerade jetzt nicht, wo der US-Imperialismus den Freiheitskampf des Osama Latrino zu unterdrücken versucht.«

Stürmischer Applaus.

Der Juniorprofessor sah sich begeistert um. »Das ist ja ein heißer Hauch Geschichte, der hier plötzlich wieder durchzieht«, rief er, seine Stimme überschlug sich, »kraftvoll und spontan, das ist ja toll! Das zeigt eben, daß die Soziologie nicht zur banalen Alltagsforschung verkommen ist, sondern daß sie noch immer inspiriert ist vom radikalen Willen zur gesellschaftlichen Veränderung! Dann würde ich tatsächlich vorschlagen, daß wir das jetzt ausnutzen und in die Diskussion einsteigen.«

Ich verließ das Rednerpult und ging zu meinem Platz zurück. Was sollte ich tun? Ich nahm die »New York Review of Books« zur Hand, ich gebe zu, eine hilflose Geste, aber mir fiel nichts Besseres ein. Ich hielt das Papier vor mich wie Achilles sein Schild. Übrigens war ein interessanter Artikel über die Substanzfrage in der heutigen Malerei dabei, ich habe ihn aufgehoben, falls er Sie interessiert.

»Das ist aber bedauerlich, daß Sie jetzt nicht mitdiskutieren wollen«, sagte der Juniorprofessor und rückte seine getönte Brille zurecht. »Also ich muß noch mal sagen, ich finde das super, was hier passiert. Unsere Generation ist eben doch noch bereit, radikale Gesellschaftskritik zu üben. Herr Professor Dusel hat jetzt noch mal das Wort.«

Mir fiel auf, daß sich Dusels Nase im Laufe der Jahre vergröbert, gewissermaßen totalisiert hatte. Sie hatte viele neue Poren, einige waren bis auf die Wangen, bis auf die Lippen abgewandert.

»Eins zeigt die Studie doch«, sagte Dusel. »Nämlich daß die Organisationsfrage nicht gestellt worden ist. Das politische Engagement von Kittys Eltern war eben mehr verbal als organisatorisch. Die Eltern sind zwar subjektiv fortschrittlich, aber die Strukturen objektiv reaktionär. Die Eltern sind eben nicht in die Kommune gezogen, sie haben Kitty eben nicht ihren Kot an die Wand schmieren lassen, wie es sich damals gehörte, und das pädophile Aufklärungsprogramm, das hat ja so gut wie gar nicht geklappt, bis auf zwei mickrige Ausnahmen. Und dann gab es ja auch immer die bürgerlichen Interventionen der Mutter. Die Frau ist ja eine echte Konterrevolutionärin. Die mit ihren gebügelten Tischdecken, mit ihren Strickwesten, mit ihrem Porzellan, mit ihrem Frankfurter Kranz. Logisch, daß aus dieser Kitty am Ende keine Revolutionärin wurde. Aber ein großes Lob an die Therapeutin Ute Worms. Die hat wirklich alles gegeben, um das auszubügeln. Hat zwar nicht hingehauen, trotzdem: Chapeau. Wieder sehen wir: Die Familie, die Familie allgemein und diese besonders, ist Müll am Wegrand des historischen Prozesses!«

Tamara Bendixen erhob sich wieder. Sie nestelte an ihren Halsfalten herum. Übrigens trug sie ein fledermausartiges Kleid aus Leinen. »Also ich bin dagegen, alles Versagen den Müttern zuzuschieben«, rief sie. »In dieser Familie, da ist doch letztlich der Vater der patriarchale Unterdrücker. Also ich habe den Aufsatz in der Kölner Zeitschrift genau gelesen, und ich habe mich sehr mit der Kitty identifizieren können. Ich denke, daß es sich bei diesem Projekt letztlich um einen Verschleierungsversuch handelt, die sexuelle Emanzipation von Kitty und ihre stark lesbisch geprägte Sehnsucht nach der Mutter, also die zu verschleiern, letztlich. Kitty ist nämlich in Wahrheit letztlich das Modell einer befreiten lesbischen Persönlichkeit, und ich denke, da müssen wir ganz neue forschungspolitische und gesellschaftspolitische Perspektiven formulieren!« Sie kicherte. »Und wer weiß, vielleicht sind wir damit der Nukleus für ein neues 68! Und da können Sie sich noch so hinter Ihrer Macho-Zeitung verstecken, das hilft Ihnen gar nichts!« rief sie in meine Richtung »Das jetzt alles mies zu machen, wofür wir gekämpft haben, also das ist doch das letzte! Meinen Lehrstuhl für weibliches Sexualerleben nach der Meno- und Theaterpause, den hätte ich letztlich gar nicht bekommen, wenn 68 nicht gewesen wäre!«

Applaus.

Der Juniorprofessor hatte die Handflächen aneinandergepreßt und klopfte sich mit den Kanten an den Mund, seine Wangen glühten, er sah sich um.

Jetzt kam Kapowitz. Er zog mit beiden Beinen die leere Bierkiste unter seinem Tisch hervor und stieg darauf. Die Öffnungen zeigten nach oben, seine Füße kippelten, er hatte Mühe, das Gleichgewicht zu halten. »Außerdem«, krähte er, »so ist das eben bei großen Revolutionen. Wo gehobelt wird, da fallen Späne. Gut, Kittys Eltern haben das Vermittlungsproblem nicht gelöst. Pech für das Kind. Aber es gibt nun mal auch unschuldige Opfer. Die gab es unter der Guillotine, die gab es in Workuta. Gut, dann gab es sie eben auch 68. Na und? Wollen wir darum gleich die ganze Aufklärung in den Dreck ziehen?«

»Nein!« kam es aus dem Publikum.

»Na also«, sagte Kapowitz. Er verlor das Gleichgewicht, ruderte mit den Armen und stützte sich schließlich auf der Tischplatte ab, sein Hintern stach in die Luft. »Und diese Kitty, die ist objektiv reaktionär, auch wenn sie es nicht weiß. Ihre Funktion ist, den Glauben an den Fortschritt zu untergraben, den Menschen die Hoffnung zu nehmen – Kitty fördert den konterrevolutionären Defätismus. Außerdem stimmen die Daten gar nicht. Der Bericht ist nicht repräsentativ. Man kann nicht einen Einzelfall als prototypisch nehmen und von dort aus generalisieren. Ich bin für Daten, vor allem für aggregierte, und gegen Verstehen. Daten sind ideologisierbar. Was Sie machen, Kollege Arber, ist neofaschistische Agitation. Diese Einzelfallstudie bedeutet nichts, überhaupt nichts. Irre gibt es immer. Aber dafür werden wir keine Forschungsgelder verschwenden.«

Applaus. Ich sammelte meine Papiere zusammen, es war höchste Zeit zu gehen. Während die Diskussion weiter dröhnte, beugte ich mich hinab, um meine Aktentasche zu nehmen. Da sah ich, daß Mueller-Skripski seinen Fuß darauf gestellt hatte, der in einem Schuh von unbeschreiblicher

Farbe steckte – Pastellgrau, wenn Sie sich darunter etwas vorstellen können. Etwas irritiert hob ich den Kopf wieder über die Tischplatte.

Mueller-Skripski hatte den Ellenbogen auf den Tisch gestützt und hielt sein Handy in der leicht geöffneten Hand. Er betrachtete es wie Hamlet den Totenschädel. »Sony Ericsson, P/900«, sagte er halblaut zu mir. »Die reinste Kommandozentrale. Damit läßt sich einiges erreichen. Nur die Rechnungen, die sind hoch. Im Schnitt achthundert Euro pro Monat. Aber das kann man ja absetzen.«

»Ich weiß, Sie haben schon immer viel telefoniert«, sagte ich. »Meistens mit Erfolg.«

Mueller-Skripski sah mich kurz an. Er hatte gelbe Augen, auch das Weiße in den Augen war nun, im Alter, vergilbt. Die Augen waren wie fahle Lampen, ohne Iris. »Bei Ihnen hatte ich leider nur einen Teilerfolg«, sagte er, während er mit dem Stift auf dem Touchscreen des Handys herumtippte. Er sprach mit leiser Stimme, die bei aller Ruhe etwas Knurrendes hatte.

»Diese neuen Handys, die haben ja alles, Internet, Fax, Kalender, Stichwortverzeichnisse. Mir entgeht keiner ... da haben wir Sie. ›Hieronymus Arber. Kein Ruf nach Frankfurt, statt dessen Vechta, 17.2.1970. C2-Professur‹. Das ist jetzt über dreißig Jahre her ...«

Mueller-Skripski klopfte testweise mit dem Finger ans Mikrophon in der Mitte unseres Tisches. Es gab ein hohles Geräusch, als würde er auf einen ausgetrockneten Knochen schlagen. Dann schaltete er das Mikro aus.

»Die Entscheidung gegen Ihr Projekt ist doch schon längst gefallen«, sagte er. »Das hier ist bloß eine nachgelieferte Inszenierung, die brauchen wir als kleine Legitimation.« Er lächelte mild. Er ähnelte einem müden Kurienkardinal. »Diese drei DFG-Fuzzis, Kapowitz, Proll und Dusel, die kriegen ihr Projekt. Der Juniorprofessor kriegt nichts, weil er gar nicht merkt, wie gut er seine Sache macht. Dann merkt er auch nicht, wenn er nichts kriegt. Sie hatten von vornherein keine Chance, Herr Arber. Das hätten Sie wissen müssen. Sie hätten sich Ihren Vortrag sparen können. Sie hätten sich die Anfahrt nach Bielefeld sparen können. Sie hätten sich diese ganze alberne Kitty-Studie sparen können. Warum verschwenden Sie Ihre Zeit? Ich habe Sie vor über dreißig Jahren liquidiert. Nehmen Sie es doch hin. Was haben Sie seitdem schon publiziert? Nichts, jedenfalls nichts von Bedeutung. Haben Sie wirklich geglaubt, Sie könnten noch einmal zu Ihrer alten Hochform auflaufen – mit Hilfe dieser lächerlichen Kitty, in einer Koalition der Verlierer, ein verwüstetes Mädchen an Ihrer Seite? Sie sind absurd. Sie glauben offenbar wirklich an die Würde des Herzens. Sie Ahnungsloser wissen nicht, was Macht ist. Ich bin die Wahrheit und das Licht, und es führt kein Weg zum Lehrstuhl denn durch mich.«

Mueller-Skripski tippte auf der Handy-Tastatur herum, das blaue Licht des Displays drang in die eckigen Nasenlöcher, die Haare darin sahen aus wie die aufgezwirbelten Enden von Stromkabeln. Die Schultern seines silbernen Jacketts waren zu weit und schnitten die Luft.

»Übrigens«, sagte er beiläufig, »Ihre Kapitel aus der ›Ästhetik der Verzweiflung‹ haben mich beeindruckt. Ein gefährlich guter Text, wenn er publiziert worden wäre: epochal. Ich habe ihn gleich nach Wisents Tod in Sicherheit gebracht. Anfangs hatte ich Schwierigkeiten, seine Anmerkungen in Ihrem Text zu entziffern. Aber mit der Zeit ist mir seine Handschrift vertraut geworden.«

Leise klickten die Handy-Tasten, Mueller-Skripski schrieb eine SMS, während er sprach. Ab und zu gab das Handy ein kleines Warngeräusch von sich.

Ich brauchte eine Weile, bis ich verstand.

»Ich habe immer geahnt, daß Sie das Manuskript mit meinen drei Kapiteln gestohlen haben«, sagte ich schließlich.

Mueller-Skripski lachte leise, ein freundliches, klangloses Lachen. »Lieber Herr Kollege, wer redet denn von Stehlen! Was für wilde Worte. Ich bewahre es doch nur auf, Ihr Manuskript. Ich beschütze die Öffentlichkeit davor. Denn in Ihrem Text wird den uralten Mächten, die die Menschen in den Fluch geführt haben und in die Verdammnis, noch einmal das Wort geredet. Nichts ist schädlicher als Verstehen, das haben Sie nicht verstanden.«

Das Publikum klatschte über irgendeinen Diskussionsbeitrag. Mueller-Skripski klatschte gelangweilt mit.

»Ihre Gedanken müssen im Dunkeln bleiben, lieber Arber, sie sind zu nah an der Wahrheit, würden viele jedenfalls sagen. So weit gehe ich natürlich nicht. Was ist schon Wahrheit, und wozu brauchen wir die. Lieber wollen wir reden, ohne zu wissen worüber. Wir kommunizieren, um eine Kommunitas zu sein. Mehr ist doch eh nicht drin. Oder?«

Sein Handy begann zu vibrieren, ein Anruf, aber diesmal nahm er ihn nicht an. Er betrachtete das silberne Gerät, das zu den Streifen seiner Krawatte paßte. Die Vibrationen übertrugen sich auf seine Hand, ihre Umrisse schienen zu verwischen. Er schaltete das Handy aus und drehte mir langsam das Gesicht zu.

»Glauben Sie mir, es war besser, ›Die Ästhetik der Verzweiflung‹ als Fragment herauszugeben, ohne Ihre drei Kapitel, dafür mit einem langen Vorwort von mir. Einen besseren Einstand hätte ich doch gar nicht geben können, als Wisents Nachfolger. Ja, ich habe den einzigen vollständigen Text bei mir zu Hause, in meiner Bibliothek. Und ich gestehe, ich lese ihn immer wieder. Auch wenn Sie mir das nicht zutrauen, ich lese ihn mit pochendem Herzen. Ich benutze ihn als Inspiration für meine Scham. Sie werden ja bemerkt haben, wie produktiv ich damit geworden bin. Ich allein bestimme den intellektuellen Diskurs in der Bundesrepublik seit nunmehr dreißig Jahren. Und keiner ahnt, daß ich nachts ›Die Ästhetik der Verzweiflung‹ lese. Dieser Text ist die Apotheose der Aufklärung und ihr Ende. Verzweiflung und Schönheit, Tod und Gewalt und Liebe, die uralten heiligen anthropologischen Konstanten. Ja, Sie wissen, was Liebe ist. Ich beneide Sie.«

Der Applaus verebbte. Heinz Mueller-Skripski lehnte sich in den orangefarbenen Sessel und schaltete sein Handy wieder ein. Das Licht auf dem Display zuckte auf.

Spätnachts fuhr ich zurück nach Vechta. Mein alter Lancia hat noch seine Starrachse, er trug mich hoppelnd den stinkenden Rieselfeldern entgegen. Die Autobahn war frei, die Landschaft streckte sich. Am Himmel hing noch der Mond, eine zarte Flocke, die langsam in die Morgendämmerung hineinschmolz, und ich dachte an Sie. Ich habe viel von Ihnen gelernt. Ich habe verstanden, daß sich Erkenntnis nicht nur in den Seminaren, sondern auch in den Schmerzen verwirklicht. Gewußt habe ich das immer, erfahren habe ich es erst durch Sie.

Während der Fahrt überlegte ich, wie ich Sie trösten könnte für dieses Desaster in Bielefeld. Und ich dachte, daß ich eigentlich selbst Trost brauchte.

Ich fuhr auf die nächste Autobahnraststätte und genehmigte mir eine scheußlich bittere Tasse Kaffee. Ich stand an einem Stehtisch mit verklebter Resopalplatte. Der Kaffee zog mir den Gaumen zusammen, und der Zucker, den ich mit einem Plastikstäbchen hineinrührte, verdarb ihn endgültig. Ich trank ihn trotzdem. Um mich herum Lastwagenfahrer und Familienväter. Sie trugen karierte, kurzärmelige Hemden, die aus den Jeans quollen. Unter den Hemden vergilbte T-Shirts. Vergoldete, grobgliedrige Armbänder um behaarte Handgelenke. Sie rauchten ihre Zigaretten, als wäre es eine lästige Pflicht, sie bellten sich an – ordentlich unterschichtig oder, wie wir in Frankfurt gesagt hätten, ordentlich proletarisch. Ich wußte, daß keiner von denen je von Hegel oder Marx, von Mueller-Skripski oder Wisent gehört hatte und auch nicht von meiner pädagogischen Fachhochschule, an der sie möglicherweise täglich vorbeifuhren. Draußen rauschte die Autobahn.

Dann wurde es still um mich. Ich stand da und blickte ins Nichts, bis mir die Worte entgegenkamen. Ich nahm den Kassenbon, auf dem schon ein paar Kaffeeflecken getrocknet waren, und schrieb.

Ich schrieb das Gedicht. Es ist für Sie. Den Kassenbon mit den verschiedenen handschriftlichen Fassungen und Korrekturen lege ich bei; damit Sie alles entziffern können, bekommen Sie hier einen Ausdruck:

>Die Wolken gleiten dahin,
>das Wasser gleitet dahin,
>die Weiden wehen,
>der Wind verebbt,
>die Forelle springt,
>die Sonne sinkt,
>ich warte auf die Geliebte.

Ihr Hieronymus Arber

Die Ästhetik der Verzweiflung

Die Gesichter waren so alt, daß sie zu verschwimmen schienen, als würde sich ihre Blässe von den Knochen lösen. Der Blick des einen Mannes kam aus milchigen Augen, die einmal blau gewesen waren. Er hatte sein weißes Haar in dünnen feuchten Streifen nach hinten gekämmt. Der Schädel des anderen war nackt, ein knochiger Mond. Seine unteren Lider hingen herab, ihre Innenseiten waren ausgeblichen.

Langsam, fast schwerelos schwebten die Gesichter aufeinander zu.

»Hello, artist«, sagte der eine.

»Hello, captain«, sagte der andere.

»It wasn't easy to find you today«, sagte Captain Wesley.

Emil Caspari lächelte, ein Speichelfaden spannte sich zwischen den brüchigen Lippen, die leicht zu zittern begonnen hatten. Captain Wesley hob den Arm und wies mit seiner fleckigen Hand auf die Aquarelle an der Wand der Galerie. Es waren Bilder von der Küste, eine Mischung aus romantischer Landschaftsmalerei und expressionistischer Raserei. Auf allen Bildern war Sturm, er saugte die Farben aus der Landschaft, zerriß die Häuser und Felder, und dort, wo das Wetter still war und die Sonne schien, spritzte die Farbe dunkel ins Bild, aus einer anderen Dimension.

»Looks like the storm in the paintings won out«, sagte Captain Wesley.

»I'm sorry«, sagte Emil Caspari. »Ich spreche kein Englisch mehr. Alles vergessen.«

»Oh, das ist o.k.«, sagte Captain Wesley mit seinem amerikanischen Akzent. »Ich kann mittlerweile deutsch. Ich sagte, der Sturm hat gesiegt, wie mir scheint.«

»Ja«, sagte Emil, »das wußten Sie doch immer schon.«

Sie betrachteten die Bilder. Es war heiß in der Galerie, die Besucher der Vernissage traten sich gegenseitig auf die Füße. Das Murmeln und das Lachen der Leute, das Klirren der Gläser mischte sich zu einem wirren Rauschen. Die vorangegangene Ausstellung, »Making Jesus Pay«, hatte für Furore gesorgt, nun war der Andrang groß. Alle wollten die Bilder des Storm-in-Storm-Painters, des unbekannten Königsberger Malers sehen, heimgeholt von Amerika nach Deutschland.

»Ich habe versucht, Sie anzuschreiben«, sagte Captain Wesley, »damals, als sich die Bilder in Amerika plötzlich so gut verkauften. Aber der Brief kam zurück. Ich habe es noch einige Male versucht, auch über den Suchdienst, dann aber aufgegeben. Ich habe mir gesagt: Dead artists don't cry. Ich habe es beinahe selbst geglaubt.«

»Ich hätte ja doch nicht mehr gemalt«, sagte Emil. »Aber es ist schön, die Bilder noch einmal zu sehen.«

»Ich vermisse das Bild vom Haff«, sagte Wesley. »Ich hätte damals viel darum gegeben.«

»Sie meinen mein einziges Ölgemälde? Zwei mal drei, weiß in weiß, fast schon monochrom?«

»Ja, ich weiß noch, wie kalt mir wurde, als ich davorstand. Die Farbe sah aus, als wäre sie während des Malens gefroren. Ein grandioses Bild, furchtbar und schmerzvoll.«

»Es ist leider verschwunden.«

»A terrible loss«, sagte Wesley.

Die beiden Männer schwiegen eine Weile. Emil verglich das Gesicht von Wesley mit seiner Erinnerung. Auf der Straße hätte er ihn nicht erkannt. Wesleys Kinnlappen war so dünn, daß er zu knistern schien. Sein Gesicht war eingesunken, nach hinten gewachsen, die Nase war noch schmaler geworden und warf seidengraue Schatten in die Augenwinkel. Emil erinnerte sich an den verletzlichen Ausdruck, den diese Schatten dem Gesicht einst verliehen hatten. Jetzt hatten sie sich ausgebreitet. Auch der Captain betrachtete sein Gegenüber, taktvoll, trotzdem spürte Emil, wie der Blick über das Adernetz der Wangen wanderte, über die Flecken, die wie brüchige Erde auf der Haut lagen.

»Sie müssen sich keine Vorwürfe machen«, sagte Emil schließlich. »Ich habe es auch ohne die Bilder zu was gebracht. Nicht zuletzt mit Ihrer Hilfe. Sie haben keine Existenz zerstört.«

Wesley lächelte und nickte, atmete kaum hörbar auf.

»Auch ich bin nicht meinen Träumen gefolgt. Ich bin kein großer Kunstmäzen geworden, sondern insurance manager für eine große Versicherung in Hartford, in meinem Heimatstaat Connecticut. Wir wickeln internationale Versicherungen ab, Warentransporte, Schiffsunglücke, Flugzeugabstürze. We were involved in the Twin Towers. Ich war oft in Deutschland, geschäftlich, taught me my German. Jedesmal, wenn ich hier war, habe ich im Telefonbuch geguckt. Emil Eyhlau gab es nicht.«

»Eyhlau war mein Künstlername.«

»Jetzt weiß ich ja, wie Sie heißen. Ich hätte es selbst herausfinden können, ich hätte nur die richtigen Leute fragen müssen.«

»Lassen Sie doch«, sagte Emil. »Auch ich hätte nachforschen können. Es war ja viel einfacher, als wir beide dachten. Nun hat es eben meine Enkelin getan.«

Er suchte mit den Augen nach Kitty. Sie war von Gästen umringt. Beim Sprechen machte sie weiche Gesten, die Arme waren wie Schwanenhälse. Als sie Emils Blick bemerkte, winkte sie ihm zu, verabschiedete sich lächelnd aus der Runde und bahnte sich den Weg zu ihm. Sie war ein flämisches Gemälde, das noch nicht ganz trocken war, rotwangig, sommerlich, blond. Die Augen glänzten wie Lack, die Locken sprangen.

»Wie ich sehe, habt ihr euch gefunden«, sagte Kitty zu ihrem Großvater. »Das Taxi ist auch schon da. Den weiteren Abend werdet ihr ja allein verbringen. Der Tisch im Borchardt ist auf den Namen Caspari reserviert, hinten in der Ecke, Nummer 22, das ist an der Seite, nah am Fenster zum Innenhof, da ist es am schönsten.«

»Vielen Dank für die Einladung, makes it really festive«, sagte Captain Wesley.

»Ich glaube, ich habe Ihnen zu danken«, sagte Kitty, »daß Sie mir bei der Suche der Bilder geholfen haben. Und daß Sie den weiten Weg hierher gekommen sind, in dieses unwirtliche Deutschland.«

»Das habe ich doch gern getan«, sagte Captain Wesley. »Wird die Ausstellung denn ein Erfolg?«

»Es ist die schönste, die ich je hatte.«

Kitty küßte ihren Großvater auf die Wange und gab Captain Wesley zum Abschied die Hand. Der Captain ging ganz aufrecht, aber langsam, mit Trippelschritten, die Hosenbeine seines blaßblauen Leinenanzugs konnten das Zittern der Beine nicht verbergen. Emil stützte sich auf einen Stock, er war selbst wie ein dürrer Ast. Er hatte seit Jahren keine Krawatte mehr getragen, für die Vernissage hatte er sich eine umgebunden, ein Geschenk von Kitty.

»Ihre Enkelin ist eine schöne Frau«, sagte Wesley, als sie im Borchardt saßen. »Und sie war pfiffig beim Finden der Bilder. Hat sie auch Ihr künstlerisches Talent geerbt?«

»Ich glaube, es erwacht in ihr«, sagte Emil. »Und was ist mit Ihnen? Haben Sie Enkel?«

Wesley holte seine Brieftasche heraus und zeigte Fotos, die etwas zu bunt aus dem Leder glitten.

»Ich habe drei Kinder, Jane, Bob und Chuck, und fünf Enkel. Sogar schon eine Urenkelin. Bob ist Banker geworden. Chuck ist an der Utah State University Professor für Informatik. Jane ist mit neun Jahren gestorben, an Leukämie.«

»Das tut mir leid«, sagte Emil.

»Es ist lange her. Es war besonders schwer für meine Frau. Sehen Sie, von ihr habe ich auch ein Foto.«

Das vergilbte Bild zeigte eine junge Frau im Sommerkleid, die lachend auf einem Steg stand und einem Segelboot hinterherwinkte.

»Sie ist schön«, sagte Emil. »Und sie sieht sympathisch aus.«

»Jetzt ist sie natürlich ein klein wenig älter«, ergänzte Wesley und lächelte. Dann sah er fragend auf.

»Ich habe leider keine Fotos dabei«, sagte Emil und schlug die Speisekarte auf. »Nehmen wir einen Wein?«

»Gern«, sagte Wesley, »einen deutschen.«

Der Kellner empfahl Emil einen trockenen Riesling, er hatte sich für die »Geeiste Gurkensuppe mit Dill crème fraîche« entschieden, als zweiten Gang wählte er »Gefüllte Sardellen an provençalischem Brotsalat und zweierlei Paprikacoulis«. Wesley nahm einen Burgunder zum »Kalbsconsommé mit Rinderfilet und Gemüsestreifen«, anschließend »Flambierte Taube in Kartoffelringen mit Pfifferlingen in Cassis Acetojus«. Für die Hauptspeise wollten sie die Weine tauschen, Wesley wählte den »Zander mit Tomatenconfit an Lauchtagliatelle«, Emil den »Rehbraten in Rahmsoße an jungem Gartengemüse und Pellkartoffeln«.

»Ist das Fleisch weich?« fragte er.

»Butterweich«, sagte der Kellner.

Er brachte den Wein und einen Korb voller Weißbrot, und eine Schale mit Butter. Sie hoben die Gläser. Keiner sagte einen Trinkspruch, sie sahen sich nur an. Sie tranken langsam, zögerlich. Dann entstand eine Pause. Emil rieb die Fingerspitzen aneinander, der Captain zog seine Uhr auf.

Das Borchardt war voll, an der Bar standen Leute und warteten auf ihre Tische: blonde Frauen mit tiefen Ausschnitten und ihre betont lebhaften Begleiter. Einige glaubte Emil schon irgendwo gesehen zu haben, aber er konnte sie nicht zuordnen.

»Rehbraten esse ich immer noch gern«, sagte er schließlich. »Ich habe früher selbst gejagt.«

»Oh, ein schöner Sport«, sagte der Captain.

»Meine Frau konnte wunderbar kochen. Aus einem einzigen Hasen machte sie einen ganzen Damhirsch.«

Wesley lachte. Dann wurde er ernst.

»Sie lebt nicht mehr?«

»Nein.«

»Sorry to hear it.«

Sie schwiegen wieder.

»Wir haben ein Haus in Storrs, mit zwei porches«, griff der Captain das Gespräch wieder auf, »wie sagt man? Mit zwei überdachten Veranden. Am liebsten sitze ich auf der hinteren und blicke in den Wald. Manchmal sehe ich auch Rehe. Und Hasen. Und mooses, wie heißt es?«

»Elche?« fragte Emil.

»Ja genau, Elche. Die gibt es ja auch in Ihrer alten Heimat. Bei uns gibt es auch Waschbären, sie kommen bis auf die Veranda, wenn wir nicht aufpassen. Im Winter ist es kalt, aber das macht uns heute nichts mehr aus. Als unsere kleine Jane gestorben war, ging Mary oft ohne Mantel nach draußen. Ich habe damals viel Angst um sie gehabt. Dann wurde es langsam wieder warm.«

Er blickte Emil in die Augen, etwas länger als zuvor. Der Kellner brachte die Suppe. Emil hatte nicht daran gedacht, wie sonst vor jeder Mahlzeit seine Medikamente zu nehmen, zwei Glucomin-Tabletten und fünfzehn Tropfen Alprazepam, aber jetzt war es zu spät, auf die Toilette zu gehen, und vor Wesley wollte er nichts schlucken. Als Emil den ersten Löffel Suppe nahm, zuckte er zusammen, er hatte vergessen, daß sie geeist war.

»Die Suppe ist gut«, sagte Wesley.

»Ja, meine auch.«

»Wir haben ein größeres Segelboot«, fuhr Wesley fort, »draußen am Long Island Sound, bei New London. Jetzt fahren wir natürlich nicht mehr raus. Aber Bob ist ein guter Segler geworden, der Sport tut ihm gut, bei seinem anstrengenden Job, er ist ja an der Börse. Ich habe über dreißig Jahre lang gesegelt. Aber ich habe noch nie einen solchen Sturm erlebt, wie ich ihn in Ihren Bildern erlebe.«

Er nahm sich ein Stück Weißbrot und bestrich es mit Butter.

»Ich habe auch ein schönes Haus«, sagte Emil, »eine Villa mit vielen Zimmern und langen Fluren, einen Swimmingpool im Garten. Jetzt ist er leer.«

»Sie sind bei der Pharmazie geblieben?«

»Ja, wie Sie mir geraten haben damals. Ich habe eine Zeitlang als Vertreter für Jackson & Jackson gearbeitet und dann ein bayerisches Großhandelszentrum für pharmazeutische Produkte aus den USA aufgezogen, Intermed.«

Der Kellner räumte die Teller ab. »Waren die Herren zufrieden?«

Sie bejahten und warteten, bis er außer Hörweite war. Wesley legte umständlich seine Serviette zusammen. »Auch ich habe ja die meisten Ihrer Bilder lange nicht gesehen«, sagte er. »Vielleicht liegt es am Alter, daß ich heute den Schmerz darin noch stärker wahrnehme. Diese unerlösten Landschaften, und wie der Maler gegen den Sturm kämpft, ihn bewältigt und doch überwältigt wird. Diese stumme Trauer, die ist so deutsch. Eine Trauer, die nur in der fast farblosen Farbe zu sich findet, im Erlöschen. Ich habe mich immer gefragt, woher sie wohl kommt.«

Emil zerriß ein Stück Weißbrot und hielt die Hälften wie zwei Wolken in die Luft.

»Ich habe meine Geschichte nie erzählt«, sagte er. »Ich hätte auch nicht gewußt, wem. Mein einziger Freund waren Sie, und wir sind im Streit auseinandergegangen.«

»Ja, ich erinnere mich. Was war denn mit Ihnen los? Plötzlich wollten Sie ein Abtreibungsbesteck für Ihre Bilder statt Zigaretten. Ich war wirklich entsetzt. Ich bin Christ. Für mich ist Kinder zu töten eine schwere Sünde. Ausgerechnet Sie hätten dieses schmutzige Geschäft nicht nötig gehabt. Dieses sinnlose Geschäft, als wäre im Krieg nicht genug gestorben worden. Ich muß gestehen, ich war erleichtert, als Sie unauffindbar waren. Vergessen konnte ich Sie nie. Ich habe Sie verehrt und verachtet, eine unerträgliche Mischung. Das hat mich nie wieder losgelassen. Auch ich habe gegen einen Sturm gekämpft, einen inneren Sturm. Auch ich habe mir eine Erlösung gewünscht, eine Erklärung. Eine Geschichte.«

Der Kellner brachte den zweiten Gang, wie Schmuckstücke glänzten die kleinen Köstlichkeiten auf ihren riesigen Tellern. Wesley zerschnitt mit weichen Bewegungen die Taube, Emil schob sich ein Stück Sardelle in den Mund. Dann lehnte er sich zurück und ließ den Blick durchs Restaurant schweifen. Am Eingang wurde gerade ein junges Paar abgewiesen, beide in Windjacken und Nikes. Als sie fort waren, schüttelte der Empfangschef den Kopf, ohne zu lächeln. Emil hatte noch immer gute Augen, aber als er die Lampen betrachtete, verschwamm das Licht, und als er den Blick wieder Wesley zuwandte, saß der hinter einem milchigen Schleier. Emil hörte ein leises Pfeifen, das war der Tinnitus, er hörte sich an wie ein Wind, der um die Tische fegte.

»Der Sturm kommt aus meiner kalten Heimat, aus meiner Sehnsucht«, begann er. »Ich liebe die Kälte Ostpreußens, seine Unschuld, seinen Adel, seine Sprachlosigkeit. Der Wind trägt jedes Geräusch wie ein Geschenk über das Land. Und weil alles so grenzenlos ist, setzen die Menschen sich selbst die Grenzen. Ich glaube es gibt – gab, muß ich wohl sagen – keinen einzigen Flegel in Ostpreußen. Wir wohnten in Königsberg, aber meine Mutter Alma kam von einem Gut südlich vom Frischen Haff, an der Passarge. Wir waren oft zu Besuch dort; bei der Heuernte mußten wir helfen und im Herbst, wenn die Runkelrüben gezogen wurden. Mein Großvater war ein großer Jäger, er hat mich oft mitgenommen. Wir sind mit der Natur groß geworden und mit unseren Tieren, vor allem den Pferden. Ich weiß noch gut, wie wir im Winter mit dem Einspänner in die Stadt zum Einkaufen fuhren, hinter den trabenden, dampfenden Pferden. Manchmal setzte mich mein Großvater auf den Rücken des Pferdes, und ich fühlte den Rhythmus des Trabs wie ein warmes sanftes Pendel. Im Sommer, nach der Feldarbeit ritten wir zum Baden, zum Reden, zum gemeinsamen Träumen in die langen Abende hinein. Und wenn wir auf die Jagd gingen, die Tiere jagten und töteten, dann um sie zu verspeisen. Töten als Sport, das machen Städter. Wir gehörten zu unseren Tieren so wie sie zu uns. Der Tod gehörte dazu, aber Töten als Sport, als Vergnügen, das wäre Blasphemie gewesen.«

Emil schwieg. Dann aß er etwas Paprika und trank vorsichtig, ohne Wesley anzublicken, seinen Wein.

»Später war ich beim Königsberger Fliegerjungvolk, in der General-Litzmann-Straße. Habe einmal die Reichsmeisterschaft im Modellbau gewonnen, mit einem Segelflugmodell aus Balsaholz, einem Grunau Baby. Diese Modelle sind so leicht, daß sie gar nicht zu existieren scheinen. Aber wenn man sie in den Wind hält, merkt man plötzlich, wie er daran reißt; als würde der Wind etwas spüren, das man selbst kaum glauben kann, als wäre er feinfühlig. Ich weiß nicht, ob ich mich verständlich machen kann.«

»Doch«, sagte Wesley und richtete sich auf, »ich kenne das vom Segeln.«

»Später war ich bei den Segelfliegern auf der Kurischen Nehrung, bei der Flieger-HJ. Haben Sie mal ein Segelflugzeug beobachtet, wenn es am Himmel schwebt?«

»Ja«, sagte Wesley, »es sieht friedlich aus. Wie eine eckige Wolke.«

»Es ist aber nicht friedlich, jedenfalls nicht für den Piloten. Der Sturm reißt am Gestell, rattert und schlottert, pfeift. Sie verstehen das eigene Wort nicht. Der Sturm ist ein brüllendes Ungeheuer, zugleich empfindsam wie eine Frau.«

Wesley lachte. »So sind sie, die Frauen.«

Emil lachte mit. »Ja, wie die Frauen reagiert der Sturm auf die feinste Berührung. Sie müssen ihn mit zarten Händen lenken, nur mit Daumen und Zeigefinger. Verstehen Sie – Sie lenken nicht den Flieger, sondern in Wahrheit den Sturm. Das ist das ganze Geheimnis.«

Der Kellner schenkte Wein nach, die Männer tranken gleichzeitig.

»Segelflieger sind die besten Kampfpiloten«, fuhr Emil fort. »Sie sind mutig, und später vor allem gute Düsenflieger geworden. Die ME 262, die Schwalbe, mußte mit ähnlichem Feingefühl geflogen werden wie ein Segelflugzeug. Natürlich wollten wir alle zur Luftwaffe, auch ich. Anfangs hatten wir viel Spaß, vor allem bei den Kunstflügen, die ja zur Ausbildung gehören. Ein Looping im offenen Doppeldecker, das war schon was.«

»In der Bü 131?« fragte Wesley.

»Ja, genau. Woher wissen Sie das?«

»Ich habe mich für Flugzeuge interessiert. Ich war in der Panzereinheit, habe ein paar von Ihnen abgeschossen.«

»Dann erinnern Sie sich bestimmt noch an die Stukas.«

»An die Stukas, natürlich! Sie waren ja legendär«, sagte Wesley. »Die nach unten abgeknickten Flügel, die heulenden Sirenen beim Angriff, Räder wie Klauen. Und wie sie dann den Motor abgeschaltet und sich in die Tiefe gestürzt haben. Raubvögel und schwer zu erwischen. Eine habe ich runtergeholt.«

»Alle Achtung«, sagte Emil, »ich weiß, wie schwer sie vom Boden aus zu treffen waren. Ich wurde auf die Ju 87 geschult, kam nach Stolp-Reitz in Pommern, ins Stuka-Geschwader Immelmann, Gruppe II. Wir sind gleich zu Anfang des Krieges eingesetzt worden, im Polenfeldzug, in der Schlacht an der Bzura, nachts. Wir flogen in Kette, je drei Maschinen zum V formiert. Kurz vorm Angriff drehten wir gegen den Wind, wegen der Treffsicherheit. Dann wackelte der Staffelkapitän mit den Tragflächen. Das war das Zeichen. Im Cockpit saßen wir zu zweit, Rücken an Rücken, durch eine Panzerplatte getrennt, vorn der Pilot, also ich, hinten der Bordschütze. Er hielt das Maschinengewehr, das in einem Drehkranz in der Cockpitscheibe steckte, und suchte den Himmel nach Feinden ab. Und ich sah nach unten, durch das Fenster zwischen meinen Füßen, und hielt Ausschau nach dem Ziel, der Brücke – nicht mehr als ein Schatten über dem Wasser. Ich programmierte den Sturzflug, stellte auf dem Kontakthöhenmesser die Bombenabwurfhöhe ein, 450 Meter. Dann schloß ich die Kühlerklappen, drosselte den Motor und fuhr die Sturzflugbremsen an den Tragflächen aus. In die Cockpitkuppel war ein roter Winkelgrad geätzt, den ich auf eine Linie mit dem Horizont bringen mußte, als würde ich eine Schablone auf die dämmernde Landschaft legen. Dann ging es los: Neunzig-Grad-Sturzflug, sechstausend Meter. Neben mir blitzten die Flaks, doch das durfte mich nicht beirren. Für einen präzisen Angriff muß man den Fallwinkel halten. Wenn Sie im Sturz auch nur einen Millimeter abweichen, geht die Bombe daneben.«

Wesley stützte die Hände auf die Tischplatte und streckte den kahlen Kopf vor. »Und? Haben Sie getroffen?«

»Ja«, sagte Emil, »genau in die Mitte.«

Wesley pfiff durch die Zähne.

Emil errötete, mußte lächeln. »Habe auch das Ritterkreuz dafür gekriegt, mit Eichenlaub; die Brücke war strategisch wichtig. Mit dem Bombenabwurf hebt sich automatisch der Bug der Maschine. Das ist der kritischste Moment. Denn durch die Fliehkraft weicht das Blut aus dem Kopf, man muß ihn nach unten halten, sonst wird man bewußtlos. Viele sind deshalb abgestürzt. Und das Gesicht rutscht nach unten wie eine schwere nasse Gipsmaske. In diesem Moment hat es uns erwischt, der Schuß ging in den Motor. Ich gab Gas. Dem angeordneten Flugkurs konnten wir nicht mehr folgen, der Bordschütze berechnete einen neuen, direkt nach Hause. Es war ein wunderschöner Flug, unwirklich. Der Mond schien auf die Wolken, wir glitten über einen Silberteppich. Dann wurde er plötzlich rot, und ich merkte, daß es die

Flammen am Bauch der Stuka waren, die ihn so färbten. Irgendwann versagte der Motor. Bei der Bauchlandung überschlugen wir uns. Die Schnauze hatte sich so verbogen, daß mein Bein festklemmte. Der Stahl war heißer als eine Herdplatte. Meinem Kameraden gelang es, aus dem Cockpit zu klettern, und er zerrte mich heraus. Es war in der Nähe von Mlawa. Wir hatten Glück, daß wir nicht in Feindeshand fielen; unsere Bodentruppen griffen uns auf. Aber mein Unterschenkel, verdreht und verbrannt, mußte abgenommen werden. Ich durfte dann wieder heim, nach Königsberg. Da habe ich Pharmazie studiert, an der Albertina, auf den Rat meines Vaters. Die stummen, lateinischen Begriffe und die perfekten Zeichnungen der Heilpflanzen ließen mich vergessen, daß ich nun ein Krüppel war und um mich herum der Krieg. Als ich später den Sturm malte, wie er die Landschaft zerriß, dachte ich oft an die Kräuter und Blumen zurück, die auf den Abbildungen so vornehm gewirkt hatten, als wüßten sie um ihre gelehrten Namen, als könnte nichts sie knicken. Linnea borealis, Salvia pratensis, Pimpinella anisum ... Ja, mein Vater hatte mich richtig beraten. Ohne mein Studium hätte ich den Vertreterjob bei Jackson & Jackson nicht machen können. Und ohne Ihre Hilfe auch nicht. Es war gut, daß ich alles mit dem Auto erledigen konnte. Wie die Mädchen mich anschwärmten, wenn ich am Straßenrand hielt, mich lässig aus dem offenen Zweisitzer lehnte und mit ihnen plauderte! Daß mein Bein kaputt war, sah ja keine. Später gab es bessere Prothesen, damit konnte ich sogar Jagen gehen. Den F5 habe ich übrigens immer noch; er steht in der Garage.«

Der Kellner brachte neue Weingläser, für Wesley den Zander, für Emil den Rehbraten in Rahmsoße. Emil legte die Serviette über den Schoß. Ihm fiel auf, wie dünn seine Oberschenkel in den grauen Hosen waren, wie Mondsicheln. Die Männer probierten ihren Wein und wünschten sich guten Appetit.

Emil aß nur eine Kartoffel und sprach weiter. »Königsberg fiel ja sehr spät, einen Monat vor Kriegsende erst. Eingekesselt war es schon länger, die Rote Armee rückte immer näher. Aber der Reichsverteidigungskommissar von Ostpreußen wollte nicht evakuieren. Viele sind trotzdem raus, nach Norden in ein Hafenstädtchen namens Pillau und dann mit dem Schiff weg; für uns war es dafür zu spät. Der Aufbruch war schrecklich. Meine Eltern und ich nahmen einen der letzten Züge, am 21. Januar 1945. Bis Elbing wollten wir fahren, von dort aus über die Weichsel, nach Westen ins Reich. Es war ein bitterkalter Winter. Meine Mutter trug einen Mantel aus Siel und dicke Fellstiefel. Sie hatte den Familienschmuck in den Mantel genäht.«

Emil hielt inne, schwieg. Wesley schwieg mit ihm.

»Meine Mutter war eine schöne Frau, schweres schwarzes Haar und ein glattes, schmales, stolzes Gesicht. Mein Vater war Kaufmann; er hatte ein großes Kontor in Königsberg, handelte mit Holz und Getreide aus Rußland. Ein distanzierter Mann, kleine, graue, tiefliegende Augen und eine schmale Nase mit fein gebogenen Flügeln. Er wollte nicht weg aus Königsberg. Unsere Vorfahren sind preußische Orgelbauer; als ich Kind war, hat er mir oft die Orgeln gezeigt, auf unseren Spaziergängen durch die Stadt, in der Schloßkirche, in der Neuroßgärter Kirche, beide aus dem siebzehnten Jahrhundert. Ich kann mich noch an den Stolz in seinen Augen erinnern. Mutter mußte ihn lange bitten, Königsberg zu verlassen. Die Kirchen sind dann alle abgebrannt oder später abgerissen worden. Rückblickend erscheint es mir unglaublich, daß er – und nicht nur er – das drohende Unheil nicht erkannte. Sie können sich nicht vorstellen, wie voll es am Bahnhof war. Die Menschen wollten alle in den Zug, schrien und drängten, keiften und weinten, schlugen sich. Wir kamen nur hinein, weil wir einen Mann bei der Eisenbahn kannten, Vater gab ihm seine Uhr, er führte uns von hinten über die Gleise zum Zug. Mutter wollte erster Klasse fahren, der

Eisenbahner lachte nur. Durch die Eisblumen am Fenster sah ich verschwommen die Gesichter der Menschen, die nicht mitkamen, die Tränen, die plötzliche Hoffnungslosigkeit. Die Schneeflocken auf den Pelzmützen. Die Lokomotive tutete, dann verließen wir Königsberg.«

»Da haben Sie aber Glück gehabt, daß Sie noch rausgekommen sind«, sagte Wesley.

Emil hob langsam den Blick. »Bis Elbing im Südwesten sollten wir fahren. Der Sturm jaulte an der Scheibe, dann blieb der Zug plötzlich stehen. Draußen sahen wir nichts, alles war weiß. Früher habe ich Schnee mit Stille, mit Frieden assoziiert.«

»Ja«, sagte Wesley, »er gibt der Landschaft etwas Heiliges. Als meine Urenkelin Carol im letzten Winter da war, hatte es über Nacht geschneit, und sie guckte mit großen Augen durchs Fenster, als sähe sie einen Engel. Gott, war das süß.« Wesley schüttelte lächelnd den Kopf, dann hielt er inne. »Sie haben sicher keinen Engel gesehen.«

»Nein«, sagte Emil, »es war gespenstisch. Weil das Land so still aussah und der Kanonendonner so laut war. Langsam legte sich der Ruß auf den Schnee; es sah aus, als würde der Schnee verkohlen. Wir standen in Braunsberg, einem Städtchen nicht weit vom Haff. Der Zug kam nicht mehr bis Elbing durch, die Stadt war schon umkämpft, die Bahn überlastet, zu viele Menschen wollten fliehen. Der Zug sollte zurück nach Königsberg fahren. Für Mutter war das ein Zeichen; das Gut ihrer Eltern war ganz in der Nähe, und so stiegen wir aus. Wir hatten die Hoffnung, ihre Eltern noch anzutreffen und mit ihnen nach Danzig zu fliehen auf die andere Seite des Haffs und von dort aus mit dem Schiff ins Reich. Mutter hatte auch drei Brüder, aber sie waren alle im Krieg. Wir schleppten die Koffer, einige mußten wir stehenlassen. Ich ging ja auf Krücken mit meinem Holzbein und konnte nur auf dem Rücken tragen. Vater war ein eleganter Herr, groß, aber grazil, die Koffer waren schwer, er keuchte.

Mutter flehte ihn an, sie stehenzulassen, doch er wollte Haltung bewahren. Wir mußten neben der Straße wandern, durch den Schnee, denn die Trecks, die vielen Pferdewagen der Flüchtlinge, kamen uns entgegen. Es waren gewaltige Menschenmassen, die über das Land wogten. Trotzdem dröhnten Lautsprecherwagen: ›Keine Gefahr für die Einwohner‹. Der Gutshof war zum Durchgangslager für Flüchtlinge geworden, die Zimmer waren voller Stroh, damit sie dort übernachten konnten. Und meine Großeltern beluden schon den Wagen zur Flucht. Am wichtigsten war Futter für die Pferde, Speck, Kartoffeln und Brot für uns und viele warme Pelze. Am Morgen wollten wir aufbrechen. In der Nacht hörten wir das Dröhnen der Panzer. Wenn so ein Panzer naht, bebt die Erde. Damals waren es die T 34, kleine schnelle Dinger. Die Menschen im Haus, es waren an die fünfzig, drängten sich aneinander. Dann Schüsse, Maschinengewehre. Die Russen stürmten den Hof. Sie kamen ins Haus und schossen in die Menge. Sie zerschlugen die Möbel im Flur, rissen die Jagdtrophäen von den Wänden, einige waren von mir; die Hirschköpfe platzten auf, die Holzwolle quoll heraus, überall lagen Hörner und Geweihe. Die Frauen stellten sich vor ihre Kinder, manche versuchten, durchs Fenster zu fliehen, sie wurden erschossen. Die Russen sagten ›Uhr! Uhr!‹ und gingen auf Vater zu, weil er so vornehm aussah, aber er hatte keine Uhr mehr, er hatte sie ja dem Eisenbahner in Königsberg gegeben, und jetzt hob er ratlos die Hände. Der Offizier schlug ihm den Gewehrkolben ins Gesicht, ich hörte es knacken. Und Mutter – sie war so schön, elegant, anders als die abgekämpften Flüchtlingsfrauen –, sie holte den Schmuck aus ihrem Pelzmantel, ihre Bernsteinketten, ihre Brillantringe, die Soldaten nahmen alles. Dann zerrissen sie Mutter die Kleider am Leib. Ich habe Ihnen ja erzählt, wie stolz die Ostpreußen sind und daß sie auf Grenzen achten. Sie können auch Grenzen setzen, mit einem einzigen Blick, meine Mutter konnte das. Jetzt sah ich, wie dieser Blick brach. Ich hatte meine Mutter nie nackt gesehen. Ich stellte mich vor sie, ich brüllte, ich flehte. Die Soldaten stießen mich zur Seite. Einer von ihnen packte Mutter an den Brustwarzen, ging rückwärts und riß sie mit sich, schleuderte sie herum, hin und her, die anderen lachten. Dann zerrten sie Mutter in ihre Mitte. Ich hörte, wie Mutter schrie, schrill und verzweifelt, und wie sie stumm wurde. Die anderen Männer wurden erschossen, als sie sich vor ihre Frauen stellten, vor ihre Töchter. Manche erstarrten auch einfach; dann ließ man sie leben. Ich weiß nicht, warum nicht auch ich erschossen wurde wie ein Mann. Verzeihen Sie, ich muß mich etwas sammeln.«

Emils Hand zitterte. Wesley legte seine darauf, ließ sie eine Weile liegen, dann zog er sie behutsam zurück.

Emil räusperte sich. »Vater kam irgendwann zu sich, die Nase hing blutig zur Seite, er hatte eine große Platzwunde, in der Augenhöhle einen roten Matsch. Ich zog meiner Mutter die Kleider an, sie war apathisch, wie eine Puppe, sie starrte an mir vorbei ins Leere. Ich zog ihr den Pelz wieder an, er war voller Schmutz und Blut, klebrig. Ich tupfte Vaters Gesicht ab, verband sein Auge. Keiner schrie, nur leises Wimmern. Draußen wieder Schüsse, unsere Soldaten kamen näher. Wir gerieten mitten in die Schlacht, die Russen wurden zurückgedrängt, ein letztes Mal. Dann Stille. Wir schirrten die Pferde an, Lotte und Liese, die beiden Trakehner. Ich löste die Ketten von den Hälsen der Kühe. Dann öffnete ich die riesigen Tore, alle Tore der Speicher und der Ställe. Die Tiere waren verängstigt, sie wagten sich nicht in die Kälte hinaus. Damit sie beim nächsten Angriff nicht verbrannten, jagte ich sie in den Schnee. Die Hühner flatterten aus dem Stall und stimmten ein lautes Gegacker an. Die Schafe drängten sich zusammen und blökten, ihre Beine, die aus der dicken Wolle ragten, sahen brüchig aus. Die Kühe trieb ich zuletzt aus dem Stall. Wenige Schritte, dann blieben sie stehen. Als wir den Hof verließen, drehte ich mich noch einmal um und sah, wie sie ihre knochigen Köpfe schüttelten und uns mit ihren großen dunklen Augen nachsahen. Und unser Hund, unser Barbos, lief neben dem Wagen her, erst schwanzwedelnd, dann winselnd. Großvater nahm das Gewehr und erschoß ihn. In Braunsberg wieder Lautsprecherwagen; Anweisung zur Flucht. Auf dem Weg zum Haff luden viele ihre Habe ab, die Wagen durften nicht zu schwer sein. Am Rand der Strecke standen die Koffer, die Säcke, Betten, Nähmaschinen, die Truhen voller Wäsche, ausgekippt. Die Ostpreußen waren immer so stolz auf ihre Wäsche gewesen. Auf den Feldern konnte man sie von weitem von den Polen unterscheiden; die Männer arbeiteten mit gestärkten Ärmelschonern, die Frauen mit blitzweißen Hauben im Haar. Jetzt lag alles herum, zertrampelt und grau vor Schmutz. Ich sah einen Kinderwagen, mit einem toten Kind darin. Es war ganz weiß.«

»Ein totes Kind? Einfach abgestellt?« Wesley schüttelte den Kopf.

»Sehen Sie«, sagte Emil bedächtig, »viele dieser Menschen waren ja schon wochenlang auf der Flucht, im Schnee, hungrig, verdreckt, verwirrt, verängstigt. Sie waren entkräftet, abgestumpft. Viele waren verletzt oder krank. Sie blieben am Wegrand zurück und starben im Schnee. Ich habe viele tote Kinder gesehen. Viele Verletzte, die versuchten, auf einen der Wagen zu kriechen. Viele hastig im Schnee geschaufelte Gräber. Die Graphik der Kreuze in der Landschaft, zusammengebunden aus Zweigen. Zerschossene, zerborstene Wagen. Überall Pferdekadaver, ihre grauen Bäuche. Und das Vieh aus den verlassenen Höfen, die Kühe mit ihren vereiterten Eutern, die im Schnee herumirrten, brüllend vor Schmerz. Meine Mutter hatte auf einmal das Gesicht einer Greisin, ich erkannte sie nicht wieder. Und Vater – ich weiß nicht, ob er noch etwas mitbekam. Ich hoffe nicht. Er hatte wohl eine Gehirnerschütterung, verlor immer wieder das Bewußtsein. Wir legten ihn hinten auf den Wagen, deckten ihn zu.«

Emil atmete schwer, er nahm einen langen Schluck Wein. Wesley tat es ihm nach. Dann blickten beide in ihre Gläser, Emil umfaßte den Stiel seines Weinglases und drehte es langsam hin und her.

»Waren Sie denn jetzt in Sicherheit?« fragte Wesley leise.

Emil schüttelte den Kopf. »In der Nacht kamen wir aufs Eis. Die Wagen fuhren sehr langsam, mit einem Abstand von etwa zwanzig Metern. Hinter uns brannten die Städte Braunsberg und Frauenburg, die Flammen, violett und rot, spiegelten sich im Eis. Ich hörte es sirren, singen. Es war ein hohles Geräusch, das aus der Ferne kam, lauter wurde und wieder verklang. Die Strecke war mit Zweigen markiert, manchmal mit Fackeln. Die Flieger hatten ein leichtes Spiel. Sie kamen so tief, daß wir die Piloten im Cockpit erkennen konnten. Sie zerbombten das Eis, und die Wagen brachen ein, reihenweise. Auch unseren Wagen erwischte es. Er sank mit der Hinterachse zuerst. Ich sprang seitwärts ab, riß Mutter mit, dann ging alles sehr schnell. Ich sah noch die Vorderbeine der Pferde, Lotte und Liese, ihre Köpfe mit den irren Mäulern, den verdrehten Augen, die Wimpern voller Eis. Dann nur noch das schwarze Wasser und den Mond, der sich darin spiegelte, flackernd zuerst, dann still.«

Emil hielt inne.

»Und Ihr Vater?« fragte Wesley. »Ihre Großeltern?«

Emil antwortete nicht.

»Jetzt verstehe ich, wie der Sturm in Ihre Bilder kam«, flüsterte Wesley.

»Ja, der Sturm«, sagte Emil. »Er kam jetzt von Westen und trieb das Eiswasser knöcheltief über das Haff. Mutter und ich wateten hindurch. Ich weiß nicht, ob sie weinte oder betete, es war ja so laut. Das Singen des Eises, das Platzen und Splittern, das Wimmern im Dunkeln. Das Knallen der Peitschen auf den Pferderücken. Und mein Holzbein auf dem Eis, klock, klock, klock. Ich hatte jetzt keine Krücken mehr, und mein Beinstumpf auf der Holzprothese rieb sich auf, bis ich mein rohes Fleisch roch. Über allem der Sturm, der an den Wolken riß. Ich dachte, du Hund, ich werde dich jagen, wenn ich je wieder oben bei dir bin.«

Emil sank in sich zusammen, und Wesley berührte ihn sanft am Arm.

»Und wie Sie ihn gejagt haben«, sagte er, »durch die Landschaften Ihrer Bilder. Kommen Sie, lieber Freund, essen Sie etwas. Es wird ja kalt.«

Emil schnitt ein Stück Rehbraten ab und führte es zum Mund. Er machte schnelle Kaubewegungen, das Fleisch rieb an der Druckstelle im Zahnfleisch. Er schluckte es schnell herunter. Wesley zerteilte geschickt den Zander. Der Fisch war schon kalt geworden, aber er aß ihn auf. Emil versteckte das letzte Stück Fleisch unter dem Besteck.

»Wir erreichten die Nehrung im Morgengrauen«, hub er wieder an, »mit einem Wagen, der uns aufgelesen hatte. Ich weiß nicht, ob Sie die Geographie vor Augen haben – die Nehrung liegt wie ein durchgebogener Finger zwischen Haff und Meer. Über die Nehrung führte eine Straße in Richtung Danzig. Schräg hinter uns, über Masuren, ging die Sonne auf und schien in die Bäume, der Schnee auf den Stämmen begann zu schimmern, dahinter blitzte das Meer. Erhängte baumelten von den Ästen, denn viele waren so verzweifelt, daß sie nicht mehr weiter wollten. Einige sprangen von den Wagen und liefen zurück aufs Haff, in die zerkarstete Eiswelt, die im ersten Sonnenlicht zu glühen begann. Mütter warfen ihre Kinder in die Eislöcher und sprangen hinterher. Auch meine Mutter wollte nicht weiter. Sie hatte einen Blick bekommen, ausgehöhlt, als hätte man die Seele aus den Augen geschabt. Ab und zu kam ein hohles Stöhnen aus ihrer Kehle. Aber dann erreichten wir das Sammellager im Ostseebad Kahlberg. Dort wärmten wir unsere erfrorenen Füße, ich verarztete Mutters Brüste, sie waren zerbissen, zerfleischt, voller Blutkrusten. Wir bekamen auch etwas zu essen, aber Mutter erbrach es wieder. Ich verband meinen

Beinstumpf, bekam neue Krücken. Dann ging es weiter, mit dem Treck nach Danzig. Der Weg war jetzt abschüssig, viele Wagen lagen mit Achsenbrüchen am Wegesrand. Überall Leichen und Pferdekadaver. Manche Menschen schnitten sich Fleisch aus den Tieren und aßen es. In Danzig kamen wir ins Auffanglager. Wir blieben einige Tage, schliefen im Sitzen auf einem Stuhl. Mein Bein verheilte etwas. Mutter hatte seit Braunsberg nicht gesprochen. Ihr kostbarer Mantel aus Siel war verzottelt, stank nach Erbrochenem, nach Blut und Kot. Ihr Haar war stumpf und grau. Ich erschrak, als ich ihre Stimme hörte. ›Laß mich zurück ins Eis gehen, Emil.‹ ›Mutter, was reden Sie da, wir sind doch bald schon in Sicherheit.‹ ›Ich bin schwanger, von den Russen, laß mich doch bitte sterben, mein Sohn.‹ ›Sie irren sich, Sie sind nur erschöpft, ach Mutter.‹ ›Nein, ich bin schwanger, ich möchte sterben.‹ ›Mutter, das dürfen Sie nicht, wir finden einen Arzt, wir finden einen Pfarrer.‹ Dann schwieg sie wieder. Wir kamen nicht raus; die Schiffe, die Züge, alle voll. Wir liefen bis Zoppot, nördlich von Danzig, zum Güterbahnhof. Dort hatten wir Glück, ein Feldpostwagen nahm uns mit. Es war kalt, der Sturm pfiff durch die Ritzen. Ich öffnete einen Postsack mit klammen Fingern und schüttete ihn über Mutter aus, damit sie nicht erfror. Dann kroch ich selbst in den Haufen aus Briefen. So überstanden wir die Nacht. Ist es nicht seltsam, daß uns das geschriebene Wort gerettet hat?«

Wesley schluckte und nickte. Emil nahm seine Serviette und tupfte sich die Stirn ab. Seine dünnen weißen Haare klebten am Kopf.

»Am Morgen war ich zu erschöpft, die Briefe wieder in den Sack zu sammeln. Bis heute plagt mich mein Gewissen. Wahrscheinlich kamen all diese Briefe nie an. Vielleicht waren es die letzten Briefe. Die letzten Gedichte, die letzten Küsse. Die letzten Ängste, die letzten Tränen. Wir erreichten Stolp, im nördlichen Pommern, dort, wo auch mein Stab gewesen war. Wissen Sie, wo das liegt?«

»Nein«, sagte Wesley, »aber erzählen Sie weiter, bitte.«

»Der Güterbahnhof in Stolp war voller Menschenmassen. Sie quetschten sich in die Züge, hängten sich an die Griffe, kletterten auf die Dächer. Auch wir versuchten, in den Zug zu gelangen. Ich zerrte Mutter hinter mir her, ich bahnte uns mit den Krücken einen Weg durch die Menge, zerschlug sie fast auf den Rücken der Menschen und in ihren Gesichtern. Die Lok begann zu tuten, die Menschen gerieten in Panik. Mutter war tapfer. Ihr war der Zug ganz gleichgültig, aber ich glaube, sie wollte mich nicht enttäuschen. Ich glaube, sie wollte, daß ich meine Männlichkeit zurückerobere, nach den Vorfällen auf dem Gut ihrer Eltern. Ich war ihr einziges Kind.« Emil stockte. Er nahm die Gabel und schob sie auf dem halb leergegessenen Teller hin und her.

»Haben Sie es geschafft?« fragte Wesley.

»Ja«, sagte Emil. »Ich habe meine Mutter in diesen Zug gesetzt. Ich selbst stand auch schon oben, aber da bekam ich einen Kinnhaken und fiel rückwärts in die Menge. Der Zug fuhr ohne mich los. Ich war eingekeilt zwischen den Menschen, ich konnte nicht einmal winken. Es war der dreizehnte Februar 1945. Der Zug fuhr nach Dresden, ins Abendlicht hinein.«

Wesley sah ihn an.

»Nach Dresden?« fragte er zögernd.

»Ja«, sagte Emil, »er fuhr mitten hinein, ins Bombeninferno. Ich habe meine Mutter nie wieder gesehen. Bis heute bringe ich es nicht fertig, einen Menschen zum Bahnhof zu bringen. Auf jedem Bahnsteig muß ich weinen. Auch heute noch. Ich bin ein Greis und muß immer noch weinen.«

Wesley sah Emil an. Die Innenseiten der hängenden Unterlider wurden rot und begannen zu glänzen. Er nahm Emils Hand und drückte sie fest.

»I'm so sorry«, sagte er schließlich, »will you forgive me, will you please?«

»Aber Captain«, sagte Emil, »das geht doch nicht. Sie können sich doch nicht entschuldigen, doch nicht Sie, und nicht bei mir. Sie tragen doch keine Schuld.«

»Doch. Jeder hat seinen Anteil, auch ich.«

Der Kellner trat an den Tisch und wollte das Geschirr abräumen, aber als er die beiden Greise sah, die sich die Hand hielten, zog er sich zurück. Eine Weile saßen sie so da. Wesley nahm schließlich seine Serviette, tupfte sich den Mund und wischte sich rasch über die Augen.

»Ich selbst bin ein paar Tage später mit einem Lazarettzug aus Stolp weggekommen«, sagte Emil. »Sie brauchten Ärzte, das war mein Glück. Denn als Pharmazeut hatte ich natürlich auch ein paar medizinische Kenntnisse. Ich bin dann irgendwann in München gelandet. Dort begann ich zu malen. Und den Rest der Geschichte kennen Sie ja.«

»Nein«, sagte Wesley und verschränkte die Arme, »es gibt eine Lücke. Ich möchte wissen, wo das Haff geblieben ist. Das Bild vom Haff.«

Der Kellner nutzte die Gelegenheit und räumte die Teller und die leeren Weingläser weg.

»Möchten die Herren Nachtisch?« fragte er. »Ich bringe Ihnen gern noch einmal die Karte.«

»Haben Sie crème bavaroise?« fragte Wesley.

»Bayerische Creme? Aber natürlich, das ist unsere Spezialität.«

»Die nehme ich dann.«

»Und ich möchte ein Coupe Danmark«, sagte Emil. »Zwei Kugeln mit heißer Schokoladensoße, nein, drei.«

»Einen Espresso vielleicht dazu?« fragte der Kellner. »Oder einen Cappuccino?«

Wesley und Emil sahen sich an.

»Nein«, sagten beide, »nein danke.«

Sie warteten auf den Nachtisch. Er wurde auf schwarzen Glastellern serviert, der Koch hatte mit der Gabel psychedelische Muster ins grüne, rote und orangefarbene Obstpüree gezogen. Emil ließ das Eis im Mund schmelzen und kühlte sein Zahnfleisch.

»Das Bild vom Haff ist fort«, sagte er. »Ich habe es auf dem Schwarzmarkt verscherbelt.«

Wesley ließ die Hand mit dem Löffel sinken.

»That's uncredible!«

Emils Gesicht blieb starr. »Gegen ein Abtreibungsbesteck.«

»Aber das Bild war einmalig!« rief Wesley. »Die Eisschollen, der Sturm, die zerfetzten Wolken, strahlende Finsternis, an der Grenze zum Wahnsinn. Die Farbe sah aus, als wäre sie während des Malens gefroren und dann zerborsten. Eine Landschaft aus eisigem Schmerz. Ein Meisterstück.«

»Ja«, sagte Emil, »ich habe zweihunderteinunddreißig Tuben weiße Ölfarbe dafür gebraucht. Ein bißchen grün und blau, sogar rot, minimal, ganz wenig schwarz. Das war alles. Ich weiß noch, wie schwierig es war, so viel Farbe auf dem Schwarzmarkt zu bekommen.«

»Aber warum haben Sie es weggegeben?« fragte Wesley.

»Sehen Sie, ich habe dieses Mädchen aus Miesbach kennengelernt, als ich für Jackson & Jackson unterwegs war, Agathe. Sie kam von einem großen Gut, wie meine Mutter. Ein schönes Mädchen, blauäugig, schwarzhaarig. Spröde. Manche hielten uns für Geschwister, so ähnlich waren wir uns. Später bleichte sie sich die Haare und sah aus wie Kim Novak. Wir haben uns verliebt, sie wurde schwanger. Sie wagte nicht, es ihren Eltern zu sagen, denn die mochten mich nicht, einen dahergelaufenen Flüchtling, einen Krüppel, einen Protestanten – das zählte noch damals. Agathe wollte das Kind in sich töten, mit Seifenlauge, mit Schnaps, mit Stürzen. Ich hatte Angst um sie. Und ich habe mich natürlich auch an meine Mutter erinnert, an ihre Schwangerschaft und ihre Verzweiflung und wie sie ins Eis gehen wollte.«

Wesley schüttelte den Kopf.

»Hätte ich Ihre Geschichte damals gekannt, ich hätte Sie

nicht verurteilt«, sagte er. »Und nicht verachtet. Im Gegenteil, ich hätte Ihnen geholfen. Es tut mir so leid. Ich beginne zu verstehen.«

»Ich habe ja als erstes Sie gefragt, aber wir haben uns entzweit. Dann bin ich mit dem DKW zum Münchener Schwarzmarkt gefahren, zu einem Tscherkessen namens Grigori. Er war DP, Sie wissen, wofür das steht, displaced person, und war einer der Könige des Marktes. Ein untersetzter Mann, kräftig, wie ein Panzerschrank. Er hatte glatte schwarze Haare, die bis zu den Ohren reichten und drahtig abstanden wie ein nach außen gebogener Helm. Darunter ein breites Gesicht voller Pockennarben. Kohlschwarze Augen. Er rauchte, es kam mir so vor, als würde er den Rauch nicht mehr ausblasen. Ich starrte die ganze Zeit auf seinen Mund mit den großen gelben Zähnen und wartete auf den Rauch. Es machte mich nervös, daß der Rauch, den er einsog, nicht wieder herauskam. Bei ihm gab es alles, Waffen, Uhren, Schokolade, Pelze, Pässe für Argentinien und für Spanien, alles. Ich zeigte ihm meine Bilder. Auch das Haff hatte ich dabei, zusammengerollt. Und das wollte er haben. Für das Bild, das er noch einmal prüfend ausgerollt hatte, gab er mir das Abtreibungsbesteck. Ich wollte schon gehen, da hielt er mich zurück. Er fixierte mich mit seinen Augen. Sie waren so schwarz, daß ich keine Pupillen darin erkennen konnte. Dann zog er eine goldene Uhr aus der Tasche und gab sie mir. Noch bevor ich etwas sagen konnte, gab er mir eine Stange Zigaretten, dann ein Paar Nylons, dann eine Keule Schinken. Er hörte einfach nicht auf, irgendwelche Dinge aus seiner Armeejacke zu ziehen. Und er lachte die ganze Zeit. Zum Schluß gab er mir eine nigelnagelneue 08, mit Halfter. ›Sicher ist sicher‹, sagte er und lachte noch lauter. Während ich die Dinge in meinem Rucksack verstaute, rollte er langsam das Bild wieder ein. Als ich aufsah, war er verschwunden.«

»Schrecklich«, flüsterte Wesley.

»Ich fuhr zurück zum Gut Schliehberg. Mir war schwindlig. Agathe lief mir entgegen über die Wiese, lachend. Sie sagte: ›Ich habe mit den Eltern gesprochen, ich darf dich heiraten, und ich will das Kind, ich erbe das Gut, Liebster, gib mir einen Kuß.‹ Aber ich gab ihr keinen Kuß, ich drehte mich um und raste zurück zum Schwarzmarkt, mein Herz trommelte, plötzlich hatte ich Angst. Noch nie hatte ich solche Angst gehabt. Mir war kalt, obwohl die Sonne durch die Windschutzscheibe brannte, obwohl der Fahrtwind warm um meine Ohren strich. Die Schlierach führte kaum Wasser, so heiß war der Sommer, ich aber klapperte mit den Zähnen. Auf dem Schwarzmarkt suchte ich den Tscherkessen, Grigori. Ich fragte jeden, doch keiner hatte ihn gesehen. Ich habe ihn monatelang gesucht. Ich habe nie wieder einen Pinsel in die Hand genommen.«

»Und das Mädchen?« fragte Wesley.

»Wir haben geheiratet, und sie trug das Kind aus. Es wurde ein Mädchen, Gabriele. Agathe war glücklich, sie war jetzt Alleinerbin. Sie hatte keine Geschwister, nur einen Vetter Sepp, und der galt als alter Junggeselle, er war schon weit über fünfzig. Aber dann kam alles anders. Unverhofft heiratete Sepp und zeugte einen Sohn, und damit geriet er in die Erbfolge, zumindest potentiell. Das bayerische Erbrecht oder das dieser Familie ist ein wenig kompliziert, verzeihen Sie, wenn ich Sie damit langweile.«

»Aber nein«, sagte Wesley, »bitte erzählen Sie.«

»Agathe war damals noch zuversichtlich, aber auch unser zweites Kind wurde eine Tochter, und so blieb immer noch Sepp der Erbe. Bald darauf gründete ich Intermed, wir wurden schnell reich, bauten uns ein Haus nördlich von Miesbach im Schlierachtal. Agathe hoffte bei jeder Schwangerschaft auf einen Sohn, aber sie bekam nur Töchter. Unsere Ehe wurde eine Katastrophe. Sie begann zu trinken, ich begann zu huren. Und dann hatte ich dieses Besteck, und irgendwann kam es zum Einsatz. Ich war ja medizinisch nicht ganz ungeschickt. Sehen Sie, wenn man wie ich damals im Lazarettzug einem Soldaten die Granatsplitter aus dem zerfetzten Unterleib geklaubt hat, dann kann man das auch mit Embryos. Ich habe meine innere ostpreußische Grenze einmal überschritten, danach war alles egal. Unser fünftes Kind habe ich abgetrieben, im Badezimmer, habe es einfach weggespült. Was hätten wir tun sollen? Agathe war Alkoholikerin, außerdem tablettensüchtig, sie hätte die Schwangerschaft nicht überstanden, gar nicht zu denken an das Kind. Später hat sie immer gesagt, das fünfte Kind wäre ein Sohn geworden, ich hätte ihr alles genommen. Aber da war sie schon nicht mehr bei sich. Schließlich erbte Sepp das Gut. Agathe ist daran zerbrochen. Sie wollte immer nur heim. Wie kann ein Mensch so wenige Kilometer von zu Hause ein solches Heimweh bekommen? Ich glaube, sie hat das meine mitempfunden. Hätte ich ihr nur einmal davon erzählt, vielleicht lebte sie noch. 1964 hat sie sich das Leben genommen. Das Besteck ist seither verschwunden, ich habe das ganze Haus auf den Kopf gestellt. Vielleicht hat Agathe es versteckt, vergraben, ich weiß es nicht. Es ist absurd, aber ich suche es immer noch, seit vierzig Jahren. Obwohl ich weiß, daß es Unsinn ist, habe ich die Hoffnung, es eines Tages doch zurückzutauschen, gegen mein Bild vom Haff. Ich möchte so nicht sterben.«

Wesley stützte sein Kinn auf die gefalteten Hände. »Waren Sie einmal bei der Beichte?« fragte er. »Ich bin mir sicher, daß Gott Ihnen vergeben würde. Daß Er sie trösten könnte.«

»Ach, Gott...«, murmelte Emil. »Ich glaube, daß er längst gestorben ist. Für mich zumindest. Irgendwo im Eis, im Sturm, im Haff, im vergewaltigten Schoß meiner Mutter.«

Wesley vergrub das Gesicht in den Händen. Seine Worte waren im fröhlichen Rauschen der speisenden, lachenden, scherzenden Gäste kaum zu hören.

»Was ist mit Ihren Kindern? Kennen die Ihre Geschichte?«

Emil verzog den faltigen Mund. »Meine Kinder, ja doch, die kennen meine Geschichte, aber es ist nicht die ihre. So wie ich Eltern und Großeltern habe, so habe ich keine Kinder. Meine Kinder sind nicht meine Erben. Sie führen nicht fort. Sie sind fortschrittliche Menschen, stolze Besitzer eines selektiven Gedächtnisses, ohne Neugier, ohne Mitleid, ganz und gar gnadenlos. Irgendwann wollten sie wissen, was ich im Krieg gemacht habe. Ich habe begonnen, zu erzählen. Das Ritterkreuz war ein Schandfleck für sie, dafür sollte ich um Verzeihung bitten. Ich glaube, sie hätten darin ein Taufritual gesehen, nur umgekehrt. Danach bin ich verstummt. Und sie auch. Lange Zeit glaubte ich, daß sie unserer Generation den Krieg verübelt haben. Aber das haben sie nicht, wie ich später begriff.«

»Ach?« Captain Wesley beugte sich vor. »Was haben sie Ihnen denn verübelt?«

»Daß wir den Krieg verloren haben«, sagte Emil Caspari, »daß wir nicht die mächtigen Rächer waren, die wir gewesen sein sollen, sondern Krüppel und Deutsche, denen man das Rückgrat gebrochen hat. Daß wir voller Trauer sind und voller Heimweh, daß wir uns erinnern, das mögen sie nicht. Sie leben im Hier und Jetzt, in fröhlicher Verzweiflung. Lassen Sie uns aufbrechen, mehr gibt es nicht zu sagen, ich bin müde. Es war ein langer Abend, und ich bezahle.«

»Ja«, sagte Captain Wesley. »Es war ein langer Abend. Und müde bin ich auch.«

Alexander Oronzov
hat die Vorträge von Aaron Wisent,
Hieronymus Arber und Heinz Mueller-Skripski
sowie die Gedichte für diesen Roman
geschrieben.

Seite 30 f. Originalflugblatt der Kommune I vom 24. 5.1967, Quelle: Rainer Langhans, Fritz Teufel, »Klau mich«, Voltaire Handbuch 2, edition Voltaire, Frankfurt a. M. und Berlin 1968

Seite 131 »What normally happens …« aus: Mark Steyn, »Death Wish. Liberals are in denial about the threat posed to their most cherished values by militant Islam«, in: »The Spectator« vom 22. 2. 2003, S. 15

Seite 143 f. Dieter Süverkrüp, »Das Auto Blubberbumm. Ein Musical für Kinder«, Musik: Wolfgang Dauner und Dieter Süverkrüp, Langspielplatte, Verlag »pläne«, Dortmund 1976

Seite 150 f. Die Rede des bärtigen Mannes ist ein Zitat von Hans Werner Henze und ist der Rückseite eines Plattencovers entnommen: »Inti-Illimani, Viva Chile!«, Verlag »pläne«, serie sieg 11, Dortmund Mitte der 70er, o. J.

Seite 155 und 184 »Der Löwenthaler«, zitiert nach Floh de Cologne, »Lucky Streik. Rock-Jazz-Rakete«, produziert von Dieter Dierks, live aufgenommen am 25. 11. 1972 in der Stadthalle Gummersbach während der Deutschlandtournee mit Hilfe des Bauer Studios, gemischt im Studio Dierks, Stommeln bei Köln 1972 f.

Seite 165 f. Stefan Reisner, »Mensch Mädchen! Theaterstück für Menschen ab 6«, Musik: Birger Heymann, Liedertexte: Volker Ludwig, Langspielplatte, Verlag »pläne«, Dortmund 1978

Seite 173 »In diesem Prozeß … « aus: Klaus Croissant, »Erklärung auf dem Prozeß in Stammheim«, Verlag Bo Cavefors, Kopenhagen 1978, S. 7

Seite 261 f. »Die Zeit ist ein Fluß …« aus: Marc Aurel, »Selbstbetrachtungen«, Reclam, Stuttgart 1993, S. 54

Inhalt

Die Blutbuche 11

Hieronymus 29

Nebelsee 137

Schierling 181

Inquisition 213

Kiesel im Wasser 255

Die Ästhetik der Verzweiflung 277

Bibliographische Information Der Deutschen Bibliothek
Die Deutsche Bibliothek verzeichnet diese Publikation
in der Deutschen Nationalbibliographie; detaillierte
bibliographische Daten sind im Internet über
http://dnb.ddb.de abrufbar.

© 2004 Deutsche Verlags-Anstalt, München
Alle Rechte vorbehalten
Gesetzt aus der Stone Serif und der Matrix
Druck und Bindearbeit: Clausen & Bosse, Leck
Diese Ausgabe wurde auf chlor- und säurefrei gebleichtem,
alterungsbeständigem Papier gedruckt.
Printed in Germany
ISBN 3-421-05830-X

Sibylle Lewitscharoff

Montgomery
Roman

352 Seiten
€ 19,90/sFr 35,20
ISBN 3-421-05680-3

DVA
www.dva.de

Der Roman spielt 1999 in Rom. Erzählt werden, aus der Sicht eines ehemaligen Schulkameraden, acht Tage aus dem Leben des Filmproduzenten Montgomery Cassini-Stahl. Der intelligente und mächtige Mann um die Fünfzig verliebt sich in eine junge Frau und verwirklicht gerade sein Herzensprojekt: eine Neubearbeitung des »Jud Süß«, um den historischen Joseph Süß-Oppenheimer mit einem großen Film zu ehren. In der dramatischen Zuspitzung des Geschehens wird er mit den Schlüsselereignissen seines Lebens konfrontiert – mit dem ertrunkenen Bruder, einer schwierigen Kindheit in Stuttgart und den Gründen, warum er Deutschland verließ.

»Der Roman ist genau das, was angeblich den deutschen Autoren nie gelingt, nämlich spannend heutige Geschichten erzählen, die trotzdem Tiefgang haben und die Erinnerung an die deutsche Geschichte auf eine raffinierte Art wieder hervorholen. Den Leser entläßt das Buch nicht aus der Spannung. Alles, was man von einem modernen Roman erwartet und was die Deutschen angeblich nicht können, das kann Sibylle Lewitscharoff.«

Sigrid Löffler, ARD Morgenmagazin

Ulla Hahn

Unscharfe Bilder
Roman

288 Seiten
€ 18,90 / sFr 33,60
ISBN 3-421-05799-0

DVA

www.dva.de

Katja ist aufgeschreckt durch Bilder der Ausstellung »Verbrechen im Osten«. Sie weiß, daß ihr Vater Soldat in Rußland war. Wo war er, als diese Verbrechen geschahen? Sie bringt ihm den Katalog, der nicht alle Bilder der Ausstellung enthält, in sein Seniorenheim. Nun hofft sie, daß ihr Vater, konfrontiert mit den Fotos im Katalog, von sich aus auf die Verbrechen und seine Rolle in Rußland zu sprechen kommt. Widerwillig beginnt er zu erzählen. Aber in ihm leben ganz andere Bilder: Geschichten vom Leid und Tod deutscher Soldaten, von Freundschaft und Liebe mitten in einer Mordwelt, von bewegenden Begegnungen mit Sowjetbürgern. Gegen ihren Willen wird Katja von den Erzählungen des Vaters mitgerissen – und der Leser mit ihr. Aber sie beharrt auf der Wahrheit der Bilder im Buch. Erst später deckt Katja dem Vater – und dem Leser – ihre Karten auf. Dann werden die unscharfen Bilder klar, die vermeintlich so scharfen vieldeutig.

»Ulla Hahn gelingt es, vermeintlich Vielgehörtes und Vielgelesenes über die Grausamkeit des Rußland-Feldzugs so aufzurauhen, daß seine Details authentisch und erschütternd wirken.« *Neue Zürcher Zeitung*

»Ein engagiertes Buch, das den Leser nicht losläßt.«
Focus

»Ein klug konstruiertes, notwendiges, sehr ernstes Buch.«
Frankfurter Allgemeine Zeitung

Birgit Bauer

Im Federhaus der Zeit
Roman

384 Seiten
€ 22,90 / sFr 40,20
ISBN 3-421-05699-4

DVA

www.dva.de

Zwei Kindheiten – von Mutter und Tochter – werden in diesem Roman parallel erzählt, die eine beginnt als Lebensbornschicksal in der Nazizeit, wird in der DDR fortgeführt und endet mit der Flucht in den Westen, die andere wird in den sechziger Jahren in der Bundesrepublik verbracht. Trotz der so unterschiedlichen äußeren Ereignisse, ähneln sie sich auf erschreckende und bezeichnende Weise.
Lisa kommt als uneheliches Kind zu Beginn der Wirtschaftswunderzeit auf die Welt. Physische und psychische Brutalität, Gefühlskälte und soziale Isolation bestimmen ihre ersten Lebensjahre. Als junge Frau erkennt sie, daß ihre Mutter ebenso eine Getriebene ist wie sie selbst, und beginnt Erklärungen für das Fehlen jeglicher Familie zu suchen. Ihr gelingt es, das Schweigen der Mutter zu brechen: Sie erfährt, daß ihre Mutter ein Lebensbornkind ist.

»Zahlreich in diesem Buch sind die Stellen, an denen man erschüttert dem Sog des Erzählten erliegt. Die Lektüre erinnert daran, welch empathische Identifikation ein Roman ermöglichen kann – ein Buch, das zweifellos länger nachwirken wird als nur bis zur nächsten Saison.«

Frankfurter Rundschau